당신의
마법사
입니다

· 1 ·

당신의
마법사
입니다

· 1 ·

전은정
로맨스판타지소설

위즈덤하우스

목차

프롤로그

호텔 아흐라다.

일리온 제국 수도 중심에 위치한 26층의 최고급 호텔이다. 오늘은 호텔 주인인 예그하라 집안 영애의 결혼식이 치러지는 날이었다.

결혼식에 엄선되어 초대된 주요 인물 중 리만 가문의 차남 발드르스 엘 리만, 일명 발더가 있었다. 그는 사랑하는 애인과 밤을 보내기 위해 객실로 가던 중 믿지 못할 장면을 보게 되었다.

"레, 레타, 저기……!"

애인의 허리 아래를 지분거리다 무심코 본 장면에 발더는 손가락으로 가리키며 말을 잇지 못했다. 평소 발더의 허풍 가득한 과장에 면박을 주곤 하던 애인 레타, 레아라니타 일리온도 이번만큼은 그의 어벙한 모습을 묵과할 수밖에 없었다.

"레타, 레타, 내가 본 거… 맞아? 자기도 봤어?"

"봤어. 타나릴이 여자랑……."

"내 알라가……."

"발더! 타나릴이 들으면 어쩌려고 그래?"

친우가 가장 싫어하는 애칭을 입에 담은 발더의 눈은 이미 풀려 있었다. 그의 눈은 객실 앞에서 열렬히 입을 맞추고 있는 두 남녀에게서 떼어지지 못하고 있었다.

"내 알라가 여자와 입을 맞추고 있어……."

"발더!"

"내 알라가, 으악!"

기어이 허리를 꼬집힌 발더는 비명을 지르다 말고 입을 막았다. 하지만 뒤에서 비명을 지르든 말든 입을 맞추고 있는 남녀에겐 들리지 않는 듯했다. 남자는 더듬더듬 문을 열더니 그새 안으로 사라져 버리고 말았다.

"와우!"

문이 닫힐 때까지 거의 숨을 죽이고 있던 발더가 급히 숨을 토해내며 소리쳤다.

"봤어, 레타? 봤어? 타나릴이… 내 타나릴이 여자와!"

"봤어."

"우와, 우와……!"

눈을 동그랗게 뜬 채 연신 감탄사만 연발하는 발더의 옆에서 레타가 팔짱을 낀 채 말했다.

"그럼 자기는 사랑하는 자기 알라의 방 앞에서 밤을 지새울래?"

"밤? 밤은 내 자기랑… 으악!"

다시 매섭게 발더의 옆구리를 꼬집은 레타는 벌써 성큼성큼 걸어가기 시작했다.

"헉! 가지 마, 레타! 응? 레타……."

며칠 만에 만난 애인을 이대로 보낼 수 없다. 그것도 시설 최고라는 호텔 아흐라다에서 체류하는 이 황금 기회를 보내다니 더더욱 있을 수 없는 일이다.

급히 저자세로 애원하는 발더에게 레타의 목소리가 은근해졌다.

"왜? 누구냐고 물어보러 가고 싶은 얼굴인데. 가서 언제 끝나나 지키고 있어야 하는 것 아냐?"

물론 궁금하다. 철벽 30년 동정을 저토록 열렬한 표정으로 깨게한 여자가 누구인지 궁금해서 미칠 지경이다.

발더의 그 마음을 레타만큼 잘 아는 이도 없을 것이다. 그러나 아주 찰나간, 선을 넘기 직전 발더는 다행히 틀리지 않은 답을 할 수 있었다.

"하하하! 내가 내 사랑하는 애인을 두고 어딜 가겠어? 이 불쌍한 중생을 부디 굽어살펴 주십시오, 여왕님!"

"조금만 늦었어도 국물도 없었어, 흥!"

"물론입죠, 내 여왕님!"

발더는 슬그머니 레타의 허리를 끌어안고 자신의 객실로 향했다. 레타의 귀에 밀어를 속삭이는 발더의 몸은 다시 타오르고 있었지만 정신 어느 한구석은 방금 지나쳐 온 객실 안쪽에 두고 올 수밖에 없었다.

도대체 누굴까? 누가 저 마의 성역을 허문 걸까? 어디서 어떻게 만난 걸까? 궁금해서 미치겠다, 정말!

정사의 밤

"접수 도와드리겠습니다."

호텔 아흐리다는 한마디로 으리으리했다. 나는 이 화려함에 주눅 들지 않은 척하려 애쓰며 접수원에게 예약된 숙박표를 내밀었다.

"일르뉴의 루원 로이거로 예약되었습니다. 차질이 생겨 제가 대신 오게 되었는데, 문제는 없는지요?"

접수원은 숙박표를 마법 인식기에 접속한 후 문제없다며 방을 안내해 주었다. 방에 들어와서 소파에 앉자 그제야 긴장이 풀렸다.

"저쪽 세상에서도 못 와본 호텔에 다 와보네."

나는 화려한 방 내부를 살펴며 중얼거렸다. 방 하나에 침실과 욕실이 붙어 있는 것이 다였지만 일르뉴에 있는 내 집과는 비교도 안 되는 화려함이 녹아난 곳이었다.

이곳 한 달 체류 비용이 내 집값보다 비쌀 것이다. 그러고 보면 이곳에서는 아직 귀한 기차를 타고 왔으니 출세했다고 해야 할까.

"출세는 개뿔……."

절로 코웃음이 나오고 말았다.

이 출장은 본래 일르뉴의 영주 로이거 자작의 아들, 루윈 로이거의 것이었다. 그래서 일개 영주부 행정원이 감히 묵을 수 없는 호텔 아흐리다에 예약되어 있었으며 기차도 덕분에 탔던 것이다. 하지만 이곳에 올 수 있었던 건 썩 좋은 기회를 잡아서는 아니었다.

"망할 루윈 로이거."

그 대단한 영주님의 아들이 바로 엊그제까지 내가 사귀던 남자였다. 로이거 영주의 바람이 반, 루윈이 거의 반년을 쫓아다닌 결과로 교제를 시작했었다. 그러나 루윈과의 만남은 채 두 달도 되지 않아 '전'이 붙는 관계로 파탄 나고 말았다. 그 결과가 이 출장을 대신 오게 된 것이었고.

이게 보상일까, 아니면 입막음일까.

미안하다며 사과하던 로이거 영주의 말만 믿자면 사죄의 의미를 담은 보상이라 볼 수도 있다. 그러나 평소 봐오던 영주의 아들 사랑을 보면 입막음 쪽이 더 가까울 것이다. 아마도 일르뉴에 돌아가면 영주부 행정원이라는 내 자리는 남아 있지 않을 성싶다.

"망할……."

아니, 루윈을 욕해봤자다. 이건 내가 루윈과 사귀기로 허락한 시점부터 잘못이었다.

나를 며느릿감으로 본 로이거 영주를 원망해야 하나? 아니다. 전혀 마음이 가지 않는 남자에게 정성만으로 고개를 끄덕였으니 나부터 문제였다.

어찌 됐든 루원 로이거가 망할 인간이라는 건 사실이다. 하필 영주실 행정 물품 창고에서, 그것도 사귀는 여인의 절친이라는 여자와 정사를 벌이다가 들키는 건 무슨 경우인가 말이다.

유일한 위안이라면 내가 루원과 사귀는 사이라는 걸 아는 이가 영주를 포함해 손에 꼽을 만큼 극히 적다는 것이다. 지금 생각해 보면 루원과는 애초에 오래갈 관계가 아니었다. 그런 인간성을 오래 감추지는 못했을 테니까.

"그래도 내 탓이지."

내가 왜 루원과 사귄다며 고개를 끄덕였을까. 정사 장면을 들키자 오히려 자신과 잠자리를 하지 않은 내 탓을 하던 그런 인간이다. 한때라고는 해도 그의 뭘 보고 그와의 미래를 생각했는지 스스로 한심해서 자괴감이 들었다.

너무 외로웠나 보다. 어느 날 갑자기 세계가 반전되어 이 세상에 떨어진 지 벌써 8년째, 처음의 무조건 돌아가고 싶다던 마음은 서서히 포기로 돌아서고 있었다. 그래서 나도 여기에서 내 가족을 갖고 싶었던 것 같다. 그래서 나의 절친 영은의 딸 별이 같은 아이도 낳고…….

그렇다 해도 루원은 아니지!

내 머리를 쥐어 뜯어봤자 나만 손해였다. 돌아가서 내 자리가 없어지는 건 확정, 일자리가 무사할지부터 걱정해야 할 것이다.

아니, 걱정한다고 해결될 일도 아니다.

"일단 일부터!"

나는 본래 루원이 수도로 출장을 오는 명목인 서류부터 중앙청 행정실에 제출했다.

이 간단한 작업으로 루원은 4박 5일의 출장비와 숙박 등 기타 제공을 받지만 나는 내일 당장 돌아가야 한다. 이 아흐라다 호텔도 실은 오늘 취소가 되지 않기 때문에 내가 묵을 수 있었던 것이다.

중앙청에 갔다 오는 것만으로 이미 해가 저물었지만 남은 시간은 내 것이다.

더구나 여긴 그 아흐라다다. 내게 평생 이런 호사는 다시없을 것이다. 이 기억이 앞으로 닥칠 내 걱정과 불안을 위로해 줄 것이다.

아흐라다의 아름다움은 주간지에 종종 실릴 만큼 유명했는데 실제로 보니 그 이상이었다. 화려함도 화려함이지만 이곳은 마법 장치란 장치는 모두 모인 초호화 공간이었다. 마법 장치가 달린 승강기는 기본이었고 곳곳에 마석이 박힌 기구들도 흔하게 널려 있었다.

접객실만 해도 화상 통신구로 객실과 외부와 연결되고 있었고 조명도 모두 마력으로 환하게 밝혀져 있었다. 정원의 분수도 마석,

그림이나 조각들까지 모두 마법 장치가 섞인 마법 공학이 환상적으로 피어난 곳이었다.

마법 장치의 신기함은 금세 식어버렸다. 저쪽 세상에 익숙한 과학 문물과 연결하면 그 비슷한 물건들을 떠올릴 수 있기 때문이었다. 그렇지만 이곳이 수도의 가장 발전한 곳을 보여주는 곳이란 건 분명해서 눈을 뗄 수 없었다.

호텔에 있는 상점을 돌아보면서 나를 위한 머리끈을 하나 샀다. 억, 소리가 나도록 비쌌지만 다신 오지 못할 곳이라 생각하니 지갑을 열 수 있었다.

그렇게 여기저기 보다가 음악에 이끌려 가게 된 곳은 말로만 듣던 호텔 바였다. 들어갈 때까진 몰랐지만 이곳은 아흐리다에 드는 손님이라면 기본적으로 들러야 할 명소였다.

술 한 잔 평균 가격이 내 월급의 3분의 1은 될 거라는 생각도 잠시, 나는 바의 분위기에 이끌려 안으로 들어갔다.

맨 먼저 눈에 띈 건 은은하고 화려한 빛깔을 자랑하는 마법등이었다. 공중에 떠다니는 마법등과 더불어 섹시하고 날렵한 웨이터와 웨이트리스는 멋진 눈요깃거리였다.

벽에는 눈이 휘둥그레질 만큼 엄청난 수의 술병이 꽂혀 있었고, 두 바텐더가 주문에 따라 재빠르게 칵테일을 만들어내고 있었다. 내가 카운터 테이블 앞에 앉자 중년의 바텐더가 내게 다가왔다.

"어서 오세요. 주문하시겠습니까, 손님?"

"네, 제가 여긴 처음 오거든요…… 혹시 제게 맞는 술을 골라주실 수 있나요?"

"그러지요, 어여쁜 손님."

노련한 바텐더의 흔한 칭찬과 편한 분위기에 마음이 풀어졌다.

바텐더는 세 가지 술을 골라 주먹보다 조금 큰 오크 통에 부었다. 저 오크 통이 바로 아흐라다 특제 마법 칵테일 통일 것이다.

바텐더가 곧 묘기를 선보였다. 휘리릭 공중에 던져진 오크 통이 저 혼자 공중제비를 돌며 춤을 추기 시작했다. 한 바퀴, 두 바퀴, 열 바퀴……. 가끔 바텐더의 손길에 방향을 돌려가며 현란하게 움직이는 오크 통은 반짝반짝 빛나기도 했다.

"오……!"

주위에서 찬사를 터뜨렸다. 흥겨운 묘기가 끝나고 오크 통이 바닥에 멈췄다. 바텐더가 오크 통 뚜껑을 열자 내용물이 넘칠 듯 부글부글 끓어올랐다. 바텐더가 넘칠 것 같은 술을 한 방울도 떨어뜨리지 않고 잔에 담자 박수가 터졌다.

바텐더는 아직 분홍색 연기가 피어오르는 잔을 내밀며 말했다.

"이건 마녀의 달콤한 잠입니다. 처음 오시는 여성 손님께 권하는 술이지요."

"이름이 참 독특하네요?"

"맛도 독특할 겁니다. 하지만 많은 여성분께서 끌리는 맛이라고 하더군요."

"그런가요? 감사해요."

비록 마녀라는 이름이 포함되었긴 하지만 술잔 위를 떠도는 몽환적인 분홍색 연기가 술 이름과 잘 어울렸다. 살짝 혀끝만 대었는데도 알싸한 향취가 기분을 풀어지게 했다. 달콤하고 톡 쏘는 맛이 입안에서 감돌며 조금 더 맛보길 원하게 되었다.

'이 한 잔이 230은화나 한단 말이지.'

내 주먹보다 작은 술잔에 찰랑거리는 술을 보니 퍼뜩 그 생각부터 들었다. 이 술 몇 잔이면 내 월급을 몽땅 털어 넣어야 한다. 지갑에서 돈을 꺼낼 때 떨지는 않았는지 모르겠다.

'아껴 먹어야지.'

바 분위기도 즐길 겸 천천히 마시려고 했다. 그런데 바텐더의 말처럼 끌리는 맛이라는 게 맞는 모양이다. 나는 어느 순간 빈 잔을 몇 번이나 기울이고 있었다.

설마 누가 보진 않았겠지. 그 생각을 하는데 바텐더가 다시 와서 주문하지도 않은 술을 내밀었다.

"마녀의 달콤한 잠엔 사람을 끌어당기는 마력이 있다니까요. 어떤 손님이 술을 즐기시는 손님을 보고 주문해 주신 겁니다."

누가 봤구나. 순간 창피했지만 경계심도 들었다.

"누가요?"

"술값만 계산하고 가셨습니다. 누군가 손님이 처음 오신 걸 알아봤나 봅니다. 이런 호의는 종종 있는 일이지요."

바텐더는 조용히 미소 지으며 술을 권했다.

흔한 일이라니 호들갑 떨지 않아도 되지 않나? 왠지 드라마나 영화 속 일이 내게 벌어진 것 같아 신기하기도 하고 조금 전 모습이 떠올라 창피하기도 했다. 이럴 때 거절하는 것이 더 창피할 것 같았다.

"네, 그럼 잘 마실게요."

이것만 마시고 얼른 일어나야지. 막 한 모금을 넘겨 입을 축였을 때였다.

"…리예."

"네?"

이름이 불리는 것에 깜짝 놀라 난 얼른 대답했다.

날 아는 사람이 있을 리가 없는데? 그러나 대답하며 돌아본 순간 조금 당황한 얼굴의 남자와 마주쳤다.

"안젤리예?"

"아, 아니에요. 제 이름이 불리는 줄 알고, 실례했어요."

나는 가늘어진 남자의 눈길에 괜히 더 창피해져 그냥 일어나려 했다.

"아니, 내가 헛소리로 그쪽을 방해한 것 같군. 술, 마저 마셔요."

"아니, 그, 저……."

그는 말없이 팔짱을 끼고 나를 지그시 쳐다보았다. 마치 내가 일부러 접근하려던 것이 아닌가 의심하는 것 같은 표정이었다. 하긴 그런 오해가 영 이상하지만은 않았다. 나도 한순간 가슴이 헉하도록 잘생긴 남자였으니까. 그래서 바보처럼 그에게 변명하고 말았다.

"이름이 비슷하게 들려서 저도 모르게 반응한 거예요."

"아, 그렇군."

그가 자신이 주문한 술을 들어 마셨다. 남자가 술을 마시는 모습이 그토록 섹시할 수 있는 줄 그때 처음 알았다.

남자의 목울대가 천천히 움직이는 모습은 기억도 가물가물한 영화의 한 장면을 연상케 했다. 그 영화 속 뱀파이어가 마시던 빨간 피가 바로 저런 색이었던 것 같다.

귀를 살짝 덮는 짧은 까만 머리, 날렵한 붉은 입술, 어둠 속에서도 구분되는 짙은 보라색 눈동자. 술잔을 기울이는 모습까지… 영화 속 뱀파이어가 그대로 튀어나온 것 같다.

처음 바에 들어서며 느꼈던 웨이터와 웨이트리스들의 섹시함도 이 남자 앞에선 다 죽어버릴 것이다. 그저 말없이 그윽하게 보는 눈에 그야말로 섹시라는 단어가 뚝뚝 흘러내릴 것 같다.

그가 고개를 갸웃했다. 그게 너는 안 마시나? 묻는 것 같아 나도 모르게 잔을 들어 벌컥벌컥 삼켜 버렸다.

유난히 꿀꺽거리는 소리가 컸던 것도 같다. 한껏 촌스러움을 드러낸 나는 더는 자리에 앉아 있을 수 없었다.

"아, 안녕히……."

끝까지 말했다면 아마도 안녕히 계시라고 할 뻔했다. 어울리지도 않는 인사말은 그쯤에서 가까스로 그치고 일어날 수 있었다.

그런데 그 이후의 일은 가위로 자른 듯 기억이 나지 않는다. 내가 기억하는 건 그다음 순간, 그 섹시한 남자와 한 침대에서 야릇한 신음을 지르며 질펀한 정사를 나누던 때부터였다.

"하악, 하악, 아아앗, 아앙!"

헉, 진짜 이 민망한 신음을 내는 게 나란 말인가? 남자는 쌕쌕 숨소리 말고는 아무 소리도 내지 않고 있었다. 그러니 여기서 소리를 지르는 사람이 누구인지 도저히 부정할 수도 없다.

"아하훗, 흑, 아아……!"

신음을 인지했으면서도 멈출 수가 없었다. 이건 참거나 자제할 수 있는 종류의 것이 아니었다.

"허억!"

내 안에 깊숙이 들어온 그가 주인인 나도 알지 못하던 미답지를 마구 헤집었다. 심지어 헤집는 속도와 공략 기술은 예술적이기도 했다.

화아악, 심장이 머릿속으로 이사한 듯 쿵쾅거리고 울리더니 이젠 불꽃놀이도 벌어지기 시작했다.

어쩌다 이렇게 된 거지? 왜 이 남자와 이렇게… 의문이 드는 것도 잠시, 머릿속이 다시금 쾌락으로 가득 찼다.

"흐으으윽……."

기어이 흐느끼는 신음에 남자의 목소리가 뒤따랐다.

"여기가 좋은가 보군."

그 상황에 한 가지 위로가 있다면 그건 남자의 목소리도 떨렸다
는 것이다. 하지만 목소리와는 다르게 피스톤 운동을 하는 그의 몸
은 한 치의 떨림도 없이 완벽하게 움직이고 있었다.

덕분에 단단히 맞물린 아래에선 말하는 것조차 민망한 찌걱거리
는 소리가 규칙적으로 들렸다. 이미 푹 젖은 아래는 안에서 콸콸 새
어나오는 액을 맞아 그와 나를 적시고 있었다.

"흐응……."

나는 왜 이런 소리밖에 내지 못하는 걸까. 단어 딱 하나, '그만'이
라는 두 음절만 뱉을 수 있다면 좋겠다. 그러나 본능에 너무나도
충실한 몸은 그 단어를 내뱉는 것을 허용하지 않았다.

"응, 으응……!"

남자가 말하는 그곳이 건드려질 때마다 나는 경련하듯 떨려 그
가 나가지 못하도록 사정없이 조였다.

"그래, 그래……."

열에 들뜬 남자의 목소리는 그의 피스톤 운동과 반비례해서 점
점 흐려졌다.

"학!"

뾰족이 솟구친 유두에 남자의 손이 스치는 것만으로 짜릿한 전

기가 관통했다.

"미안, 여기를 내버려 뒀었군."

"흐읍……."

왜! 왜 나는 도통 언어를 뱉을 수가 없을까. 답은 여기 있다. 예민하게 상기된 유두를 손으로 만지작거리던 남자가 그것을 입안으로 덥석 물어 당겼으니까.

가슴이 그대로 떼어져 나와 타버릴 것 같다. 아래에서의 느낌과 또 다른 감각에 나는 자지러질 듯 몸을 틀었다.

"여기도였군."

그러는 동안에도 착실히 몸을 흔들던 남자가 쿡쿡 웃더니 이번엔 다른 쪽 유두를 입안에 머금고 빨아 당겼다.

"흐아아아앙!"

나는 길게 비명을 질렀다. 어쩌면 이 방 너머 호텔 사람들 모두 다 내 비명을 들었을지도 모른다. 그러든 말든 눈앞에 터진 폭죽의 황홀함에 정신을 차릴 수가 없었다.

벌써 몇 번째 맞는 별 세례 폭죽인지 셀 수가 없다. 내가 아무리 영화나 문장 속 남의 경험이나 훔쳐서 아는 초보자라도 아무나 이런 경험을 하는 건 아니란 건 안다.

빵빵 터지는 폭죽 속에 그가 처음으로 신음 비슷한 것을 질렀다.

"하!"

뜨거운 무언가가 안으로 왈칵 밀려드는 느낌이 들었다. 정신은 아득히 먼 곳에서 유영하고 별나라에서 헤롱헤롱 취해 있었어도 나는 본능적으로 그것이 위험한 징조라는 걸 느꼈다.

그래서 남자를 막 밀어내려 한 것 같다. 그러나 내 위로 쓰러진 그의 어깨는 조금도 꼼짝하지 않았다. 설상가상, 그는 내 의도를 반대로 해석했다.

"아니, 나는 아직 안 끝났어."

남자의 드러난 이가 하얀 밤에 빛을 더했다. 아직 안에 꽂힌 채 토정하며 살짝 수그러들었던 그의 무기가 다시 단단해지며 부풀어 오르는 것이 느껴졌다.

혹시 이 남자는 나를 키스로 유혹했던 것일까?

방금까지 생각하던 위험성은 깡그리 잊은 채 나는 남자가 주는 또 다른 낯선 경험에 빠져들었다. 입술과 입술이 겹치는 게 뭐가 그리 대단한 건지 정말 이해할 수 없었는데.

입술에 닿는 말캉한 느낌에 이어 치열을 훑고 들어와 달아나는 혀를 쫓는 그의 혀놀림에 뒷덜미가 저릿저릿해졌다. 단연코 싫어서는 아니었다. 키스만으로 오금이 저린다는 느낌이 뭔지도 알겠다.

옷을 벗은 기억도, 심지어 남자와 함께 방에 들어온 기억도 없는 내게 이것은 첫 번째 키스였다. 하긴, 기억나는 것은 이 남자가 삽입해 들어와 움직일 때부터였으니 이상할 것도 없다. 아니, 그 자체가 이상한 일인가?

헉, 헉, 헉!

나의 야릇한 신음은 끊이지 않고 이어졌다. 그것은 남자가 내 위에서 춤추는 것이 끊이지 않았다는 말과 상통했다. 아니, 꼭 위만은 아니었다. 때로 나는 엎어져도 있었고 비스듬히 옆을 보고 눕기도 했다. 또 그의 위에 올라타 있기도 했는데 그건 내가 힘이 달려 금세 뒤집혀 버렸다.

힘도 좋은 남자, 나는 가끔씩 까무룩 정신을 잃고 잠에 취하기도 했지만 깨어나면 어김없이 남자가 내 안에서 휘몰아치고 있었다. 아니면 그 전 단계로 나의 은밀한 입구에 무기를 들이밀고 있거나.

말이 나와서 말인데 남자의 것은 그야말로 무기였다. 만일 삽입 이전에 내 정신이 깨었다면 이 망상 같은 일이 현실이 되진 않았을지도 모른다. 그런 걸 허용할 리가 없으니까.

붉으면서도 굵고, 군데군데 핏줄이 돋아난 입구에 말간 액이 뚝뚝 떨어지는 걸 보는 것은 그야말로 신선한 충격이었으며 심장 떨리게 퇴폐적인 모습이기도 했다. 내가 기억하는 순간부터 그 무기는 이미 내 안을 수차례 오가고 잊지 못할 불꽃 춤을 선사해 주고 있었다.

오밤중에, 그리고 까만 새벽에 어떻게 그런 것이 다 보였느냐 묻는다면…….

사방이 어둡기라도 했으면 나의 현실 도피가 좀 더 수월했을지 모르겠으나 내가 남자와 일을 벌이는 그곳은 환한 대낮처럼 밝왔다.

망측하게도 침대 옆 벽면을 차지한 거울 덕에 눈을 붉힌 채 새된 비명을 지르는 나의 모습도 적나라하게 볼 수 있었다. 행여 남자에게서 떨어질세라 남자의 허리에 다리를 꽉 얽어맨 건 분명 나였다.

몸 안의 수분이 다 다리 사이의 말간 액으로 변해 흘러내리는 것 같았다. 안과 그를 온통 적시는 것도 모자라 줄줄 흘러내리는 액을 보며 남자가 큭, 웃었다.

"가장 느끼는 부위가 여기였어?"

목덜미 뒤에서 한숨같이 노곤한 남자의 목소리가 들려왔다. 글로만 읽었던, 여성이 가장 치욕스러워하는 체위를 한 나는 그의 음란한 속삭임에 안이 다시 한번 더 수축하는 것을 느꼈다.

"그래, 그래. 그렇게⋯⋯."

아아, 얄밉다. 누구는 의성어 말고는 나오지 않는데 이 남자는 또 박또박 사람의 언어를 토해낸다. 그럼에도 그의 요구에 맞춰 요망하게 허리를 움직이는 것이 나다.

수축과 경련, 절정, 긴 비명과 함께 또 한 번 별 무리가 날 덮쳤다.

그 이후로 기억이 또 끊겼다. 그대로 정신을 잃었거나, 아니면 잠들었거나.

내가 다시 눈을 떴을 때 방 안은 환했다. 마법등 세 개가 동시에 어둠을 밝히던 그런 밝기와는 조금 달랐다. 천천히 깨어나면서 간

밤에 왜 그렇게 야릇하고 야한 꿈을 꾸었는지 스스로 민망하다고 생각했다. 하지만 전신에 욱신거리는 근육통과 끈적거리는 아래가 예사롭지 않았다.

"헉!"

나는 이불을 감싸 쥔 채 벌떡 일어났다. 그제야 등지고 서서 창밖을 내다보던 남자의 뒷모습이 보였다. 그가 천천히 고개를 돌리며 말했다.

"깨어났군."

그 남자다. 그러나 어제의 그 퇴폐적인 남자는 어디로 간 걸까.

무광택의 새까만 셔츠와 바지를 걸친 남자는 햇살을 받은 머리카락도 까맸다. 뱀파이어가 햇빛 아래 출몰한 느낌이다. 아니면 마왕이라 해도 좋았다. 뭐든, 남자는 위협적인 느낌을 물씬 풍기고 있었다.

남자가 이마를 한껏 찌푸렸다. 어젯밤의 일은 정말 꿈이었던 것같다. 위협적인 느낌의 남자는 으르렁거리는 것 같은 목소리를 내었다.

"이름."

"네?"

"이름이 뭐냐고."

"아, 저……."

"이름이 '아'인가? 성이 '저'고?"

조롱 같은 그것엔 남자의 기분이 여과 없이 실려 있었다. 어젯밤의 들뜨고 열기 가득하던 남자는 온데간데없었다. 현실의 남자가 내게 보이는 것은 원초적인 화, 그리고 경멸이었다.

그제야 내가 무슨 짓을 했는지 삽시간에 깨우쳤다. 처음 보는 남자와 원나잇을 한 것이다. 내가 가장 경멸하는 행위였다.

로맨스를 좋아했음에도 그런 소재만은 최악이라며 혀를 차던 나다. 지어낸 이야기에도 고개를 돌리던 내가 그런 짓을 하다니, 루원이나 마리를 경멸할 자격도 잃은 것 같다.

자괴감에 왈칵 눈물이 솟구쳤다. 하지만 이 남자 앞에서 눈물을 보이느니 차라리 루원을 붙잡고 울 테다.

"그쪽은요?"

자연히 목소리가 뾰족해졌다.

"모른 척 하겠다? 그것도 괜찮은 수법이지."

"네?"

"뭐 괜찮아. 상관없어. 이거나 받지."

남자가 하얀 종이를 꺼내더니 반을 찢어 내밀었다.

이전 세상에서라면 하룻밤 몸값으로 백지 수표라도 내미는 거냐 비아냥댈 것이다. 그러나 이곳에선 수표란 저렇게 작은 종이 쪼가리가 아니었다. 척 보기에도 마법 처리 된 그것에 저절로 눈이 벌어졌다.

"이건……?"

"메시지 전달문. 통신문이라고도 불러. 여기에 글자를 쓰면 내게 전달될 거야."

설명해 주지 않아도 아는 물건이다. 면적만큼 제한은 있지만 얼마나 떨어진 곳에서 쓰든 나머지 반쪽에 그 내용을 전달해 주는 물건이다.

"이걸 왜 주시는 거죠?"

"필요할 수 있으니까."

남자가 이를 갈며 눈을 내리깔았다. 그의 시선이 훑은 곳을 깨닫는 순간, 나도 모르게 배를 가리고 말았다.

그러고 보면 관계 중 내가 본능적으로 위험을 느꼈던 순간이 있었던 것도 생각났다. 이 밤의 결과가 생길 수 있다는 것에 나는 새삼 끔찍한 충격을 받았다.

"그럴 리가……!"

일단 부정하고 봤지만 현실로 닥친 문제였다. 머릿속이 하얘져서 당장 전달 생리일이 기억나지 않는다.

"한 가지 알아둘 것이 있어. 그쪽에서 처녀 상실을 이유로 구차하게 굴든 말든 나는 상관하지 않을 거야."

그의 말을 듣자 새삼 깨달았다. 맞아, 나 어제까지 처녀였지.

이전 세상에서나 여기서나 남자와 자본 건 처음 있는 일이라 묘한 상실감이 들기도 했지만 천지개벽할 일은 아니란 사실도 깨달았다.

그런데 이 남자, 말하는 네가지 하고는. 냉랭한 시선에 남자가 나를 어떻게 여기고 있는지 훤히 보였다. 말로만 듣던 꽃뱀이 바로 여기 있었다.

기억의 공백이 문제였다. 도대체 어제 어떻게 시작한 것인지 몰라서 따질 수 없는 게 천추의 한이다. 하지만 나라고 화가 나지 않는 건 아니었다. 또 화가 나고 어처구니없는 건 이쪽이 더하면 더했지 덜하진 않단 말이다.

"흥, 나도 그쪽에게 이딴 거 쓸 일 없거든요!"

나는 얼결에 받았던 전달문을 그에게 휙 던져 버렸다. 하지만 그건 부메랑처럼 내게 돌아와 버렸다.

되돌아온 종이는 내 손 위에 얌전히 내려앉았다. 난 다시 전달문을 탈탈 털어 버렸지만 정전기라도 인 것처럼 그것은 계속계속 내게 되돌아왔다.

자연스러운 일이 아니었다. 그제야 난 남자가 무슨 짓을 한 건지 깨달을 수 있었다.

"당신, 마법사예요?"

"하, 여기까지 와서 끝까지 모르는 척 하는 건가?"

"무슨 말이에요!"

"그런 식으로 나와도 더 통할 건 없어. 바텐더가 당신은 모르는 일이라고는 했지만 그거야 나중에 다 알게 될 일이지. 그 통신문은 쓰든 말든 결과는 달라지지 않아. 단지 당신이 스스로 결과를 알린다면 법적 절차에 당신에게 유리한 점이 한 줄 추가되겠지. 알겠지만 거짓말할 생각은 미리 접어두라고 하고 싶군."

"도대체 무슨 말을 하는 거냐고요!"

내가 소리치자 남자는 피식 코웃음을 쳤다.

"뭐든, 확실히 알리는 게 좋을 거야. 그럼, 잘 가."

남자가 나가고 문이 닫혔다. 내가 그 순간 할 수 있었던 건 닫힌 문에 대고 다시 소리친 것뿐이었다.

"내가 그딴 연락 할 줄 알고, 이 무뢰한아!"

그때 문손잡이가 철컥했다.

남자가 다시 돌아온 걸까? 겨우 그 정도 간덩이로 만용을 부린 결과 나는 이불을 덮어쓰고 숨을 죽여야 했다. 그러나 착각이었는지 다시 문이 열리지는 않았다.

휴… 이불을 들치고 고개를 내밀던 찰나, 나는 비명을 지르고 말았다.

"으악, 저, 저, 저!"

방은 내가 처음 짐을 푼 곳이 아니었다. 고급스럽다고 감탄한 그곳보다 훨씬 고급스럽고, 넓고, 으리으리했다.

그런데 내가 비명을 지른 건 낯선 방이나 그 방의 화려함이나 고급스러움에 놀라서는 아니었다. 그 방에 어울리는 고풍스러운 시계가 가리킨 시간을 인지하는 순간, 내 몸은 총알처럼 튕겨졌다.

기차가 떠나기까지 겨우 50분밖에 남지 않았다. 만일 오늘 기차를 놓친다면 나는 수도 맹하른에서 하루 더 묵어야 한다. 그 말인 즉, 묵을 장소도, 기차 삯도 없이 거리를 헤매야 한다는 뜻이다. 어쩌다 이런 사고를 치게 되었는지 생각 따위 할 겨를이 없었다.

나는 초인의 경지를 발휘해 짐만 풀었던 내 방에서 짐을 찾아 체크아웃부터 했다. 그리고 막 호텔에 도착한 손님의 마차를 강탈하듯 타고 마부를 향해 외쳤다.

"맹하른 중앙역이요!"

다행히 나는 노련한 마부를 만났다. 그 마차가 맹하른을 달리는 공용 마차 중 최고급이었고, 그래서 마차 삯이 100은화에 달한다는 것보다 시간 안에 역에 도착할 수 있었다는 게 더 중요했다. 피가 마르는 20여 분이 지나고 마차가 역 앞에 도착했다.

"고맙습니다!"

나는 평소라면 벌벌 떨 큰 금액을 마부에게 흔쾌히 내밀고 역 안으로 뛰어 들어갔다.

내가 타고 5분이 채 지나지 않아 열차가 출발했다. 차창 밖의 풍경이 움직이는 걸 보고서야 나는 실감할 수 있었다.

"나의 일생일대의 수도 구경이 이렇게 허무하게 끝나 버리는구나……."

맹하른이 점점 멀어지고 있었다. 호텔 아흐라다에 올 일은 없을 테지만 다시 오면 그만이라고 생각했던 곳이다.

하지만 맹하른조차 다시 올 일은 없겠지. 이 흑역사는 내가 죽을 때까지 묻혀야 할 일이다. 나는 좌석 대신 놓인 침대에 벌렁 누워버리고 말았다.

자리에 눕자 지난밤이 꿈이 아닌 것이 새록새록했다. 온몸을 짓누르는 근육통, 그리고 화끈화끈한 작열감이 밀려왔다. 나는 눈을 감았다. 이대로 눈을 감았다가 뜨면 모두 잊었으면 싶었다.

그 순간까지만 해도 나는 그 방에 버려두고 온 전달문이 내 짐 가방 끝에 매달려 딸려 왔다는 건 까맣게 모르고 있었다.

술래잡기, 시작

일르뉴 영주부 돼지 사육장.

수도에서 일르뉴에 돌아오자 나를 반긴 건 놀랍지 않게도 새 임지 발령 통지서였다. 그만두고 떠나거나 사육장으로 가거나.

오기가 난 나는 사육장으로 가기로 했다. 그 남자에게 고마운 한 가지는 루원에 관한 찜찜함을 말끔히 덜어내 준 것이다. 그리고 냄새 나고 거칠고 단순한 돼지 사육장에서의 새 출발은 거짓말처럼 그 남자와의 일을 잊게 해주었다. 하지만 그 유효기간도 보름이 끝이었다.

"맙소사……."

투명한 시험관의 액체가 맑은 분홍빛을 띠고 있었다. 아름답기까지 한 분홍빛에 나는 시험관을 마구 흔들었다. 그러나 이지러지는 빛이 다시 묽어지는 일은 없었다. 작은 격랑이 가라앉는 동시에 시험관은 다시 분홍빛을 자랑했다.

"어머, 색이 정말 곱네요? 어느 암퇘지가 임신의 주인공인가요?"

미끄러지는 손에 억지로 힘을 준 건 순전히 비싼 시험관을 깨뜨리지 않기 위해 학교에서 훈련된 습관 덕이었다. 조심한다고 했는데 하필 이 말 많고 탈 많은 여자 에실리가 들어오는 것도 모르고 집중했던 모양이다. 목덜미로 흐르는 식은땀을 느끼며 나는 간신히 대답할 수 있었다.

"8, 8번이요……."

"어머, 8번? 처녀 개통하더니 바로 성공했네요!"

차라리 18번이라고 할걸. 졸지에 처녀 개통에 임신한 암퇘지가 되고 말았다.

"네, 그런가 봐요."

나는 시험관에 커다랗게 8번이라는 이름표를 써서 붙여놓고는 거치대를 올려 꽂았다. 거치대엔 그것 말고도 십수 개의 시험관이 꽂혀 있었다.

"욱, 냄새!"

에실리가 갖은 인상을 쓰며 흠칫 뒤로 물러났다.

그도 그럴 것이 에실리의 앞에 들이민 것은 암퇘지들의 소변이었다. 이 예쁜 분홍빛을 내는 시험관도 실은 임신한 암퇘지의 소변에 반응한 색이었다. 그게 인간의 임신 반응과 똑같아서 탈이지만.

"앗, 벤틀리 씨가 가져다달라고 한 게 있는데 깜빡했네. 이따 봐요."

에실리가 코를 막은 채 도망쳤다. 그러고 보니 이 사육장도 다 속이 편한 건 아니었다. 사육장 직원인 에실리는 돼지 오줌 냄새보다 더 지독하게 텃세를 부렸다. 이번에도 뭔가 제 할 일도 떠넘기려다 일을 보고 도망치는 거였다.

에실리를 쫓아낸 것엔 성공했으나… 나의 눈은 다시 8번이라 써 붙인 시험관에 못 박히고 말았다. 그리고 책상 위엔 보름째 지긋지긋하게 따라다니고 있는 그 전달문이 얌전히 놓여 있었다.

"뭐라고 쓸까……."

내가 이 전달문을 노려보며 끙끙거린 지 사흘째다. 내가 임신의 충격에 적응하기까지 그 정도 시간이 걸렸다고 보면 된다. 실은 내 임신 여부 확인을 재촉한 것이 바로 이 요망한 전달문이었다.

마법사로 짐작되는 그 남자가 내게 건네준 이 전달문은 내게서 한 걸음 이상 절대 떨어지지 않았다. 물에 젖지도 않고 불에 넣으려면 튀어 올라 손을 델 뻔하기도 했다.

이 작은 종이에 이 정도 마력을 퍼부은 걸 보면 보통 마법사는 아닐 것이다. 하니 그 남자가 내게 했던 협박도 그냥 하는 말이 아니라는 게 확실해졌다.

처음엔 임신을 확인한 후에도 이 전달문을 무시하고 싶었다. 하지만 남자가 '법적인' 운운했던 경고를 쉽게 넘길 수가 없었다. 섹시함 외에도 자연스럽게 부와 권위를 뿜어내던 분위기로 봐서 남자는 필시 귀족일 것이다.

마법사이면서 귀족, 확실히 잘못 얽혔다.

최악의 가정이라면 남자가 아이를 빼앗아 가는 깃이지만 귀족들은 보통 사생아를 잘 들이지 않는다. 정통성과 후계 문제에 큰 영향을 미치기 때문이다. 예외로 아이만은 거두기도 하지만 아이의 어미는 철저히 배제된다. 혹시, 그러려는 걸까?

아니, 그건 극히 드문 경우다. 그람 시에서 학생들이 종종 그런 사고를 치는 걸 봤었지만 예외적인 경우는 거의 없었다. 그러나 뭐가 됐든 남자와 깨끗하게 매듭지어야만 할 것 같았다.

물론 그 남자에게 아이를 책임지라고 할 생각 따윈 없었다. 다만 내가 사는 이곳이 문제였다. 나는 일르뉴에서 계속 살아가야 할 것이고, 설사 여기를 떠난다 해도 아이에게 흠을 만들어줄 수는 없었다.

이혼녀라는 꼬리표와 사생아는 비교가 안 된다. 뻔한 거짓일지언정 아이를 보호할 수단은 그 하나뿐이었다.

아이를 지울 생각을 안 해봤느냐고 묻는다면, 절대, 절대, 절대! 비록 실수로 생긴 아이지만 그럴 생각은 추호도 없었다.

그건 별이 때문이다. 내 친구 영은의 딸 별이.

영은은 나의 둘도 없는 친한 친구였다. 어린 시절부터 비슷한 처지에서 자라 어른이 되어서도 제일 가까웠던 영은은 어느 날 내게 덜컥 임신했음을 알렸다. 영은의 애인은 백수에 알코올중독자였으며 시시때때로 영은을 때리기도 하던 몹쓸 인간이었다.

나는 울면서 위로를 구하는 영은에게 직장과 앞날에 위협만 되는 아이를 지우라고 했었다. 영은은 눈물을 지우고 나를 다시는 안본다며 가버렸다.

영은과 다시 만난 건 영은이 아이를 낳던 순간이었다. 친정 엄마도, 백수 애인도 떠나 버린 영은은 아이를 낳기 직전 그 모질던 나를 불러주었다.

나는 영은이 아이를 낳는 순간과 별이 커가는 과정을 함께했다. 그러면서 별이가 나를 향해 웃고, 나를 불러줄 때마다 송곳같이 찌르는 죄책감을 느껴야 했다. 그 천사 같은 아이가 나 때문에 세상을 보지 못할 뻔했다.

비록 별이 세 살이 될 때까지밖에 보지 못했지만 내가 느꼈던 그 죄책감은 잊지 못할 것이다. 그러니 내 아이를 내 손으로 없앤다는 건 절대 있을 수 없는 일이다. 아이는 존재를 증명한 순간부터 이미 단단한 생명이었다.

나는 다시 전달문을 보며 갸웃거렸다. 그 남자의 의도가 의심스러웠다. 혹시 그 남자가 원하는 건 '뒤처리' 때문이 아닐까? 아주 몹쓸.

덜컥 겁이 났다. 높은 확률로 그럴 수도 있다.

갑자기 든 두려운 생각에 나는 전달문을 밀쳐 버렸다. 눈 가리고 아웅이지만 이혼녀 행세를 하자면 준비가 필요했다. 난 심혈을 기울여 작성한 공고문을 다시 꼼꼼히 읽기 시작했다.

〈구인 공고〉

조건: 머리 – 검은색, 눈 – 짙은 갈색이나 보라색, 용모 단정.

면접: 화상 통신.

할 일: 예복 입고 결혼식 사진 찍기, 마법 통신구에 고용주가 원하는 곳으로 화상 통신 2회.

사진과 화상 통신에 드는 제반 비용은 고용주 측에서 부담할 것이며 고용비는 3금화임(선금 1금화, 일이 끝난 후 완납할 것임. 마법 공증 비밀 각서 필(必)).

공고문에 완성 마침표를 찍으려다 나는 입술을 깨물었다. 아무래도 남자의 경고를 무시할 수가 없었다.

아이를 두고 도박을 할 수는 없지만 적어도 그 남자는 두려운 뒤처리를 상상할 만큼 비열하거나 잔인해 보이지는 않았다.

물론 루원과 사귀기로 했던 나의 눈을 믿는 건 곤란하다. 그러나 나중에 아이에게 왜 아비가 없는지, 최소한의 변명거리를 만들고 싶은 마음이 더 컸다.

결국, 나는 마음을 다잡고 전달문을 책상에 올렸다. 뭐라 써야 할지 그토록 고민해도 쓸 말이 없었는데 공고문을 보자 문득 생각이 떠올랐다.

　–긍정의 결과를 알려 드려 매우 유감스럽습니다. 해서 저와 혼인식 사진을 찍어줄 수 있는지요. 준비와 비용은 제가 처리할 것이며 이후의 일은 다시없을 것을 마법 공증으로 약속하겠습니다.

　곧 죽어도 임신했다는 말은 쓰기 싫었다. 하지만 충분히 알아들었을 것이다.

　하얀색 종이에 까만 글씨가 깜빡거리다가 금세 회색으로 잠들었다. 이건 그쪽에서 받았다는 의미였다.

　답신이 올 때까지 얼마나 걸릴까? 당황하는 남자의 얼굴을 떠올리며 나는 심술궂게 웃었다. 그런데 기다릴 것도 없이 회색 글씨 밑으로 다른 글씨가 생겨났다.

　–아니.

　이럴 줄 알았다. 짐작은 했지만 답변을 듣는 순간 화와 안도가 동시에 진동했다. 아무튼 결과를 들었다는 것에서 안도의 감정이 더 커졌다. 나는 다시 일필휘지로 답신을 적었다.

　–답변 주셔서 감사합니다.

정말 감사했다. 그 남자는 차후 내 아이에게 어떤 권리도 행사하지 못한다. 이건 기록으로 남았으니 이제 빼도 박도 못할 것이다. 그 남자가 말한 '법적인' 것에서도 자유로워진 것이다.

덕분에 나는 후련해진 마음으로 공고문을 보냈다.

용병 상회 처리는 정말 빨랐다. 5분도 지나지 않아 공고문 아래에 금세 등록 완료 표시가 왔다. 이제 기다리기만 하면 된다.

공고문에 새로운 문구가 오면 화상 통신 방에서 면접을 보고 내가 용병, 가짜 남편이 되어줄 이를 구한다. 가짜 남편은 나와 사진을 찍고 일르뉴 영주부로 화상 통신으로 결혼식만 하고 떠나는 남편의 아쉬움을 토로한 채 영영 나타나지 않으면 된다. 그야말로 최상의 시나리오였다.

그나저나 나는 어쩌다 그 남자와 일을 치르게 된 걸까? 잘린 기억은 아무리 생각을 짜내도 도무지 떠오르지 않는다. 그 남자는 알 수도 있는데. 하지만 다시 볼 일 없는 남자에게 그런 걸 물어볼 일은 없을 것이다.

"후⋯⋯."

나는 나도 모르게 오늘 들어 다섯 번째 새어 나오는 한숨을 삼켰다.

• • •

쾅 하고 문이 열렸다. 금발을 날리며 뛰어 들어온 남자가 책상을 노려보고 있던 이에게 서류 한 장을 팔락이며 소리쳤다.

"이거 봐봐, 알라!"

"한 번만 더 날 그렇게 부르면… 죽는다, 발더."

음산한 울림이 흡사 으르렁거리는 것 같았다. 줄기줄기 마력까지 뿜어내는 살벌함에 처음 보는 이는 오금이 저려 고개도 들지 못했을 것이다. 이것이 지난 이십여 일간 타나릴의 상태였다.

타나릴은 흡사 치통 앓는 맹수 같았다. 그것도 호랑이 서너 마리쯤은 찜 쪄 먹는다는 할레이드르 산맥의 붉은 곰.

평소 위험 신호가 붙은 맹수가 언제 터질지 모르게 으르렁대는 모습을 보려면 굳이 멀리서 찾지 않아도 된다. 그만큼이나 타나릴의 기분은 매우 저조했다.

그리고 발더야말로 타나릴의 기분이 왜 그런지 익히 알고도 남는 이였다. 덕분에 이 순간에도 트레니알라 예그하라에게 장난스럽게 여성스러운 애칭을 붙여 부를 만큼 간이 컸다.

"이거 지금 안 보면 너 후회할걸?"

발더가 다시 서류를 팔락였다. 한껏 눈을 찌푸린 타나릴이 천천히 고개를 들었다.

"뭔데 그렇게 야단법석이야?"

"이게 뭘까아아아요?"

타나릴의 눈이 더 가늘어졌다. 그가 책상에서 완전히 눈을 떼며 손을 내밀었다.

"이리 줘."

"자, 내가 이거 주면 너는 나에게 뭘 줄… 히익!"

눈앞에서 별이 번쩍했다. 뭔가 그을린 냄새에 발더가 풍성한 금발을 넘기다 말고 멈췄다. 까끌까끌한 느낌과 함께 머리카락 몇 가닥이 바닥으로 떨어졌다.

"야, 내 머리카락 홀랑 다 태워 버릴 뻔……. 아니, 태우지 않아줘서 고마워."

버럭 하던 발더의 목소리가 중도에 쪼그라들었다. 마력의 충돌로 머리카락만 태울 정도의 번개를 일으킨 마법사와 눈이 마주쳤기 때문이다.

그사이 발더가 인질로 잡고 있던 종이는 이미 타나릴의 앞에 펼쳐져 있었다.

치통 앓는 곰이 마왕으로 각성하고야 말았다. 부족한 수면으로 눈 아래 짙은 다크서클을 덮고 있는 타나릴은 평소에도 마왕의 모습으로 부족함이 없다. 그러나 그가 이 순간 진정한 마왕으로 등극했음을 발더는 깨달았다.

커진 간덩이에서 스르르 바람이 빠졌다. 발더는 호기 있게 차고 들어온 저 문을 다시 얌전히 닫고 나가고 싶어졌다.

"발더."

"으, 응?"

"이거, 언제 올라온 거지?"

"방금? 일르뉴에서 이게 올라오자마자 내가 바로 복사해 온 거니까 한 10분 남짓?"

"그럼 내 방문을 걷어차기 전에 게시 중지는 하고 온 거겠지?"

"이걸 너한테 알리는 게 더 중요한 것 같아서……?"

발더는 슬금슬금 뒷걸음질했다.

"게, 게시 중지부터 할까? 아니, 해야지!"

발더는 거의 필사적으로 문을 통과해 뛰었다. 올 때는 신이 나서 뛰어왔지만 갈 때는 뒤통수에 번개가 꽂힐까 뛰어야 했다.

게시 중지? 사실 몰라서 안 한 건 아니었다.

내가 그런 걸 할 쯤이냐, 그건 엄연히 직권 남용에 개인의 권익 침해다, 어쩌고저쩌고를 준비해 왔었던 발더였다. 그러나 각성한 마왕을 보자니 그 말은 목구멍 안쪽으로 쑥 기어 내려갔다. 마왕을 깨우다니, 저가 죄인이다.

발더는 제 사무실에 도착하자마자 방금 뽑아낸 용병 상회의 공고 하나에 게시 중지를 걸었다. 마법 전달문으로 연결된 공고문은 즉시 처리되었다.

3년 전 만들어진 마법 전달문은 마법 공학부에 엄청난 충격을 안겨주면서 개발되었다. 또 개발과 동시에 업계와 시장에 굉장한 인기를 끌며 급격한 보급이 이루어져 이젠 행정처나 상회, 개인에게까지 널리 쓰이고 있었다.

마법 공학부에 있음으로써 주어지는 장점은 그런 공고문을 훔쳐보고 이렇게 슬쩍 가로채서 게시 중지도 할 수 있다는 것이다. 그런데 문제가 있었다.

"아뿔싸……."

발더는 공고문 아래 쓰인 글자들을 보며 나직이 신음을 뱉어냈다.

마왕의 여자가 올린 공고는 간단한 일에 임금이 너무 좋았다. 그 짧은 새 응한 이가 다섯이나 되었다. 이 사실을 제 입으로 말하고 싶진 않지만 알리러 가야 했다. 그것도 당장.

발더의 무거운 발걸음이 다시 타나릴의 사무실로 향했다.

"…이더라."

발더는 떠듬떠듬 이실직고했다.

"네 말은, 그 망할 마녀의 공고에 응한 이가 다섯이나 된단 말이지?"

"마녀라니! 괜히 애먼 여자에게 그런 말 하다가 너 고소당해!"

"마녀가 아니면, 감히 내게 그런 짓을 할 수 있을 것 같아? 2급 마법사인 내게? 그리고 고소? 할 테면 하라지. 아니, 하러 오면 환영이야."

하긴 이 상황에 그 여자가 마녀든 아니든 그게 무슨 상관일까. 성의 없이 고개를 끄덕이던 발더는 타나릴의 수상한 점을 발견했다.

제가 문을 박차기 직전 타나릴이 보고 있던 것은 공학부 서류가 아니었다.

각성한 마왕의 정신이 반쯤 딴 곳에 팔려 있었다. 덕분에 발더가 슬금슬금 목을 빼고 책상 위를 엿보는 것도 몰랐다.

타나릴이 즉시 전달문을 엎었지만 한발 늦었다. 발더는 속으로 고개를 끄덕였다. 마왕의 각성은 나 때문이 아니었구나.

"아, 그래도 너한테 먼저 알리긴 했네?"

타나릴의 눈썹이 날카롭게 각이 섰다.

"그게, 시간을 보니 그래도 공고보다는 너한테 보낸 게 먼저인 것 같아서……."

마법 전달문을 창안한 사람의 독창성과 유용함은 여기에서도 돋보인다. 문자와 함께 그것이 도착한 시간도 함께 기록되니까.

공고문과 비교하자니 약 3분 정도 차이가 난다. 이 정도면 타나릴의 답을 받자마자 공고문을 올렸다는 말이다.

"아, 그렇구나! 공고문은 미리 작성했다가 올린 모양이네?"

발더가 감탄하며 말했다. 추리는 훌륭했고, 심지어 정확했지만 마왕이 원하는 바는 아닌 게 확실했다.

"……."

"어, 너 그러다 이 부러지겠다!"

발더의 요란에 타나릴은 제 상태를 깨달았다. 겨우 이 정도로 저가 흥분했다는 게 더 충격이었다.

"이제 어쩌려고?"

발더의 눈이 다시 반짝였다. 제가 신이 난 것을 전혀 감출 생각도 없어 보였다. 발더 또한 타나릴과 반대의 이유로 내내 저 상태였다.

타나릴이 저 반짝거리는 노란 머리를 확 그슬어 버리지 않는 것은 발더의 아버지 리만 후작에 대한 예우였다.

그날, 여자와 그렇게 헤어지고 가장 먼저 마주친 이가 바로 발더였다. 아니, 발더는 바로 그의 객실 앞에서 기다리고 있었다. 세상의 모든 기대와 궁금증을 가득 안은 채로.

타나릴은 발더와 곧장 전날 술을 줬던 바텐더를 잡으러 갔다. 덕분에 약물에 의한 사고였다는 것을 알게 된 발더의 기대는 한풀 꺾였지만 여자와 헤어진 사연에 대해 듣고부터는 다시 뭔가를 기대하는 모양이었다.

"그 여자, 정말 너 모르는 것 아냐?"

발더는 여전히 로맨틱한 상상에서 헤어나지 못하고 있었다. 천만에. 약을 섞은 술을 함께 마셨다는 것부터 그 여자에게 우연이라는 말은 가당치 않았다.

"차라리 그 바텐더가 날 모른다고 해."

"아, 그랬지!"

타나릴이 그날 마신 술엔 강력한 미약이 들어 있었다. 타나릴이 당할 정도의 미약이라는 것도 놀랍지만 그 배후를 알아내지 못한 것이 더 문제였다.

약을 탄 범인은 바텐더였다. 그러나 바텐더는 타나릴과 그 여자가 먹은 술에 약을 탄 것을 실토했을 뿐, 배후에 관해선 모른다는 말로 일관했다.

심문의 강도와 정황을 미루어 봤을 때, 바텐더도 최면에 당해 벌인 일이었다는 결론으로 흐르고 있었다. 따라서 여자가 어느 정도 가담했는지는 알 수 없는 일이었다.

만일 그 여자도 우연히 그 술을 먹은 거라면 그녀 또한 악의적인 장난의 피해자일 것이다. 하지만 타나릴은 그런 우연을 믿지 않았다. 더구나 그 여자가 미끼를 문 이상 더더욱 믿을 수가 없었다. 정말 임신했다고 보내다니, 반드시 대가를 치르게 할 것이다.

"하지만 그 여자가 보낸 내용만 보면 너와 그리 상관하고 싶어 하지 않는 것 같은데?"

고개를 갸웃하는 발더에게 타나릴은 코웃음을 쳤다.

"나름 언질을 받았겠지. 냉큼 직설적으로 나오면 내가 믿지 않을 걸 알 테니까. 더구나 임신에 대한 직접적인 말을 빼고 교활하게 '긍정'이라는 단어로 표시한 것만 봐도 확실해."

"그런데 말이지… 사실이면 어쩔 건데?"

"뭐가!"

"그 여자가 진짜 임신한 거면 말이야. 그러면 넌 어떻게 할 거냐고. 그 여자, 처녀였다며? 그것만으로도 충분히 책임지라고 할 수 있는 거 아니야?"

"설사 진짜 임신했다 해도……."

내 애일 리가…….

타나릴은 뒷말을 씹어 삼켰다. 그 여자가 처녀였던 확실했다.

정신이 반쯤 나간 상태에서도 시트와 자신의 분신을 붉게 물들인 혈흔이 생각났다. 약간 고통스러워하던 그녀를 무시하며 밀어붙이던 자신도. 그리고 그녀가 지쳐서 거의 기절할 때까지 끊임없이 탐하던 자신이 생각났다. 그렇다면 금세 다른 남자와……?

순간 치미는 불길에 타나릴은 주먹을 꽉 쥐었다.

그러나 발더는 이 희극에 희망을 놓지 않고 있었다. 어쨌거나 타나릴을 홀린 최초의 여자니까.

"타나릴?"

"말해."

"그 여자가 사기꾼이라면 당연히 혼쭐을 내줘야겠지. 그런데 그 여자는 널 모른다고 했다며? 내 생각엔 말이야, 만일 그 여자가 정말 너를 모른다면, 그러면 그런 공고문 올린 거… 이유를 알 것 같은데?"

"뭐?"

"공고 내용을 보아하니 이혼녀 행세를 하려는 것 같은데, 그런 거 아닐까?"

"……!"

"뭐가 됐든 그 여자에 대해서 직접 알아보면 되잖아? 알아보고 나서 혼쭐을 내든 애를 데려오든 하는 게 좋지 않을까?”

아이는 가능성 없는 이야기다. 그럼에도 그런 설명을 할 수 없는 이상 발더의 추측이 틀리다고 말할 수는 없었다. 차라리 그 여자가 ‘긍정’의 답만 하지 않았다면. 그랬다면 그녀를……

그 여자를 어쩔 건데? 마지막에 든 생각에 타나릴은 속으로 마구 고개를 저었다.

“타나릴?”

발더가 재차 부르는데도 생각에 잠긴 타나릴은 눈빛만 형형해지고 있었다. 마왕의 분위기가 묘하게 심각해진 탓에 발더는 주춤했다. 타나릴이 벌떡 일어나며 말했다.

“네 말이 맞아. 혼쭐을 내든 뭐든 사실을 확실히 밝히고 나서 해야 옳겠지. 가자.”

“자, 잠깐… 타나릴!”

발더는 그새 저만큼 멀어진 타나릴에게 따라붙어 손가락으로 제 얼굴을 가리키며 말했다.

“나도 가는 거야?”

“당연하지.”

일말의 여지도 없는 단호함에 발더도 같이 고개를 끄덕일 뻔했다. 하지만 금세 정신을 차리고 따졌다.

“왜 내가 가, 나 안 가!”

“널 떼어놨다간 언제 떠벌릴지 모르니까.”

그런 이유였어? 발더는 이번엔 진짜 고개를 끄덕일 뻔했다. 물론 발더는 마법 공학부 소속답게 입이 무거운 이였다.

그러나 발더가 무조건 입이 가벼워지는 이가 있었다. 그것도 가까이, 두 사람이나.

그의 아버지 리만 후작과 타나릴의 아버지 예그하라 공이 타나릴의 부재에 관해 묻는다면 발더는 무조건 주절주절 다 흘리고 말 것이다.

인정하는 바지만 발더는 내일의 데이트 약속을 생각해 마지막 저항을 시도했다.

"내, 내일 일정은! 너, 혜자임 공방이랑 오딘, 창에 순서대로 시찰 나가기로 했잖아."

각각 마법 공방, 마법기술사단, 마법기기 제조사로서 마법 공학부와 밀접한 연관이 있는 민간 기업이다. 공교롭게도 그 모두가 예그하라 산하의 기업이었다.

"미룰 수 없는 일 아니잖아?"

"그, 그, 그건 그렇지만!"

"내가 지금까지 기다려 준 것만 해도 그 여자는 고맙다고 해야지. 더 늦었다면 내가 그냥 갔을 거야."

그랬다면 과연 어떤 일이 벌어졌을까. 그건 타나릴 자신이 더 궁금한 사항이었다.

"일르뉴라니, 거기가 얼마나 먼데!"

발더는 울상이 되고 말았다. 정말 이대로 일르뉴에 끌려간다면 고대하던 데이트는 포기해야 할 것이다.

그날, 여자는 더 매달리거나 전언을 남기는 것 없이 흔적도 없이 사라졌다. 그러나 마법 공학부 소속의 사람들에게 사람 하나 찾는 건 일도 아니었다.

그녀의 주소지를 찾고 이름을 확인하고 수도에 올라온 사연을 확인하기까지 열흘, 지금은 그 여자의 집안 5대조(代祖)가 누구인지까지 뒷조사도 완벽히 끝난 상태였다.

그녀가 머문 방이 다른 남자의 이름으로 예약된 것에 분노한 타나릴을 지켜볼 때 발더는 머리끝이 쭈뼛할 정도로 짜릿했다. 그녀가 문제의 그 남자와 잠시 사귀던 사이였으며, 지금은 틀어진 관계 때문에 돼지 사육장으로 밀려난 것까지, 그 모든 걸 조사한 이가 발더 자신이었다.

물론 조사한 정보원은 따로 있었지만 그들을 지휘해 정보를 모으는 것이 발더의 주된 업무였다. 타나릴은 약물에 취해 여자와 일을 치른 것에 분노하고 있으면서도 그녀의 다른 남자에 대해 신경 쓰는 걸 미처 다 숨기지 못했었다. 물론 발더만이 알 수 있는 일이었다.

그래서 발더는 더 바라고 있었다. 타나릴이 이토록 화를 내는 것 자체가 그 하룻밤에 육체적인 교류 이상의 무엇이 있었을 거란 기대를 하게 했다.

그런데 지금의 타나릴은 그런 말랑말랑한 기대를 하기엔 무척이나 화가 나 있었다. 그 기대를 다 버린, 오로지 분노만 남은 타나릴은 위험하기 짝이 없어 보였다.

"가자, 발더."

"버, 벌써? 이렇게? 정말? 최소한 준비할 시간은 줘야지! 일르뉴에 타고 갈 것도 수배해야 하고……."

발더는 필사적으로 버텼다. 그런데 의외로 그 말이 통했다.

"그럼 내일 다섯 시."

"오, 오전?"

대답 대신 돌아온 건 타나릴의 살벌한 눈빛이었다.

여기서 두말하면 찢어질 거라는 데 발더는 도박을 하고 싶지 않았다. 그 순간, 운 없는 직원 한 사람이 문을 열었다가 뒤도 돌아보지 않고 도망쳤다.

"이봐, 서류는 주고 가야지!"

같잖은 핑계로 타나릴에게서 탈출한 발더는 제 방에 돌아와서는 좌절했다.

"레타에게 뭐라고 해야 하나……."

통신구를 연결하는 발더의 손이 파르르 떨렸다.

다음 날 어두컴컴한 새벽, 발더가 졸음을 이기며 억지로 대문을 열었을 때는 시커먼 마차가 입을 벌리고 서 있었다.

"어맛, 깜짝이야!"

시커먼 마차에 시커먼 정장을 입은 타나릴을 보면 누구든 발더처럼 심장이 벌렁거릴 것이다. 발더가 기겁하며 앙탈을 부렸지만 소리도 없이 닫히는 문 안으로 빨려 들어가 구석에 던져질 뿐이었다.

"마법사가 민간인을 폭행한다!"

발더는 고래고래 고함을 질렀다. 그러나 그의 목소리는 마차 밖으로는 전혀 새어나가지 못했을 것이다.

타나릴은 마법사의 민간인 폭행에 관한 형법 제7조8항을 주워섬기는 발더에게 눈길도 주지 않은 채 조용히 무언가를 뒤적이고 있었다. 그것은 발더가 지난 이십여 일간 가장 열심히 작성한 보고서였다.

"마그리예 힐 사우스……."

타나릴이 읊조리는 이름에 발더는 발딱 일어나 서류에 있는 내용을 요약했다.

"통칭 리예, 나이, 24세. 일르뉴 이웃 시 그람 행정고등학부 수석 졸업. 모교 2년 조교 근무를 마치고 작년 10월 일르뉴 영주부 8급 행정원으로 취직. 부모는 19세 때 마차 사고로 사망했으며 고모가 일르뉴에 살고 있음. 이달 초 수도로 출장 왔다가 돌아간 후 곧바로 돼지 사육장으로 발령 남. 이상!"

"힐이란 말이지."

힐은 귀족 작위에 붙일 수 있는 성 중 하나였다.

"마그리예 영애의 할아버지가 마녀와 결혼하는 바람에 작위가 반납되었는데 마녀 차별 폐지법이 통과된 후 복권되었어. 본인은 아는지 모르는지 그 이름은 안 쓰는 것 같지만. 그람 시 학창 시절과 조교 시절도 조사해 봤는데 그쪽도 깨끗해. 사람을 거의 사귀지 않고 살아온 사람 같았어. 그러면서도 평판이 나쁜 건 아니야. 마치 그림자 같다고나 할까, 아무튼 매우 조용하게 살아온 사람이었어."

바텐더에게 약을 타도록 사주한 이와 연결이 끊긴 것부터 난항이었는데, 여자 쪽 연결 고리를 찾는 것은 더 어려웠다. 소리 없이 조용히 돌아간 데다 아무와도 연락하지 않았기 때문이다. 발더는 여기에서 가장 고생했다.

"제일 먼저 찾아본 건 카리자엘 이하 4번까지의 연관이었는데 전혀 연결점이 없었어. 그날 수도에서 일르뉴로 곧장 돌아온 데다가 아무와도 연락한 정황이 없어. 연관이 있다 해도 일르뉴에서부터는 아니야."

십여 년간 타나릴과의 하룻밤을 노리는 시도는 셀 수도 없었다. 여자들 개인적인 유혹도 많았지만 그보다는 타나릴의 이복 남매인 네 자매의 악취미로 비롯된 수작이 더 많았다.

첫째 카리자엘을 위시한 그의 이복 누이들은 누가 먼저 타나릴의 침실을 공략할지 내기를 벌이고 있었다. 그 내기의 시작은 15년도 넘었다.

"루윈 로이거? 일르뉴 영주의 아들과 사귀었어?"

"사우스 영애의 집안이 3 대 전까지는 일르뉴에서 알아주는 집안이었나 봐. 할아버지 대에서 망해 버리기 전만 해도 작위도 건재하고 재산이 많았다고 하더라고. 워낙 쫄딱 망해서 사우스 영애는 아무 혜택도 없었겠지만. 그래도 그 이름만큼은 아직 그 지역에 깊이 남아 있나 봐. 일르뉴 영주는 그 이름값을 갖고자 며느리로 삼으려 했던 것 같아. 그러나 아들과 헤어지자마자 바로 쫓아낸 거지. 정황으로 봐선 사우스 영애가 수도에 온 것도 그래서였던 것 같아."

정황은 너무나 여자에게 유리할 정도로 딱 맞았다. 마치 그녀가 무고한 것처럼. 그녀가 '리예'라는 이름으로 접근한 게 아니라 우연히 그 장소로 왔고, 우연히 걸려든 피해자인 것처럼 말이다.

마지막에 헤어지며 미끼를 던지면서도 타나릴은 그녀가 임신했다는 말만큼은 하지 않기를 바랐다. 만일 순백의 그녀가 저 때문에 몸을 망친 거라면 책임질 의무가 있다는 생각까지 했었다.

그날 아침, 어쩌면 자신보다 더 놀랐을 그녀에게 했던 무례에 용서를 구하고 무릎을 꿇을 용의도 있었다. 비록 시작은 불순한 사고로 비롯되었다 해도 어쩌면 다른 미래가 있을 수도 있다고 생각했다.

그러나 그녀는 미끼를 물었다. 임신이라는 말 대신 교묘하게 '긍정'이라는 단어를 쓰면서 그를 농락했다. 내심 누르고 있던 기대감이 깡그리 무너졌다.

그런데 더 환장할 일은 마지막에 보낸 '감사합니다'가 더 속을 뒤집었다는 것이다. 그것은 근거 없는 배신감 따위는 한순간에 불사를 만큼 새로운 화를 불러왔다.

'미쳤지…….'

타나릴은 눈을 꾹 감았다. 있을 수 없는 가정이 머릿속 한구석에 가시처럼 박혀 빠지지 않았기 때문이다.

'만일…….'

자꾸만 마지막 헤어질 때 그녀의 얼굴이 생각났다.

환한 햇살 아래 순진한 얼굴로 눈을 깜빡이면서도 미처 가리지 못한 몸은 새벽까지의 흔적으로 붉게 얼룩져 있었다. 요염함과 순진함이 어우러진 얼굴엔 억울함과 당혹스러움이 한가득했다.

그런 그녀에게 손을 뻗지 않으려고 더 사납게 몰아쳤던 것 같았다. 그리고 지금까지 내내 그 얼굴을 떠올리지 않으려 애써야 했지만 떠올리는 순간 그녀의 얼굴이 선명해졌다.

'어쩌면, 그녀가 정말 거짓말을 한 게 아니라면…….'

마음이 격랑에 휩쓸린 나뭇잎 배처럼 마구 흔들렸다. 피식, 냉소가 흘러나왔다. 떠다니며 흔들린 만큼 침몰은 순식간이다.

"가보면 알겠지."

"응? 뭘 알아?"

타나릴은 대답 없이 일어났다. 마차는 어느새 멈춰 있었다. 발더는 그새 마차에서 나가 성큼성큼 가고 있는 타나릴을 보며 고개를 갸웃했다. 오랜 친구의 감은 타나릴의 분위기에서 종잡을 수 없는 기운을 읽어냈다.

분명 마왕은 위험할 정도로 단단히 화가 나 있었다. 그런데 앞서 가는 뒷모습이 묘하게 긴장한 듯했다. 마치 처음 선을 보러 가는 새 신랑처럼.

'에이, 마왕이 그럴 리가! 내가 감이 떨어졌나?'

타나릴은 그새 저만치 앞서 가고 있었다. 발더는 타나릴이 저를 잊었을 거란 부질없는 기대를 하며 뭉그적댔지만 금세 보이지 않는 끈에 엮인 듯 몸이 당겨졌다. 그를 절대 잊지 않은 마법사의 염력이다. 땅에 질질 끌려가기 전에 제 발로 일어나야 했다.

"그래, 간다, 가!"

잰걸음으로 타나릴에게 달려가던 발더는 그제야 주변 풍경을 확인하고 눈을 휘둥그레 떴다.

"헉, 우리 비행선 타는 거야? 설마 저건 아니겠지?"

발더는 저만치 고고히 서 있는 하얀 비행선을 보며 입을 쩍 벌렸다.

저 하얀 돛을 단 나선형의 멋진 비행선은 마이라 비행사가 자랑하는 신형 전용선이다. 1인당 승선비가 보통 서민 가장의 1년 연봉을 호가하는 가격도 가격이지만 예약을 맞추기도 치열하다. 그런데 그것이 당장에라도 날아오를 듯 엔진을 가동하고 있었다.

"어, 이건 언제……?"

"게시 중지."

'아, 내가 게시 중지하러 갔을 때? 그 짧은 새 비행선 관제탑과 통신하고 전용선 예약까지 했어? 번갯불에 콩을 볶아라. 그런데 그렇게도 예약이 되는 거였어, 이게? 그럼 정말 내가 준비할 시간을 준 거였어?'

발더는 속으로 중얼거리며 눈으론 매끈한 전용선을 구경하느라 정신이 없었다. 전용선을 수차례 타봤던 발더도 감탄할 정도로 신형 전용선은 아름답고 호화스러웠다. 물론 눈이 튀어나올 정도로 비싸겠지만 타나릴에게 이 정도는 아무것도 아닐 터.

'썩어날 정도로 돈이 많은 놈!'

발더가 속으로만 구시렁거리는 동안 그 넓은 좌석에 단 두 명의 승객을 위한 승무원이 다가왔다. 마이라사 특유의 흰색 바탕에 하늘색 사선 무늬의 유니폼을 입은 여자 승무원은 한눈에 봐도 아찔한 몸매와 외모를 자랑하고 있었다.

"예그하라 후작님, 발더 자작님의 승선을 환영합니다. 목적지까지 다섯 시간 이십 분 예상하며 도착 시간에 맞춰 마차가 대기할 것입니다. 제 이름은 예니라고 합니다. 음료와 다과는 호텔 아흐라다 수준으로 구비해 두었으니 무엇이든 필요하면 저, 예니를 아무 때나 불러주십시오."

승무원이 타나릴을 향해 고혹적으로 웃어 보였다. 타나릴이 손짓만 하면 숫제 침대에라도 뛰어들 기세였다. 방금 안내도 음료와 다과보다는 그녀 자신을 주문해 달라는 말처럼 들렸다.

타나릴은 어딜 가나 여인들의 좋은 먹잇감이었다. 여자들에게 혐오증에 가까운 불신감이 팽배한 것도 어쩌면 당연한 일일지도 모른다.

"그쪽 이름 부를 일 없으니 나가 있어요."

타나릴은 가벼운 손짓만으로 그녀를 쫓아내고 바로 눈을 감았다.

이게 평소의 타나릴이다. 그런데 주위에 사람이 있는지도 아랑곳없이 객실 바깥에서부터 여자와 열렬히 입을 맞추던 타나릴은 아직도 못 믿을 모습이었다. 하지만 그게 실제 있었던 일이니 지금 이 비행선에 오른 거였다.

비행선이 하늘로 떠올랐다. 구름을 헤치는 비행선은 빠르면서도 조용했고 실내는 쾌적했다. 창밖으로 운무와 햇빛이 어우러진 장관이 펼쳐지고 있었지만 타나릴의 시선을 끌지는 못했다.

눈을 감고 있는 모습만 보자면 타나릴은 신이 빚어놓은 조각 같았다. 건들면 바로 터질 듯한 위험 신호가 느껴지는데 그것 또한 여자들이 환장하는 매력이라나. 다른 누구도 아닌 레타가 해준 말이니 신빙성이 있다.

애인 생각에 발더의 입가가 느슨해졌다가 시무룩해졌다. 몰려오던 잠기운이 달아났다.

"자?"

"아니."

"음, 이건 그 여자의 말이 사실인 걸 가정해서 하는 말인데…….
만일 그 여자가 너에게 연락하지 않았다면 어쩌려고 했어?"

"……."

"그 여자가 네가 준 전달문을 아예 무시했다면?"

"…없지."

아마도 그럴 리가 없다는 말 같았다. 하긴, '법적인' 운운했으니
연락하지 않을 도리도 없었을 것이다.

그런데 말하고 보니 잘못된 질문이었다. 타나릴은 이미 '그냥'도
찾아가려 했었다고 했으니까.

그럼 가서 뭐라고 했을 건데? 실은 그걸 묻고 싶었던 거였다.

그 순간 느껴지는 한기에 발더는 몸을 부르르 떨었다. 쾌적함을
자랑해야 할 선실 내에 찬바람이 일고 있었다. 이건 기분탓이 아니
라 실제 현상이었다. 갑자기 떨어진 온도에 팔을 교차해 쓸던 발더
는 저를 쏘아보는 눈빛에 뒤로 넘어질 뻔했다.

"…왜, 왜?"

"자라."

"으, 응, 자야지."

발더는 허우적대며 담요를 꺼내 차가워지는 몸을 감쌌다. 눈을
감았다가 뜨면 목적지에 도착했으면 좋겠다. 기운을 뿜는 것만으

로 실내 온도를 낮추는 저 마왕과 다섯 시간 넘게 갇혀 있어야 한
다니 다섯 시간이 아니라 오 개월쯤 먼 미래 같았다.

그나마 좋은 점은 눈치 없이 타나릴을 탐색하러 왔던 다른 여자
승무원이 요란한 재채기와 함께 물러났다는 것이다. 탐스러운 먹
잇감을 낚는 데 거침없는 그녀들도 차마 타나릴에게 실내 온도를
낮추지 말라 요청할 용기까지는 없었던 것이다.

선실 내부는 점점 추워지고 있었지만 정작 냉기를 뿜는 마왕의
안색은 변함없었다. 이 냉기는 기본적으로 마력을 발산하는 주인
의 몸을 보호하기 때문이다.

얄밉도록 잘나고 강한 놈! 어쩌다 저런 놈에게 걸려서는 쯧쯧.

발더는 속으로 일르뉴에 있는 미지의 여자에게 동정을 보냈다.
그리고 담요를 두르고 또 한 겹 더 둘렀다.

• • •

용병 상회의 일 처리는 꽤 빨랐다. 공고를 올린 다음 날 즉각 통
신문으로 연락이 왔다.

"겨우 다섯 명?"

보수를 꽤 세게 불렀다고 생각했는데 생각보다 지원하는 이가
적었다. 다섯 명 중에 한 사람이라도 적합자가 있길 바라야 할 것이
다. 마침 오늘이 휴일이어서 면접은 바로 볼 수 있을 것 같았다.

공고문에 화상 통신 번호와 면접자 시간을 적으려는 순간이었다. 앞이 깜빡거리더니 '그것'이 눈앞에 펼쳐졌다.

눈을 뜨고 꿈을 꾸는 게 아마 이런 기분일 것이다. 그것은 나의 의지와 상관없이 '보기'를 강요했다.

그것은 신문의 한 면이었다. 제국신문의 가장 앞면에 오른 커다란 제목이 유독 눈에 띄었다.

〈희대의 마녀 앙켈루야, 1, 2급 마법사 15명을 포함, 지금까지 밝혀진 것만 42,641명 살해〉

그 아래 작은 글씨로 적힌 사설이 보였다.

마녀 앙켈루야가 히그틀리 산맥의 젖줄을 움켜쥔 순간을 막을 수 있었다면 이런 비극은 일어나지 않았을 것이다.

신문을 보며 사람들이 중얼거리는 소리도 들렸다.

"내가 다시 2201년을 살아간다면 그 땅부터 살 거야."
"마녀가 차지하기 전에?"
"그 땅이 천혜의 요새인 것도 있지만 그 요망한 것이 발견된 곳이잖아."

"그래, 그것만 없었어도……."

"마녀가 거기를 산 때가 언제였는데?"

"2201년 5월……."

그것은 나타난 것처럼 깜빡거리며 서서히 사라졌다. 나는 눈을 감으며 몸을 부르르 떨었다.

맙소사, 이건 미래에 일어날 일이었다. 미래의 일을 보는 것은 처음이 아니었다. 5년 전, 내가 이 세계에 온 지 3년이 지났을 때가 처음이었고, 벌써 세 번째였다.

내가 이 세상에 온 건 열여섯 살 때의 일이었다. 그야말로 갑자기, 어떤 징조도 없이 어느 한순간 암전. 그리고 눈을 뜨니 이 몸이었다.

내가 마그리예 사우스의 몸으로 깨어나기 직전, 몸의 원래 주인은 늦은 열병을 앓고 있었다고 한다. 마력이 없는 이들을 걸리는 일명 마열병이라 불리는 이 병은 보통 어린아이들이 많이 앓는 것이었다.

마열병은 늦게 앓을수록 가망이 없는 병이라 열여섯 살이나 된 내가 앓았을 때는 다들 죽는다고 했다고 한다. 그렇게 모두 포기했을 때 떠돌이 주술 의원이 날 살려줬다고 했다. 그러나 기적적으로 깨어난 건 알맹이가 달라진 나였다.

느닷없이 반전된 세상은 낯섦 그 자체였다. 시대도 환경도 역사나 언어, 문화도 다른 낯선 세상에 떨어진다는 건 아득한 혼돈 속에 빠지는 것과 다를 것이 없었다. 나는 이것이 꿈이기를, 다시 나의 삶으로 돌아가기만을 간절히 바랐다.

하지만 눈을 뜬 내가 제일 처음 본 건 나의 부활에 기쁨의 눈물을 흘리는 부모님이었다. 부모님께 나는 유일한 자식이었고, 그런 분들께 난 내가 당신들의 진짜 딸이 아님을 말할 수 없었다.

그러나 나는 갑자기 이곳에 오게 된 것처럼 언제 다시 내 세상으로 돌아가게 될지도 모른다는 생각을 지울 수 없었다. 나는 나를 애지중지하는 부모님을 뵐 때마다 내가 당신들의 진짜 딸이 아니라는 죄책감에 마음 깊숙이 벽을 세웠다. 내가 열여덟 살이 되자마자 멀리 떨어진 학교로 간 것도 그래서였다.

그리고 다음 해, 나는 첫 번째 미래를 보았다. 홍수로 난 산사태가 부모님이 탄 마차를 덮치는 사고였다. 그 미래에서 아버지는 어머니를 간신히 구한 후 사망했다.

눈 뜨고 꿈을 꾸는 것 같았지만 나는 그것이 단순한 환상이 아니라는 걸 알 수 있었다. 나는 곧바로 편지를 써서 부모님께 비극이 일어난 날 절대 외출을 하지 말 것을 수차례나 애원했다. 갑자기 벽을 세우고 멀어지던 딸이 부리는 엉뚱한 고집에 부모님은 그러마, 하고 약속해 주셨다.

하지만 그것이 더한 비극을 낳았다. 부모님은 그날의 산사태는 피했지만 평범한 마차 사고로 두 분 다 돌아가시고 말았던 것이다.

부모님이 돌아가신 직후, 나는 머릿속을 스치는 경고를 들을 수 있었다. 내가 보는 것을 누군가에게 말한다면 더 큰 비극으로 돌아올 거라는 거였다. 비정하게도 미래를 보여준 미지의 존재는 그런 식으로 내게 내가 본 것을 발설하지 말라 경고했다.

두 번째 미래를 본 것은 그람 고등 과정 학교에서 조교로 일할 때였다. 사건은 규모가 더 커졌고 더 끔찍했다. 남서부 지역의 인재들 수십 명이 살해당하며 제국 전역에 충격을 줄 정도였다. 내가 다니던 학교의 학생들도 그 엄청난 피해자들 속에 있었다.

첫 번째 경험의 잔인한 경고로 나는 이미 아무에게도 그런 사실을 말할 수 없다는 걸 알았다. 설사 말한다 해도 믿을 수 있는 이야기도 아니었다. 그렇다고 넋 놓고 있을 수는 없었다.

다행이라면 힌트가 있었다. 인재들이 공통적으로 마법 공학부에 아이디어 공모를 냈다는 사실이었다.

마침 제국 마법 공학부의 아이디어 공모를 시작할 때였고, 그 대회의 서류 접수 담당자가 나였다. 나는 공모 서류를 제출하기 직전 서류를 약간 조작했다. 제출자의 출신을 모두 지우고 학생들 고유 번호만 남겨두어 개별 신청식으로 변경한 것이다. 미래에서 본 바로는 피해자들의 출신에 관계된 것 같기에 그렇게 바꾼 것이었다.

그럼에도 끝내 학생들은 죽었다. 하지만 내가 봤던 미래와는 확실히 달라졌다. 그람 학교에서만 십수 명이 넘었던 피해자가 세 명으로 줄어든 것이다.

예견에 대해 누군가에게 말한다면, 더 큰 비극으로 돌아온다. 그러나 나 스스로 미래를 고치는 건 허용되었다. 다분히 자의적인 해석이지만 그날 이후로 나는 확신했다.

그런데 다시 이런 장면을 보게 된 것이다. 더구나 이건 차원이 다른 대규모 살상을 예고하고 있었다.

"바꿔야 해!"

하지만 어떻게? 마녀를 미리 찾아내서 막을까? 말도 안 된다. 누군지 모르지만 안다 해도 내가 대적할 수 있을 리가 없다.

방법은 내가 본 미래에 또 있었다.

땅. 마녀가 둥지를 튼 그 땅을 처음부터 갖지 못하게 한다면 미래의 큰 비극의 단초를 끊을 수 있게 될 것이다.

무슨 돈으로?

여기서 막혔다. 그러나 오래 고민할 필요는 없었다. 돈은… 있다. 그래, 그 돈이 있었다!

예견을 되짚었다. 마녀가 히그틀리 젖줄이라는 곳을 차지한 때가 2201년 5월. 오늘은 2201년 4월 20일이다. 마음이 급했다.

한 가지 희망이 있다면 이런 미래가 보인다는 건 내가 막을 수 있다는 뜻이다.

그러나 전도를 꺼내 히그틀리 산맥을 살펴본 나는 침음을 흘릴 수밖에 없었다.

히그틀리는 여기서 마차로 최소 보름은 걸리는 곳이다. 그런 곳을 임신 초기의 몸으로 가는 것도 엄두가 안 나지만 그 시간이면 그곳은 이미 마녀의 땅이 되었을 것이다. 그보다 빠른 수단을 찾아야 했다.

나는 서둘러 짐을 꾸리기 시작했다. 돈이 얼마나 있는지도 확인해야 했지만 일단 히그틀리로 가는 게 먼저였다.

가만, 그럼 사육장 일은?

내일 당장 출근할 걱정을 하자 주마등처럼 내 주위 사람들이 지나갔다.

배신한 전 남친, 전 절친, 동전 바꾸듯 날 쫓아낸 영주, 일 떠넘기기에 급급한 동료, 마지막으로 호시탐탐 유산으로 남은 집을 노리는 고모.

잘못 살았다 싶었다. 나를 이곳에 붙잡아둘 사람이 아무도 없었다. 부모님의 집에서 살아야겠다던 미련도 히그틀리로 가겠다는 생각을 하자마자 쉽게 떨쳐졌다. 일르뉴에 미련이 없어지자 가짜 남편을 구할 면접도 필요가 없어졌다.

그 돈을 애써 잊고 묵혀두었던 이유를 생각하며 나는 피식 웃었다. 한때 루원과의 미래를 생각했다니, 새빨간 거짓말이었다.

그 돈은 두 번째 예견 이후 생긴 것이다. 그 돈이 그 땅을 살 수 있는 정도인지는 아직 모른다. 그런데 그 돈을 건드린다는 건 나는 돌아가지 못한다는 사실을 인정해야 한다는 뜻이었다.

이건 과장된 생각이지만 두 번째 예견의 피해자 속에 어쩌면 나도 포함되었을 수도 있다. 나도 같은 시기, 마법 공학부 아이디어 공모에 응모했었기 때문이다.

공모에 응한 건 나름 시험이었다. 이전 세상의 것이 이곳에서 통하는 건지 보고 싶은 마음에서였다. 학생 시절 학교에 제안했다가 응모해 보지도 못하고 묵살당한 것에 아쉬움을 풀고 싶은 마음도 있었다.

놀랍게도 1등이라는 결과가 돌아왔다. 그리고 그 결과물이 실제 생산되어 로열티로 쌓인다고 했다. 하지만 난 계좌만 만들고 그대로 묻어버렸다.

1등이라는 사실은 놀라웠지만 그렇게나 우수하게 평가받는 것으로 만족했다. 그것이 돈이 되고 그 돈을 쓰는 건 다른 문제였다.

이제 여기에 적응해야 한다는 뜻일까 봐. 이 세계에 완전히 섞일까 봐. 이 세계가 나의 것이라는 것을 인정해야 할까 봐.

나는 느닷없이 온 것처럼 느닷없이 돌아갈 것이란 기대를 버리지 못했었다. 이곳에서의 일들이 어느 날 깨어나는 꿈이길 바랐다. 별이가 보고 싶었고 영은이가 걱정되었다.

다 부질없는 일이었다. 이제 그 돈이 필요하게 되었다. 아니, 그게 아니라 해도 난 이제 돌아가면 안 된다.

"이젠 아기가 있으니까."

난 소리 내어 중얼거리고선 고개를 저었다.

내 아기를 두고서 어딜 갈까. 이 아기가 생긴 순간부터 나는 이 세상에 닻을 내린 것이다.

하지만 아직 이 닻이 튼튼하지 않았다. 예견을 해결하지 못하고 선 나는 어떤 미래도 설계할 수 없을 것이다. 너무 강렬한 예감이라 벗어날 수가 없었다.

나는 공고문에 구인 취소를 보낸 후, 새로운 종이 두 장을 꺼내 간단하게 메모를 남겼다. 하나는 사직서, 하나는 고모에게 이 집을 관리해 달라는 내용이었다.

욕심 많은 고모라면 어떻게든 이 집을 차지하려 안간힘을 쓸 테지만 덕분에 집을 불태우거나 밀어버리지는 않을 것이다. 사실 고모가 집을 차지한다 해도 상관없었다. 얍삽하고 교활한 사람이긴 하지만 돌아가신 아버지와 진짜 혈연은 고모뿐이라 해도 무방하니까.

나는 편지 두 통을 옆집 할머니에게 맡기고 작별 인사를 했다.

"부탁해요, 진진 할머니."

"정말 떠나는 거야? 이렇게 갑자기?"

"네, 그렇게 되었어요."

"어디로 가는 거야?"

"그건 나중에요……."

진진 할머니는 나와 루원의 교제 사실을 알고 있었다. 그래서 내가 그와 헤어지면서 떠난다고 생각하는 것 같았지만 굳이 오해를 풀어주지는 않았다.

갑작스럽게 사직서를 냈지만 영주나 영주부 쪽에 미안할 것도 없었다. 아니, 오히려 바라마지 않는 사표일 것이다. 내가 더 버티지 않고 떠나주어서 감사할 테지.

짐을 다 싸가지고 가지 못하는 것도 아쉬울 것은 없었다. 어차피 히그틀리로 이삿짐을 가지고 갈 수는 없는 노릇, 부족한 것은 새로 사면 그만이다.

나는 며칠 출장을 가는 것처럼 간단히 짐을 챙겨 집을 나왔다. 다른 출장과 다른 것이라면 짐 속에 부모님의 사진과 집을 배경으로 찍은 내 사진이 들어 있다는 것이다.

정류장에는 마침 내가 떠나기를 기다린 듯이 일르뉴에서 그람으로 가는 정기 여객 마차가 대기하고 있었다. 일르뉴에서 영영 떠나는 것이나 마찬가지인데 나를 배웅하는 이는 없었다. 내가 떠나는 걸 아는 사람도 옆집 진진 할머니뿐이었다.

손님을 다 태운 마차는 미련 없이 출발했다. 고향 마을이라고 하는 곳에서 마지막으로 나를 배웅한 것은 일르뉴에서 보기 드문 고급스러운 마차가 스치며 날린 먼지뿐이었다.

"안녕."

나는 고급 마차의 뒤꽁무니를 향해 마지막 작별 인사를 했다.

• • •

촌이라는 말이 어울리게도 일르뉴에는 비행선 기착지가 없었다. 그래서 타나릴이 탄 비행선은 최대한 가까운 기착지가 있는 그람 시에 내렸다. 두 남자는 그람 시에서 내리자마자 대기하고 있던 마차에 올라 일르뉴로 향했다.

"이야, 촌은 촌이네."

발더의 푸념에도 타나릴은 반응이 없었다.

타나릴은 비행선에서 내내 눈을 감고 있었다. 그러다 마차를 타고부터는 신경이 첨단을 달리는 듯했다. 창밖에 그 여자가 당장에라도 나타날 듯이 한시도 눈을 떼지 않고 있었다. 덕분에 발더도 일르뉴라고 크게 쓰인 표지판을 놓칠 수가 없었다.

"야, 이제 진짜 다 왔다!"

발더가 기지개를 켜며 타나릴의 눈앞에 손을 흔들었다. 눈에 힘 좀 풀라는 뜻에서 한 일이지만 오히려 타나릴의 눈매가 더 각이 진 것이 부작용이었다.

"흠, 흠. 저쪽에서 여객 마차가 나오고 있네. 사람이 살긴 사는 동네 맞네! 아, 하하하, 아하하하…….."

여객 마차가 지나치는 순간 타나릴이 벌떡 일어났다. 발더는 어색하게 웃다 말고 정신없이 물었다.

"왜, 왜?"

"방금 저 마차에……."

"응?"

타나릴은 먼지를 일으키며 사라지는 여객 마차를 보다가 고개를 젓고는 자리에 앉으며 말했다.

"아니야. 위치는 확인했지?"

"어? 응. 일르뉴 영주부 상공에서 찍은 사진으로 주소 확보했지. 바로 찾아갈 수 있어."

발더가 자신만만하게 대답한 만큼 목적지를 쉽게 찾았다. 마차를 세우자 조금 떨어진 이웃집에서 한 노파가 나와 그들을 의심스러운 눈으로 쳐다보고 있었다.

"계세요! 마그리예 사우스 영애, 계신가요?"

발더가 노파를 의식해 큰 목소리로 주인을 불렀다. 하지만 몇 번이나 목청을 높여도 안에서 들려오는 대답이 없었다. 그러던 중 그들을 노려보던 노파가 커다랗게 손을 저었다. 그러나 그들이 다가가려 하자 집으로 쏙 들어가 버렸다. 그나마 경계심 가득한 노파의 몸짓이 이 집에 사람이 없다는 표시임은 알아본 게 다행이었다.

"엄청나게 친절하기도 하네. 쩝, 시골 인심이 원래 이리도 야박한가?"

툴툴거리던 발더는 말도 없이 마차로 발길을 돌리는 타나릴을 불렀다.

"어디 가?"

"여기 아니면 직장에 있겠지. 사육장도 알아뒀지?"

"실수다, 근무 주기까지 조사하진 못했네."

발더는 마부에게 사육장 방향을 일러주고는 또 창밖 붙박이가 된 타나릴에게 물었다.

"무슨 생각해?"

"아무 생각도 안 해."

"정말?"

"내가 생각을 할수록 누군가가 더 잘게 찢어질 테니까."

"어… 알았어."

발더는 입을 뻐끔거리다가 결국 다물었다.

누군가가 잘게 찢어진다는 저 말이 그저 형상적인 표현이 아니라는 것을 발더는 누구보다도 더 잘 알고 있었다. 그 상대가 지금 찾아가는 그 여자는 아니길 바랄 뿐이다. 발더는 타나릴의 화가 더 깊어지기 전에 제발 여자를 찾기를 빌고 또 빌었다.

하지만 사육장에서 만난 에실리라는 여자에게서 리예가 비번이라는 말만 듣고 물러나야 했다. 찾는 여자 대신 치근덕대며 붙으려는 여자를 피해 급히 되돌아 나오던 발더는 가장 높은 가능성을 짚었다.

"아, 맞다! 혹시 그 면접 보러 간 건 아닐까? 화상통신 면접을 본다고 했잖아? 화상통신이면 집에서 못 할 거 아니야. 그거 때문에……."

발더는 말하다 말고 입을 다물었다. 타나릴의 안색이 더욱 흉흉해졌기 때문이다.

이런 시골에서 화상통신이 가능한 곳은 영주부뿐이다. 영주부로 방향을 틀려던 그들은 아까 리예의 옆집에서 봤던 노파가 걸어가는 것을 보았다.

다시 질문을 할 겸 발더가 마차를 세우고 노파에게 태워준다고 해보려 했다. 그러나 흡사 납치범을 대하는 듯한 냉대에 돌아서야 했다. 그녀가 일르뉴에서도 유명할 정도로 낯선 이를 싫어하기로 소문난 괴팍한 노인네라는 걸 두 남자가 알 리가 없었다.

그렇게 문을 닫고 다시 가려던 순간 타나릴이 갑자기 마부에게 외쳤다.

"당장… 그람 시로 출발해, 어서!"

"왜! 무슨 일이야, 타나릴?"

"그 여자, 떠났어."

"뭐?"

"그 여자, 떠났다고!"

타나릴이 이를 갈듯 속삭였다. 마차 문을 닫는 순간 노파가 혼자 중얼거리는 말을 듣지 않았다면 그녀가 떠났다는 것도 알지 못할 뻔했다. 아니 너무 늦게 알았을 것이다.

리예를 배웅하러 나왔다가 돌아가던 노파도 그녀가 어디로 가는지 몰랐으니 찾는 일은 요원해지고 말았을 것이다.

"아까 그 마차!"

"그 마차가 왜?"

"그 마차에서 봤던 여자, 그 여자가 맞았어!"

"뭐?"

"서둘러! 마부, 관도에 들어서면 마법을 쓸 테니 최대한 빨리 달리게! 어서!"

"네? 네에!"

마부에게 소리친 타나릴은 다시 이를 갈았다. 찰나간에 여객 마차와 스치던 그때 구불구불한 남색에 붉은 색실이 섞인 머리카락을 봤다고 생각했었는데 그게 그 여자였다.

발더가 물었다.

"호, 혹시 도망친 걸까? 네가 온 걸 알고?"

"그럴 리가……."

타나릴은 도중에 말을 끊었다. 아니, 어쩌면 그럴지도 모른다는 생각이 들었다. 노파가 '저 사람들을 피해 그렇게 급하게 떠난 걸까?'라는 말도 했었기 때문이다.

만일 그렇다면 그 여자는 정말 그를 속이기 위해 접근했음이 틀림없다. 그 말은 그 여자가 보낸 전달문의 내용도 거짓이란 거다. 그러니 꽁지가 빠지도록 도망치는 것이겠지.

"마리그예. 힐. 사우스……."

타나릴의 눈이 이글거렸다.

관도로 들어선 마차가 미친 듯이 달리기 시작했다. 마법사의 버프를 받은 마차는 광란의 질주를 시작했다.

이 불법 질주가 걸리면 얼마나 많은 벌금을 물게 될까.

발더만 홀로 그런 걱정을 했다. 돈이야 썩어날 정도로 많은 타나릴에게 그깟 벌금이야 문제될 것 없지만, 마법사와 고위 공직자의 품위를 손상시킨 것으로 받을 벌점은 문제였다. 그리고 왜 이곳까지 와서 품위를 손상하는 행위를 했는지 예그하라 공작님의 추궁이 잇따를 것이다.

생각만 해도 오금이 저렸다. 여기서 가장 큰 문제는 그 오금 저리는 이가 발더 저 혼자만이 될 거란 거다.

타나릴이야 눈앞에서 폭탄이 터져도 눈 하나 깜빡하지 않을 것이다. 그 다혈질의 예그하라 공작의 엄청난 포격에도 마찬가지였다. 하긴 그 화려한 성격을 누구에게 물려받았겠느냐마는······.

"발더, 여객 마차가 그람 시에 닿는 시각을 알아봐 줘."

"어? 어······."

타나릴이 비교적 침착해진 얼굴로 말했지만 발더는 속지 않았다. 타나릴은 그야말로 태풍 전 고요의 순간을 맞았을 뿐이다.

그녀에게 분노가 아닌 다른 감정도 있는 게 아닌가 기대했었는데 다 글렀다. 시간이 지날수록 거세질 태풍에 맞닥뜨릴 그 여자에게 발더는 다시 한번 동정을 금치 못했다. 발더는 이동 통신구를 꺼내 정보부에 연결했다.

"타나릴, 마력을······."

"응."

이동 화상 통신기는 아직 개발 단계라 마법사의 마력이 보조되지 않으면 연결이 불안정했다. 짧은 대답과 함께 깨끗한 화질로 정보부와 연결되었다. 이 비싼 연결을 한 이유가 고작 여객 마차 운행 시간을 알려는 것이란 사실에 정보부 직원 에르모의 얼굴이 썩어 들어갔지만 곧 그람 시와 연결해 정보를 알려주었다.

일르뉴에서 그람까지 보통 3시간 규정이다. 그러나 승객들의 갖은 요구에 한 시간에서 많게는 두 시간도 지체될 수 있다고 한다. 아무튼 여객 마차는 1시가 조금 안 되어 출발했으니 4시 전후로 도착한다는 말이었다.

타나릴의 이마가 일그러졌다. 쫓는 입장에서 오차가 큰 건 반가운 일이지만 지금 벌써 3시를 넘어섰다. 타나릴은 마부석을 향해 말했다.

"마부, 좀 더 속도를 높이겠네."

"네? 네, 그러면⋯⋯."

마부가 당황하며 말을 더듬었다. 사고가 날 경우나 벌금에 관해선 미리 주지해 준 사실이지만 그래도 겁이 나지 않을 수 없었다. 지금도 엄청나게 달리고 있었기 때문이다.

"마차 삯은 세 배로 줌세."

"히익, 알겠습니다!"

마차가 더 빨라졌다. 그 순간 발더는 방금 깨달은 사실에 눈을 휘둥그렇게 떴다.

"너, 마력을 이중으로 쓴 거야?"

방금 타나릴은 마차를 달리는 마법을 계속 쓰면서 화상 통신에 마력을 보조한 것이다.

타나릴은 제국에서 얼마 안 되는 2급 마법사다. 대다수 마법사가 평생 마력에 매진해도 3급 마법사 자격 취득이 어렵지만 타나릴은 이미 10대에 3급 마법사가 되었고 20대 초반에 2급 마법사가 되었다. 그것만으로도 대단한데 마법을 이중으로 쓰는 건 또 차원이 달랐다. 마력을 둘로 나눠 동시에 쓸 수 있는 건 1급 이상 마법사만 가능했다.

"너, 언제부터……."

"얼마 안 됐어."

타나릴은 짧게 답하고는 눈을 감았다. 저건 잠을 자는 행위가 아니라 마차를 달리는 마력에 집중하는 것이었다. 이럴 거면 차라리 마차를 날게 하는 것도 어렵지 않으리라. 아마 지금 거의 그 수준인 것 같기도 했다. 솔직히 타나릴의 마력이라면 비행선 하나 날리는 것도 우습지 않을 것이다.

마차가 빨라진 건 좋았지만 그람 시에 다다를수록 발더는 초조해졌다. 하나둘 건물이 보이고 광속으로 달리는 마차를 보고 기겁하는 사람들도 보였다.

신고당한다. 반드시 신고당하고 말 것이다!

발더는 마지막까지 치안대의 눈을 피할 수 있기를 간절히 바랐지만 도무지 멈출 생각을 않는 이 광란의 질주가 눈에 띄지 않을 수가 없었다.

결국, 멀찍이 앞에서 격렬히 흔들리는 치안대의 깃발에 마차는 속도를 늦출 수밖에 없었다. 치안대가 흉흉한 표정을 지으며 마차로 다가오는 걸 보면서 타나릴이 발더에게 말했다.

"미안, 잠시만 자고 있어."

발더가 의문을 떠올리는 순간 목 뒤에 닿는 뜨끔한 충격과 함께 시야가 명멸했다.

"실례가 많았습니다. 친구가 급병이 나서 병원을 찾느라……."

타나릴이 치안대를 향해 말했다.

"이런, 급하실 만도 하군요! 저희가 안내하겠습니다!"

치안대가 마차 문을 열고 안을 들여다봤을 때 발더는 기절한 채 뽀글뽀글 거품을 뿜어내고 있었다. 마법으로 과장되게 낸 거품이라 실로 위급해 보였다.

불법 광속 질주를 한 범법자를 잡으려던 치안대는 오히려 사과와 함께 의원까지 안내한다며 앞장을 서려 했다. 그것도 이미 가는 길이라는 말로 둘러댄 눈치 빠른 마부의 융통성 있는 대답에 쉽게 풀려났다.

하지만 이렇게 된 이상 더는 전처럼 달릴 수는 없었다. 한 시간도 쉽게 연착된다는 여객 마차는 하필 오늘만큼은 시각을 지키는지 도중에 만날 수 없었다.

그래도 무조건 잡는다! 타나릴은 그 촌스러운 마차의 모양을 잊지 않고 있었다.

"저 마차입니다!"

다행히 여객 마차를 잘 아는 마부가 먼저 마차를 찾았다. 덕분에 정류장에 닿기 전 여객 마차를 따라잡을 수 있었다.

"세워주시오!"

노련한 마부가 여객 마차에 사인을 보내자 그리 복잡하지 않은 길에 두 마차가 나란히 섰다.

"무슨 일입니까?"

여객 마차 마부가 타나릴에게 굽실거리며 물었다. 고급 마차에서 내린 손님이 보통 신분이 아님을 본능적으로 깨달았기 때문이다.

"일르뉴에서 온 마차 맞는가? 사람 한 명을 찾으려고 하네. 이 마차에 탔다고 들어서."

"아, 그러십니까? 찾아보십시오. 이 손님이 찾을 손님이 계시답니다!"

여객 마차 마부가 마차 안쪽으로 외치고는 말을 덧붙였다.

"아까 몇 분 내리긴 했지만 대부분 여기 계십니다."

마부의 말에 불길한 예감이 든 타나릴은 마차 문을 열고 서둘러 안을 들여다보았다. 호기심 가득한 시선이 동시에 그를 향해 쏠렸다.

여객 마차 손님은 남자아이 하나와 그 아이의 엄마로 보이는 여자, 십 대 소년 소녀 셋과 노부부가 다였다. 어디에도 붉은색이 섞인 남색 머리카락의 여인은 없었다.

"손님이 먼저 내렸다고 했는가? 긴 남색 머리카락의 젊은 여자 손님, 그 여자도?"

"아, 그분이요? 목적지가 정류장과는 방향이 달라서 제일 먼저 내려 드렸습니다."

"어디로 간다던가?"

순간 마부의 표정이 이상해졌다. 과연 손님의 행방을 이런 식으로 꼬치꼬치 대답해도 되는지 의심하는 눈치였다.

어쩌면 타나릴이 도망친 애인을 잡으러 온 흉악한 전 애인이라고 생각하는지도 모른다. 하지만 그보다 더 로맨틱한 전개를 상상하는 천진한 십 대 소녀가 냉큼 대답을 가로챘다.

"아까 그 여자분, 비행 선착장 가는 길을 묻던데요?"

"얘, 막 대답해 주면 어떡해!"

"뭐 어때, 저렇게 잘생긴 남자라면 나도 찾으러 와 줬으면 좋겠다!"

까르르르. 소녀들의 웃는 소리를 들으며 타나릴은 즉시 타고 왔던 마차로 돌아갔다.

"고맙다, 이건 사례다."

즐겁게 웃던 소녀는 어떻게 날아왔는지도 모를 동전 하나를 쥐고 눈을 동그랗게 떴다. 하지만 뭐라 확인할 새도 없이 마차는 어느새 저만치 사라지고 있었다.

옆에 있던 친구가 먼저 확인하고 소리쳤다.

"헉, 이거 금화잖아! 겨우 그거 말해줬다고 이걸 준 거야?"

"엇? 어… 그런가 봐."

"앗, 내가 말해줄걸."

마차에 다시 오르던 여객 마부도 제 손에 쥔 금화를 보며 어리둥절한 얼굴을 했다. 금화는 이미 출발한 마차에서 날아와 동시에 정확히 저와 소녀의 손에 쥐어졌다. 마법사가 아니고선 할 수 없는 일이었다.

"내가 개개고 말고 할 상대가 아니었구나……."

짧은 단상을 마친 마부는 반대 방향으로 달려가는 마차를 한 번 더 돌아보고는 마차를 출발했다.

"마그리예 힐 사우스……."

여객 마차를 따라잡는 순간 깨어났던 발더는 타나릴의 포효를 들으며 계속 기절한 행세를 하기로 했다. 하지만 타나릴을 속일 수 없었다. 그는 마차가 선착장 앞에 서자마자 나가며 말했다.

"안 내리면 들고 간다."

"내, 내 발로 갈게!"

사실 본래 같으면 저를 기절시킨 걸 따져야 할 때다. 그러나 제가 해온 게 있었다.

그래, 놀리는 데 목숨을 걸긴 했다. 그 끝이 이런 비극일 줄 알았다면 그렇게까지 하진 않았을 것이다.

누가 이럴 줄 알았나. 발더가 눈치를 보며 내렸을 때는 마부가 약속한 이상의 보수를 받고 기뻐하고 있었다.

그들이 타고 온 전용선은 여전히 선착장에 대기하고 있었다. 여객실 입구에서 타나릴을 알아본 전용선 승무원이 고혹적인 미소를 지으며 다가왔다.

"후작님, 벌써 용무를 마시고 오셨군요? 선장님께 알리겠습니다."

"용무가 아직 끝나지 않았소."

비행선 여객실은 그리 붐비지 않았다. 다행인지 불행인지 타나릴은 여객실에 들어서자마자 접수구에서 승강이를 벌이고 있는 목표물을 발견할 수 있었다.

발더는 속으로 클라이맥스에서 울리는 팡파르를 불렀다.

드, 디, 어!

"히그틀리 산맥 가장 가까이 가는 여객선은 없나요?"

직접 대면하기도 전에 들린 리예의 말에 발더는 딸꾹질이 나올 것 같았다. 히그틀리가 멀긴 하지만 이 제국 내에서 마법 공학부의 눈을 속이고 도망칠 곳은 없다. 그것도 비행선을 이용한다면 아예 없다고 봐야 한다.

아니지, 비행선을 탄다는 걸 몰랐으면 놓쳤을 수도 있긴 했겠다. 순간 등이 서늘해졌다.

그건 그렇고, 히그틀리가 어딘지는 알고서나 고른 것인지부터 묻고 싶었다. 북쪽 미개척지와 맞닿은 히그틀리는 사람은 적고 척박하기로 유명하다.

"손님, 히그틀리는 직항로가 개설된 항공사가 없습니다. 지도를 보시면 여기 베나툼이 가장 가까운 곳입니다. 베나툼에서 내려서 마차를 타고 가시는 게 최단거리입니다. 하지만 베나툼에서 바로 마차를 탄다고 해도 히그틀리까지 이틀은 소요될 것입니다. 그리고 베나툼에 가는 여객선은 닷새 후에 있습니다."

"아, 안 돼⋯⋯. 그러면 너무 늦어요."

늦다, 도망치는 데 닷새나 걸리면 늦은 게 맞다. 그런데 이상하게도 리예의 조급함이 도망치는 사람처럼 보이지 않았다.

절망스럽게 중얼거리던 리예가 문득 반색하며 소리쳤다.

"아! 전용선, 전용선이 있잖아요!"

"손님, 전용선을 예약하시면 최소 사흘 후 준비가 됩니다. 그것도 히그틀리에 직접 내릴 수는 없는 건 마찬가지고요. 참고로 전용선은 예약만 2금화가 들고 최소 100금화의 비용이 듭니다."

리예의 소박한 차림새를 훑으며 대답하는 직원의 표정은 그렇게 친절하다고 볼 수 없었다. 그만한 비용을 감당할 수 있는지 묻는 직원의 억양에 리예는 돈과는 거리가 먼 걱정을 했다.

"그래도 최소 닷새나 걸린다는 거잖아요. 그러면 안 되는데……"

그녀가 이를 질끈 깨물며 직원에게 청했다.

"그럼 그 전용선이라도 예약할게요. 사흘보다 더 빠르면 추가금을 지불할게요."

"어맛, 그러신가요? 잠시만 기다려 주세요. 화상통신 방에서 예약 상황을 확인해야 합니다."

직원의 미소가 급격히 친절해졌다. 그런 직원에게 화가 날 법도 하건만 리예는 오로지 전용선이 가능한지 기다리느라 집중하고 있었다. 그래서 타나릴과 발더가 바싹 다가와 바로 뒤에 서 있는데도 전혀 눈치채지 못하고 있을 정도였다.

통신을 마치고 돌아온 직원이 어눌한 미소를 지으며 말했다.

"손님, 죄송하지만 지금 현재 전용선 예약이 어렵다는 답변이 왔습니다. 가장 빠른 전용선 예약이 이레 후인데 그땐 또 기상 악화가 예상되어 정확한 답을 드릴 수가 없다고 합니다. 죄송합니다, 손님."

"그러면 베나툼으로 가는 여객선이라도……"

"죄송합니다, 손님. 기상 악화가 닷새 후부터라는 소식도 함께입니다. 그래서 예약은 해드릴 수 있지만 베나툼행 여객선도 제날짜에 뜬다는 보장을 할 수가 없습니다."

"안돼……"

절망스럽게 속삭이는 리예에게 타나릴이 속삭였다.

"내가 태워줄까, 히그틀리 산맥까지?"

· · ·

"네, 정말요?"

구원의 목소리에 나는 뒤를 돌아보았다.

반짝거리는 까만 머리카락을 보자 기시감이 들었다. 호텔에서 봤던 바로 그 장면이다. 아니, 이건 기시감 정도가 아니었다. 빛에 익숙해진 눈에 남자의 실루엣이 확실해졌다.

"어, 당신!"

순간 눈앞을 스치는 살색 장면에 나는 눈을 깜빡였다. 보지 않아도 내 얼굴은 빨갛게 달아올랐을 것이다. 그런 식으로 헤어졌던 마지막 순간보다 침대 위 끈끈한 경험이 먼저 떠오르다니 음란마귀에 쓰인 모양이었다.

첫 경험인 데다 너무 강렬했다는 변명이 절로 나온다. 그 정도로 한눈에 마음이 흔들릴 만큼 매혹적인 남자였다. 하지만 남자의 날카로운 눈빛과 마주하는 순간 불쑥 한마디가 튀어나왔다.

"그런데 당신, 싫다고 했잖아요?"

순간, 남자의 눈이 가늘어졌다. 그 눈 안에 불길이 이는 것 같았다. 뭔가 잘못한 것 같은 분위기에 그가 속삭이듯 말했다.

"아니. 정확히는 '아니'라고 했지."

옅게 올린 입꼬리에서 분노가 느껴졌다. 적반하장 아닌가? 울컥 화가 치솟았다.

그러나 마주 화를 내진 못했다. 실은 나도 내가 반쯤 억지를 부리는 거라는 거 알고 있었기 때문이다. 제대로 된 자라면 누가 임신에 대해 쉬이 넘어갈까.

사고치고 덮기에 급급한 귀족들의 이야기를 '일반론'이라고 우기기는 여기까지 온 이 남자에게는 낯부끄럽다. 이 남자가 온 이상, 나도 억지를 부리는 대신 확실한 결론이 필요했다. 물론 내가 바라는 쪽으로.

내가 입을 다물자 남자가 다시 웃었다. 그 미소가 오싹하게 느껴지는 건 바로 옆에서 양팔을 감싸 안으며 부르르 떠는 금발 남자를 봐도 착각은 아닌 것 같았다.

금발 남자가 누구인지는 모르지만 아마 이 남자가 전에 말했던 '법적인' 처리를 하러 온 사람이 아닐까 싶다. 그렇게 생각하니 차라리 마음이 편했다.

그 순간, 남자를 바라보는 예약석 직원이 보였다. 남자를 향해 간도 쓸개도 다 내어줄 것처럼 보이는 직원의 얼굴은 나를 상대할 때와는 확연히 달랐다. 그녀 말고도 호기심 가득한 시선이 여기저기에서 쏟아지고 있었다.

"여기서 이렇게 할 이야기는 아닌 것 같아요……."

"그런 자각은 있으니 다행이군. 따라오지?"

"죄송해요. 멀리서 일부러 오신 건 알겠는데 제가 지금은 정말 바빠서요. 전달문이든 뭐든 주시면 나중에 꼭 연락드릴게요."

하지만 남자는 내가 한 말을 깨끗이 무시한 채 단 두 글자를 씹어 먹을 듯 말했다.

"가지."

단단히 화가 난 것 같았다. 화가 날 만도 하다. 처음 보는 여자와 사고 친 것도 모자라 임신했다는 소식을 들었으니 충분히 그럴 것이다.

그렇다고 내가 이해해야 할 범주의 일은 아니다. 사고는 같이 치르고 왜 나에게 화를 내는가 말이다. 마치 내가 무슨 죄라도 지은 양, 그리고 저가 그리 말하면 나는 따라야 할 거라는 듯한 남자에게 반항심이 일었다. 이해하자 싶다가도 화가 났다.

아니다. 지금은 그럴 새가 없다. 지금 나는 이 남자보다 나를 끌어당기는 일부터 먼저 해야 할 의무가 있었다. 나는 이미 돌아서는 남자를 무시하고 다시 다른 항로를 청해보기 위해 직원을 부르려 했다. 그러자 혼비백산한 금발 남자가 바싹 다가와 낮게 속삭였다.

"지, 지금은 가시는 게 좋을 거예요. 별로 위험한 놈은 아니니까…… 아니, 지금 가는 게 덜 위험하니까…… 그, 히그틀리에는 왜 가시는지 모르겠지만 그것에 관해서도 얘기해 보고요."

금발 남자가 뭐라 하든 무시하려던 나는 마지막 말에 저 남자가 방금 나에게 했던 말을 생각해냈다.

"잠깐만요, 방금 나를 태워준다고 했어요? 히그틀리로요?"

그러자 저만치에서 돌아선 남자가 천천히 고개를 끄덕이며 답했다.

"맞아, 전용선이 대기하고 있지. 당장 출발할 수 있어."

"고마워요! 자, 어서 가요!"

나는 곧장 옆에 내려두었던 짐 가방을 들고 남자를 재촉했다. 남자는 어이없다는 표정을 지었다가 곧 뒤에서 자기를 쳐다보고 있던 한 여자를 향해 말했다.

"선장에게 당장 출발하자고 하시오. 목적지는 히그틀리."

남자의 목적이야 나와 이야기를 맺는 것일 테지만 무엇 때문이든 이 호의를 놓치는 건 바보짓이었다. 역시 예견은 내가 스스로 일을 해결하고자 하면 그 해결의 길로 인도해 주고 있었다.

일은 성사될 것이다.

간다, 히그틀리.

"우와!"

비행선에 올라타며 나는 감탄사를 숨길 수 없었다.

남자가 말한 전용선은 최근 영주부 소식지에서 봤던 가장 최신 기종의 비행선이 틀림없었다. 이 최신 전용선은 모양도 날렵하니 아름답지만 크기는 좀 작아진 대신 속도가 더 빠르고 이착륙이 좀 더 자유롭다는 기사를 봤었다.

이 비행선이라면 히그틀리로 바로 갈 수 있겠지? 마녀보다 늦지 않을 테지?

승무원이 들어와 무어라 얘기하는 것 같았지만 내 귀엔 그녀의 말 중 '출발한다'는 말만 들렸다.

비행선이 둥실 떠오르며 지상이 멀어지기 시작했다. 금세 하늘 높이 솟은 비행선이 구름을 헤치기까지 나는 창밖에 넋을 빼앗겼다.

"흠, 흠."

문득 들리는 헛기침 소리에 뒤돌아보자 금발의 남자가 나를 보며 멋쩍은 미소를 보냈다.

'내가 무슨 짓을 한 거지?'

뒤늦게 현실에 닥쳤다.

나는 일생일대의 위험한 사고를 쳤고 함께 그 사고를 저지른 당사자가 지금 담판을 지으러 왔다. 그런데 오로지 히그틀리로 갈 생각에 그 남자와 오도 가도 못 할 비행선에 오른 것이다.

내가 이렇게나 무모하고 맹목적이었었나?

그런데 그때로 다시 돌아간다 해도 나는 이 남자의 제안을 거절하지는 못할 것 같았다. 나는 히그틀리로 반드시 빨리 가야 했고, 이 남자는 그곳에 갈 수 있다고 했다.

잠시 반성과 고찰의 시간을 가졌던 나는 따가운 시선에 고개를 들었다. 남자가 예의 그 날카로운 눈빛으로 쳐다보고 있었다.

이제 이 남자와 대화라는 걸 하긴 해야 한다. 그런데 저렇게 벽을 세운 남자에게 먼저 뭐라고 말해야 할까? 억울하고 당황스러운 걸로 따지면 내가 더하다고? 물론 전혀 들어줄 얼굴이 아니다.

하긴, 귀족 마법사가 하룻밤 사고로 애가 생겼다는데 좋을 리는 없다. 하지만 그렇다고 내가 이 남자의 기분을 이해해 줘야 하는 건 아니지 않은가 말이다. 내가 맹렬히 고민하는 새 존재감이 흐려지던 금발 남자가 말문을 틔었다.

"하하, 안녕하세요? 저는 발드르스 엘 리만이라고 합니다. 다들 발더라고 부르지요."

생긴 만큼 쾌활한 남자 같았다. 그러나 내가 그를 그런 간단한 애칭으로 부를 일은 없을 것이다. 아무튼 친절한 발더에게 나도 마주 인사했다.

"네, 저는 마그리예 사우스라고 합니다."

그리고 자신의 이름을 말하는 시간조차 아까워 보이는 사람 대신 발더가 그의 소개를 대신 했다.

"이쪽은 트레니알라 리암 예그하라라고 합니다. 그래서 애칭이 알라…타나릴이라고 합니다."

"그렇군요."

역시나 귀족이다. 트레니알라 리암 예그하라. 입속으로 가만히 되뇌던 나는 고개를 갸웃했다. 왠지 낯익은 이름인 것 같았다.

그런데 눈이 마주친 그는 또 나를 노려보았다. 저 멋진 눈을 왜 저렇게 못나게 뜨는 걸까. 흥, 마주 노려보라면 못 볼 줄 아나!

순간 반항심이 불뚝 올라오다 금세 푸시시 꺼졌다. 그럴 때가 아니다. 히그틀리에 데려다주는 사람에게 못된 소리를 할 순 없었다.

다행스럽게도 승무원이 들어오며 아슬아슬 살벌한 분위기가 누그러졌다.

"선장님의 전언을 전해 드리러 왔습니다. 목적지는 히그틀리, 이동 시간은 대략 18시간이지만 기착지가 없으므로 도착 시각은 유동적입니다."

"착륙할 때 알리라 하시오."

"알겠습니다. 한 시간 후 식사를 준비할 예정이니 싫어하는 음식이나 원하시는 것이 있으면 말씀해 주시기 바랍니다."

"준비되는 대로……."

그가 말하다 말고 나를 쳐다보았다.

왜? 혹시… 나보고 원하는 음식을 주문하라는 뜻인가? 정말?

내가 눈만 깜빡이고 있자 그가 승무원에게 손짓으로 물러나라는 표시를 했다. 품에 밴 권위가 너무 자연스러웠다. 저것이 귀족인가 싶기도 하고 거리감이 느껴졌다.

문득 마음이 철렁 내려앉았다. 그건 아니겠지? 설마, 아이를 빼앗으려는 건?

"그럼, 필요한 것이 있으면 불러주십시오."

승무원이 나가고 다시 무거운 침묵이 흘렀다. 다시 무거워진 분위기에 나보다 발더가 안절부절못하며 눈치를 보는 것 같았다. 결국, 발더가 먼저 침묵을 깼다.

"사우스 영애, 히그틀리로 가신다고요? 히그틀리 어디로 가시나요?"

"네? 저는 일단 히그틀리로 가는 게……. 혹시 히그틀리가 많이 넓은가요?"

내 질문에 발더가 황당한 표정을 했다. 내가 생각해도 어리석은 질문이었다. 그러나 발더는 곧 친절하게 설명을 이었다.

"히그틀리는 산맥 이름이기도 하지만 붙어 있는 평원을 모두 아울러 히그틀리라 불러요. 쉽게 비교하자면 영애가 살던 일르뉴의 약 다섯 배는 넓은 곳이 히그틀리랍니다."

"앗, 그렇군요……. 제가 아는 건 히그틀리 젖줄이라는 것뿐이에요."

내 말에 발더가 웃을 듯 말 듯 입가를 떨다가 곧 다시 진지한 얼굴로 말했다.

"젖줄이요? 음, 그러면 지역이 좀 좁혀지겠군요. 어디, 지도를 살펴볼까요?"

발더가 옆에 있던 가방을 뒤져 마법구를 하나 꺼냈다. 지도가 담긴 마법구였다. 상시로 저 귀한 마법구를 들고 다니다니, 무슨 일을 하면 그럴 수 있는지 잘 상상이 안 됐다.

발더는 선체 한 면에 커다랗게 지도를 띄우고 각각의 지명과 특성을 읊었다. 처음 어리숙하고 방정맞게 보이기도 하던 이가 순간 날카롭고 이지적으로 돌변했다. 그의 설명에 목적지가 구체적으로 잡혔다.

"리만 경, 정말 대단하세요! 그럼 이 두 곳 중 하나로 가면 되겠군요."

경은 기사 작위가 있는 이에게 부르는 호칭이지만 최근엔 변질되어 상대를 높여 부르는 호칭이기도 했다. 나는 발더에게 진심으로 존경의 찬사를 보냈다.

하지만 지도를 다시 보며 나는 입술을 깨물었다. 히그틀리 젖줄이라고 불리는 곳이 두 곳이나 되었고 각각 거리가 꽤 멀었다. 예견에서 말했던 곳이 이 둘 중 어느 곳인지 확신할 수가 없었다.

내 표정을 보고 발더가 말했다.

"어느 곳인지 영애도 모르시는군요."

"네, 두 곳 다 가봐야 할 것 같아요. 앗, 그런데 이 근처에 이 비행선이 착륙할 수 있나요?"

"하하, 좀 늦은 질문이지만 제대로 물으셨습니다. 다른 비행선은 불가능하지만 이 비행선은 됩니다. 정확히는 마법사의 도움을 받아 착륙할 수 있지요."

"네? 그럼 마법사를 다시 연결해야 하나요? 아니면 그쪽에 미리 마법사를 구할 수 있을까요?"

"하하, 그런 건 걱정하지 않으셔도 됩니다. 여기 있잖습니까, 마법사. 타나릴이 바로 2급 마법사이자 마법 공학부 차장입니다!"

발더가 계속 날 삐뚜름하게 쳐다보고 있는 남자를 향해 양손을 모아 가리켰다.

"엄청나게 높으신 분이었네요……."

그가 마법사이며 꽤 높은 귀족이라는 건 알고 있었다. 그런데 마법 공학부 차장이라니, 내 생각보다 훨씬 거물이었다.

걱정이 한층 깊어졌다. 괜히 울컥하는 반항심으로 상대할 사람이 아니었다. 늦었는지는 모르지만 나는 뻣뻣하게 구는 대신 좋은 마무리를 위해 애써야 할 때라는 걸 자각했다.

"다시 한번 말씀드리지만 정말 감사해요."

나는 내가 할 수 있는 가장 정중한 미소를 지으며 그에게 고개를 숙였다. 하지만 그는 눈썹을 구기며 입매가 더욱 굳힐 뿐이었다. 남자는 비행선을 타고부터 말을 잃은 것처럼 내내 저 표정을 고수하고 있었다. 그런데 인상 쓰는 것조차 간 떨리게 섹시해서 나는 속으로 혀를 찼다.

정신 차려야지. 저런 남자와 내가 엮일 일도 없지만 저 남자 또한 나와 엮이기 싫은 게 분명했다. 그러니 여기까지 날 찾아온 것일 테지. 어떤 식으로 나와의 일을 처리하고 싶은지는 모르지만 후환을 남기지 않으려는 건 확실했다.

후환이라, 다시 걱정이 삐죽 올라왔다. 이 남자, 정말 어떤 결말을 원해서 온 것일까.

그를 다시 만나기 전엔 걱정했었지만 막상 여객선 대합실에서 봤을 때 나는 오히려 안심했다. 왠지 그가 비열하거나 험악한 짓은 하지 않을 거란 예감이 들었기 때문이다.

그 못 믿을 예감 때문에 나도 모르게 긴장을 풀고 있었던 것 같다. 무턱대고 이렇게 안심해도 되는 건지 갑자기 긴장이 되었다. 그 순간 여태 침묵하던 그가 갑자기 입을 열었다.

"그래서, 그 두 군데 중 어느 쪽으로 갈 거지?"

"그게⋯⋯."

나는 입을 열다가 당황하고 말았다.

그러게, 어디로 가야 하지? 어디가 미래에서 본 바로 그 젖줄인 거지? 머릿속이 마구 헝클어졌다.

"잠시만요."

나는 발터가 띄워놓은 지도를 다시 쳐다봤다. 하지만 아무리 봐도 뾰족한 답은 나오지 않았다.

내가 예견으로 얻은 정보는 너무 한정적이었다. 그 땅이 젖줄과 연관되었다는 것이 유일하다. 마녀가 어떤 식으로 사람을 죽였는지, 젖줄이 마녀에게 어떤 기초가 되어주었는지 등등, 진짜 중요한 정보는 더 없었다.

그렇다고 저 넓은 땅을 다 살 수는 없었다. 내 자금이 다 감당할 수 있는지는 차치하고 시간이 다시 발목을 쥔다.

고민하는 내게 발더가 조심스럽게 물었다.

"혹시 다른 힌트는 없어요?"

"힌트……."

나는 발더의 말에 내가 봤던 신문기사에서 정보가 될 단어를 조합해 보았다. 하지만 마녀가 미래에 살해한 사람의 숫자 같은 건 정보가 되지 않는다. 그렇다고 마녀가 둥지를 짓고 고위 마법사도 빵빵 해치울 수 있는 지형을 찾는다고 할 수는 없지 않은가.

그런 험악하고 수상스러운 이야기도 어처구니없을 테지만 마법사인 이 남자에게 그런 이야기를 한다면 이 비행선에서 던져 버리려 할지도 모른다.

"아!"

벼락같은 깨달음에 나는 가쁘게 말했다.

"매물로 나온 곳이요. 거길 찾아가면 돼요!"

"매물? 그곳을 사러 간다는 건가, 지금?"

"네!"

"황량하기 짝이 없는 그곳을 사서 뭐 하게요? 거긴 순 바위산이에요!"

발더가 당혹을 감추지 못하는 얼굴로 말했다.

"거기서 살려고요."

"그게 정말입니까, 영애?"

"…뭐?"

"혹시 히그틀리가 사람이 아무도 안 사는 곳이에요?"

"그건 아닙니다만."

"다시… 돌아올 생각이 없었던 거군."

차례로 입을 여는 남자들의 얼굴에 불신이 떠올랐다. 그들의 황당함을 이해할 수 있으나 설명할 수 없는 터, 나는 다시 확신을 담아 대답했다.

"네."

"왜, 임신해서?"

훅 치고 들어오는 이 남자 때문에 나는 갑자기 숨이 막혔다.

실은 히그틀리에서 산다는 것도 이 남자와의 '해결'에 도움이 될 거라 생각해서 한 대답이었다. 막상 최대한 미루고 외면하려던 주제가 떠오르는 순간 온몸이 쭈뼛 서고 말았다.

"어, 어… 나는 영애가 말한 매물을 알아보고 올게. 좀 여러 군데 연결을 해야 하니 시간이 꽤 걸릴 거야."

발더가 일어섰다. 문이 닫히는 소리와 함께 선실엔 다시 무거운 분위기가 깔렸다. 그러나 그는 더 이상 침묵을 유지하지 않았다.

"당신이 원하는 정보는 발더가 알아 올 테지. 자, 그때까지 이제 당신이 내게 보낸 전달문에 대해 이야기해 볼까? '긍정의 결과를 알려 드려 매우 유감스럽습니다. 해서 저와 혼인식 사진을 찍어줄 수 있는지요. 준비와 비용은 제가 처리할 것이며 이후의 일은 다시 없을 것을 마법 공증으로 약속하겠습니다'라고 했던 그것."

그랬었다. 그런데 그걸 저렇게 토씨 하나 안 틀리고 기억할까. 그리 좋은 징조가 아니었다.

"…왜 그런 걸 요청한 거지?"

차마 눈을 감을 수 없었던 나는 슬쩍 고개를 돌렸다.

상황에 참 안 어울리기는 하는데 이 남자, 새삼 봐도 참 잘생겼다. 마지막에 화를 낼 때는 다시 안 볼 사람이라 욱해서 마왕이니 뭐니 했었지만 내가 처음 이 사람을 봤을 때 느낌은 사라지지 않는다.

섹시한 뱀파이어. 고혹적이고 위험하나 매력이 넘쳐서 피를 달라고 하면 알아서 목덜미를 내어주고 싶은 사람이었다.

그만! 이런 쓸데없는 상상이나 할 때가 아니었다. 지금 이 남자는 진짜 목덜미를 물어뜯을 태세를 갖춘 맹수였고 나는 제대로 된 답을 주어야 할 때였다.

그때는 꽤 좋은 생각이었던 그것이 얼마나 얕은 수였는지 지금은 훤히 보였다.

부끄러움이 확 몰려왔다. 나는 이 남자가 어떤 사람인지 알아볼 생각도 없이 내 입맛에 맞게 미리 재단한 대로 판단하고 있었던 거였다.

최소한의 양심으로 나는 진실의 문을 두드려 살짝 열어주었다.

"그래도… 아이 아빠라는 사람 사진 한 장 남기면 좋을 것 같아서 그랬어요. 그땐 일르뉴에서 계속 살 생각이었으니 이혼녀 행세도 할 겸해서."

"애초에······."

그가 말하다 말고 눈을 꾹 감았다. 꽤 오래 감고 있는 눈과 굳게 다문 입술이 금방이라도 터질 듯한 위험이 느껴졌다.

순간 갑자기 소름이 돋으며 이가 딱딱 부딪쳤다. 너무 추웠다. 나는 덜덜 떨리는 몸을 양팔로 안았다. 그러자 남자가 벌떡 일어나더니 옆자리의 담요를 낚아채 내게 둘러주었다. 나는 당황한 남자의 표정을 보며 무슨 일이 일어난 것인지 깨달았다.

선실이 추워진 건 남자의 마력 때문인 듯했다. 세상에 드문 냉기 마법사인 모양이다.

다음 순간, 추웠던 것이 거짓말처럼 금세 더워졌다. 어떤 특별한 동작도 없이 자연스럽게 이런 걸 할 수 있는 걸 보면 이 남자, 확실히 고위 마법사였다. 새삼 그와 나의 거리가 실감 났다.

'역시 아니야······.'

나는 입으로만 가만히 중얼거리며 부디 최악으로 치닫지 않기만을 바랐다.

나와 이 남자의 거리는 물리적인 것보다 그 외의 것들이 더 멀었다. 하지만 아이는 아닐 수 있다. 여태 쉽게 아이를 포기하는 이들만 봐왔던 내가 너무 쉽게 생각했던 것인지도 모른다. 새삼 더럭 겁이 났다.

내가 둘렀던 담요를 내려놓을 때까지 침묵하던 그가 다시 입을 열었다.

"내가 그런 요청에 응할 줄 알았나?"

으르렁거리는 모습이 사슬에 걸린 맹수를 연상케 했다. 사나운 짐승의 포효에도 내가 움찔대지 않을 수 있었던 건 그가 스스로 두른 사슬이 꽤 튼튼함을 확인해서일 것이다. 그건 내가 다시 담요를 끌어당길 필요가 없는 것으로 알 수 있었다.

저 질문을 받고 보니 새삼 더 부끄러워졌다. 나는 처음부터 아이의 미래에서 이 남자를 완전히 배제하고 있었다.

하룻밤을 함께하긴 했지만 반쯤 환상 속의 사람으로, 영화 속 봤던 미지의 캐릭터로 생각했던 것 같다. 그날의 일은 내가 생각하고 정리하는 것으로 끝난다고 생각하고 있었다.

내가 임신하지 않았다면 그 생각이 맞다. 하지만 아이가 생긴 이상 더는 그래서는 안 되는 거였다. 이 남자도 아이에 대해 다른 미래를 설계할 수 있었다. 나를 배제한 미래를.

순간 뒷덜미가 선뜩하니 소름이 돋았다.

"솔직히 말하면……."

속내를 고백하려니 순간 목이 꽉 막혀 입을 막았다. 하지만 그는 어떤 짐작도 재촉도 하지 않은 채 가만히 기다리기만 했다. 나는 짧게 한숨을 삼키고 말을 이었다.

"솔직히 말하면 그쪽은 상관하지 않을 줄 알았어요. 전달문을 보낸 것도 끝을 확실히 하려는 거라고 생각했어요. 내가 그런 식으로 나오는 걸 더 환영할 거라고……. 아, 내가 무슨 소리를 하는 거람."

나는 미처 말을 맺지 못한 채 얼굴을 감싸 쥐었다. 점점 일그러지는 그의 얼굴을 계속 바라볼 기개가 없어서였다. 내가 왜 이렇게 작아져야 하나 싶어 순간 울컥하다가도 남자가 다른 주장을 할지 모를 상황이라 조마조마해졌다.

하지만 정말 그건 아닐 것이다. 귀족들은 이런 상황에서 대개 '깔끔한'해결을 원하는 것 아닌가 말이다.

"마그리예 사우스."

"네, 네!"

"한 번만 더 날 '그쪽'이라고 부르면 이대로 비행선을 돌릴 거야."

"네? 실례했습니다."

바보같이, 방금 이 남자와의 신분 차의 벽을 실감했으면서도 큰 실수를 했다. 경, 아니면 나리? 내가 호칭을 고민하고 있는데 그가 말했다.

"아까 발더가 내 이름을 말해주지 않았나?"

"네? …예그하라 경."

나는 얼른 발더가 말해준 그의 이름을 기억해 내고 불러보았다.

예그하라. 막상 내가 직접 말하고 보니 정말 낯익은 이름인 것 같았다. 왠지 뭔가 떠오를 듯 말 듯했다.

"일부러 그러는 거라면 매우 똑똑하다고 해주지."

"네?"

영문 모를 소리에 쳐다본 남자의 입술이 비틀어져 있었다. 이 잘생긴 얼굴에 조소와 냉소만 가득하다니 참으로 안타깝다. 입술을 매만져서 풀어주고 싶다는 생각을 하던 찰나, 나는 양손을 감싸 쥐었다.

미쳤지, 이 남자를 그날 밤 함께했던 그 남자로 생각하면 안 된다. 나는 백만 광년은 먼 그와의 거리를 다시 한번 새겼다. 그래서 이 남자를 환상 속의 인물로 생각했던 것인지도 모른다.

"아니, 그래서 앞으로 어쩔 셈이었지?"

남자의 재촉에 나는 조금 더 작아졌다. 나야말로 이 남자의 계획이 궁금해졌지만 지금은 내가 먼저 답해야 할 시간이었다.

"아까 말했다시피 히그틀리로 가서 살 생각이에요."

"시간을 다퉈가면서 말이지?"

"…네."

남자의 입매가 또다시 굳어졌다. 섹시 뱀파이어, 아니 트레니알라 예그하라 경께서는 내 답이 무척 맘에 들지 않는 것 같았다.

그러나 여기까지가 내가 말할 수 있는 한계였다. 왜 시간을 다투는지, 왜 알지도 못하는 땅을 사겠다고 하는지 설명할 수 없었다. 내 안에서 넘실거리는 경고는 이 이상 입을 여는 것에 끔찍한 대가를 예고하고 있었다.

"추워? 아니, 아픈 건가? 왜 배를 감싸고 있지?"

그가 갑자기 벌떡 일어나며 물었다. 그 말을 듣고서야 나는 내가 배를 감싸고 있는 걸 알았다. 그 경고가 무엇을 위협한 것인지 깨달은 순간 본능적으로 배를 감싼 것이다. 하지만 말할 수 없는 설명 대신 마침 적절한 변명거리가 있었다.

"아, 아니요. 아직 한기가 가시지 않아서……."

"…실례했군. 아까는 내가 잘못했어."

나는 입만 동그랗게 벌렸다. 정말이지 순간순간 놀라게 된다. 설마 이 남자가 그런 걸로 사과를 할 줄은 몰랐다.

"아무튼 당신의 터무니없는 계획은 절대 허락하지 않아. 그거 하나만 확실히 알아두고 다시 계획을 세워야 할 것 같군."

"허락이라뇨, 내 계획이 그, 경과 무슨 상관……."

나는 말을 마칠 수 없었다. 활화산이 그예 불을 뿜기 시작했다. 다시 벌떡 일어난 그에게서 느껴지는 압력과 위압감이 왠지 상상하기 어려운 쪽의 예감을 주었다.

그렇다고 또 추워지는 건 아니었지만 어쩐지 이쪽이 더 위험해 보였다. 나는 계속 무시하고 차단한 가능성을 끄집어낼 수밖에 없었다.

"호, 혹시… 혹시 말인데요. 혹시……."

"혹시가 아니라 맞아."

"저, 나는 아직 아무 말도 안 했는데요?"

"여기까지 와서 계속 눈치 없는 척하기도 힘들지 않나?"

척이라니, 나는 계속 못 알아듣고 싶었다. 하지만 그럴 수 없어서 고개만 저었다. 그리고 그가 그런 내게 쐐기를 박았다.

"다시는 아이와 나를 분리해서 생각하지 않는 게 좋을 거야."

"아, 아냐……."

"또 무슨 엉뚱한 소릴 하기 전에 내가 똑똑히 알려줄게. 오늘 정보부를 통해 신청하면 내일쯤 혼인 신고서가 나올 거야. 히그틀리로 가기로 했으니 거기까지 가긴 하겠지만 볼일 끝나면 바로 수도로 갈 거야. 열흘쯤 뒤에 예식을 올리도록 하지. 이러면 이해가 되겠지? 그러니 내 이름, 다시 제대로 불러야겠어. 내 이름은… 타나릴이야."

· · ·

미쳤다. 타나릴은 제 상태를 진단했다.

입만 벙긋거리며 꼼짝없이 사로잡힌 여자의 모습에 진한 희열이 느껴진다. 그러나 미친 생각임을 인정함에도 타나릴은 방금 결정을 번복할 생각은 없었다.

리예에 대해선 거의 모든 것을 알아봤다. 집안은 대대로 내려온 이름이 있긴 했지만 전전대에 모두 사라졌다. 남은 것은 불친절한 일르뉴에서도 한적한 시골집이 다였다. 그런데 토지를 사겠다니, 그 돈이 어디서 난 것인지 쉽게 그려졌다.

그러면 그렇지. 결과가 예상과 그리 다르지 않을 거란 추측에 다다랐으면서도 리예가 배를 감싸 안는 걸 본 순간 이성이 몽땅 날아가 버렸다.

미쳤다. 타나릴은 부정할 생각이 없었다. 아니면 홀린 것일 수도 있다.

리예를 조사하며 그 어디에도 그녀가 마녀라는 말은 없지만 홀리지 않고서는 이런 미친 결론을 내릴 수가 없다.

리예가 임신했다는 내용의 전달문을 보냈을 때만 해도 거짓말이라고 단정했다. 거짓 임신이거나, 다른 남자의 아이를 가졌거나. 하지만 선착장에서 리예를 다시 만난 순간부터 그 두 가지는 있을 수 없는 일이 되고 말았다.

약을 써서 자신의 몸과 명예를 더럽힌 것도 모자라 속이고 도망치던 여자다. 그런 여자를 잡고서도 다시 만난 것에 심장이 떨린 것도 그래서였을 것이다.

아니, 정확히 말해 잡은 건 아니다. 처음 여객실에서 리예를 발견했을 때는 이 괘씸한 여자를 붙잡았다고 생각했다. 하지만 그게 오산이란 건 몇 마디 하지 않아서 바로 알 수 있었다.

붙잡은 게 아니라 간신히 따라잡았을 뿐이었다. 이 여자는 처음부터 도망치는 중이 아니었고, 그의 추적 같은 건 전혀 고려하지 않고 있었다. 저를 만나 놀라긴 했지만 두려워하진 않았다.

그때부터였을 것이다. 끓어오르는 화를 밀쳐내는 이 미친 기대가 앞서기 시작한 것, 그리고 저는 안중에도 없이 난데없는 히그틀리만 고집하는 여자의 시선을 잡기 시작한 것도.

예그하라라는 이름을 듣고 고개를 갸웃하는 시늉을 하는 것도 가소롭게 보여야 했다. 그러나 이성이 탈출한 머리는 점점 그녀의 말을 모두 사실로 받아들이기 시작했다.

미쳤다. 내쫓긴 이성이 제정신을 차리라며 소리쳤지만 그가 내뱉는 말은 이미 궤도를 벗어나 있었다.

"아쉽겠지만 우아한 이혼녀 생활은 잊어. 사고를 쳤으면 책임을 져야지."

"……."

"이의 있으면 말해봐. 받아들여지지는 않을 테지만."

"이의 있……!"

"기각."

"말도 안 돼요, 내가 왜 그쪽이랑!"

미쳤다. 그래, 인정하니 이렇게 편할 수가 없다.

이젠 리예가 1번에서 4번까지 어느 쪽의 사주를 받았던지 상관없어졌다. 그래서 더욱 리예가 말하는 제 이름을 듣고 싶었다.

"히그틀리로 가야 한다며? 가보자고. 가는 동안 반대 의견을 말해도 좋아. 그것 또한 접수는 안 될 거야. 그리고 한 번만 더 날 그렇게 부르면 정말 비행선 돌릴 거야."

"…그러면 뭐 하러 이의를 말하라는 거예요!"

발끈하는 리예의 입술이 무척이나 붉었다. 그날 밤의 흔적이 사라진 흰 목덜미가 시선을 잡고 놓아주지 않았다.

"정 싫으면 도로 그람 시에 내려줄 용의는 있어."

리예가 주춤하며 입을 다물었지만 만족감이 느껴지지는 않았다. 그만큼이나 이 여자는 히그틀리로 가는 게 중요하단 뜻이었다. 순간, 이 여자에게 저보다 더 중요한 히그틀리를 몽땅 얼려 버리고 싶은 충동이 일었다.

타나릴은 잠시 눈을 감았다가 떴다. 저가 미쳤음을 인정했지만 흥분은 금물이다. 그러나 방심 또한 금물이다. 멍한 얼굴로 저를 쳐다보고 리예를 보고 있자니 엉뚱한 곳에서 난데없는 반응이 일었다.

아니, 난데없진 않다. 지난 이십여 일 가까이 기다리는 동안 울화에 시달리면서도 그 밤을 떨쳐내고 잠든 적이 없었다.

시시때때로 피어오르는 충동은 이 여자 때문이었다. 난생처음 겪은 성애의 쾌락 때문일 수도 있지만 그렇다 해서 그 모든 상상을 이 여자로 시작해 이 여자로 끝낼 이유는 없었다.

리예가 그동안 그를 유혹하며 몸을 던져온 수많은 미인들보다 더 매혹적이고 더 아름다운 것도 아니다. 그런데도 쾌락을 갈구하는 몸은 이 여자 안에서만 헤매었다.

그 때문에 이 여자를 계속 노려볼 수밖에 없었다. 안 그랬으면 지금보다 더 미친 짓을 했을 테니까.

처음부터 홀린 게 확실하다. 리예에 대해 조사하면서 사귀던 남자가 있었다는 것에 충격을 받았던 것부터 생각하면 모두 설명이 된다. 그래서 혹시 리예가 그 남자에게 다시 돌아간 건 아닌지, 아니면 또 다른 남자를 사귄 건 아닌지 그것부터 알아봤던 것인지도 모른다.

속이려고 작정한 이라면 분명 무슨 수를 썼을 것이다. 머리로는 안다. 그러나 그는 절대 다른 남자를 끼워 넣고 싶지 않았다. 자신이 그만큼 비이성적이라는 걸 알면서도 맹목적이 되고 말았다.

발더가 봤다면 아마 그의 상태가 궤도에서 약간 벗어나 있는 걸 알았을 것이다. 하지만 겉으론 차갑고 무시무시한 위압감을 뿜어내는 타나릴에게 리예는 망연한 표정만 짓고 있었다. 이는 타나릴에게 꽤 유리했다.

때 맞춰 문 밖에 발더의 기척이 느껴졌다.

"들어와, 발더!"

타나릴이 염력으로 문을 열어주었다. 덕분에 들리지도 않을 문 안쪽으로 귀를 기울이고 있던 발더는 요란하게 넘어질 뻔하다가 부드럽게 받치는 마력에 몸을 세웠다.

"우와, 웬일로 이렇게 네가 이런 친절을 다⋯⋯."

발더가 눈을 반짝였다. 타나릴 덕에 넘어지지 않았지만 타나릴 때문에 넘어질 뻔한 사실은 까맣게 잊은 얼굴이었다.

무엇보다 타나릴의 부드러운 마력을 경험하긴 처음이라 발더의 감격은 당연했다. 발더는 아직 몰랐지만 이제부터 그는 결혼식 준비를 해줄 중요한 일꾼이었다.

발더가 서류 같은 것을 들고 들어오자 리예의 시선이 꽂혔다. 다시 그를 무시한 채 서류에만 집중하려는 그녀에게 타나릴은 발더가 말한 '친절'을 보여주기로 했다.

"발더, 어디에 매물이 있는지 알아온 거야?"

"그럼! 내가 누군데! 잠자리에 든 에르모를 깨워서 얻어냈지, 짜잔!"

발더와 직접 연결하는 정보부 직원은 한정되어 있다. 점점 기밀에 가까워지는 탓에 에르모는 많이 알수록 더 많이 일할 수밖에 없었다. 발더가 제 버릇대로 서류를 팔랑대려다가 점잖은 척 리예에게 내밀었다.

"매물이 정말 있더라고요! 그런데 안타깝게도 좋은 소식은 못 드리게 되었어요. 아까 말했던 히그틀리 젖줄이 두 군데라고 했지요? 여기, 헤른 강을 낀 곳과 이곳, 마리티 협곡을 지나는 두 곳이요. 그런데 공교롭게도 그 두 곳 다 매물이 있었어요."

"어쩌지……."

리예가 절망적으로 얼굴을 쓸었다. 그녀에게서 밀려드는 감정이 파고드는 것 같아 타나릴은 괜히 마음이 싱숭생숭해졌다.

곧 다시 고개를 든 리예는 발더가 준 서류를 보며 한참 고민했다. 그러다 돌연 그를 쳐다보며 물었다.

"아까 하신 말씀, 그거 진짜인가요? 진짜… 열흘 뒤……."

하지만 리예는 말을 맺지 못하고 입술을 깨물었다.

"왜, 말로는 못 하겠나? 열흘 뒤 혼인, 당신과 나."

"뭐? 혼인? 네가!"

발더가 경악하며 비명을 질렀다. 무려 5년간 알리온 제국 탐나는 신랑감 탑 5에 들면서도 결혼의 결, 자만 꺼내도 진저리치는 이가 바로 타나릴이었다. 연애도 결혼도 혐오한다며 대놓고 말하던 타나릴이 스스로 결혼을 통보한다?

두 사람만 남기고 나갈 때만 해도 타나릴이 여자를 갈아버리는 게 아닌가 걱정했던 것이 한심스러울 결말이었다.

제 귀를 의심하는 발더에게 타나릴이 재차 확인해 주었다.

"방금 에르모를 깨웠다고 했지. 아직 깨어 있겠지? 지금 다시 연결해 주겠어?"

"타나릴, 너 정말이야?"

"연결, 가능해?"

"어? 어……."

'설마 반했나?'

발더는 고개를 저었다. 발더가 좀 전의 타나릴을 봤다면 그의 상태가 이상했음을 잡아냈을 것이다.

그러나 결론을 내리는 순간 평정을 되찾은 타나릴은 평소와도 같았다. 그래서 끝만 올라간 타나릴의 입술을 보며 발더는 그가 리예를 어떻게 조리할지 궁리 중이라 생각했다.

리예가 입술을 꼭 깨물었다가 결심한 듯 말했다.

"그, 혼인이요. 조건이 있다면 들어주실래요?"

과연. 그 말에 타나릴은 이성이 돌아왔다. 이 조건이라는 것이 최종으로 원하는 것이리라.

그런다고 혼인하겠다는 이 결심이 무너지지 않는 걸 보면 아직 미친 상태는 벗어나지 못한 것 같지만. 그러나 덕분에 머릿속이 확 깨어났다.

"조건?"

리예가 마른침을 삼키며 외쳤다.

"저기 두 곳 중 한 곳을 사 주세요."

턱을 들어 올리며 말하는 리예는 마치 '내가 이렇게 탐욕스러운 여자다!' 온몸으로 외치고 있는 듯했다. 심지어 진지한 눈빛은 잔뜩 투지를 세우고 있었다.

피시식, 어디선가 바람이 빠지는 소리가 들리는 것 같았다. 순간 급속히 세운 이성의 빙벽에 금이 가더니 힘없이 수증기로 화해 버렸다. 이성이 날아간 상태에서도 그녀가 예그하라의 이름을 모를 리가 없다고 여겼건만 그 생각도 흩어져 버렸다.

이 여자는 정말 저를 몰랐을 수도 있었다. 아니, 그 모든 걸 차치하고 리예가 얼마나 저 땅을 얼마나 원하는지도 알 것 같았다.

타나릴은 실소가 새어 나가지 않게 참으며 대답했다.

"그러도록 하지."

리예가 퍼뜩 놀란 얼굴로 그를 쳐다보았다. 반쯤은 그가 조건을 거부하기를 기대했으리라. 실은 '탐욕스러운'여자와 결혼 같은 건 할 수 없다고 하길 기대한 것일 수도 있다. 떨리는 눈동자에서 그 생각이 투명하게 전해졌다.

'아니, 천만에.'

순간 참았던 미소가 새어 나왔다. 예그하라 가문의 남자를 상대로 '탐욕'의 수준에 대해 알려주고 싶었다. 그의 미소에 대한 반응은 옆에서 튀어나왔다.

"히익!"

발더가 통신구를 꺼내다 말고 엉거주춤한 자세로 제 몸을 엑스 자로 감싸고 있었다.

"발더."

"나, 난 아무것도 못 봤어."

발더가 한참 잘못 짚고 있는 걸 알았지만 타나릴은 다시 웃어 보이기만 했다. 발더는 뒷걸음질 치다 기어이 넘어지고 말았다.

• • •

정말 '결혼'하자는 건가? 정말로?

나는 기가 막혀서 남자를 흘겨봤다.

이 남자와 내가? 너무 급작스럽고 황당해서 현실로 느껴지지가 않았다. 잘 모르긴 해도 숨결마다 부와 권위가 흘러나오는 남자다. 이런 잘난 남자가 결혼하자고 하다니, 만세 삼창을 하며 좋아해야 할지도 모른다. 그러나 이 비현실적인 남자 대신 나라도 현실을 직시할 필요가 있었다.

"잠깐만요, 이… 예그하라 경?"

"내 이름은 알려줬을 텐데. 트레니알라, 타나릴이라고. 나는 마그리예라고 부르면 되나?"

"저는 리예라고……. 아니… 그게 아니라, 정말 나랑 결혼하겠다고요?"

"그럼 내가 먼저 묻지. 나와 결혼하지 않으면, 아이만 보낼 생각인가?"

"말도 안 되는 소리 하지 마요! 내가 왜 그쪽에게……."

"나는 경고했어."

가늘게 뜬 그의 눈과 마주치자 등줄기가 서늘해졌다. 다시는 저와 아이를 분리해서 생각하지 말라던 말이 되살아났다. 이 남자, 진심이었다.

하지만 난, 나는! 이 결혼, 정말 해야 하는 걸까?

모르긴 몰라도 임신했다고 결혼하는 건 아니라고 본다. 그것도 어쩌다 만나서 사고를 친 사이에 결혼이라니, 이건 책임을 넘어선 오류였다. 설사 내가 결혼하자고 매달려도 저쪽에서 싫다고 하는 게 백 번 천 번 더 타당한 것 아닌가 말이다.

다른 건 다 차치하고. 날 이렇게나 싫어하면서!

다시 만난 순간부터 매 순간 날 쏘아보는 남자다. 호텔에서 마지막에 봤을 때처럼 줄기줄기 화를 뿜어내는 건 아니지만 나를 싫어함을 지속적으로 표현하고 있었다. 내가 잘못 본 게 아니라 옆에서 떨고 있는 발더만 봐도 눈치챌 수 있는 사실이었다.

그런 이가 듣도 보도 못한 시골 여자에게 하룻밤 사고로 코가 꿴다면 앞날이 어떻게 흘러갈지 너무도 뻔했다. 나는 그런 불행을 감당할 자신이 없다.

"내려주세요. 마차든 기차든 알아서 타고 갈게요."

순간 그가 쏘아내는 기세에 밀리지 않기 위해 나는 두 손을 맞잡았다. 옆에서 발더가 나를 향해 아주 세차게 고개를 젓고 있었다.

아니, 방향이 틀렸다. 친구라면서, 내가 아니라 이 남자를 말려야 하는 것 아닌가 말이다.

"좋아, 원한다면 그람이든 바로 이 자리에서든 내려주긴 할 거야. 하지만 당신은 마차도 기차도 탈 수 없을 거야. 약속하지."

타나릴이 나직이 속삭였다. 그 목소리가 너무도 은근해 다정한 밀어를 속삭이는 것 같았다. 다만 그 내용과 눈빛이 살벌해서 맞잡은 손이 부르르 떨렸다.

"당신, 너무하는군요!"

"당신이야말로⋯⋯! 마그리예 힐 사우스, 당신은 조건을 내걸었고 나는 수락했어. 뭐가 더 필요하지?"

"당연히……!"

나는 입술 안까지 나오려던 말을 꿀꺽 삼켰다. 그걸 말한다면 왠지 비웃음을 당할 것 같았다. 하지만 가장 중요한 거였다. 서로 사랑 없는 결혼이 어떤지 충분히 겪었다. 당사자가 아닌 자식으로서.

저쪽 세상, 내가 성인이 되기도 전에 갈라선 부모님은 내가 생겨서 할 수 없이 결혼했다는 말을 달고 살았었다. 나는 절대 내 아이에게 그런 결혼을 보여주고 싶지 않았다.

하지만 나를 노려보는 이 남자에게 그런 말이 통할까? 군이 나서서 이 남자의 비웃음을 사고 싶지는 않았다. 나는 그냥 입을 다물었다. 하지만 내가 말하지 않아도 안다는 듯 냉소가 쏟아졌다.

"설마 사랑이 필요하다, 그런 말을 하려던 건 아니지?"

자신에게서 절대 기대할 수 없는 것이 바로 사랑이라 웅변하는 듯했다. 덕분에 그와 결혼할 수 없는 이유가 더 확실해졌다. 나는 고개를 들었다.

"안타깝게도 그래요. 나는 사람과 사람 사이의 정을 믿거든요. 돌아가신 부모님처럼 서로 아끼며 사랑하는 부부가 내 이상형이에요."

채 2년도 같이 살지 못했던 이 세상의 부모님은 이상적인 부부였고 부모였다. 하지만 나에겐 그런 부모님보다 이전 세상의 부모처럼 되지 않는 것이 더 큰 명제였다.

"제발 이성적으로 생각해 봐요. 당신이야말로 내가 구차하게 굴지 않는 게 더 좋지 않나요? 원하던 자식도 아니잖아요. 그래도 만일 원한다면 만나게는⋯⋯."

"그만. 거기서 한마디라도 더 하면⋯ 나도 날 책임질 수 없을 것 같아. 당신은 내 아이를 가졌고, 책임을 지게 될 거야. 당신이 책임질 수 있는 방향의 두 가지 선택 사항이 있어. 나와 결혼하거나, 내게 아이를 보내거나. 어느 쪽이지?"

순간 바닥에 살짝 연무가 끼는 듯했다. 발더가 요란한 재채기를 하며 몸을 감싸면서 담요를 덮어썼다. 탁자 위에 물잔에도 살얼음이 끼었다. 보기만 해도 추운 광경인데 이상하게도 나에겐 그런 한기가 느껴지지 않았다.

이게 어떤 현상인지 알 수 있었다. 이 남자, 극도로 화를 뿜어내면서도 섬세하게 내 쪽에만 냉기가 튀지 않게 마력을 조절하고 있었다.

나를 보호하려고? 아니, 혹시라도 아이가 상할까 봐 그런 것일 테지. 이제 더는 부정할 수 없다. 이 남자, 절대 아이를 포기하지 않을 것이다.

하지만 난 나를 포기할 수 없었다. 나를 포기하는 순간 내 아이의 인생도 같은 나락에 떨어질 것이다.

"이봐요!"

"자, 잠깐! 잠깐만요, 사우스 영애. 타나릴, 너도 잠깐만!"

발더가 끼어들며 소리쳤다.

"진정해, 타나릴. 사우스 영애. 조금만 진정하세요. 자, 두 사람 다 속으로 열 번만 세고 숨을 크게 들이쉰 후에 다시 열 번만 더 세고 말해보도록 해요."

"발더, 내가 어린아이인 줄 알아?"

"차라리 어린아이가 낫지. 너 지금 무척 위험해!"

"리만 경."

"사우스 영애, 제발."

강아지 같은 눈망울을 한 남자의 필사적인 애원은 꽤 효과적이었다. 나에게뿐 아니라 서리를 뿜어내던 남자도 주변을 다시 원래대로 돌려놓았다.

난 발더의 말대로 속으로 열 번을 세고 다시 열 번을 더 세었다. 숨도 한 번 크게 들이마시자 열기가 몰렸던 머리가 깨이는 기분이 들었다. 그러나 내가 할 말은 달라지지 않았다.

"당신이 비웃는다 해도 내겐 정말 그것이 가장 중요해요. 소설 속 사랑을 말하는 게 아니에요. 적어도 아이에게 부모란 서로 존중하고 아끼는 모습을 보일 수 있어야죠. 절대 아이에게 너 때문에 결혼했다는 말을 듣게 하진 않을 거예요!"

"감히 누구도 내 아이에게 그런 말을 할 수는 없어."

그것이 당신이라도. 그의 눈이 사납게 경고하고 있었다.

"그렇지 않아, 발더?"

"다, 다, 당연하지! 당연하고말고! 감히 누가 트레니알라 예그하라의 자식에게……."

발더는 격할 정도로 장황하게 동의했다. 그러다 타나릴과 눈을 마주치고는 일어났다.

"두 사람 다 아까보단 진정한 것 같으니……. 흠흠, 난 알아볼 게 많아서 다시 나가볼게."

발더가 도망치듯 자리를 피해 버리고 다시 무거운 침묵이 찾아왔다. 타나릴은 어떤 변명도 물리칠 것처럼 내가 할 말을 기다리고 있었다. 그 모습이 마치 때를 기다리는 맹수 같다는 생각이 들었다.

맞다, 이 사람은 맹수였다. 나와는 체급을 비교할 것도 없이 상대가 안 되는 사람이었다. 그런데도 나를 기다리고 있었다. 물론 나의 거부는 받아들이지 않을 거라는 건 확실했지만 강압이나 협박을 동원하지 않는 것만은 사실이다.

아, 생각해 보니 여기서 내가 좀 더 고집을 부린다면 그런 수단까지 동원할 것 같긴 했다. 그 인내와 고집이 무섭게 느껴졌다.

벽을 만난 기분이다. 나만큼이나 이 사람도 아이를 포기하지 않을 거란 건 깨달았지만 그렇다고 결혼이 답은 아니었다.

"내가 잘못했어요. 아이의 미래에서 당신을 배제했던 것에 사과할게요."

"그럼 당신도 동의……."

"아뇨, 아뇨! 그게 아니라……. 우리, 처음부터 다시 생각해 봐야 할 것 같아요. 난 그날 어쩌다 그런 일이 벌어진 건지 기억나지 않아요. 마지막 술잔을 비운 것까지는 생각나는데 그다음 기억은 저, 음, 침대 위였어요."

그리고 그 침대 위에서 무슨 일을 했는지까지 기억나지 않는다고 하고 싶었지만 그런 거짓말은 새빨개진 내 얼굴 때문에라도 할 수 없었다.

그런데 믿을 수 없게도 그가 그날 일에 대해 설명을 시작했다.

"당신이 먼저 내게 입술을 붙여왔지."

"내가 말이에요!"

나는 번쩍 고개를 들다가 깜짝 놀랐다. 그윽하게 바라보고 있는 눈빛에 언뜻 떠오른 그날 밤의 그를 상기시켰다.

이 남자가 나를 쳐다보지 않았으면 좋겠다. 저 새까만 눈만 보지 않아도 내 생각을 제대로 정리할 수 있을 것 같다. 귓가를 살짝 덮는 새까만 머리카락이 치명적으로 퇴폐적이라 정말이지 심란하다.

내가 성(性)에 약한 인간이라는 건 이 남자 때문에 처음 알았다. 나는 그의 눈을 피하기 위해 아예 고개를 돌렸다.

"부인하고 싶은 마음은 알겠는데, 이건 사실이야. 당신이 나한테 섹시… 뭐라고 하면서 내 다리 위에 올라앉았더군."

으아, 나는 얼굴을 가려야 했다. 그가 저 말을 하지 않았다면 거짓말이라고 우기기라도 할 텐데, 저건 부인할 수 없는 증언이었다. 그리고 난 여전히 속으로 이 남자를 섹시 뱀파이어라고 부르고 있었다.

"또, 맛만 보자던데."

"아아, 그만! 그만이요. 알겠어요. 미안해요. 정말 내가 잘못했어요!"

나는 고개를 푹 숙인 채 그를 향해 손을 모았다. 이제 다시 그가 책임 운운하거나 혹은 웃기라도 할 것 같았다. 그런데 웃음소리는 들려오지 않았다. 하지만 그가 날 보고 있는 건 알 수 있었다.

정말 쥐구멍에라도 찾아 들어가고 싶다. 그래서 무의식중에 기억을 잘라낸 것일 수도 있다.

아무리 그래도 이상하다. 내가 평소 주량이 아주 센 건 아니지만 겨우 술 두 잔에 필름이 끊길 정도는 아니었다. 그럼 그 술이 이상한 거였을 수도 있다.

난생처음 먹은 비싼 술은 부작용이 너무 셌다. 하, 이제 하다하다 술 탓도 한다. 실은 가장 큰 부작용은 이 남자였다. 살색 환상이 지워지지가 않는다.

맙소사, 화를 내던 그날 아침의 그 남자라면 차라리 나았을 것이다. 이 남자가 이렇게 나오니 마음이 이상해졌다. 자꾸만 어쩌면, 하는 다른 생각이 든다. 안된다고 설득해야 하는 이에게 거꾸로 심장을 내주려 하다니 제정신이 아니다.

엄마도 그랬을까? 엄마 생각이 나자 정신이 번쩍 들었다.

이 남자가 강력히 아이를 원하는 걸 보면 손이 매우 귀한 집안인지도 모른다. 아니면 자기 관리가 철저한 사람이라 자신의 실수를 용납할 수 없기 때문일 수도 있다.

뭐가 됐든 날 원해서는 아니다. 다른 사람도 아닌 내가 그런 엉뚱한 착각으로 억지 감정을 기대할 수는 없다. 내가 가진 교훈은 영혼에 새겨진 것이었다.

나는 다시 그와 눈을 마주쳤다.

"그건 어쩌다 일어난 하룻밤 사고일 뿐이에요. 책임을 지는 방법이 꼭 결혼일 필요는 없지 않아요?"

"내가 책임지는 방법은 결혼 말곤 없어."

그의 시선이 다시 서늘해졌다. 아니, 한 가지 더 있다. 그게 아니라면 아이만 보내라고 했지. 물론 나에게 후자는 생각도 할 수 없는 일이었다.

이 무슨 드라마 같은 일이 나한테 벌어진 건지 아직도 믿을 수가 없다.

문득 고개를 들자 벽면에 발더가 띄워놓은 지도에서 두 군데가 반짝거리고 있었다. 히그틀리 젖줄.

이 중대한 논의 중에도 그걸 보는 순간 내 정신은 그곳으로 휙 날아가 버렸다.

나는 왜 이렇게까지 무리해서 저기로 가려는 걸까. 나는 왜 마녀를 막으려는 걸까. 얼마나 큰 사건이 일어나든 그걸 내가 막아야 하는 의무가 있는 건 아닐 텐데.

그런데 여기까지 오면서 이런 생각을 한 번도 해본 적이 없다는 것이 더 이상하다. 생각보다 본능이 앞선 행동이었다. 이건 그저 의무가 아니라 마땅히 해야만 하는 내 본분이라 느끼고 있었다. 내가 왜?

"리예, 춥나?"

나는 등을 덮는 담요의 포근함을 느끼며 옆을 돌아보았다. 타나릴이 조금 걱정스러운 얼굴로 나를 내려다보고 있었다.

심장이 덜컥 내려앉은 것 같았다. 가까워진 남자의 얼굴, 그리고 내 이름을 부르는 목소리. 그 정신없는 밤이 아닌데도 남자의 얼굴에 손을 내밀 뻔했다.

"식사 시간입니다. 밥 먹자, 밥 먹읍시다!"

그때 반쯤 얼이 빠진 나를 구해준 발더가 구세주 같았다. 발더가 뒤를 보며 고개를 끄덕이자 아까 봤던 예쁜 승무원이 또각거리며 납작한 트레이를 밀고 들어왔다.

최신예 전용선의 위엄은 한낱 트레이에도 후광을 비췄다. 트레이에는 발이 없었다.

음식 냄새를 맡는 순간 너무나 배가 고파졌다. 바깥 하늘은 어느새 어두워져 있었고 나는 아침에 조금 뜨는 둥 마는 둥 한 것 말고는 종일 굶었다는 사실을 깨달았다.

혼자라면 모를까, 배 속의 아이를 위해서 식사를 거르는 건 죄를 짓는 것과도 같았다.

문득 의사에게 진료도 받아야겠다는 생각도 들었다. 임신 초기에 따르는 각종 주의 사항과 건강 체크를 위해서도 반드시 필요한 과정이었는데 히그틀리로 오는 것만 집중하느라 아예 생각도 못 하고 있었다.

이곳엔 저쪽 세상에 풍부한 예방 접종 같은 건 없지만 대신 의학에 기민할 정도로 발달한 마법이 있었다.

덕분에 일반 의원보다 마법사 의원이 더 명성이 높다. 그렇지만 쉬쉬 하면서도 부인과 진료는 주술 의원을 더 많이 찾는다고 들었다.

나도 주술 의원을 만나는 게 더 나을까? 이제야 의원을 찾을 생각을 하다니, 아이에게 죄스러워졌다.

"리예."

고개를 들자 두 남자가 내가 식사를 시작하길 기다리고 있었다. 나는 얼른 손을 닦고 숟가락을 들었다. 고민과는 별개로 식사는 맛있었다. 나도 모르게 점점 숟가락질이 빨라졌다.

• • •

전투적으로 식사하던 리예의 숟가락질이 느려지기 시작한 건 접시가 거의 비워졌을 때였다. 두 남자는 리예가 포크를 내려놓으며 난감하고 부끄러워하는 걸 모르는 척 더 전투적으로 식사를 마쳤다.

"식사는 마음에 드셨나요?"

발더가 넉살 좋게 묻는 말에 리예는 수줍게 고개를 끄덕이며 네, 했다.

그 모습을 보는 타나릴의 눈이 가늘어졌다. 마음에 들지 않았다. 저와는 다르게 리예가 발더에겐 쉽게 긴장을 푸는 것처럼 보였기 때문이다. 유치하게도 발더에겐 이미 막강한 임자가 버티고 있다는 말이 치솟는 걸 억지로 참았다.

여자들에게 친절한 저 녀석이 더 문제였다. 그래서 발더를 처음 만난 이들은 가벼운 바람둥이라고 오해하는 사람이 많았다. 전엔 그런 적이 아예 없었던 건 아니나 그는 지금 제 손으로 애인의 손아귀에 목줄을 내어준 신세였다.

"불편한 것이 있으면 얼마든지 말씀해 주세요. 혹시 모자란 것이나 필요한 것도요."

나긋나긋한 발더에게 리예도 방긋방긋 웃으며 얘기했다.

"정말 잘 먹었어요. 아, 화장실에 들르고 싶어요."

"진작 말씀하시지요!"

발더가 놀란 시늉을 하며 승무원을 불렀다. 승무원의 안내를 받은 리예가 작은 손가방을 들고 사라지자마자 발더가 대들 듯 물었다.

"어떻게 된 거야! 너, 정말 결혼해? 아니, 정말 임신했대?"

타나릴은 대답 없이 발더를 지그시 쳐다보기만 했다. 하지만 답으론 충분했다.

"하아!"

발더가 거하게 감탄사를 내뱉으며 말했다.

"그나저나 아직 네 정체를 모르는 것 같던데? 맞아? 그 공고문! 그건 왜 올린 거래?"

타나릴이 입술을 비틀었다. 오싹함에 몸을 사리는 발더에게 타나릴은 툭 던지듯 말했다.

"네 짐작대로."

"와, 정말 대단한 아가씨네……! 앗, 미안."

발더가 흠흠, 헛기침을 하고는 다시 눈치를 보며 물었다.

"앞으로 어떻게 할 건데? 정말 결혼할 거야?"

"아니면, 내 아이가 사생아로 태어나."

'내 아이'.

어린 시절부터 거의 모든 걸 함께해 온 발더도 타나릴이 인정한 이 말의 무게를 알지 못했다. 아직 리예가 결혼에 동의한 게 아니지만 별로 걱정되지는 않았다.

그가 미쳤으니 할 수 있는 생각이긴 한데, 불가능의 영역을 뚫은 리예는 이제 그 어떤 이유를 대더라도 자신의 손안에서 벗어날 길을 잃었다.

혈연 감정을 하기도 전에 타나릴이 스스로 아이에 대해 확신하는 걸 보면 냉철의 화신이라는 이름이 울게 생겼다. 발더는 그 점을 지적할까 말까 하다가 어깨를 으쓱하고는 통신구를 꺼내 들었다.

"혼인 신고서, 당장 신청할게."

"아니, 히그틀리에 도착한 후 해도 늦지 않아. 에르모의 수면권은 지켜줘야지."

에르모의 수면의 권리를 가장 많이 침해한 이가 할 말은 아니라고 생각하면서 발더는 입을 다물었다.

"사우스 영애가 약을 탄 건 아닌가 봐?"

"자신이 약을 먹은 줄도 몰라."

"뭐?"

"기억을 못 한대. 본인은 술을 먹어서 그런 거로 생각하고 있었어."

타나릴은 피식 웃었다. 그날 일을 고백하며 민망함과 부끄러움을 감추려 숙인 목덜미가 그 이상을 대변했다. 그래놓고도 금세 그는 잊어버린 듯 벽면의 지도만 보고 있는 모습이 못마땅했다.

"그럼 그 바텐더와 정말 모르는 사이였나?"

"정황으로 봐선."

발더는 이런 타나릴이 생소하고 낯설었다. 전달문을 받자마자 당장 갈기갈기 찢어버릴 기세로 찾아온 것이 채 하루도 지나지 않았다.

비행선에 탈 때만 해도 이글거리는 눈에 리예가 재가 될지도 모른다고 걱정했었다. 아니, 얼음 조각을 걱정해야 했었나?

그랬던 타나릴이 순순히 그녀의 말을 다 믿고 있는 것처럼 보이니 너무 신기했다. 때를 기다려 진실을 캐내려고 할 줄 알았더니 생각지도 못한 엉뚱한 방향으로 튀었다. 아무튼, 마그리예 힐 사우스는 보통이 아니었다.

"나 때문에 벌어진 일이니 책임져야지."

"음, 별로 책임을 안 바라는 것 같은데? 아직 결혼에 동의하지는……."

"발더."

"흠, 흠. 사우스 영애, 정말 저 땅을 사려는 것 같은데 왜 그럴까? 자신도 잘 모르고 무작정 가는 것 같으니 더 이상하지 않아?"

"그걸 지금부터 알아봐야지."

"내가 알아본 바로는 영애의 재정이 빈약했거든. 그런데 영애는 무슨 돈으로 그 땅을 사겠다는 걸까? 전용선까지 구하던 걸 보면 돈은 문제가 아닌 걸로 보였단 말야?"

집 말고는 가진 재산이 없는 이가 시간에 쫓겨가며 땅을 산다는 건 다른 재정이 있다는 뜻이었다. 리예가 일을 꾸몄을 거라고 생각한 이유 중에 그 돈도 있었다. 그러나 수작에서 배제하니 그녀의 재정 상황도 갑자기 오리무중이 되었다.

"영애의 재정 상황을 보면 의심스럽긴 한데 외부에서 돈이 흘러간 정황이 없어. 조사할 때 제일 먼저 누구와 연락하는지부터 봤는데 사육장으로 발령나면서 더 사람과 만날 일이 없어졌거든. 너무 교류가 없어서 오히려 조사가 너무 쉬웠어. 그런데 어디서 돈이 난 걸까? 팔수록 미스터리한 사람이야, 사우스 영애."

조사를 피해 연락할 방법이 없는 것은 아니다. 직접 마법 통신을 한다면 가능하긴 하다. 하지만 리예는 마법사와 거리가 먼 사람이었다.

"그것도 곧 드러나겠지."

"매물 확보해야겠지?"

발더가 지도를 가리키며 물었다.

"기왕 알아본 것, 에르모가 마저 처리하는 게 낫겠지."

수면의 권리는 개뿔, 겨우 단잠에 들었던 에르모는 오늘 세 번째 깨우는 호출 알람에 결국 잠자는 것을 포기하고 말았다.

잠시 후, 돌아오는 리예의 얼굴은 단단한 경계로 긴장해 있었다. 그 긴장을 더 팽팽히 당길 필요는 없었다. 타나릴이 벽면을 가리키며 물었다.

"여기를 꼭 사야 하는 것 맞나?"

"네!"

한 치의 망설임도 없는 단호한 대답이었다. 일견 두려움도 보일 만큼 진지한 터라 의문은 더 깊어질 뿐이었다.

"어딘지는 모른다 해도 두 곳 중 더 마음에 드는 곳을 골라봐. 먼 저 보고 나서 영주를 만나 매물에 대해 이야기해 보도록 하지."

"그래도 되나요?"

이미 결혼은 결정된 기정사실임을 리예만 모르고 있을 뿐이다. 타나릴이 화제를 돌리자 안도하는 리예를 보며 발더는 속으로 혀를 찼다. 그러면서 지도만 보고 장소를 고르지 못하는 리예를 보자니 참으로 대책 없다는 생각이 들었다.

발더가 먼저 슬쩍 한 곳을 짚었다.

"먼저 이곳부터 가는 게 어떨까요? 혜른 강을 낀 곳이요. 마리티 협곡 부근은 바람이 세서 비행선을 착륙하기가 어려울 것 같거든요."

"감사해요, 리만 경. 경의 말씀대로 하는 게 옳은 것 같아요."

"발더라고 불러주세요."

"차차요. 그러면 혜른 강까지는 마차로 이동해야 할까요? 염치없지만 마차로 이동하면 얼마나 걸릴지도 알 수 있을까요?"

"염치라니요, 그런 말씀 마세요! 아무튼, 거리상으로 보면 마차로는 하루 이상 걸리겠지만 그건 도로 사정이 좋을 때 이야기고요. 협곡 아주 가까이에는 대기 어렵다 해도 근처에는 갈 수 있을 거예요. 비행선으로 이동하는 걸 고려하면 시간을 많이 단축할 수도 있겠어요. 물론 타나릴이 있으니 할 수 있는 이야기입니다!"

마지막에 적절히 저를 끼워 넣는 발더에게 타나릴은 계획보다 휴일을 더 양보할 의향이 생겼다. 발더에게 가장 큰 포상이란 그 무엇도 아닌 애인과 놀러 다닐 수 있는 시간이었다.

"저… 부탁드려도 될까요, 예그하라 경?"

리예가 눈치를 보며 조심스럽게 물었다.

타나릴은 순식간에 기분이 나빠지고 말았다. 어떤 것이든 다 해
준다고 했는데, 겨우 그 정도 일로 마음을 졸이는 리예가 정말 마
음에 들지 않았다. 아니, 그녀가 저를 부르는 호칭이 제일 못마땅
했다.

리예가 아직 기다리고 있었다. 타나릴은 얼른 고개를 끄덕였다.

"감사해요, 예그하라 경."

리예의 얼굴이 순간 밝아졌다. 겨우 그걸로.

"시간이 얼마 남지 않아 마음이 좀 급해서요."

자그맣게 덧붙인 리예는 창밖으로 고개를 돌렸다.

밖은 이미 깜깜해진 후였다. 하얀 구름 위로 별이 가득한 하늘이
장관이긴 했지만 계속해서 시선을 떼지 못하고 바라볼 정도는 아
니었다. 꿋꿋이 시선을 돌린 그녀의 뒷모습에 대고 말을 건다면 채
근하는 것밖에 되지 않을 것이었다.

곧 승무원이 들어와 트레이를 치우며 필요한 걸 물었다. 발더는
요란하게 하품을 했다. 자기엔 조금 이른 시간이었지만 리예도 피
곤이 몰려온 얼굴이었다.

"잠자리를 준비해 줘."

"네, 후작님."

순간 리예의 눈이 동그래졌다. 재빨리 고개를 돌리긴 했지만 입

속으로 '후작'이라 되뇌면서 놀란 표정을 감추지 못하고 있었다. 발더가 타나릴과 눈을 맞추며 어깨를 으쓱했다.

마법이 더해진 기기는 만능이었다. 승무원이 능숙하게 침대를 펴고 가림막을 치자 순식간에 개인 침실 세 개가 마련되었다. 리예는 승무원과 두 사람에게 웅얼거리며 인사하고는 곧장 가림막 안으로 들어가 버렸다.

충분히 방 역할을 하고도 남는 가림막은 작은 기척도 가려줬지만 타나릴은 마력을 흘려 리예를 살폈다. 몇 번 뒤척이던 리예는 금세 잠든 듯했다. 그러나 타나릴은 잠들지 못했다.

'내 아이……'

타나릴이 다시 한번 속으로 되뇌었다.

보통 사람들이 당연히 기대하는 미래의 일부분이 그에겐 아니었다. 연애도 결혼도 안중에 없었던 건, 선택 사항이 아니었기 때문이었다. 그 불가능이 20년 만에 깨진 것이다.

20년이 지났는데도 그때의 기억은 또렷했다. 타나릴이 열 살이 되던 해였다. 집에서 규모가 큰 가면무도회가 있었던 날이었다.

각기 비슷한 나비 안대를 두른 손님들이 노니는 것에 열 살짜리 남자애는 지루하기만 했다. 몰래 연회장을 빠져나가 연못 낚시를 즐기고 있는 타나릴에게 광대 가면을 쓴 이가 다가왔었다.

"…리라!"

광대의 말이 심장을 파고들었다. 타나릴은 그 말이 저를 옭아매었다는 것을 본능적으로 느낄 수 있었다. 당시의 타나릴은 치기 어린 마음에 아무에게도 말하지 않았지만, 나중엔 그 내용의 무게 때문에라도 입에 담지 못했다. 그렇게 인생의 한편을 포기하고 살고 있었다.

그러나 기적이 일어났다. 저주를 한 광대, 아니 마녀가 마지막에 장난처럼 덧붙인 한마디가 지금 이 순간 이루어졌기 때문이다.

그러나 이 모든 것이 농락이었으며 자신의 착각이라면?

순간 폭사하는 마력에 선실 전체가 얼음장이 되었다. 발더가 재채기와 함께 떨며 이불을 덮어썼다. 선실 바깥을 서성이던 승무원이 깜짝 놀라 멀찍이 도망쳤다. 자리끼 물이 얼어 주전자 위로 얼음을 토해냈다.

리예의 숨소리만은 고요했다. 그런 와중에도 그녀의 가림막 안만큼은 따스하고 안락했다. 타나릴이 다시 리예의 숨소리에 귀를 기울이는 순간 선실은 무슨 일이 있었는지도 모르게 평온해졌다.

타나릴이 칸막이 너머로 중얼거렸다.

"당신이 나의 기적이라면, 당신은 어디에서 온 거지?"

평화로운 숨소리는 답을 주지 않았다.

· · ·

알리온 제국은 끝과 끝이 두 시간의 시차가 날 정도로 넓은 땅덩이를 자랑했다. 수도는 전체 영토의 약간 서쪽으로 치우쳐 있었고, 일르뉴는 수도의 남서쪽, 히그틀리는 수도의 북동쪽에 있다.

마차로 갔다면 보름은 움직였을 거리를 비행선으로 단 18시간 만에 도착하게 되는 것이다. 하지만 그것은 미래를 결정할 시간을 당긴 것이기도 했다.

아침을 먹자마자 승무원이 도착 예정 시간을 알렸다. 한 시간도 남지 않았다. 그 안에 나는 타나릴에게 대답을 해야 했다.

발더는 눈치를 보다가 자리를 피해주었다. 그 얼토당토않은 대화를 제대로 끝맺을 때였다. 미루고 피하고 싶은 마음도 있었지만 그는 내가 막연히 짐작하던 것보다 더한 거물이었다. 그러니 이건 더더욱 말이 되지 않는 일이다.

"예그하라 경."

하지만 나보다 그의 말이 더 빨랐다.

"임신한 걸 알게 돼서 많이 당황하고 힘들었겠군."

믿을 수 없게도 순간 울컥하면서 심장을 어루만지는 느낌이 들었다. 이 남자에게 위로를 얻다니 생각지도 못했다.

생각해 보니 그랬던 것 같다.

처음엔 놀랐고 아득했다. 결혼하지도 않은 몸으로 임신했으니 큰일 났다는 생각이 먼저 들었고 낭패감에 앞이 깜깜했다. 그러나 금세 받아들인 것 같았다. 애초에 아이를 포기할 생각이 없었던 건 물론이고, 스스로 놀랍도록 쉽게 현실을 인정했다.

아무래도 나는 내가 생각했던 이상으로 내 가족을 바랐던 것인지도 모른다. 루원을 만난 건 실수였지만, 가족을 만들고 싶은 욕망은 진심이었던지도 몰랐다. 그래서인지 급작스럽게 찾아온 내 아이가 반갑고 기쁘기도 했었나 보다.

내 아이다. 비록 시작은 사고였으나 내 안에 찾아온 내 생명은 두려우면서도 설레고 기다려졌다.

이 사람도 그런 걸까. 나와 같은 생각인 걸까. 재단한 미래로 아이에게서 아버지를 빼앗으려 한 것이 아닐까.

그렇지만 그런 생각도 그의 신분을 상기하자 순식간에 사라지고 말았다. 그렇게 엄청난 사실을 알게 되면서 잠들지 못할 줄 알았지만 어처구니없게도 나는 거의 눕자마자 잠들었다. 뒤늦게 새삼 충격이 몰려왔다.

귀족이며 고위 마법사인 것과 고위 귀족이며 고위 마법사는 차원이 다르다. '후작'이라는 신분은 내 이해의 범위에서 벗어나고 만다.

안 그래도 멀고도 멀었던 이가 아예 딴 세계의 사람이 되어버렸다. 그날 나를 꽃뱀 취급했던 것도 다 이해가 될 정도였다.

내가 왜 그런 짓을 한 거람. 잘린 기억이 다시 한번 원망스러웠다.

"당연한 일에 내가 무례했군."

멀쩡한 심장을 고장 낼 정도로 부드러운 목소리였다. 권위를 숨결로 두른 남자가 이런 식으로 나오니 무서워졌다. 화를 내길 바라는 건 아니지만 환상의 남자가 다정하기까지 한 건 치명적이었다.

정신을 똑바로 차리지 않으면 이대로 휩쓸릴 것만 같았다. 바로 그것이 이 남자가 노리는 점일 것이다.

"아니에요, 잠깐 생각해 보느라 대답이 늦었어요. 음, 생각해 보니까 그렇네요, 당황하고 놀랐어요. 힘들었느냐면, 그건 아직 모르겠어요. 아직 알게 된 지 며칠밖에 되지 않아서……. 맙소사, 그게 겨우 나흘 전 일이네요."

시료 반응으로 임신을 확인하고 전달문과 공고문을 보내고 부랴부랴 짐을 싸서 비행선을 타고……. 엄청나게 많은 일이 있었던 것 같은데 그 모든 일이 단 며칠 만에 겪은 것이었다. 특히 어제 이 남자를 만나 비행선을 탄 것만 해도 몇 년은 두고두고 반추할 만한 일이었다.

"나흘……."

"네, 거의 확인하자마자 알린 거예요!"

이 남자에게 알릴지 말지 고민한 시간이야 당연히 그 '거의'에 들어간다. 그것도 그 전달문이 아니었다면 알리지 않았을지도 모른다. 그럼 이 남자와 다시 만날 일은 없게 되는 거였을지도 모른다.

"사흘간 혼자 고민했겠군."

"네."

남자의 목소리는 여전히 다정해서 심장이 간질거리는데 이상하게도 오싹한 느낌이 들었다.

실제로 추운 건 아니었다. 혹시나 싶어 쳐다보았지만 그는 은은하게 웃고 있었다. 설마 내가 사흘 고민했다고 화를 낼 리가 없다. 시도 때도 없이 추운 걸 보면 아마 이것이 임신 징후인가 싶었다.

"원래 결혼에 생각이 없었나?"

그 질문엔 생각을 좀 골라야 했다.

"글쎄요, 아예 없었던 건 아니었어요. 내 나이가 보통 여자들이 결혼을 생각할 시기이기도 했고요. 하지만 결혼을 꼭 하고 싶어 했느냐 묻는다면… 아닌 것 같아요."

"결혼에 회의적이군."

딱히 그런 건 아니다. 하지만 꼭 결혼해야만 한다는 생각을 하는 건 아니니 완전히 부정할 수도 없었다.

"30분 후 착륙. 타나릴, 마력 보조를 부탁한대!"

발더가 문을 두드리고 들어와 알리고는 다시 문을 닫았다. 이야기가 끝날 때까지 발더는 계속 자리를 피해주려는 것 같았다. 아무래도 이 이야기는 여기서 내가 마침표를 찍어야만 끝낼 수 있을 것이다.

내가 다시 고민에 빠져 있는데 작은 한숨 소리가 들렸다.

"그럼 우선 아이를 낳을 때까지만이라도 결혼 생활을 유지하는 건 어때? 그러면 최소한 아이가 사생아는 되지 않을 테지."

"아……!"

눈이 반짝 뜨이는 소리였다. 이건 내가 생각하지 않은 방법은 아니었다. 그러나 고위 귀족일수록 이혼은 불가능에 가깝다. 물론 감정 영역이 아닌 체면과 명예에 관련된 것이라 더욱 불가한 영역이다.

하지만 그가 먼저 이야기를 꺼낸 덕에 감사했다. 책임을 충실히 하며 결혼이라는 구속에선 벗어날 수 있는 것. 이제야 그의 진정을 알 것 같아 나는 속이 시원해졌다.

"당신도 이걸 바란 거였군요?"

"……."

"괜찮아요. 아니, 굳이 설명하지 않아도 돼요. 솔직히 말하면 저도 그 생각을 먼저 하긴 했었는데 들어줄 수 있을지 몰라서 말하지 못했어요. 좋아요! 그렇게 해요! 혼전 계약서가 필요하겠네요. 조건은 내가 먼저 말할게요. 아이는 내가 키울게요. 무슨 일이 있어도 난 아이와 절대 헤어지지 않을 거예요. 그것만 확실히 해준다면 어떤 조건이든 다 수용할게요."

"…좋다고?"

"네!"

"결혼, 하겠다는 거지?"

"네, 할게요. 아이 낳고 바로 이혼하는 걸로 해요. 어때요?"

마음이 가벼워진 덕에 나는 그가 정말로 고맙고 새삼 미안해졌다. 이렇게 말이 잘 통할 줄도 모르고 거만한 귀족 마법사라며 욕했던 걸 반성했다.

"…아니. 말을 바꾸는 것 같아서 미안하지만 그렇게는 곤란해. 갓 출산한 아내와 이혼한다면 내가 뭐가 되겠나. 적어도 아이가 한 살은 넘어야 해."

역시나. 그는 책임감이 높고 자신의 실수를 용납할 수 없었던 것이다. 고위 귀족이 진정으로 가져야 할 품성이다. 생각보다 결혼 기간이 살짝 길어질 것 같긴 했지만 수용 가능한 범위였다.

"그건 그렇군요. 네, 좋아요. 음, 그럼 2년 정도로 잡으면 되겠네요. 아차, 내 조건은 말했는데 예그하라 경의 조건은요? 아니, 내 조건은 받아들이는 건가요?"

"아이는… 엄마가 키워야지."

"고마워요!"

아, 그가 천사로 보였다. 아주 미묘한 호선을 그린 그의 입술이 신성스럽기보다는 선정적으로 보이는 게 치명적인 탈이지만 천사에 가깝다.

"내 조건은……."

타나릴이 말하다 말고 입을 꾹 다물어서 나는 순간 긴장했다. 그의 굳어진 입매는 좀 오싹하게 하는 데가 있다.

"만일 결혼 기간 중 다른 이를 만난다면 양육권을 포기하고 곧바로 이혼하기로 하지."

"네!"

오그라든 간이 기지개를 펴며 나는 쉽게 답했다. 2년이 아니라 몇 달 가지 않을 수도 있다는 설명을 이렇게 해주다니 이것이 고위 귀족식 우아한 중의법인가 보다. 난 내심 내가 해석한 중의법에 자찬했다.

"물론 이건 상호계약이야."

"네?"

중의법, 아니었나? 이건 또 무슨 장난인가 싶어 그를 쳐다보았다. 그런데 타나릴의 얼굴은 진지하기만 했다. 그가 정말로 내가 다른 상대를 만날 가능성을 염두에 둔 거라 생각할 수는 없었다.

함정 조항인 걸까?

"어려운 조건인가?"

나는 황급히 고개를 저으며 대답했다.

"아, 아니요? 네, 그럴게요."

"그럼 그렇게 합의하지."

"네."

"아차, 하나 더!"

"네!"

이게 진짜일 수도 있다. 짧은 심호흡과 함께 숨을 멈추며 그의 말을 기다렸다.

"'경'은 안 돼. 후작이나 기타 다른 직책으로도 안 돼. 내 이름, 불러봐."

"트, 트레니알라?"

"타나릴."

"타나릴."

"맞아, 그럼 지금부터는 제대로… 아니지, 계속 부르고 싶은 대로 불러도 좋아. 단, 내 이름 대신 나를 다르게 부른다면 그럴 때마다 한 달씩 늘어날 거야. 내 조건은 그거야."

"…네."

"좋아, 리예. 그럼 내 소개를 다시 하도록 하지. 나는 트레니알라 리암 예그하라, 마법 공학부 차장이고, 예그하라 공작가의 후계이자 예그하라 후작이라고도 불려. 물론 당신이 부를 호칭은 하나야."

"…잠, 잠깐만요! 차기 공작이라고요?"

"어때, 결혼 기간을 늘리고 싶다면 부를 수 있는 호칭이 세 가지나……."

"타, 타나릴!"

"……."

"타나릴!"

그가 입술을 삐뚜름하게 늘렸다. 만족스럽다는 듯한 미소에 나는 어안이 벙벙해졌다. 가만, 예그하라 후작, 예그하라… 공작?

"세상에, 그 예그하라!"

나는 그제야 예그하라라는 이름이 익숙한 이유를 기억해 냈다. 예그하라 가문은 행정원이라면 교양으로 알아둬야 할 중앙 부처 귀족 가문 중 제일 앞에 있었다. 그만큼 가장 부유하며 권력이 막강한 가문이었다.

'그' 호텔 아흐리다가 예그하라 가문의 것이다. 또 지금 타고 있는 이 비싼 전용기를 소유한 비행사도 예그하라 가문의 것이다. 이 정도만 해도 어마어마한 부를 자랑할 테지만 이것도 일부일 뿐이다.

마법 공방, 마법 기술사단, 마법기기 제조사, 상회, 그 밖에 개척단, 농장, 광산, 해운 등등 각종 사업이란 사업에 손대지 않는 곳이 없다고 들었다. 거기에 예그하라 공작이 마법 공학부 수장이니 권력의 정점에 있기도 했다.

트레니알라 리암 예그하라. 어떻게 마법 공학부의 예그하라라는 이름을 듣고도 그런 걸 생각해 내지 못했을까. 나의 둔함에 어이가 없을 지경이다.

아니, 너무 어마어마해서 그쪽으론 전혀 생각할 수 없다고 변명할 테다. 아, 변명 같은 것도 소용없는 짓이다. 나는 정신을 챙길 새도 없이 다급히 물었다.

"조건 한 가지만 더 얘기해도 될까요……."

"들어보고."

타나릴이 싱긋 웃었다. 어쩌면 말이 통할지도 몰랐다.

"이, 이혼할 때까지 대외적으로 내가 당신과 결혼한 걸 모르게 해주세요."

타나릴의 미소가 짙어졌다. 그리고 아주 간결하게 답했다.

"기각."

· · ·

"타나릴! 사우스 영애, 왜 저러는 거야?"

발더가 타나릴에게 속삭이듯 물었다. 그들의 앞에선 리예가 승무원을 따라 비척비척 걸어가고 있었다. 멍한 얼굴로 생기가 다 빠져나간 얼굴을 한 리예는 계속 무어라 중얼거리고 있었다. 입 모양으로 봐선 '이건 꿈이야'가 무한 반복이었다.

처음 비행선을 타며 감탄하던 그 모습대로라면 발더는 리예가 비행선의 착륙에도 지대한 관심을 보일 줄 알았다. 그러나 어디론가 생각이 날아간 듯한 리예는 계속 선실 벽만 바라보다가 지금까지 저 상태였다.

내내 그렇게 의연하던 그녀가 갑자기 넋이 나간 얼굴인데도 타나릴은 왠지 기분이 좋아 보였다. 뭔지 모르지만 타나릴이 원인인 건 분명하다.

"아픈 건 아닌 것 같은데, 혹시 이제야 마왕과 엮이게 된 자신의 처지를 자각한 건가?"

"혼전 계약서를 준비해 줘, 발더."

"아, 결혼! 그래서……."

발더가 세차게 고개를 끄덕였다. 남들은 기겁하고 부러워할 일인데도 리예를 향한 발더의 눈길은 왠지 동정을 담고 있었다.

발더의 이해의 범주가 남다르다는 건 알았지만 타나릴은 다 이해해 줄 수 있었다. 타나릴은 여태 이만큼이나 마음이 넉넉해진 때가 없었다.

"발더, 난 너한테 총 열흘을 떼 줄 생각이야. 여기서 보내는 시간이 줄어들수록 네 시간이 늘어나겠지?"

"열흘! 정말이야? 아니지, 어제랑 오늘은 제하고, 내일은… 모르겠고. 그래도 최소 칠 일! 오, 내 사랑하는 친구야! 나, 무엇부터 할까? 응? 뭐부터 할까? 맞다, 에르모에게 혼인 신고서부터 준비하라고 해야겠지?"

실은 오늘부터 열흘을 준다는 말이었지만 알아서 이틀은 제하는 발더에게 타나릴은 굳이 수정해 주지 않았다.

이해의 범주가 남달랐기 때문이다.

"내리면 우선 근처에 의원부터 찾아줘."

"응?"

"리예."

타나릴이 못마땅한 눈으로 앞을 바라보며 말했다. 방금 넘어질 뻔한 그녀를 부축해 주는 승무원에게 리예가 감사하다며 허리를 숙이고 있었다. 그녀가 넘어지지 않게 잡아준 마력을 눈치채지 못한 것이야 상관없었지만, 안내에 소홀한 데다 리예가 넘어지도록 지켜보기만 하던 승무원은 문제가 있었다.

"아! 알았어. 내리자마자 바로 찾아볼게. 영주부에 가서 물으면 당장 찾아줄 거야."

비행선이 착륙한 지점은 그리 넓지 않은 초지로, 영주부에서 허가한 곳이었다. 비행선이 내려서기 전부터 멀찍이 사람들이 웅성대며 이쪽을 쳐다보고 있었다.

일르뉴만큼이나, 아니 일르뉴보다 더한 산골에서 일반 여객선도 아닌 최신 기종의 전용기를 가까이서 보게 되었으니 구경꾼이 몰려드는 건 당연한 일이었다.

"리예, 잠깐만."

"네?"

타나릴의 부름에 리예는 곧장 멈춰서긴 했지만 그녀의 정신은 아직 다른 곳을 유영하는 듯했다.

"초지를 벗어나는 데까지 길이 좋지 않으니 걷지 않는 게 좋을 것 같아. 나한테 업히는 게 어때?"

"아, 아니에요! 걸어갈 수 있어요!"

리예가 소스라치게 놀라며 고개를 저었다.

놀란 건 리예만이 아니었다. 승무원이 리예와 그를 번갈아 보며 눈을 동그랗게 떴고, 발더는 입만 벙긋벙긋, 아무 말도 하지 않았다.

"아니면, 그럼 트레이에 앉혀줄까?"

"아니에요, 정말 걸어갈 수 있어요!"

"리예, 당신을 위해서가 아니라, 당신……."

타나릴의 시선이 향하는 방향에 리예가 기절할 듯 소리쳤다.

"타, 탈게요!"

"나? 아니면 트레이?"

"트레이요!"

덕분에 리예의 히그틀리 첫 입성은 주민들이 두고두고 회자할 공중 부양 상태가 되었다.

마녀의 둥지

"예그하라 후작님, 오셨습니까!"

히그틀리 영주가 사람들 사이를 뚫고 뛰어오며 외쳤다.

사람의 탈을 쓴 거대한 곰 인형이 달려오는 걸 보며 일행도 멈췄다. 리예도 트레이 위에서 서둘러 내렸다.

히그틀리의 영주 킬로이 남작은 크게 흥분한 얼굴로 열렬히 환영했다. 그에 타나릴이 곧바로 용건부터 꺼냈다.

"히그틀리에는 사고 싶은 것이 있어서 왔습니다."

"네? 예그하라 가문에서 히그틀리에 필요한 것이 다 있습니까?"

"아닙니다, 가문에서 필요해서가 아니라 제 내자 될 사람이요."

"네? 그럼 저 영애께서 약혼녀시란 말씀이십니까?"

킬로이 영주는 눈이 휘둥그레져서 리예를 돌아보았다.

타나릴이 얼마나 유명하고 인기 있는 미혼남인지는 영주도 잘 알고 있었다. 부유함과 신분, 외모까지, 타나릴은 세상 모두가 탐내는 신랑감이다. 여인의 정체를 알게 되자 트레이를 타고 오는 특이한 모습조차 부족한 행차인 듯 보였다.

영주의 표정이 워낙 극적이라 다른 사람들의 시선도 따라 모였다.

리예가 주춤했다. 조금은 안쓰러웠지만, 이 정도야 지극히 익숙해져야 할 일이기에 타나릴은 모르는 척했다.

대외적으로 자신을 모르게 해달라니, 간청하던 리예를 떠올린 타나릴은 비죽 새어 나오려는 미소를 삼키며 말했다.

"네, 그렇습니다."

"결혼을 축하드립니다, 후작님!"

"고맙습니다. 킬로이 남작."

"후작님, 여기에는 무엇을 사러 오셨는지 알 수 있을까요?"

눈을 반짝이는 킬로이 영주는 영주부라도 내놓으라면 내놓을 기세였다.

"당연히 알려 드려야지요. 영주의 도움을 받아야 하는 일인걸요. 혜른 강을 낀 곳과 마리티 협곡 근처의 땅을 사고자 합니다."

"아, 그곳을요?"

"남작도 아시는 곳입니까?"

영주라고 영지 안의 매물을 다 아는 건 아니다. 더구나 개인 간 거래라면 모를 수 있는데 킬로이 영주는 지명을 듣자마자 대번에 알아들었다.

"네, 얼마 전 두 곳의 주인이 각각 타계했거든요. 그러나 자손들이 세금을 감당할 수 없어서 일단 영주부로 귀속된 상태입니다. 그런데 그 땅이 나온 걸 어찌 아시고요?"

"저야 모릅니다. 제 내자 될 사람이 원하는 일이라서요."

"아……."

킬로이 영주가 크게 고개를 주억거리며 끄덕였다. 타나릴이 돌려 말하기도 했지만 그의 안사람이 하는 일에 군이 이유까지 파고들 필요는 없었다.

"당연히 적극 협조해 드려야죠! 이 외진 땅에 관심을 보여주신 것만 해도 영광입니다. 아차, 제 내자가 아이들과 수도로 갈 일이 있어 집을 비운 터라 대접이 좀 미흡할 수 있습니다. 그래도 머물러 주실 수 있으십니까?"

"영주부에서 여러 가지 일을 처리해야 할 테니 어차피 하루는 머물러야 할 것 같습니다. 이렇게 권해주시다니 저야 고마울 따름이지요."

하루를 머물겠다는 말은 하루 안에 일을 마무리 지으라는 뜻이었다. 킬로이 영주는 찰떡같이 알아들었다.

한편, 타나릴이 킬로이 영주와 나누는 멀쩡한 대화에 발더는 입을 벌리고 쳐다보고 있었다.

귀족이거나 아니거나 막론하고 어떤 사람이든 타나릴을 만나는 이라면 킬로이 영주처럼 잘 보이려고 최대한 애쓴다.

그런 이들을 대하는 타나릴의 대응은 대체로 일관되었다. 무시, 혹은 형식적인 답변. 설사 중요한 거래가 있다 해도 마찬가지였다.

그런데 그런 타나릴이 킬로이 영주에게는 일일이 대답하고 편하게 인사를 주고받고 있었다. '친근'해 보이는 타나릴이라니, 낯설고 적응이 안 되는 모습이었다.

"절차는 최대한 간소히 해서 무조건 내일 안에 마치도록 하겠습니다! 머물러 주신다니 광영입니다."

"남작의 호의에 반드시 보답할 것입니다."

타나릴의 말에 킬로이 영주는 손사래를 치면서도 입이 귓가까지 찢어졌다. 어쩌다 중앙에 가서도 먼발치에서나 볼 수 있을까 말까 한 거물에게서 이런 말을 직접 들었다는 것만으로도 주변 영주들 간의 입지가 달라진다. 킬로이 영주는 간도 쓸개도 내놓을 준비를 마쳤다.

"아, 그리고 혹시 의원을 청할 수 있을까요?"

"네? 어디 불편하신 데라도……."

"딱히 그래서가 아니라 오랜 비행시간에 제 약혼녀가 피곤해 보여서요. 실력이 좋은 여의원을 불러주셨으면 합니다."

"여의원이요? 마침 영주부 내에 여의원이 있긴 한데……."

킬로이 영주가 난감한 표정으로 말을 흐렸다.

"그런데요?"

"혹시 꺼리지 않으시다면 주술 의원이라도 괜찮겠습니까? 남자 의원은 여럿 있는데 여기 여의원은 그 사람뿐이라서 말입니다. 나이가 지긋한 주술 의원인데 히그틀리에서는 그녀에게 의지하는 부인들이 꽤 많습니다."

주술 의원은 마녀 의원을 부르는 다른 말이었다.

전 황제 시절, 은거한 마녀에게 목숨의 은혜를 입은 황실에서 마녀에 관한 혐오와 차별에 관한 처벌법을 만들었다. 하지만 그것이 다였다.

아직 황실에서도 마녀에 관해선 보수적이었고, 마녀를 천시하고 멀리하는 이들은 많았다. 특히 고위 귀족일수록 멀리하는 경향이 심했다. 해서 타나릴의 부탁을 들어주지 못할까, 킬로이 영주의 표정이 어두웠다.

"잠시만, 물어보겠습니다."

타나릴이 리예의 귓가에 속삭였다. 영주와 그의 수행원들이 눈을 휘둥그렇게 뜨고 그 모습을 쳐다보았다.

움찔하긴 했지만 천천히 고개를 끄덕이는 리예의 모습에 타나릴은 싱긋 웃었다. 그는 아예 리예의 손을 잡고 돌아와 킬로이 영주에게 대답했다.

"불러주십시오."

"…네."

발더가 반쯤 얼이 빠진 킬로이 영주보다 더 얼빠진 얼굴로 중얼거렸다.

"저럴 거면 왜 나보고 의원을 알아보라고 한 거야……."

킬로이 영주는 금세 정신을 차리고 일행과 함께 영주부로 들어갔다. 그는 타나릴이 쓸데없는 환영식을 싫어하는 걸 알고 곧장 일 얘기부터 할 만큼 눈치가 빠른 사람이었다. 덕분에 누구에게 가장 친절해야 할지도 알았다.

"영애께는 휴식할 방으로 먼저 안내해 드릴까요? 하녀를 붙여 드리겠습니다."

"아니요, 저도 함께 거래할 곳에 대해 들어보고 싶은데 괜찮을까요?"

"영애께서 주인이 되실 예정이니 그건 당연한 영애의 권한입니다."

킬로이 영주는 일행을 집무실에 안내했다. 그리고 곧장 행정관을 불러 강과 협곡 옆의 땅의 소유권 이전 절차를 하라 명했다. 그런데 행정관이 약간 당황한 얼굴로 말했다.

"안 그래도 오늘 영주님께 그에 관해 말씀드리려 했었습니다."

"무슨 일인가?"

"어제 작자가 나서서 영주부에 다녀갔습니다."

"뭐라고?"

"그 사람도 두 곳 다 사겠다고 했습니다. 계약금을 당장 다 내지 못하는 대신 열흘 뒤에 잔금까지 한꺼번에 다 치르겠다며 가계약을 하고 했습니다."

행정관의 말이 끝나기 무섭게 리예가 하얗게 질려 물었다.

"누, 누군가요! 어떤 사람인가요! 여자였나요?"

"가계약 상태라… 죄송합니다, 이름은 모릅니다. 중년의 남자였습니다."

"남자라고요? 정말요?"

"네."

행정관이 얼떨떨한 얼굴로 대답했다.

"리예, 당신 괜찮아? 얼굴이 창백해!"

"의원, 메릴리타 의원부터 부르겠습니다!"

타나릴의 말에 킬로이 영주가 허둥대며 옆에 서 있던 집사에게 명령했다. 하지만 리예는 고개를 저으며 다시 행정관에게 물었다.

"그러면 그 땅은 이미 팔린 건가요?"

행정관이 킬로이 영주를 흘금 보고는 답했다.

"아, 아닙니다! 방금 말씀드렸듯이 가계약만 한 상태라서요. 계약금도 다 낸 게 아니라서 그쪽에 확실한 선점권은 없습니다."

"그럼 저와 계약하죠! 그 땅, 제가 살게요! 영주님, 가능할까요?"

"네? 네, 네!"

킬로이 영주의 적극적인 대답에 리예는 안도의 한숨을 쉬며 의자에 앉았다.

이후로는 일사천리였다. 영주부에서는 토지의 크기, 토지에서 나는 생산물, 토지 대금, 각종 수수료와 세금을 책정한 서류를 준비했다. 리예는 신분 증명과 토지의 합산 가격만 치르면 되었다.

리예는 토지의 가격을 확인하고선 곧장 일어섰다.

"여기, 국립 중앙은행이 어디에 있나요?"

아무리 작은 영지라도 국립 중앙은행은 기본적으로 하나씩은 설립되어 있으니 당연한 질문이다. 하지만 킬로이 영주는 갸웃했다.

타나릴과 같은 고위 귀족은 굳이 은행에서 돈을 꺼내는 절차를 거치지 않는다. 마법으로 인증된 수표책에 이서하는 것만으로 거의 모든 거래가 가능했다. 킬로이 영주는 의아함을 감추고 금세 대답했다.

"은행은 영주부 근처에 있습니다. 안내해 드리겠습니다. 멀지 않으니 우선 의원을 먼저 만나보시고 가시는 게 어떤지요?"

"아니요. 제가 마음이 급해서……. 은행부터 갈게요."

킬로이 영주는 타나릴의 눈치를 보고는 리예에게 고개를 끄덕였다. 일행은 곧장 은행으로 이동했다.

• • •

은행은 영주부와 가까웠다.

은행에선 나만 개인실로 안내되었다. 아무리 혼인할 사이라고는 해도, 아니, 특히나 혼인할 사이의 귀족 간 계좌 확인은 극히 개인적인 일이라 혼자 들어올 수 있어서 다행이었다. 홀로 막힌 공간에 들어서자 난 그제야 숨을 고를 수 있었다.

"정말 꿈이 아니네……."

여기까지 와서 이미 현실을 부정할 단계는 지났다. 하지만 충격은 쉬이 사라지지 않았다.

예그하라, 그 예그하라! 방계도 아니고 직계, 그것도 후계였다.

제국법 제1조1항은 '모든 생명은 평등하다'지만 신분제의 벽은 함부로 뛰어넘을 수 없는 것이다. 그런데 황실을 제외하고 가장 영향력 있는 가문의 차기 공작과 평민인 내가 엮이다니 이거야말로 경천동지할 일이었다.

너무 어이가 없어서 그런지 허탈한 웃음이 나왔다. 나중에, 아주 나중에 내 아이에게 해줄 말은 생긴 것 같다. 네 엄마가 잠시 후작 부인이라는 타이틀을 잡았었다고 말이다.

하지만 다른 건 몰라도 난 한 가지는 확실히 안다. 이 꿈같은 일이 현실이긴 했지만 계속될 일은 아니었다.

'잠시'다. 그 점을 새기고 한순간도 잊지 말아야 할 것이다. 그에게도 절대 질척거리거나 거슬리지 않을 존재가 될 거란 믿음을 줘야 할 것이다.

"후……."

나는 심호흡을 하고 앞에서 반짝이는 마력판 앞으로 다가갔다. 마력판에 계좌와 암호를 입력하고 인출할 금액을 청구하면 창구에서 출금해 주는 형식이었다. 암호를 모르는 한 대마법사 셋이 합쳐도 뚫을 수 없는 철통 보안을 자랑한다.

실은 나도 지금 확인하려는 계좌에 얼마가 들어 있는지 모른다. 때문에 잔액 확인을 기다리는 동안 초조해지고 말았다.

미개척지와 맞닿아 있는 히그틀리는 그 어느 지역보다 지가가 낮은 데다 강 주변과 협곡 주위 땅은 특히나 더 쌌다. 하지만 토지의 크기부터가 엄청났다. 오죽하면 상속자들이 세금 때문에 땅을 포기했을까.

두 곳을 합쳐 58,900금화다. 그것도 수수료와 세금을 제외한 순수 땅만을 계산한 금액이다. 그 넓이를 생각하면 정말 값어치가 낮지만 내가 벌던 월급을 생각하면 평생 모아도 불가능한 거액이다.

'정말 돈이 모자라면……'

이 땅을 사달라고 했을 땐 그냥 해본 말이었지만 잔액이 모자라면 진짜로 부탁해야 했다. 내 소유가 아니어도 된다. 반드시 그곳을 차지해야만 한다.

초조한 시간이 길어졌다. 이 계좌가 개설만 하고 확인은 처음이어서인지, 아니면 히그틀리와 중앙과 거리가 멀어서인지 시간이 유난히 오래 걸리는 것 같았다. 그렇게 내 인내심을 시험하던 마력판의 불빛이 깜빡거리더니 드디어 숫자를 토해내기 시작했다.

1, 3, 4, 7, 0, 0, 1, 5.

앗, 거꾸로다. 다시 나열하자 51,007,431이라는 숫자가 떴다. 여기에 은화와 동화 단위를 제외하고 계산해야 한다.

100에 다시 100을 나누니 왠지 아슬아슬하게 모자란⋯ 아니다, 턱없이 부족하다.

이럴 수가! 기대가 너무 과했나 보다. 아예 한 자릿수가 부족하다.

이제 나가서 타나릴에게 땅을 사달라고 부탁해야 할 것이다. 이런 줄도 모르고 전용기까지 빌려 땅을 사겠다고 덤비다니, 그거야말로 무모함의 극치였다. 창피함이 몰려왔지만 어쩔 수 없다. 반드시 저 땅을 사야 할 테니까.

어? 나는 눈을 깜빡했다. 숫자가 바뀌었다. 1이 9가 되더니 0이 되면서 3이 4로 변했다. 나는 다시 한번 잔액을 확인하다가 비명을 삼켰다.

"맙소사!"

잔액의 뒤로 보이는 무언가가 또 있었다. 나는 다시 한번 속삭였다.

"맙소사."

잔액 뒤로 조금 작게 나타난 숫자들은 은화와 동화를 따로 표시한 것이었다. 말하자면, 내가 본 숫자 그대로 모두 다 금화였다.

다시 봤을 때는 51,007,442⋯ 금세 또 변해서 숫자를 기억하는 것은 의미가 없었다.

"나, 부자네?"

너무 어이가 없어서 실소가 터져 나왔다. 지금 이 순간에도 상상도 못 했던 금액에 자꾸만 자꾸만 숫자가 더해지고 있었다.

이 계좌는 3년 전, 시험적으로 마법 공학부에 아이디어를 제출하고 1등이 된 후 만든 것이었다. 그때 난 불길한 미래를 본 직후였다. 당연히 다른 학생들의 것을 익명 처리한 것처럼 내 것도 익명으로 했었다.

아마도 나는 이 계좌를 만들 때부터 이 돈이 필요한 게 언제인지 예감하고 있었던 듯했다. 그래서였나 보다. 나의 계좌 암호는 짧은 문장이다.

'이제 돌아가지 않아.'

돈이 꽤 쌓여 있을 거라 짐작하면서도 내가 여태 이 계좌를 잊은 듯 묻어둔 이유가 바로 이것이었다.

'이제 돌아가지 않아'. 정말 난 저쪽 세상으로 돌아가지 않게 된 것이다.

아이가 생기지 않았다면 난 여전히 돌아갈 날을 기약하고 있었을지도 모른다. 세월이 지나면서 희미해질 줄 알았던 그것은 내가 이 세상에 적응하면 할수록 점점 깊어졌다.

나는 향수병에 걸려 있었다. 나를 기다릴 사람은 영은과 별이뿐이었지만 그래도 돌아가고 싶었다. 나를 사랑하는 이들 곁에 있기를 바랐다.

부모님이 돌아가신 것이 향수병을 더 키웠다. 죄책감에 같이 살진 못했어도 부모님의 애정은 내겐 오아시스와도 같았다. 한 번도 갖지 못했었던 애정의 눈길과 목소리를 영영 잃는 순간 나는 이 세상에 부평초가 되어버렸다. 그래서 이 돈에 그런 속박을 매겨놓았던 모양이었다.

그런데 예금에 관한 내 짐작은 조금 빗나갔다. 쌓인 돈이 '꽤' 정도가 아니다. 이 정도 돈이면 과장을 좀 보태서 히그틀리의 반은 살수도 있을 것 같다. 물론 돈만으로 가능한 일도 아니고 실제로 투자할 일은 없겠지만 아직도 심장이 벌렁거릴 만큼 큰돈인 건 사실이었다.

내가 멍하니 있는 시간이 길었던 것 같다. 문을 두드리며 안부를 묻는 소리에 나는 조금만 기다려 달라고 소리치고는 생각을 정리했다.

"우선 인출부터 해야겠구나."

나는 넉넉하게 100,000금 인출을 신청하고 개인실을 빠져나왔다.

적은 돈은 신청 후 창구에서 바로 지급되지만 천 단위 이상의 금화 지급은 중앙에서 확인한 후 지방 은행에 지급 명령을 준 후 돈을 찾을 수 있다.

이것이 최소 하루가 걸린다. 그래도 무척이나 협조적인 영주 덕에 영주부에서 소유권 이전 완료와 지급이 거의 동시에 될 것 같았다.

발더는 어디로 갔는지 대기실에는 타나릴 혼자 남아 나를 기다리고 있었다.

"확인했어?"

"네."

타나릴은 내가 가뿐한 얼굴로 고개를 끄덕이자 눈을 조금 찌푸렸다. 그가 정말 땅을 사 줄 생각이었던 건 알겠지만 그래도 그의 돈을 쓰는 건 아니라고 본다.

"둘 중 하나는 내가 사 주기로 하지 않았나."

"그거야 그냥 해본, 아니 이렇게 한 번에 될 줄 몰라서 그랬죠. 사실 돈이 부족했으면 당신에게 부탁하려고도 했어요. 하지만 충분하니 괜찮아요. 그보다 정말 감사해요. 당신이 아니었으면 무사히 저곳들을 인수하지 못했을 거예요."

나는 타나릴에게 진심으로 감사했다. 영주와 만나면서부터 타나릴이 중간에 끼지 않았다면 나 혼자서는 이 토지 거래가 불가능한 일이었다는 것을 알 수 있었다.

우선, 내가 사야 할 땅이 어디인지 알아보는 데 며칠 걸렸을 것이고, 각각 주인을 만나 거래 타진을 해본 후에야 땅이 영주부로 귀속된 것을 알았을 것이다.

혹시 영주부에 먼저 의사 타진을 했더라도 행정관이 말했던 작자에게 넘어갔을 확률이 높았다. 그 작자가 중년의 남자였다고는 하지만 나는 그가 앙켈루야와 밀접한 관계일 것이라는 생각을 떨칠 수 없었다.

하지만 지금은 앙켈루야를 쫓을 만한 명분도 자격도 없다. 땅을 차지한 것만으로도 다행이다.

"아니, 이건 해주기로 한 것이었으니, 그렇게 감사할 필요는 없어."

"아니에요, 감사해요, 정말로요."

만일 여기를 놓쳤다면 천추의 한이 되었을 것이다. 강렬한 예감이 그렇게 일러주고 있었다.

"더 필요한 건 없나?"

자꾸만 그의 호의를 받는 게 부담스럽고 미안했지만 필요한 게 있었다. 그 땅을 확인하고 싶었다. 더없이 불친절한 예견이 알려준 그곳이 맞는지까지는 확인할 수 없겠지만, 그래도 가보면 뭔가 알 수 있을지도 모른다.

"돈이 인출되려면 내일까지 기다려야 할 거예요. 그래서 말인데……."

"가보려는 거겠지. 비행선을 타고 가면 두 군데 다 볼 수 있어. 무리하지 말고 오늘과 내일 한 군데씩 들르는 게 어때?"

"그래주셔도 되나요? 바쁘실 텐데 정말 감사해요."

자꾸 이 사람에게 반할 것 같아 큰일이다. 이렇게 잘생기고 잘난 데다 배려 깊고 친절한 남자를 아직도 혼자 두다니… 수도 여자들은 다 눈이 삐었나 보다.

이 남자, 예그하라만 아니라면 확 잡아버리고 싶다. 오뚝한 코와 강렬한 눈매, 아랫입술만 살짝 도톰한 입술은 볼 때마다 배꼽 아래가 짜릿하다.

아으, 이성에 조금만 고삐를 놓으면 바로 이 상태다. 바로 눈앞에서 만나는 환상의 남자는 심장을 위태롭게 한다. 미친 생각이지만 저 남자가 입술을 비벼온다면 주저하지 않고 승낙할 것이다.

맙소사, 떡 줄 사람은 생각도 않는데 김칫국 마시는 사람이 바로 나였다. 그런 사고가 아니면 저 사람이 나와 엮일 일이 또 있을까. 그래도 저 사람이 유혹한다면 못 이기는 체 넘어가 버릴 것이다.

"당신……."

"네, 네?"

내가 정말 미쳐서 그 입술을 훔치기 전, 그가 말을 걸어준 덕에 다행히 정신이 들었다.

"당신 혹시 나를……."

타나릴이 눈썹을 모은 채 나를 쳐다보고 있었다. 깊은 눈동자가 일렁이는 느낌에 가슴이 철렁했다. 절대 질척거리지 않을 거란 믿음을 주기로 다짐한 것이 바로 조금 전이다.

"네? 아, 절대 오해하지 않으셔도 돼요. 그냥 당신이 참 배려심 깊고 친절하다고 생각했을 뿐이에요. 정말 감사하게 생각해요."

"타나릴, 내가 방금……."

바로 그 순간 잔뜩 흥분해서 들어오던 발더가 우뚝 멈춰 섰다. 나와 타나릴을 몇 번이나 돌아보는 그의 표정이 왠지 아연해 보여 좀 무안해지고 말았다. 마침 발더도 할 말이 있는 눈치라 이 불편한 분위기를 벗어날 핑계가 좋았다.

"영주부로 먼저 가 있을게요. 말씀들 나누고 오세요."

"아니, 잠시만 기다려 줘. 의원에게 같이 가지."

"네? 아, 그렇군요, 네."

그러고 보니 저 사람은 나한테만 임신에 대해 들었으니 의원의 진단을 들어볼 필요가 있었다. 그리고 그건 나도 마찬가지였다. 더구나 주술 의원에게 보이라는 말은 반가웠다.

"여기 바로 앞에 있을게요. 이야기 나누고 나오세요."

"오래 안 걸려. 금방 나갈게."

타나릴이 은은하게 웃는 모습에 나는 고개를 끄덕이고 얼른 나왔다.

정말 위험한 남자다. 나는 덜컹거리는 심장을 나무라며 대기실 문을 닫았다.

• • •

"누가 배려심이 어쩌고 친절이 뭐 어떻다고?"

발더는 코웃음을 쳤다. 문이 닫히는 순간 리예가 말했던 그 누군가는 이미 사라진 듯했다.

"발더, 시간 없어. 무슨 일이야?"

"아니, 너 정말 트레니알라 맞아? 뭐? 기다려 줘? 네가 그런 말도 할 줄 알았어?"

"시답지 않은 말 하려거든 간다?"

"아니, 그게 아니고!"

발더는 타나릴을 향한 극찬을 종류별로 들었으나, 친절과 배려라는 말처럼 거리가 먼 이야기는 처음 들었다. 하지만 방금 전의 타나릴은 진짜 친절하고 배려도 깊게 보였다.

보지 않았으면 믿지 못할 일이다. 가슴을 쾅쾅 칠 일이지만 타나릴이 진짜 저를 버리고 가기 전에 할 이야기가 있었다. 발더는 화상 통신구를 불쑥 내밀었다.

"지금 이동 중도 아닌데, 왜? 마력이 필요해?"

"아니, 그게 아니야. 방금 브란도 쿠쉬가 연락했었어."

브란도 쿠쉬는 중앙은행에 연결된 정보원이다.

"음, 그런데"

"그 계좌 말이야……."

"무슨 계좌?"

"마법 전달문 개발한 사람 계좌. 3년이 지나면서 이제 그 사람이 죽었거나, 치매에 걸려 잊었을 거라고 하던 그 사람 계좌!"

"지금?"

"응, 지금! 지금 막 계좌에서 인출 접수가 왔대."

"그랬군. 돈을 찾았으니 쓸 테고, 누구인지 알아볼 수도 있겠네. 그렇다 해도 돌아간 후에야 알아보든 하지."

마법 공학부는 항상 인재에 목마르다. 전달문은 공모전에서 1등을 할 만큼 유용하며 뛰어나기도 했지만 사용처까지 설명이 자세하고 확실했다. 그런 능력자를 발굴하는 것도 이들의 일이었다.

"바로 그거야! 돌아가지 않아도 누구인지 알아낸 것 같아."

"뭐? 벌써?"

"은행에서 인출한 사람까지 알지는 못하지만 인출 지점은 알 수 있다는 거 알지?"

"……."

"어느 지점에서 신호가 간 줄 알아?"

"발더?"

"알았어, 알았어! 뜸 안 들일게! 바로 여기! 히그틀리에서 방금 신호가 갔대! 그런데 이 은행에 지금 개인실을 쓴 손님이 단 한 명이라는 거!"

"……."

"무슨 돈으로 전용선을 타려나 했는데 말이지. 와, 네 신부 정말 대단한 사람이다!"

"……."

"그만한 돈을 그렇게 오래 묵혀둔 걸 보면 평소 돈 욕심은 없었던 것 같고, 필요한 건 오로지 저 땅을 사는 것뿐인 것 같던데. 네가 땅 사는 데 필요가 없었으면 넌 바로 소박당했겠더라. 하긴, 네가 여기로 데려다준다고 해서 말이나 붙여볼 수 있었던 거지. 아무튼, 사우스 영애가 그런 대단한 인재일 줄이야! 혼전 계약서는 사우스 영애를 위해서라도 필요하겠네, 음하하하하!"

"발더."

"아, 어. 응?"

순간의 재미에 다시 목숨을 가볍게 했던 발더는 살 떨리는 목소리에 정신을 차렸다. 그런데 타나릴이 그를 죽일 것처럼 보이지는 않았다.

"혼전 계약서. 그래, 그것부터 준비해 줘."

타나릴은 웃고 있었다. 그게 더 오싹했다. 당분간은 놀리지 말자. 발더는 몸을 부르르 떨었다.

• • •

우리가 영주부로 돌아갔을 때 주술 의원이 이미 대기하고 있었다.

의원은 보는 것만으로 기분이 좋아질 것 같은 푸근한 인상을 한 여인이었다. 빨간 머리에 듬성듬성 백발이 섞여 있긴 했지만 킬로이 영주에게 미리 나이가 많다는 이야기를 듣지 않았다면 중년 이

하로 볼 만큼 팽팽한 얼굴이었다.

"이쪽이 주술 의원 메릴리타라고 합니다. 묵으실 방에서 진료를 받으시는 게 좋을 것 같으니 안내해 드리겠습니다."

킬로이 영주가 짧게 소개하고는 하녀를 불러 방으로 안내해 주었다. 하녀가 나와 타나릴, 의원만 들이고 문을 닫자 메릴리타가 다시 인사했다.

"영주님께서 소개해 주신 대로 저는 메릴리타라고 합니다. 먼저 진찰부터 해보겠습니다, 손을 내밀어주시겠어요?"

자리에 앉기 무섭게 웃으며 다가온 메릴리타에게 나는 휩쓸리듯 손을 내밀었다. 메릴리타는 약 10여 초 정도 내 손목을 잡고 있다가 떼고는 말했다.

"임신하셨군요?"

마치 내가 임신에 대해 이미 알고 있다는 것도 안다는 어투에 나는 고개를 끄덕이고는 타나릴을 쳐다보았다.

'임신 맞대요.'

그저 그에게도 확인하라는 뜻이었다. 그런데 마주친 눈빛이 뭐라 설명할 수 없이 이상했다. 괜히 가슴이 또 이상하게 두근거려 메릴리타를 돌아보자 이번엔 그녀가 타나릴에게 물었다.

"혹시 아기 아빠신가요?"

"그렇소."

"어머나, 그렇군요. 그런데 혹시 마법사이신가요?"

"어머, 그걸 어떻게 아셨어요?"

그 말엔 내가 놀라서 물었다. 마법사라고 얼굴에 써 붙이고 다니는 것도 아니고, 마녀와 마법사가 서로 알아본다는 이야기도 들어본 적이 없었다.

"호호, 다 아는 수가 있지요."

"그러면 뭐가 다르오? 임신부에게 영향이 있소?"

타나릴의 목소리가 왠지 잠긴 것처럼 들렸다.

"네, 다르지요, 당연히 다르지요!"

메릴리타가 짐짓 얄궂은 얼굴로 샐쭉 웃었다. 어서 물어달라는 표정에 나도 마음이 급해져서 응했다.

"뭐가요? 뭐 더 조심할 게 있나요?"

"아니요! 아빠가 마법사라서 참 좋겠어요."

"네?"

메릴리타가 짐짓 더 짓궂게 웃는 얼굴로 말했다.

"흠, 흠! 안정기만 되면… 뭐, 안정기라고 할 것도 없어 보이네. 지금도 아주 마력으로 단단히 붙잡고 계시네요, 그렇죠?"

메릴리타가 타나릴을 향해 눈을 찡긋했다. 그는 아무 말도 하지 않았는데 그녀는 대답을 들은 것처럼 고개를 끄덕이며 말했다.

"임신 징후로 봐선 20일이 갓 지난 것 같아요. 하지만 아빠가 이렇게 마력으로 감싸고 있으니 이미 안정기라 할 수 있어요. 신혼이신 것 같은데… 아주 마음껏 하셔도 돼요. 아니, 많이 하실수록 더 좋아요. 호호호."

'하다'. 이 광범위한 타동사에 담긴 뜻은 너무도 명확했다.

약 반 박자 뒤 내 얼굴이 불타올랐다. 차마 다시 타나릴을 돌아보지도 못하는데 메릴리타는 다 안다는 눈길로 '괜찮아요'를 연발하고는 비밀을 풀어놓는 것처럼 말했다.

"호호호, 이건 아직 정식으로 발표가 난 건 아닌데 말이지요. 마법사 남편과 부부 관계를 많이 할수록 태아가 마력에 노출될 기회가 많아져서 고위 마법사로 태어날 가능성이 높아진대요. 이건 통계적으로는 증명된 이야기라고요."

메릴리타는 예시까지 들었다. 밤일을 매우 좋아했다는 어느 마법사의 이야기였다.

'하다'의 충격에서부터 벗어날 수가 없었던 나는 얄궂게 눈을 찡긋하는 메릴리타에게 입만 벙긋거렸다.

대책 없게도 야릇한 상상을 하는 나와 달리 타나릴은 멀쩡한 질문을 했다.

"산모의 몸은 괜찮은 거요?"

"호호, 남편분이 참 자상하시네요. 겉으론 무뚝뚝하게 보여도 이렇게 챙길 건 다 챙겨주는 다정한 남자가 제일이라니까요? 어머, 제가 또 말이 샜지요? 나쁜 게 없어서 그래요. 임신 초기라서 그런지 좀 긴장하고 스트레스도 좀 받은 것 같지만 양호해요. 산모가 젊고 건강하니 푹 쉬면 문제 될 것이 없어요. 방금 말했지만 밤일도 무리 없답니다."

"저, 제발."

"호호호, 이렇게 수줍으셔서 어째. 실례했어요. 그런데 실제로 임신한 부부가 이걸 제일 궁금해하더라고요."

메릴리타가 눈을 가늘게 접은 채 입을 막고 웃었다. 하지만 말과는 다르게 그녀가 전혀 실례라고 생각하지 않는다는 데 난 전 재산을 걸 수도 있다. 아차, 재산이 좀 늘었으니 일르뉴에 있는 집만 걸까.

내가 하릴없는 생각으로 불타는 얼굴을 식히려는데 이번에도 정말 쓸모 있는 질문은 타나릴이 해주었다.

"장거리 여행은 괜찮소? 마차는 아니고 비행선을 타고 움직일 거요."

"비행선이요? 들어오면서 얼핏 들은 것도 같은데, 그게 손님들 이야기였군요? 비행선으로 이동하신다면 사나흘까지는 괜찮아요."

"마차를 타고 이동하기도 하오."

"물론 마차를 안 탈 수는 없겠지요. 마차를 오래 타는 건 지양해야 할 일이긴 한데, 이렇게 자상한 남편이 옆에서 지켜줄 때는 반나절 정도도 무리 없을 거예요. 지금도 이렇게 아주 자연스럽게 부인을 감싸고 계신걸요, 흠흠. 하여간 남편분과 함께라면 반나절, 최대 하루 정도요. 혼자라면 하루 두 시간 넘게는 타지 않으시는 게 좋아요."

"그럼 문제없겠군."

"네, 아무 문제없겠네요. 아직 입덧은 없는 것 같으니 잘 먹고 잘 쉬는 게 최고예요. 한 달에 한 번씩 사시는 곳 근처 의원에게 정기적으로 진찰을 받으시고요. 또, 사랑도 많이 하시고요."

메릴리타는 끝까지 밤일에 대한 조언을 아끼지 않으며 진찰을 끝내고 나갔다. 영주의 말처럼 실력은 있는 의원인 것 같지만 그녀를 또 만나야 한다면 나는 사양하고 싶다. 그것도 내가 넘볼 수 없는 남자와 같이 있는 자리라면 절대.

문이 닫히는 순간 메릴리타가 던진 어색함 폭탄에 질식할 것 같았다. 홧홧 달아오른 얼굴에 심장이 마구 두방망이질했다.

그 와중에도 속상했다. 나만 괜히 김칫국을 마시고 혼자 설레발이다. 침을 꿀꺽 삼키고 나는 최대한 미소라는 걸 찾아 걸치고는 뻣뻣해진 고개를 들다가 가슴이 철렁해졌다.

"왜, 왜… 요?"

아하하, 어설프게 웃자니 입가가 푸르르 떨렸다. 나를 내려다보는 눈빛이 무척이나 복잡해 보였다. 타나릴의 얼굴로 스쳐 지나가는 감정들 중 한 가지, 읽을 수 있는 것이라면 뭔가 착잡해 보인다는 것이다.

착잡하다, 이해한다. 비록 좀 전에 내가 부자가 됐다며 방방 떴지만 그 정도 돈 따위, 눈곱만큼으로 보일 남자일 텐데 이 상황이 오죽 착잡할까.

"내가 오해한 게 아니라면……."

타나릴의 목소리가 잠겨 있었다. 섹시한 남자의 목소리가 묵직하게 갈라지니 그건 그것대로 짜릿하다. 또 그를 맨 처음 보았을 때 연상한 영화의 한 대목이 떠오른다. 여주인공과 키스하려는 직전이었나? 설상가상, 그 직후 열렬한 정사신이 펼쳐졌던 것까지 떠오르니 미칠 지경이다.

"…네?"

내가 기어이 정신을 삼천포로 빠뜨렸던 것 같다. 타나릴이 뭔가 이야기했는데 나는 멍청히 되묻기만 했다. 내가 고개만 갸웃하자 타나릴이 피식 웃더니 다시 말했다.

"아까 은행에서 말이야."

은행에서? 나는 고맙다는 인사를 했고, 저 매력적인 입술을 한번 삼켜보고 싶다는 생각을 했었다.

생각이 너무 명확해서 떠올리는 것도 정직하다.

안 돼. 제발 생각을 돌렸으면 싶은데 잘 안 된다. 이건 메릴리타를 탓하고 싶다.

"은행에서도 당신이 날 그런 눈으로 쳐다보고 있었어."

그런 눈? 그게 무슨 뜻인지 묻고 싶은데 잠겨 버린 목에선 목소리가 나오지 않았다. 설마.

"나를 한입에 삼키고 싶어 하는 눈."

내가 앉은 상태라 다행이었다. 그게 아니면 다리가 풀려 주저앉았을 것이다. 동시에 수치심이 몰려왔다.

들켰구나. 하긴 얼마나 많은 여자가 이 남자를 원하는 신호를 보냈을까. 수도 여자들이 다 눈이 삐었다 생각했었지만 정말 그럴 리는 없다.

그러나 나도 할 말은 있다. 그거야 나도 보통 여자와 다를 게 없으니 그런 거다. 이 매혹적인 남자와 눈이 마주칠 때마다 심장이 제멋대로 뛰고 눈이 저절로 가는 거야 당연한 것 아닌가 말이다.

아니, 그렇다고 굳이 그걸 드러내서 말하다니 너무하다. 그런데 이 남자, 언제 이렇게나 가까워진 걸까.

"아니, 저 그건……."

"부인하는 건 곤란해."

심장이 쿵 떨어졌다. 너무 가깝던 남자가 더 가까워졌다. 다음 순간 나는 내 몸의 통제권을 잃고 말았다. 미끄덩한 살덩이가 내 입술을 가르더니 입안을 휘저었다. 의식이 날아가 버렸다.

이제야 왜 그날 기억이 반쯤 날아간 건지 이해할 수 있을 것도 같다. 그와 닿은 입술만이 내 감각의 전부인 것만 같다.

그때도 그랬던 것 같다. 무아지경, 몰입한 나머지 그 순간을 제외하곤 아무것도 느낄 수도 없고 시간도 멈춰 버린 것 같은 느낌. 나는 그의 입술과 혀를 받아들이고 삼키는 것 말고는 아무것도 생각나지 않았다.

그가 입술을 살짝 떼고서야 나는 숨을 쉬는 것조차 잊었다는 걸 알았다. 내가 숨을 헐떡이는데 그 사이로 타나릴이 속삭였다.

"혹시 내가 착각한 거라면 날 후려쳐."

나는 폭력적인 사람이 아니다. 아니, 폭력적이고 아니고서를 떠나서 내가 이 사람을 때릴 수 있을 리가 없다. 착각이 아니니까.

그러나 치는 게 정답일 것이다. 아니, 살짝 밀기만 해도 되는 거였다.

"나는, 나는⋯⋯."

타나릴을 밀어내는 대신 내가 일어나서 한 걸음 물러났다. 다행스럽게도 그가 나를 붙잡지는 않았다. 하지만 그가 하는 말은 나를 꼼짝없이 붙잡았다.

"우리 결혼 생활이 꽤 재밌어질 것 같아. 마침 도움되는 이야기도 들었고 말이야."

그 '도움'이라는 게 설마 내가 생각하는 그거랑 같은 건 아닐 것이다. 동글동글한 얼굴로 웃던 메릴리타의 미소가 아른거렸지만 나는 강력히 부정했다.

'아니요, 아니요, 아니요!'

그러나 내 부정은 상상 속에서나 한 모양이었다. 타나릴이 고개를 끄덕이며 손을 내밀고 있었다. 저게 무슨 뜻일까. 머릿속이 마구 헝클어졌다. 그러나 다행스럽게도 내가 더 엉뚱한 상상에 빠지기 전에 문을 두드리는 소리가 들렸다.

덕분에 속박에서 벗어난 나는 한 걸음 더 물러날 수 있었다. 타나릴이 옅은 한숨을 쉬더니 대답했다.

"들어와."

한 손에 담요를 안은 발더가 유쾌한 얼굴로 서류철을 팔락이며 말했다.

"아까 말한 대로 혼전 계약서 초안을 만들어 왔어."

나는 현실로 돌아왔다.

초안이라지만 혼전 계약서의 내용은 빡빡하기 이를 데 없었다. 조건을 첨삭한 후에 정식으로 마법 공증을 하면 완벽해지는 형식이다.

마법 공증은 상당한 구속력을 갖는데 마법사가 좀 더 불리하다. 일반인은 어기면 평생 속앓이나 할 테지만 마법사는 마력을 잃는다. 속앓이도 때론 죽음에 이를 정도로 치명적이나 마법사, 특히 고위 마법사는 말할 것도 없다. 그래서 마법 공증은 절대 어길 수 없는 계약에 필수였다.

첫 번째 면에 내가 원하는 조항이 다 들어 있었다. 내가 히그틀리에 원하는 땅을 사도록 최대한 돕는 것, 아이의 양육권, 그리고 가장 중요한 사항으로 '두 사람 사이의 아이가 만 한 살이 되면 이혼한다'라는 말이 명시되어 있었다.

첫 번째 조건은 이미 완료된 상태나 마찬가지였으니 나머지 두

가지 사항만 남은 셈이다. 내 조건은 그것으로 끝이었고 나머지 조항이 모두 타나릴이 요구한 조건이라 할 수 있었다.

첫째, 예그하라 가문의 재산에 내가 권리를 행사할 수 없다는 조항에 나는 무조건 고개를 끄덕이고는 지나갔다. 당연한 정도가 아니라 무섭다. 그 밑으로 그의 재산 목록이 쭉 적혀 있는데 살펴볼 엄두가 안 나서 마지막 장만 확인하고 넘겨 버렸다.

그리고 두 번째 조항에서 나는 타나릴을 쳐다보았다.

-다른 이성과 불미스러운 관계로 혼인에 지장을 줄 시 양육권을 포기하고 즉시 이혼한다. 이는 쌍방 모두에 해당한다.

내가 함정을 의심하는 게 바로 이 부분이다. 어떻게 생각해도 바람피울, 아니 다른 이성을 만날 가능성은 저 남자가 천, 아니 천만 배는 더 높다.

루원과의 망한 교제를 포함해서, 이전 세상을 합쳐도 내 연애 경험은 너무 빈약해서 창피할 정도다. 뭐로 봐도 나에겐 해당 사항이 없는 조항이다. 하지만 나한테 유리하자고 저런 조건을 넣을 리가…….

"왜, 그 조항이 마음에 걸리나? 혹시 마음에 둔 이가 따로 있어서 수용할 수 없다든가……."

순간 타나릴의 눈이 왠지 위험하게 번득이는 것 같았다. 함정 조항이란 생각이 들면서도 오싹한 느낌에 나는 세차게 부정했다.

"아니, 그럴 리가요!"

"꼭 육체적 관계만을 말하는 건 아니야. 마음에 품어두고 몸 따로 마음 따로도 혼인에 지장을 주는 불미스러운 관계니까."

"그런 거 없어요. 그건 그, 타나릴이야말로 걱정할 일 아니에요?"

"내가?"

"아이쿠, 타나릴이 그런 거 걱정했다면 사마라 부인께서 근심을 달고 살진 않으셨겠죠. 이 일 중독자에게 여자⋯ 흠흠, 하여간 이 조건에 동의하시나요?"

발더가 슬그머니 끼어들면서 조건 수용에 못을 박았다.

"⋯네."

"그럼 뒷부분 살펴보세요. 마법 공증을 한 후에는 절대 바꿀 수 없으니까요."

나는 잠시 사마라 부인이 누구일까 생각하다가 눈에 띄는 조항에 궁금증을 밀쳐냈다.

"품위 유지비요? 이런 게 왜 있어요? 아니, 이건 또 뭐예요? 저택과 병원이요?"

내게 매달 500금화의 품위 유지비가 배정되어 있었다. 내가 받던 월급의 수백 배나 되는 돈이 품위 유지비라니, 놀랄 노 자였다.

더 기가 막힌 건 반년에 500금화씩 늘어나게 되어 있었다. 2년 뒤엔 매달 2,000금화씩 지급된다는 말이었다.

그게 다가 아니다. 처음 결혼 직후엔 수도의 저택이, 그리고 아이를 낳은 후엔 병원 하나가 내 소유로 이전되게 되어 있었다.

"이혼하면 영애께 따라가게 될 재산입니다. 타나릴이 가진 것에 비하면 새 발의 피라 약소해 보이겠지만……."

"아니, 아니, 아니요! 이런 걸 왜 제게 주시는 거예요? 집은 살 곳이 필요하니 그렇다 쳐요. 하지만 소유권까지 주실 필요는 없어요. 병원은 진료비 혜택을 주시면 그건 감사하겠지만, 어차피 2년 후면 끝날 결혼에 이런 건 필요 없어요."

이 두 남자의 스케일에 나는 그야말로 아득해졌다. '새 발의 피'라고 말하는 발더의 표정이 정말 그렇게 생각하는 게 보였다. 따라갈 수 없는 격차가 새삼 피부로 느껴졌다.

솔직히 돈이야 많으면 많을수록 좋은 게 진리다. 그러나 그건 내가 번 돈일 때 얘기다. 남의 돈을, 쉽게 얻어 아무렇게나 턱턱 삼키다 보면 체하게 마련이다.

한순간 확 어지러워졌다. 이 결혼, 지금이라도 물리면 안 될까? 어차피 저 남자는 자신에게 맞는 짝을 만나 다시 결혼할 텐데, 전 부인이 없는 게 나을 것이다. 나는 타나릴을 쳐다보았다.

"입도 떼지 마."

순간 타나릴은 으르렁거리는 듯했다. 차갑게 화를 내는 모습이 등골 서늘하게 느껴지기도 했지만 그가 내 눈만 보고 알아챈 것이 더 놀라웠다.

"나, 난 그저……."

"저 땅을 다 샀으니 나한테 볼일이 끝났나? 그런 건가?"

그렇구나. 그렇게 받아들일 수도 있는 거구나. 가슴이 지끈 조였다.

"아, 아니 그런 뜻이 아니에요. 미안해요. 절대 그런 식으로 생각하진 않았어요."

"어? 정말 그랬던 거예요? 그냥 쳐다만 보는데 그걸 어떻게 알아……."

발더가 입을 딱 벌렸다. 나는 쥐구멍에 들고 싶을 만큼 창피해졌다. 타나릴이 다시 말했다.

"결혼은?"

"해, 해요!"

"그럼 나머지를 보지."

냉랭한 기운에 정적이 흘렀다. 나는 서류를 넘기려다 말고 말했다.

"미안해요. 하지만 정말 내 볼일 다 봤다고 그런 건 아니에요. 정말이에요! 품위 유지비니 뭐니, 겁이 나서요. 나는 사교 활동이고 치장이고 해본 적이 없는 사람이에요. 어차피 익숙해지기도 전에 끝날 일인데……. 그래도 미안해요."

타나릴이 열심히 변명을 주워섬기는 나를 가만히 바라보다가 피식 웃으며 말했다.

"그럼 사교 활동이나 치장하는 게 싫다고 하면 되잖아."

"네?"

"지금은 계약을 조율하기 위한 건데 그런 건 말하면 되는 것 아닌가?"

그의 까만 눈동자에 내가 비춰 보였다. 마주치는 순간 또 배 속이 뜨거워지기 시작했다. 안 되는데, 정말이지 참 곤란하다.

"그래도… 돼요?"

"당신이 원하는 대로 해야지."

"하지만 대외적으로 모르게 해달라고 한 건 거절했잖아요."

"그거야 당연하지. 내 아이는 떳떳하게 태어날 거야. 그거와 사교 활동을 하기 싫은 거와 무슨 상관이야?"

"의무적으로 참석할 모임이나 활동이 있을 것 아니에요. 그런 데 나가지 않아도 된다고요?"

"싫은데 뭐 하러 나가?"

"정말요?"

"당연하지."

타나릴이 씩 웃었다. 멍하니 입을 벌리고 있던 발더가 격렬하게 고개를 끄덕였다. 이로써 나는 무늬만 후작 부인인 칩거 생활을 획득한 셈이다.

"고마워요. 그럼 품위 유지비 조항도 빼주세요."

"그건 안 돼."

너무 단호해서 나는 더 언급할 수가 없었다.

아마도 저만한 부를 지닌 사람은 기본적으로 소비해야 하는 품목인지도 모른다. 그렇게 이해하니 쉬웠다. 어차피 나야 쓸 일이 없으니 모아뒀다가 나중에 돌려주면 그만이다. 나는 그러마, 하고는 어깨를 으쓱했다.

실은 나는 지금 내가 부자가 되었다는 사실에 기분이 꽤 고조된 상태였다. 내 돈만으로도 얼마든지 풍족하게 살 수 있으니 별로 아쉬울 게 없었다.

그 돈은 내 미래를 설계하는 데 자유를 주었다. 이 사람의 부와는 비교도 안 되지만 내게 자유를 주는 돈이 있다는 것 자체가 매우 든든했다.

"2년 뒤엔 여기로 돌아와서 집을 짓고 살 생각이거든요. 그러니 수도에 집은 정말 안 주셔도 된다는 거였어요. 아, 그렇지!"

"그 무슨 말도 안 되는……. 네?"

발더가 입을 벙긋거리며 물었다.

"처음부터 나는 그냥 여기 살면 되잖아요? 생각해 보니 내가 수도에 가서 살 필요가 없는 것 같아서요."

히익, 발더가 갑자기 이상한 비명과 함께 담요를 잡아당겼다. 그러나 주위는 멀쩡했다. 타나릴을 쳐다보았지만 그가 무얼 한 것 같지는 않았다.

"리예."

금세 더 깊어진 눈빛이 블랙홀 같았다. 단숨에 빨려 들어갈 것 같은 느낌에 엉뚱하게도 그의 입술의 느낌이 상기되었다. 나는 곱아드는 발가락에 힘을 바싹 주었다.

"당신은 방금 일……"

"아, 아, 그거요!"

이 상황에 그가 키스에 대해 말할 줄은 몰랐다. 나는 엉덩이에 불이 붙은 듯 일어나 소리쳤다.

"그, 그거! 절대 오해 안 해요. 절대 다른 의미를 부여한다든가 다른 결말을 기대하거나 하지 않을 거예요. 어차피 마법 공중을 하는데 행여나 제가 다른 생각을 할까 봐요! 정말 걱정하지 않으셔도 돼요! 정말이에요!"

타나릴이 입을 꾹 다물었다. 그래도 믿지 못하겠다는 모양이다.

그는 내가 비행선에서부터 계속 그런 식으로 자신을 바라본 걸 알고 있었던 듯했다. 아무리 마법 공중을 한들 내가 말을 바꿔 매달릴까 봐 걱정스러울 수도 있다.

"믿기 어렵다는 거 알겠는데요. 미꾸라지는 흙탕물에서 살아야지, 호수에서 적응하기도 어려운데 그보다 큰 바다라니, 절대 못 살아요."

"예그하라가 선박도 있긴 하지……."

발더가 맹한 어조로 맞장구를 치다가 고개를 휙 돌렸다. 혹시 내 말을 고깝게 들었나 싶어 타나릴을 쳐다보자 그는 아무렇지도 않

182

게 고개를 끄덕였다.

"그렇긴 해. 오해 안 한다니 다행이야. 믿어."

"그렇죠? 믿어주셔서 정말 감사해요!"

좀 과장되게 답하느라 목소리가 떨렸다. 저 깊은 눈매에 심장이 콩닥거리는 게 다 들킬 것 같았다. 그에게 새삼 반하는 미친 짓은 정말이지 사양이다. 2년 후 이혼과 동시에 그의 눈앞에서 사라질 것을 나는 굳게 다짐했다.

"알겠어요, 그럼 마저 볼게요."

나는 다시 앉아서 서류를 넘겼다. 대단한 남자와 결혼하려니 형식적이라 해도 맞춰야 할 조건이 많았다. 양육권 말고는 난 그에게 바라는 게 없으니 그의 조건에 맞춰주면 그만이었다. 그러나 걸리는 항목이 또 있었다.

"이건 나중에 결정하면 안 될까요?"

―아이의 혈연 증명을 하면 곧바로 아이 명의로 렌클러 산맥의 마력석 광산을 양도한다.

"그걸 왜 나중에 하고 싶은가요, 영애?"

발더가 조금 긴장한 얼굴로 물었다.

"혈연 증명은 어차피 태어나는 날 할 텐데 그러면 갓난아이에게 광산을 준다는 거잖아요. 아이나 저나 이런 걸 관리할 능력이 없는 건 물론이고요. 나중에 후, 타나릴이 주고 싶은 자식이 있으며 곤란할 거예요."

"리예."

"네?"

"방금 한 달이 늘어날 뻔했어."

"제, 제대로 말했어요!"

"아니, 제대로 말한 건 아니야. 내가 그 광산을 주고 싶은 아이는 그 아이밖에 없을 테니까."

타나릴이 아직 티도 안 나는 내 배를 보며 말했다. 그의 고집스러운 눈을 보니 이번에도 내 의견은 들어주지 않을 것 같았다. 이러면서 왜 내 의견대로 조절한다는 건지 모를 일이다.

아니다. 이건 아이가 성인이 되면 결정하라고 해야 할 일이다. 아버지가 아이에게 줄 권리를 내 입맛대로 조절할 수는 없다.

그리고 다음 항목을 보는 순간 나는 전보다 더 마음이 불편해지고 말았다.

-사마라 예그하라 부인과 한 달에 한 번 함께 식사한다.

내가 그 항목에서 멈칫하자 타나릴이 먼저 설명했다.

"내 어머니."

나는 움찔했다. 이런 것 때문에라도 내가 그와의 결혼이 불가능하다고 생각했던 거였다. 결혼은 두 사람만의 관계가 아니라 가족과 가족이 얽히며 복잡한 관계가 형성되는 일종의 연합이다.

하지만 나에겐 그 연합을 이룰 가족이 없다. 이 몸의 혈육이라고 해봐야 오빠가 죽자마자 남겨진 유산을 가로채려던 고모 하나?

"그럼 결혼하게 된 상황이나 이혼에 대해 말씀드려야 할까요?"

"아니, 그건 내가 알아서 할게."

"가족분들, 모두 만나긴 해야겠죠?"

생각할수록 암담했다. 그의 가족과 만나야 한다고 생각에 새삼 결혼이 성큼 더 가까이 다가오면서 죄책감이 들었다. 다 내 책임만은 아니었지만 그래도 내가 진짜가 아니란 생각에 가슴이 답답했다.

"한 번은. 아버지와 누나들과 여동생은 결혼식을 올리면서 그때 보면 돼. 하지만 어머니는…… 그건 필수가 아니라 권유 사항이야. 일종의 부탁 같은 거지."

"흐윽!"

아까부터 발더는 좀 아파 보였다. 바람 빠지는 듯한 소리에 돌아보니 그새 떨어진 담요를 줍고 있었다.

"내가 서른이 되도록 결혼할 생각을 하지 않으니 어머니는 매우 애달파하셨어. 곧 손주가 생긴다는 걸 아시게 되면 안심하고 마음을 놓으시겠지."

그건 더 부담스러웠다. 격이 맞지 않는 며느리는 죽을 듯이 밉고 싫어도 손주는 예뻐하는 조부모는 흔하다. 내가 아무리 같잖아도 손주는 욕심낼 수도 있다.

이건 차후 내 양육권에 지대한 영향을 미칠 수도 있는 무서운 사항이었다. 하지만 이 혼전 계약서가 지켜줄 것이다. 나는 내 친권을 명시한 항목을 다시 한번 들춰 보고 싶은 마음을 누르면서 말했다.

"그건… 만나 뵙고 결정해도 될까요?"

"원하는 대로 해. 그리고 나머지 가족들은 결혼식 당일 말고는 만나지 않아도 돼."

정말 그래도 되는 건가? 내가 묻기도 전에 타나릴이 답했다.

"아버지는 내가 말하면 그만이고, 자매 넷은 내가 알아서 막을 테니 걱정하지 마. 그래도 혹시나 억지로 만나려는 시도가 있으면 말해. 본보기를 보여주면 알아서 할 테니까."

누이가 네 명이나 되는구나.

본보기……. 가족에게 어울리는 단어는 아니었다. 남매 사이가 어떨지 짐작이 가는 말이었다. 아니, 나는 몰라도 되는 일이다. 생각하지 말자.

다른 조항을 더 훑어봤지만 내가 타나릴의 생활에 참견하지 말라는 말을 더 길게 늘어놓았을 뿐이다. 내가 더 알아야 할 것이나 해야 할 의무는 없는 것 같았다.

대외적으로 비밀을 지켜준다는 말은 들어주지 않았지만 그래도 이만 하면 거의 비밀 결혼에 근접했다. 그런데 마지막 조항에 가서 나는 다시 멈칫했다.

그걸 보자 나는 아까 그가 키스 이야기를 하는 바람에 내가 여기서 사는 게 낫지 않느냐고 물었던 게 묻혔다는 걸 깨달았다. 이 마지막 조항에 그 답이 있었다. 그걸 보고서야 나는 함정이 하나 더 있다는 걸 알 수 있었다.

–결혼 생활 동안 한집에서 생활한다. 신병을 위협하는 특별한 이유나 합의하지 않은 무단이탈 시 혼인 파탄의 책임을 지고 양육권을 포기하고 이혼한다. 이는 쌍방에 해당한다.

"그 부분에 문제 있나?"

나는 입술을 깨물었다. 이걸 어떻게 해석해야 할지 잘 모르겠다.

내가 상상한 그와의 결혼은 서류상으로만 이루어지는 일차원적인 관계였다. 하지만 가족과 엮이질 않나, 한집에서 살기까지 한다면 헤어질 때 너무 복잡한 상황이 생길 수도 있다. 예를 들어, 아이가 아빠 얼굴을 너무 많이 익힌다거나…….

이 사람, 정말 아이를 원하는 것 같았다. 그럴 수 있다. 혈육에 끌리는 건 본능이니까. 그러면서도 양육권은 내게 준다고 했으니 뭐가 뭔지 이해할 수가 없었다.

속임수였을까? 하지만 마법 공증으로 확실히 한다는 것도 그렇고, 그의 말 자체가 거짓말이라고 느껴지진 않았었다.

"아니요, 만일 내가 일을 하게 되면 어떻게 되나 싶어서……."

"일을? 하고 싶은 일이 있나?"

"네? 그거야 당연히 일을 해야… 아……!"

나는 말하다 말고 얼굴을 썰었다. 줄곧 당연하게 생각한 일이라 나도 모르게 튀어나온 말이었다. 하지만 지금은 그 무시무시한 품위 유지비가 있었지?

"…당신에게 돈이 부족할 일은 없게 할 거야. 품위 유지비 외 당신 활동에 지장이 되면 얼마든지 청구하면 돼."

"…그냥 뭐든 내가 하고 싶은 일이 있을 수도 있다는 의미였어요."

"그거야 문제없어. 그래서 합의라는 말을 넣은 거였어. 만일 내가 마법 공학부에 다니는 것이 마음에 들지 않으면 얘기해. 그만둘게."

쿨럭! 켁켁켁!

요란한 기침 소리와 함께 발더가 새빨개진 얼굴로 가슴을 쾅쾅 치기 시작했다. 기도로 물이 넘어간 듯했다. 정말 큰일 나겠다 싶은 순간, 타나릴이 벌떡 일어나더니 발더의 등을 팡팡 두드렸다. 발더가 물을 왈칵 뱉어내며 작은 기침을 여러 번 했다.

"괜찮아요, 리만 경?"

"괘, 괜, 괜… 콜록, 괜찮… 아요. 그럼 합… 의는 컥, 어떻게, 타나릴이 마법 공학부를 그만두는 게 좋겠어요?"

"아, 아니요! 그럴 리가요! 아무리 돈이 많아도 백수 남편 좋아하는 여자가 어디 있어요. 아하하, 제가 진짜 아내는 아니지만요. 그런 생각 절대 안 해요."

"다, 다행이네요. 그럼 합의가 끝난 것 같으니 저는 이만, 나가볼게요."

"네, 그러세요. 정말 괜찮으신 거 맞죠?"

"네, 귀가 잘못, 아니 물이 잘못 넘어가서……. 아하하. 합의 내용을 수정해서 마법 공증서와 함께 다시 가져올게요."

귀족들의 혼전 계약서는 양측 법률인의 공방으로 한 달도 넘게 걸릴 수도 있다는데 꽤 간단하게 끝났다. 가장 필수적인 조건은 내가 원하는 대로 되었으니 나는 만족한다.

그런데 발더의 상태가 좀 걱정스러웠다. 크게 사레 걸린 것도 그렇고, 담요를 꽉 쥔 손과 얼굴이 허옇게 질려 있었다.

"리만 경, 몸이 좀 안 좋아 보여요."

"아, 아닙니다! 멀쩡해요!"

하지만 서류를 챙기는 발더의 손은 아직 떨리고 있었다. 그러나 나는 계속 발더를 살펴볼 수 없었다. 문득 고개를 돌린 순간 시선이 잡히고 말았다.

위험했다. 나는 발더를 마중하는 핑계로 슬쩍 시선을 피했다.

• • •

문을 닫고 나온 발더는 숨을 몰아쉬며 소리쳤다.

"미친!"

저가 미친 건지 타나릴이 미친 건지는 모르지만 둘 중 하나인 건 분명했다. 그렇게 계속 '미친'만 연발하던 발더는 바로 뒤이어 문을 연 타나릴과 눈이 딱 마주치고 말았다.

"아직 여기 있었어?"

"미… 너! 너, 뭐야! 너 타나릴 맞아?"

"가서 얘기해."

타나릴이 성큼성큼 걸어가다가 복도를 지나던 하녀를 불러 말했다.

"안에 들어가서 바닥을 닦고 내 약혼녀의 시중을 들어주시오."

"저건 타나릴이 아니야……."

발더가 중얼거리다가 벌써 멀어져 버린 타나릴을 쫓아 뛰었다. 타나릴의 방에 따라 들어간 발더는 들고 있던 서류 더미를 책상에 떨어뜨리며 소리쳤다.

"너!"

"왜."

제법 기세가 살아난 발더와 반대로 타나릴의 답은 기운이 빠져 있었다.

"너, 너……."

"딱히 할 말이 없으면 혼전 계약서 수정하고 마법 공증서도 준비해 줘. 식사 후엔 헤른 강에 가봐야 해. 마리티 협곡엔 내일 가기로 했고. 선장에게도 말해둬야겠군."

"야, 거기 가는 건 좋은데……."

하! 길게 한숨을 쉰 발더가 의자에 털썩 앉으며 신음처럼 속삭였다.

"너, 정말 결혼하는 거야?"

"봤잖아. 내가 그 대답 듣자고 무슨 짓을 하는지 다 봤을 텐데?"

"봤지……."

그래서 애먼 귓구멍을 의심하다가 목구멍이 콱 막혔지…….

발더가 입을 벌린 채 고개를 저었다. 모든 걸 리예의 뜻대로라고 하는 말엔 지금도 제 귀가 의심스러웠다.

"너, 진짜 목적이 뭐야? 알아야 나도 대비를 하든 조언을 하든 하지."

발더는 타나릴이 결혼에 목맨다는 말은 믿지 않았다. 아이를 원해서일 수는 있지만 그렇다고 결혼해야 하는 건 아니었다. 비록 이혼을 전제로 하긴 해도 타나릴이 택한 건 매우 어려운 방법이었다.

"우선은 결혼. 내 이름에 마그리예 힐 사우스를 묶는 것."

묶어?

경악하는 발더를 보며 타나릴은 속으로 조소했다.

묶이다니, 천만에. 마그리예 힐 사우스. 자신이 그어둔 한계 이상으론 절대 벗어날 생각이 없는 여자다. 자칫 그녀의 선을 넘으려다 간 어디로 튀어버릴지도 모른다.

중간에 혈연 증명에 관한 사항을 짚었을 때 리예는 다시 그를 한 방 먹였다. 혈연 증명을 아이가 태어난 날 하는 건 웬만큼 의심스러운 경우가 아니면 안 한다. 그걸 당연하게 하겠다는 걸 보면 당당해서이기도 할 테지만 아무런 기대가 없다는 뜻이기도 했다.

키스에는 열중했었지만 그게 다였다. 이곳에 집을 짓고 산다는 걸 보면 자신과의 미래는 결코 안중에도 없었다. 그가 다른 여자와 결혼해 또 다른 아이를 가질 거라는 걸 기정사실로 여기고 있었다.

여태 그를 속이고 철저히 연기를 한 거라면 차라리 칭찬해 줄 의향도 있다. 만일 미끄럽시고 그 전달문을 보내지 않았다면 그녀를 찾을 길이 영영 사라졌을 거란 생각을 하면 앞이 하얘질 지경이다. 눈앞에 있으면서도 아슬아슬 잡히지 않는 여자였다.

믿을 수 없게도 그가 가진 돈과 배경이 리예에겐 가장 큰 결격 사유였다. 빠져나갈 구멍을 주지 않는 한 리예는 절대 결혼에 응하지 않을 것이었다. 하지만 리예는 결혼하는 데 결국 동의했다. 그게 중요했다.

"그런데 함정이 뭐야? 양육권? 아니면 2년?"

타나릴이 제시한 조건에는 혼인 파기에 관한 조항이 두 개나 있었다. 언뜻 보면 리예에게 양육권이 갈 것처럼 보이지만 2년간 리예가 그 두 가지 조항을 무사히 빠져나갈 거라고 보긴 어렵다. 뭔가 의심하면서 고심하던 리예가 안쓰러울 뿐이었다.

"발더, 계약에 2년이란 말은 없어."

"응? 아이가 한 살이 되면……."

발더가 고개를 갸웃했다. 정확히 따지면 만 2년이 안 될 수도 있긴 하다. 아니, 이혼을 위해서라면 굳이 2년까지 기다릴 필요가 없다. 아니지, 타나릴이 굳이 기간을 따진다는 말은…….

뒤늦게 타나릴의 속내를 깨달은 발더가 몸을 뻣뻣이 세우며 물었다.

"뭐야, 어떻게 할 건데?"

타나릴은 씩 웃으며 맨 앞의 조항을 가리켰다.

"여기."

─두 사람 사이의 아이가 한 살이 되면 이혼한다.

타나릴이 눈을 가늘게 접으며 빙긋 웃었다.

"아이가 하나일 거라고 한 적은 없거든."

　　　• • •

서두른 덕에 우리는 해가 지기 전 헤른 강 유역 상공에 도착할 수 있었다. 함께 승선한 킬로이 영주가 길잡이를 자처했다.

막상 직접 보게 된 땅의 넓이에 나는 깜짝 놀라고 말았다. 수치로는 알고 있었지만 하늘에서 내려다봐도 한눈에 다 살필 수 없는 엄청난 넓이였다.

"영주님이 직접 이렇게까지 안내까지 해주시다니 몸 둘 바를 모르겠어요."

나는 킬로이 영주에게 진심으로 감사했다. 그가 진짜 잘 보이고 싶은 이가 누구인지 알긴 해도 영주가 직접 하기엔 보통 호의가 아니었다.

"덕분에 저 같은 촌사람도 저런 훌륭한 전용기를 다 타보지 않았습니까. 다 영애 덕분입니다."

이 으리으리한 전용선이 곧 내 소유가 될 거라는 사실을 안다면 킬로이 영주도 기가 막힐 것이다.

발더가 수정해 온 혼전 계약서엔 은근슬쩍 전용선도 들어 있었다. 중요한 사항만 다시 확인한 터라 발견했을 때는 이미 사인한 후였다. 실랑이해 봤자 당연하다는 반응이 돌아올 것이 뻔해서 따질 의욕도 나지 않았다.

나에게 전용선이 무슨 쓸모가 있을까. 그러나 이건 쓸모의 문제가 아닐 것이다. 덕분에 그의 목적도 잡음 없는 이혼이라는 걸 다시 한번 확인한 걸로 스스로 다독였다. 그런데 그의 의도보다는 나를 경계해야 했다.

방금 돌아보다 타나릴과 눈이 마주쳤다. 살짝 들어 올리는 입매를 보는 순간 나는 눈을 돌려야 했다. 홀린다, 이 말이 정말 딱 어울리는 남자다.

두 세계를 통틀어 나는 저 남자만큼 매력적인 사람은 본 적이 없었다. 보는 것만으로 배꼽 아래에 전기가 오는 것처럼 느끼게 하는 남자가 실제로 존재한다는 것도 처음 알았다.

어쩌면 이건 첫 경험에서 오는 환상인지도 모른다. 나는 앞으로도 이 추억을 먹고 살 것이다. 생각하면 씁쓸하지만 이런 남자를 두고 침만 삼키자니 좀 아깝다는 생각도 들었다.

아아, 이건 다 메릴리타 탓이다……!

불순한 욕망에 또 애꿎은 그녀를 끼워 넣었던 나는 잠시 반성의 시간을 가졌다. 내가 생각해도 나 혼자 북 치고 장구 치고 참 잘하는 것 같다.

불성실한 청자(聽子)의 상태를 모른 채 킬로이 영주는 열심히 설명을 잇고 있었다. 나는 얼른 정신을 차리고 킬로이 영주의 말에 귀를 기울였다.

"헤른 강은 히그틀리를 관통해서 흘러 대륙을 지나 바다로 흘러갑니다. 지질학자들의 말에 따르면 히그틀리 강이 루원 강의 수원지라고 하더군요. 여기에 병 하나를 띄우면 수도 멩하른의 루원 강에서 뿅 하고 떠오를 수도 있다는 말입니다, 하하하."

루원 강은 수도 멩하른을 가로지르는 거대한 강이다.

헤른 강이 루원 강의 수원지라……. 미래에서 봤던 그 엄청난 피해자의 숫자와 관련이 있는 건 아닐까 하는 생각이 언뜻 스쳤다.

"그리고 내일 가보실 마리티 협곡도 이 강과 이어져 있습니다. 도중에 산으로 막혀 있어서 직접 오갈 수는 없지만 강물만 타고 다닌다면 직선거리라 채 한 시간도 걸리지 않는다고 합니다. 이건 제 조부께서 직접 통나무로 실험해 본 것이라고 합니다."

킬로이 영주의 설명을 들을수록 왠지 내가 제대로 왔다는 확신이 들었다. 예견이 이르는 곳은 이 두 곳 다. 어느 한 곳인지 고민할 필요가 없었던 것이다. 타나릴에게 새삼 감사하면서 순간 선뜩함이 스쳤다.

바로 앞서 이곳을 사고자 계약했다던 중년 남자는 어떻게 됐을까? 만일 내가 가로챈 계약에 불만을 품고 따지러 온다면 오히려 환영할 것이다. 그가 마녀 앙켈루야와 연관이 없다는 뜻일 테니까. 하지만 그러지 않을 것이다. 이 또한 예견에 따라오는 예감 같은 것인지도 모른다.

그럼 이 땅을 차지하지 못하게 된 앙켈루야는 어떻게 할까?

내가 이 땅을 가로챘다고 해서 신문에서 봤던 그 살인마가 사라질 거란 보장은 없다. 그렇게 생각하면 두려울 일이지만 내가 할 수 있는 일은 여기까지다. 내가 그 마녀를 아는 것도 아니고 안다 해도 막을 재간도 없다. 해결할 수 없는 상념을 떨치고 난 다시 현실로 돌아왔다.

"감사해요, 영주님. 여기 근처에는 사람이 얼마나 살고 있나요?"

"이 강을 끼고 저 아래까지 다섯 개의 마을이 형성되어 있습니다. 각 20여 가구 정도밖에 되지 않아 다섯 마을의 주민을 다 합쳐도 천 명이 안 되지요. 그중 두 개 마을이 영애가 소유하게 된 토지에 포함되어 있습니다."

졸지에 대지주가 된 셈이다. 기함할 일이었지만 나는 연신 타나릴의 눈치를 살피는 영주를 생각해 아무렇지도 않은 척했다. 나중에 이곳에 돌아와 살 거면 이 친절한 영주에게 물어볼 게 많았다.

"원래 소유주의 집은 어디에 있나요? 혹시 지금도 사람이 살고 있나요?"

"아닙니다. 이곳 원주인은 원래 좀 괴팍한 사람이라 지주이면서도 이웃 주민들과도 거의 왕래가 없이 살았습니다. 늘그막에 아들 하나를 두었는데 이곳이 싫어 뛰쳐나간 지 오래였지요. 안타깝게도 아버지가 죽은 후 너무 늦게 발견해서 시신만 겨우 수습했다고 들었습니다."

어디에나 홀로 사는 노인의 고독사는 어쩔 수 없는 모양이다. 안타까움도 잠시, 영주의 이어지는 설명에 문득 소름이 돋았다.

"내일 가보실 마리티 협곡 주인은 더 안됐습니다. 그쪽 주인은 갑자기 집에 불이 나는 바람에 가족이 모두 같이 변을 당했지요. 제일 가까운 친척이 땅을 물려받게 되었지만 그 땅도 마른 대지라 나라에 내는 세금을 감당하지 못해서 영주부로 귀속된 거고요."

"불이라고요? 누가 불을 지른 건가요?"

"방화는 아닙니다. 그저 운이 안 좋았던 것이지요. 히그틀리에는 그런 큰 사고가 거의 없었기 때문에 중앙에서 마법사와 마녀들까지 초빙해서 수사했었지요. 그런 걱정은 하지 않으셔도 됩니다."

"…네, 그렇군요."

나는 고개를 끄덕이면서도 스멀스멀 피어난 의혹을 쉽게 떨칠 수 없었다. 영주는 방화가 아니라지만 앙켈루야가 연관된 거라면 장담할 수가 없다.

아니다. 이 땅은 이미 내 것이다. 설사 앙켈루야가 내게 무슨 짓을 한다 하더라도 나는 그녀가 이 땅을 차지할 수 없도록 할 것이다.

"그럼 집을 짓기에는 어디가 좋을지도 추천해 주실 수 있나요?"

"집이라고요?"

킬로이 영주는 나를 멀뚱멀뚱 쳐다보다가 문득 깨달은 얼굴로 말했다.

"별장을 지으시려는 거군요! 맞아요, 여기가 겨울은 좀 삭막하지만 여름을 나기엔 최적일 겁니다. 근처에 온천도 있어서 겨울에도 즐길 거리가 없는 건 아니고요. 그런 용도로는 협곡 근처나 여기 강변이나 둘 다 괜찮습니다. 행정관에게 정리하라고 해서 별장을 짓기 최적의 장소도 알려 드리겠습니다."

"마리티 협곡에도 가보고 말하겠소."

"그러셔야죠, 아마 직접 둘러보시면 더욱 적합한 장소를 찾을 수 있을 겁니다."

타나릴이 불쑥 끼어들자 킬로이 영주는 더욱 열렬한 표정으로 설명했다.

나는 타나릴이 끼어든 이유를 알았다. 이혼할 거란 말은 할 수가 없으니 그럴 것이다. 나는 그에게 알아들었다는 표시로 살짝 고개를 까딱였다.

하지만 왠지 그는 달리 받아들인 것 같았다. 타나릴이 그대로 굳은 채 나를 쳐다보았다. 그의 묘한 눈빛이 나의 눈을 붙잡고 놓아주지 않았다. 그건 발더가 그를 부를 때까지 계속되었다.

시선이 놓여나고서야 나는 민망함에 달아오른 얼굴을 몰래 쓸었다. 한집에서 2년이나 살아야 하니 그동안 친하게 지내면 좋을 텐데, 그는 별로 그런 생각이 없는 것 같아 아쉬웠다.

내가 그 키스에 너무 매달릴까 걱정하는 것일 수도 있다. 아니, 아니. 그게 아니라 어쩌면…….

'그런 시선은 괜히 오해하게 된다고!'

망상과도 같은 생각에 나는 속으로 고개를 홰홰 저었다.

다음 날도 비행선을 타고 마리티 협곡으로 향했다. 멀리서 보면 땅 사이에 금을 그어놓은 것처럼 보이던 협곡은 비행선 다섯 대는 오갈 수 있을 만큼 넓은 통로를 자랑하고 있었다. 보통은 협곡 내부에서 부는 강한 바람 때문에 비행이 어렵다던데 우리는 운이 좋아 협곡 안쪽을 훑으며 자세히 살필 수 있었다.

협곡 안으로 들어가자 양옆으로 기암괴석 절벽이 병풍처럼 서 있어서 조물주의 섬세한 조각을 감상하는 것만으로도 감탄이 절로 나올 만큼 아름다운 풍광을 자랑했다. 이 협곡 너머로 미개척지와 맞닿아 있다고 한다. 그곳까지는 비행선으로도 한참 가야 하는 만큼 협곡은 넓고 웅장했다.

헤른 강변에선 마을 주민을 만나지 않았지만 이번엔 원주인이 살던 마을 근처에 비행선을 착륙시켰다.

"커다란 새인 줄 알았어요!"

비행선을 구경하러 온 이들은 내가 협곡의 새 주인이 될 거라는 말에 저마다 호기심을 드러냈다. 난 혹시라도 적의가 있는 이가 있는지 살폈지만 순박한 주민들에게선 호기심 이외엔 발견할 수 없었다.

그들 중 마리티 협곡을 물려받을 뻔했다는 원주인의 먼 친척도 있었다. 그가 직접 원주인의 집터로 안내해 주었다.

집터는 대부분 정리되었지만 아직 화재 흔적이 남아 있었다. 불에 그을린 주춧돌이 당시의 참사에 눈물을 흘리는 것처럼 보였다.

나는 그 주춧돌에서 한참이나 눈을 뗄 수가 없었다. 사이코메트리 능력을 지닌 수사관도 별 수상한 점을 찾지 못한 곳인데 내가 무얼 발견할 리는 없다. 다만 참사의 흔적이 안타까울 뿐이었다.

"이곳에 집을 짓고 싶은 건 아닌 거지?"

어느새 다가온 타나릴이 나직이 속삭였다. 방금까지 주변만 정리하면 이곳이 가장 좋은 집터가 될 거라 말하던 킬로이 영주의 말과는 대조적이었다. 그는 그 잠깐 동안 또 내 생각을 읽은 것 같다. 내 것이 될 것도 아닌데 이렇게 세심하기까지 하다니 참 몹쓸 남자다.

"네, 여긴… 어렵겠네요."

어찌 됐든 여기에 온 목적은 이룬 것 같다. 오늘부터 이곳과 헤른 강변은 이제 내 소유가 된다.

내가 일르뉴를 떠난 게 겨우 사흘 전인데 아득한 옛날 같다. 미래를 보는 순간 이끌리듯 떠나고 그람 시에서 이 사람을 만나 비행선에 올라탔다.

홀린 듯 쫓긴 듯 히그틀리로 왔고 내가 꽤 부자라는 사실도 알았다. 의원을 만나 임신 사실을 제대로 확인하고 이 남자와 결혼하기로도 했다. 이 모든 일이 그 사흘 동안 일어났다. 숨 가쁘게 달린 여정이 끝나자 이제야 모든 일이 현실로 느껴졌다.

타나릴은 나에 대한 걱정은 할 필요가 없을 것이다. 그와 나 사이는 개울과 대양을 저울질하는 만큼의 큰 차이도 있지만 나에겐 더 심각한 문제가 있다.

내가 거의 무모하다시피 일르뉴를 떠나게 한 예견이 언제 또 나타날지 모른다. 헤른 강 유역과 협곡 대지를 차지하긴 했지만 또 다른 예견이 나를 다시 부를 수 있다.

나는 왜 그게 본분이라고 느끼는 걸까. 도대체 그런 본분을 준 이는 누구일까.

"…리예?"

"네?"

"무슨 생각을 그렇게 하는 거야. 무슨 걱정이라도 있어?"

"아, 아무것도 아니에요. 그냥 좀 안타깝다는 생각이 들어서요. 가요."

나는 얼버무리고는 주민들과 작별 인사를 하고 비행선에 올랐다.

킬로이 영주의 적극적인 협력 덕에 이후의 일도 일사천리로 끝났다. 덕분에 나는 정오가 되기 전에 헤른 강변과 마리티 협곡 대지의 주인이 되었다. 그 넓은 땅을 사는 게 이렇게 번갯불에 콩 볶듯이 되는 일이었다.

참고로 내가 찾은 돈은 수수료와 세금을 더하자 아슬아슬할 정도였다. 생애 처음 가져본 거액이 순식간에 공중 분해되는 걸 보며 아찔했지만 앞으로 그보다 많은 돈이 쌓일 것으로 위안을 삼았다.

혼전 계약서에 내게 속할 재산은 논외였다. 그건 정당한 내 것이라는 생각이 들지 않으니 아마도 내 아이에게 가게 될 것이다.

마무리도 순조로웠다. 열렬히 호의적인 킬로이 영주는 직접 내 땅의 토지 관리인으로 나서주기까지 했다.

내가 이곳에 '별장'을 지을 예정이라 더욱 적극적인 도움을 약속한 것 같다. 사양하는 것이 오히려 폐가 될 상황이라 그렇게 진행하기로 하고 영주와도 작별 인사를 했다.

　수도로 향하는 비행선에 오르자 맥이 풀리는 것 같았다. 나는 멀어지는 히그틀리를 보며 짧게 손을 흔들었다.

　그르렁거리는 분노의 외침을 들은 건 그때였다.

　'감히 내 일을 방해하다니, 가만두지 않을 테다!'

　"아아악!"

· · ·

　"리예, 무슨 일이야!"

　타나릴은 번개처럼 그녀에게 다가갔다. 리예는 방금까지 멀쩡히 창밖을 내다보던 사람이었다는 것을 믿을 수 없을 정도로 짙은 공포에 잠식되어 있었다.

　"리예!"

　안색이 새까맣게 변한 리예는 그대로 기절하지 않은 게 더 용해 보였다.

　"리예, 일단 눕자. 발더, 침상을……!"

　"어, 응!"

"타나릴."

리예가 그의 팔목을 붙잡았다.

"말해."

"머, 먼저… 부탁 하나만 해도 될까요?"

타나릴은 그녀를 어서 눕히고 싶었다. 하지만 그러기엔 리예가 너무나 필사적이었다.

"응, 말해."

"히그틀리, 영주님께 통신을 연결해 줄 수 있나요? 아니, 당신이 대신 내 이야기를 전해줄 수 있나요?"

"말해봐."

리예는 온몸을 덜덜 떨면서도 버티고 있었다. 타나릴은 그녀를 눕히는 대신 안아 올려 의자에 앉혔다.

하지만 리예는 자신이 몸을 떤다는 것도, 일어나 앉는 것도 모르는 것 같았다. 시선만 그에게 둔 채 정신은 멀리 가 있는 것처럼 보였다. 자신이 얼마나 필사적으로 보이는지도 모른 채 리예가 천천히 말하기 시작했다.

"협곡 북서쪽 경계의 벽 쪽에 동굴이 있어요. 겉으론 입구가 아주 작아서 박쥐나 드나들 수 있는데 실제론 안이 커다란 공동이에요. 킬로이 영주님이 말해준 것처럼 헤른 강과 연결되는 통로가 그 안에 숨어 있어요. 그리고 그 안에는……."

"리예?"

"안에는… 안에는 뭐가 있지? 그 안에 뭔가 있어요. 그걸 지켜야해요. 사람들이 접근하지 못하게 막아주세요. 절대, 아무도 못 가게. 누가 찾기 전에 반드시 먼저 찾아서 그곳을 지켜주세요!"

"…알았어. 발더, 부탁해."

"어? 어……."

발더가 화상 통신구를 꺼내 연결하자마자 타나릴이 직접 영주와 통신을 시작했다. 리예에게 설명을 들어야 할 테지만 지금은 아니었다. 그는 리예가 말했던 그대로 영주에게 설명했다.

"동굴을 찾는 이에게 큰 사례를 할 것입니다. 나중에 직속 관리인을 보내 직접 관할할 때까지 보안과 수비도 부탁드립니다."

-네, 여부가 있습니까? 최선을 다해 이 일을 해결하도록 하겠습니다!

타나릴은 통신구에서 흘러나오는 영주의 대답을 들으며 리예가 몸에 힘을 조금 빼는 걸 느낄 수 있었다. 차라리 지상에서 하루 더 쉬었다 갈까 싶기도 했지만 창문에서 고집스럽게 고개를 돌리고 있는 리예의 모습에 생각을 접었다.

발더가 불이 꺼진 통신구를 들고 조용히 선실을 나갔다. 리예는 다시 망연히 타나릴의 얼굴만 쳐다보고 있었다.

리예가 문득 그의 손과 겹쳐진 자신의 손을 내려다보았다. 인식하는 순간 당장 손을 뺄 거란 예상과는 반대로 그녀는 마치 구명줄이라도 된 듯 그의 손을 꼭 붙잡았다.

아직 리예의 정신은 두려움을 느꼈던 어딘가에 갇힌 듯했다. 타나릴은 그녀의 손을 마주 잡으며 다가앉았다.

"리예?"

리예가 그를 말갛게 쳐다보았다. 태연함을 가장하는 그 모습이 더 애처롭게 보여 애가 탔다.

"정말 염치없는 거 아는데요……. 미, 미안하지만 아주 싫지만 않으면… 저 좀 이렇게 계속 잡고 있어줄 수 있어요? 미안……."

더 들을 것도 없이 타나릴은 그녀를 당겨 안았다. 처음엔 빳빳하게 굳었던 그녀가 천천히 그에게 기대는 것이 느껴졌다. 가느다란 숨소리가 차츰 진정되어 가는 것이 느껴졌다. 작은 한숨이 새어 나오는 걸 느끼며 타나릴이 몸을 떼는 순간 리예가 다급히 물러나며 말했다.

"실례했어요. 이상한 모습을 보여서 미안해요. 오, 오해는 하지 않으셔도 돼요. 다시 이런 일로 당신에게 매달리거나 하는 일은 만들지 않을게요. 마법 공증이 아니라 해도 나는 무슨 일이 있어도 약속을 지킬 거예요. 맹세해요!"

정신을 차리자마자 리예는 곧장 벽을 세웠다. 나약함을 보였던 것을 부끄러워하며 그들의 끝을 다시 한번 쾅쾅 못 박았다. 평소 가소롭다고 생각해야 할 모습에 타나릴은 치미는 무언가를 누르기 위해 안간힘을 써야 했다.

불가능이 가능으로 바뀐 순간부터 리예는 그의 것이었다. 그녀가 누구의 사주를 받았든 단순한 피해자이든 상관없어졌다. 하지만 그걸 아직 모르는 리예를 위해 선택지가 있는 것처럼 보여주었을 뿐이었다.

어쩌면 리예에게 처음부터 선택지가 없음을 알려줄 수도 있었다. 예그하라의 이름으로 아이만 빼앗는 건 너무도 간단했다.

그러나 리예를 대하는 건 발더가 기함하듯이 평소의 그처럼 되지 않았다. 권위로 내리누를 수도 압력을 행사할 수도 후환을 두렵게 할 수도 없었다. 아마도 이건 그가 처음 아이를 가져봐서, 아니 유일한 가능성이어서 그럴 수도 있었다.

어렴풋이 이유를 알게 되자 리예를 대하는 방법이 더욱 확실해졌다. 그녀가 원하는 길로 가는 것처럼 알게 하면 된다. 마음이 이끄는 대로 따르면 되어서 그리 어렵지도 않았다. 발더의 눈총도 애교로 봐줄 정도로 왠지 마음이 너그러워졌다.

리예는… 그의 키스를 거부하지 않았다.

"믿어, 리예. 또 나도 약속해, 리예. 당신 의사에 반하는 계약을 강행하는 일은 없을 거야."

"감, 사해요."

리예의 목소리가 잠겨서 흘러나왔다. 타나릴은 리예와 시선을 마주친 채 속삭였다.

"하지만 한 가지 말하고 싶은 건 있어, 리예."

"네, 네?"

"내가 오해한 게 아니라면 당신도 그럴 것 같은데. 우리의 결혼 생활 중에는 좀 더 친밀한 관계를 기대해도 될까?"

"······?"

리예의 눈이 마구 흔들렸다. 자신이 들을 말을 제대로 이해한 건지 알 수 없다는 얼굴이었다. 또한, 흔들리고 있었다.

리예는 지금 방금 전 미지의 충격에서 필사적으로 벗어나려고 애쓰고 있었다. 약해진 리예는 그 어느 때보다 감정이 훤히 드러나 보였다. 타나릴은 기회를 놓치는 이가 아니었다.

"내가 오해한 거야? 혹시 내가 당신을 모독······."

"아, 아니요!"

생각보다 빠른 대답이 돌아왔다. 그리고 리예는 대답 이상으로 저돌적인 행동력을 보여주었다. 리예가 그의 입술에 살짝 입을 맞췄다가 지레 놀라 떨어졌다. 타나릴은 리예가 미처 멀어지기 전에 품 안으로 끌어당겼다.

맞닿은 입술 사이에서 뜨거운 숨이 오갔다. 입안을 훑던 혀가 말캉한 혀를 쫓아 당기고 얽히고 잠시 떼어져 숨을 나눴다가 다시 입술을 핥았다.

그녀의 허리를 붙들었던 손이 천천히 가슴으로 올라갔다. 순간 리예는 잠깐 움찔했지만 그를 밀어내지는 않았다. 용기를 얻은 타나릴은 그녀의 가슴을 감싼 채 둥글게 원을 그리듯이 살며시 힘을 주었다.

그러나 이 정도로는 부족했다. 리예의 말 없는 허락은 그를 불타게 했다. 입술로는 열렬히 그녀의 숨을 앗으며 웃옷을 헤친 그의 손은 기어이 가슴을 드러냈다. 맨살에 닿는 느낌에 리예는 또 굳어버렸지만 타나릴은 더욱 강렬히 입술을 빨아들였다.

잠시 숨을 쉬기 위해 다시 입술을 떼자 리예가 그를 몽롱하니 쳐다보고 있었다. 장소만 개의치 않을 수 있다면 이대로 첫 밤을 다시 재현할 수 있을 터였다. 그 순간 타나릴은 리예가 입술로 오물거리는 말을 읽을 수 있었다.

'2년······.'

리예는 이번엔 소리 내어 말했다.

"2년이라서 다행이에요."

똑똑, 발더가 문을 두드렸지만 대답이 없었다. 혹시나 하고 손잡이를 당겼지만 열리지 않는 문밖에서 발더는 고개를 갸웃거렸다. 뭘 하기에 문까지 잠근 걸까?

별안간 비명을 지르던 리예의 모습은 극적으로 보자면 정신 이상을 의심하게 했다. 하지만 그녀가 보이는 공포심만은 의심할 수가 없었다.

또 리예가 말하는 내용은 하나같이 이상하면서 섬뜩하기도 했다. 그 순간만큼의 리예는 마치 신들렸다고 하는 마녀처럼 보였다. 리예가 마녀인지는 다시 제대로 조사해 볼 일이었다.

그런데 더 이상한 건 타나릴이었다. 근 이십여 일 동안 할레이드르의 치통 앓는 붉은 곰이었던 타나릴이 리예를 만나는 순간 순한 늑대 행세를 하고 있었다. 만나자마자 그런 극적인 변화를 보인 건 아니지만, 두고 보자던 식의 타나릴이 리예의 일거수일투족을 쫓는 모습은 마치 무언가에 홀린 것처럼 보였다.

발더가 할레이드르 붉은 곰이라 부르긴 했지만 타나릴의 본질은 냉마왕이었다. 깐깐하고 독설적이고 규칙적인 것 같으면서도 예측할 수 없다.

본인의 능력이 워낙 출중한지라 기준도 높아서 느슨하거나 규정에 맞지 않는 일 처리는 칼같이 잘랐다. 이중 잣대 논리를 극히 혐오해 본인에게도 엄중하니 틈이 없는 사람이었다.

타나릴의 냉마왕의 면모는 지위고하를 막론하고 공평했다. 아니, 여자들에게 더 무자비할 정도였다. 어떤 여자도 냉마왕의 냉기를 뚫지 못했다. 그런데 리예는 너무도 쉽게 넘어버렸다.

혼전 계약서를 쓸 때만 해도 발더는 타나릴이 진짜 결혼을 하려는 거라고는 생각할 수 없었다. 하지만 사마라 부인과 친분을 다질 수 있게 해준다든가 '본보기' 운운하며 보호할 의지를 강력히 표할 때부터 달리 생각해야 했다. '그' 타나릴이 의혹과 의심 한 점 풀지 않은 채 리예를 이미 선 안으로 들인 것이다.

이렇게 된 이상 두 사람의 처음 시작이야 어떻게 되었든, 저런 함정 가득한 계약 결혼이 아닌 정상적인 관계를 시작하는 게 낫지 않나 싶었다. 하지만 방금 전, 리예의 이상한 행동과 이어진 말을 듣자 잠시 묻어뒀던 의혹이 다시 떠올랐다.

리예는 한 번 가본 적도 없는 곳에 매물로 나온 줄도 모르는 땅을 사기 위해 급하게 전용선을 타려 했었다. 그리고 지금도 알지도 못할 곳을 짚어 그곳에서 동굴을 찾고 그곳을 지켜야 한다고 했다.

'그런 이들의 특징이 있었는데……'

머릿속에 무언가가 떠오를락 말락 했다. 단순한 정신이상자도 아니고 홀리거나 신이 들린 이의 것도 아니다. 하지만 기억나지는 않았다.

"에잇, 몰라!"

벅벅 머리를 쓸어 올린 발더가 다시 손을 올리는 순간 이번엔 저절로 문이 열렸다. 직접 문을 열어준 타나릴이 문 앞에 서서 말했다.

"미안, 발더."

발더는 눈만 깜빡거렸다. 데이트를 취소하고 강제 동행하게 되었을 때도, 오는 길 내내 담요를 뒤집어쓰고 있게 할 때도, 마차에 집어 던지듯 넣어졌을 때도 들을 수 없었던 사과를 왜 하는 건지 이해할 수가 없었다.

설마, 잠시 문을 잠그고 있었다고 해서? 정말 그걸로?

"아니, 뭐……. 그런데 사우스 영애는?"

"진정하는 중이야."

"영애는 괜찮아?"

발더가 목소리를 낮추며 속삭였다. 세심하게도 침상에 칸막이까지 둘러 있어 흥미를 자극했지만 지금은 냉마왕의 면모를 따지기엔 때가 안 좋았다.

"많이 놀란 것 같아. 비행선에서 내리면 바로 의원에게 보일 생각이야."

"알았어, 수배해 놓을게. 그런데 아까… 왜 그랬는지는 알아? 말해봤어?"

"아니, 지금부터 말해봐야지."

그럼 여태 뭐 했어! 발더는 속으로만 묻고 다시 말했다.

"선장의 전언 때문에 왔어. 12시간 후 맹하른에 폭우가 예상된대. 현재 이동속도로 폭우와 마주칠 가능성이 높아서 네게 마력을 더해줄 수 있는지 요청해 왔어."

출발 전, 선장은 히그틀리에서 맹하른까지 약 13시간의 운행 시간을 예고했다. 폭우와 겹치면 운행 시간에 차질이 생김은 물론, 위험을 동반한다. 그러나 당연히 응하겠다고 할 줄 알았던 타나릴의 눈매가 돌연 날카로워졌다.

"선장, 어디 사람이야?"

"응?"

"누구와 연줄이 닿은 사람인지 알아봐 줘. 지금 이 비행선의 마법사들, 히그틀리에서 착륙할 때도 실제론 내 보조가 필요 없을 정도로 괜찮은 실력자들이 타고 있었어. 폭우를 피해 몇 시간 당기는 정도는 그들도 얼마든지 할 수 있는 일이야. 그런데 굳이 내 마력을 소모하고 싶어 한다, 라. 왜 그럴까?"

"몰랐어. 어, 그러면 뭐라고 할까?"

"그냥 예정대로 가라고 해. 정 폭우와 만날 것 같으면 인근 선착장에서 내릴 거라고 하고."

"알았어."

발더는 굳게 고개를 끄덕이고는 곧 표정을 감췄다.

이 배에도 스파이가 있었다. 타나릴은 빈틈이 없는 이였지만 적은 많았다. 적들은 시기와 모략을 아끼지 않았고 타나릴을 끌어내리고 싶어 했다.

타나릴은 히그틀리에 내릴 때부터 리예에 관해 숨기지 않았다. 리예의 존재가 틈이 될 수 있는 이때, 마력의 소모를 종용하는 적의 요청을 순순히 받아들일 수야 없었다.

발더가 나가면서 문이 닫히자 타나릴이 리예 쪽을 보며 말했다.

"들었다시피 우리 일정에 차질이 생길 수도 있게 되었어."

"…네."

대답과 동시에 칸막이가 열렸다. 리예는 방금까지 거의 상반신을 드러냈던 매무시를 정리한 다음이었다.

타나릴은 조금 아쉬움을 느꼈지만 아직 발갛게 상기된 표정을 지우지 못한 리예의 얼굴을 보는 것으로 위안을 삼았다. 하지만 리예의 용건은 그와 거리가 멀었다.

"아까 내가 왜 그랬는지 말할게요……."

"아니, 어려우면 말하지 않아도 돼."

리예가 눈을 꾹 감았다. 주먹을 꽉 쥔 채 고개를 작게 젓는 모습이 아까의 그 공포와 싸우는 것처럼 보였다. 타나릴은 이대로 리예가 입을 다문다면 굳이 묻지 않을 수도 있었다. 하지만 다시 눈을 뜬 리예가 주먹을 쥔 채로 말을 이었다.

"누군가 내 머릿속에서 커다랗게 웃으면서 위협했어요. 그 순간 그 동굴이 사진처럼 떠올랐어요. 황당하게 들리겠지만 그게 다예요."

"황당하지 않아. 뭐라고 위협했는지 말해줄 수 있어?"

순간 그때를 떠올린 리예가 마구 고개를 저었다. 타나릴은 다시 눈을 감으며 얼굴을 가리는 리예를 끌어안으며 말했다.

"미안, 미안해, 리예."

발더가 봤다면 진지하게 타나릴이 맞는지 정체를 의심할 장면이었다.

타나릴은 리예를 안고 한참이나 토닥였다. 잠시 움찔하던 리예가 서서히 그에게 기대오기 시작했다. 리예가 약해진 그 순간을 공략한 것이 얼마나 비겁하면서도 적절했는지 타나릴은 실감했다.

그렇게 열정적으로 몸을 맡기면서도 '2년'을 속삭이는 여자였다. 결정적으로 리예에게 그는 히그틀리보다 그리 중요한 대상이 아니었다. 망할 그 땅에 무언가 있는 게 틀림없었다.

어느 순간 리예의 몸이 좀 더 무거워졌다. 쉴 새 없이 마력을 둘러 몸을 두드린 효과였다. 타나릴은 새근거리며 잠든 리예를 눕히고 칸막이를 닫았다.

그때 발더가 들어오며 고개를 끄덕였다.

"귀찮아서 그냥 뒀더니 정리할 때가 되었어."

발더가 순간 멈칫했다. 입꼬리를 비스듬히 올린 타나릴은 방금 리예와 상대하던 그 남자가 아니었다. 붉은 폭풍을 담고 날아가는 비행선 바깥은 더없이 쾌청했다.

'경고'가 십분 발휘했다. 비행선 마법사들이 예정 시간보다 앞당겨 멩하른 선착장에 도착하는 기염을 토해냈다. 그러나 이미 승무원 전체의 신원이 에르모의 손에 요리되고 있을 것이다.

다만 선장이 예고한 대로 멩하른엔 꽤 세찬 빗줄기가 쏟아지고 있었다. 타나릴은 리예에게 비 한 방울도 튕기지 않게 마차에 태우고는 목적지를 말했다.

"호텔 아흐리다."

출발한 그곳으로 돌아와 같은 마차를 타고 있었지만 타나릴의 분위기는 출발할 때와 판이했다. 초조함 대신 여유가, 날카로운 분노 대신 언뜻 미소가 보였다.

그의 옆엔 불안한 눈빛을 한 리예가 출발할 당시의 타나릴의 모습을 대신하고 있었다.

호텔이 지척에 보일 때쯤, 타나릴이 발더에게 물었다.

"에르모가 차질 없이 준비해 놓았겠지?"

"응? 응…….'

"혼인식은 모레로 하지. 리예, 어때?"

"모레요?"

"빠른 것 같지만 아니야. 어차피 나중에 말은 나오겠지만 하루라
도 당기는 게 좋아."

"…네."

혼전 계약서를 작성하면서 수도에 도착하면 바로 결혼하기로 했
었다. 이미 합의한 사항이라 리예도 더 이상 이견은 보이지 않았지
만 아직도 할 수만 있다면 도망치고 싶은 표정이었다.

'안 돼.'

만일 결혼이 아니고, 또 리예가 상대가 아니라면 타나릴의 포효
가 벌써 몇 번이고 터졌을 것이다.

하지만 상대는 리예이고 언제 어떻게 튈지 모르는 여자였다. 환
상을 본 것에 대해선 말해주었지만 그것 말고도 비밀이 많았다. 그
비밀을 함께할 수 없다면 이렇게 계속 그녀를 쫓아다녀야 할지도
모른다.

타나릴의 눈에 짙은 각이 세워졌다.

결혼식

"레타!"

호텔 앞에서 가장 먼저 내린 발더가 입구에 들어서고 있는 여인을 향해 웃으며 소리쳐 불렀다.

"레타, 레타!"

마치 강아지가 주인을 반기듯 발더가 달려간 상대를 알아본 나는 눈을 휘둥그레 떴다.

"레아라니타 공주님?"

나도 모르게 중얼거린 말에 타나릴이 대답해 주었다.

"맞아, 발더가 죽고 못 사는 애인이야. 저렇게 정신이 빠진 동안 우린 들어가지."

"어……."

발더는 정말 꼬리라도 칠 듯이 여인을 반기느라 타나릴과 나는 벌써 잊은 것 같았다. 레아라니타 공주님은 새침하게 서 있었지만 내 눈엔 발더만큼이나 그를 반기는 것 같았다.

처음 보는데도 내가 알아볼 만큼 공주님은 제국의 유명 인사이다. 그 유명함이 그리 좋은 이유는 아니어서 함부로 떠들 수 없는 것이었지만 발더에겐 아무런 의미가 없어 보였다. 입만 벙긋거리던 나는 타나릴에 이끌려 호텔 안으로 들어갔다.

타나릴이 들어서자마자 눈치 빠른 직원이 앞장서서 아무도 마주치지 않고 객실로 들어갈 수 있었다. 호텔 직원이 문을 닫기 전 마차에서 내린 내 짐도 그새 안으로 들어와 있었다.

"당신은 모레까지 여기에 머물면 돼. 내일 오전에 혼인식 준비를 할 사람들을 보내줄게. 당신이 옷과 장신구를 고르는 것과 치장을 도와줄 거야. 혼인식은 중앙청 회의실에서 치를 거고, 모레 아침에 나와 함께 가면 돼. 더 필요한 게 있으면 아무 때나 얘기해."

타나릴이 뭔가 성마른 기색으로 말했다. 그가 왠지 초조해 보여 좀 이상하다는 생각이 들었지만 방금까진 아무렇지도 않았으니 내 착각이려니 싶었다.

"그거, 내가 준비하기로 했었는데."

"……."

"웃자고 한 얘기였어요."

나는 흠칫 굳어버리는 타나릴에게 싱긋 웃어 보였지만 그는 마주 웃지 않았다.

"기분… 나빴어요?"

"아니, 기분 나쁜 게 아니라……."

타나릴이 다시 입을 닫았다. 무뚝뚝하게 입을 다문 모습이 마치 비행선에 처음 올라탔을 때 마주했던 그의 모습을 연상케 했다. 무언가 불편하고 매우 심기가 상한 듯한 분위기다.

실수다. 생각해 보니 비용 어쩌고 한 이야기까지 했었으니 같잖고 기분이 나쁠 수밖에 없었던 것 같다.

"미안해요."

"아니, 그래서가 아니라……. 우리, 식사하지."

아무래도 나는 농담에는 재주가 없는 것 같아 조금 시무룩해지고 말았다.

"…네."

타나릴이 거실에 설치된 작은 구에 대고 식사를 주문했다. 저런 걸 보면 이전 세상의 문명의 이기를 부러워할 것이 없어 보였다.

이곳은 신분제를 보면 근세에 가깝고 마법 혁명이 일어나는 문물은 내가 살던 현대, 미래, 근세가 마구 뒤섞여 있었다.

난 이전 세상에서도 호텔 룸서비스 한 번 주문해 본 적이 없는 소시민이었다. 여기에서도 인터넷을 접하지 못하는 게 조금 아쉬웠을 뿐이지, 나의 빈곤함을 그리 어렵게 생각해 본 적이 없었던 것 같다. 그래서인지 타나릴처럼 저토록 자연스럽게 문명의 이기를 누리는 모습이 내겐 아직 환상처럼 아련했다.

"식사 기다리는 동안 나 먼저 씻을게요."

"…그래."

타나릴이 뭔가 말하려다 만 것 같아 내가 쳐다보자 그는 그냥 고개를 끄덕였다. 다시 묻자니 그건 또 어색할 일이었다. 괜히 또 되지도 않는 농담을 하느니 씻고 나오는 게 낫다는 생각에 나는 얼른 욕실로 들어갔다.

욕실에 들어선 순간 나는 잠시 숨을 멈췄다. 헤엄이라도 칠 수 있을 법한 넓은 청녹색의 욕조에 섞인 금색은 진짜 금일지도 몰랐다. 욕조 바깥 면에 새겨진 섬세한 조각에 이어진 두 요정이 들고 있는 작은 항아리에서 쏟아내는 물은 붉고 푸른 구슬을 만질 때마다 온도를 조절할 수 있게 되어 있었다. 탈의실, 건조실, 음악과 환영 시스템 등 그 밖의 호화스러움을 표현하려면 짧은 문장 같은 것으론 턱도 없을 것이다.

가끔 세상을 건너뛴 것보다 타나릴과의 차이가 더 크게 느껴진다. 볼 때마다 느껴지는 문화의 충격에 더는 놀라지 않게 마음을 단단히 잡아야 할 것이다. 나중에 내 생활로 돌아오기 위해서라도 적응은 또 곤란했다. 적당히 누리다 빠질 때를 준비해야지.

내가 씻고 나오자마자 맞춘 것처럼 식사가 들어왔다. 음식이 가득 쌓인 이 층 쟁반 밑으로 발이 없는 건 이제 이상하지도 않았다. 음식은 냄새가 좋았고 따뜻하고 맛있었다. 나는 하나씩 맛보면서 일일이 감탄을 뱉지 않으려 애써야 했다.

하지만 타나릴은 아까 내가 분위기를 죽인 이후 내내 조용했다. 그래도 식사 때엔 내가 먹는 음식에 관심을 보이고 내 손이 닿지 않는 건 가까이 끌어주는 등 배려해 주어서 체할 분위기는 아니었다.

적당히 먹고 입가심으로 차를 마시는데 타나릴이 찻잔을 내려놓는 소리가 딸각, 하고 크게 들렸다.

"타나릴?"

"내일 종일 바쁠 텐데 당신은 이제부터 쉬어야지. 나는 바로 옆방에 있을 테니 필요하면 언제든 불러."

타나릴이 벌떡 일어났다. 뻣뻣한 동작으로 그가 '옆방'을 향해 가는 모습을 보며 나는 기가 막혔다.

아니, 비행선에서 나한테 했던 말은 그냥 해본 말이었나?

성적인 긴장감을 가진 건 나 혼자였던 모양이다. 어쩌면 호르몬 분비가 이상한 쪽으로 흐른 건지도 모른다. 굳이 호르몬 탓할 필요도 없다. 나는 이 남자를 원했다. 바로 지금.

그러나 이 남자는 아닌 것 같다. 나만 밝히는 여자가 된 것 같아 억울하고 서운해졌다. 그런데 뇌를 거치지 않은 내 손이 먼저 일을 치고 말았다. 타나릴이 우뚝 멈추고 돌아섰을 때 나는 그의 재킷을 꼭 쥐고 있는 내 손을 발견할 수 있었다.

"내가 남길 원하나?"

수치심이 확 몰려왔다. 하지만 내가 손을 채 놓기도 전에 나의 몸은 하늘을 날 듯 당겨져 그의 품 안에 있었다.

"말해봐, 그래?"

"어, 저, 그게……."

"어, 저 영애가 돌아왔군."

"네?"

"그땐 아, 저 영애였던가?"

쿡쿡 웃음기가 흐른 말을 내 느린 머리가 뒤늦게 해석해 냈다. 아, 이 남자의 유머 감각도 나랑 별반 다르지 않구나…….

이름이 뭐냐 물었을 때 이 비슷한 대화를 했다. 이제야 이곳이 그때 그 말을 했던 같은 장소라는 것도 깨달았다. 그의 품에 안겨 침실로 들어가며 그날 날 기함하게 했던 시계를 발견한 덕분이다. 지금은 그때의 분위기와는 정확히 거꾸로 흐르고 있었다.

"나를 남겨두고 태연히 씻으러 들어가는데 날 놀리는 게 아닌가 싶었지."

타나릴이 내 이마에 대고 속삭였다.

"아니……."

"당신이 씻는 동안 그래도 혹시나 하고 나도 옆방에서 씻고 오면서 다시 기대를 했었어."

"……."

"그런데 식사하는 중에 깨달았어. 당신이 그 약속을 까맣게 잊었구나 하고."

잊지 않았다는 말을 하고 싶었지만, 그와 나의 격차를 생각하느라 아무 생각이 없었다고 하려니 잊었다는 말이 또 사실이라 할 말이 없었다.

참 기가 막히다. 그렇구나, 나는 아직도 이 남자가 나를 원할 수도 있다는 사실을 믿지 못하고 있었던 거였다. 지금도 환상 같았으니까. 하지만 그가 방금 나가려 할 때는 보이지 않는 칼이 심장을 찌른 느낌이었다.

"당신은 잊은 것 같고, 내일 일을 생각하니 내가 무리한 요구를 한 것 같아서 그냥 가야 하나 했었어."

등 뒤로 닿는 푹신함에 타나릴이 나를 침대에 내려주었다는 사실을 깨달았다. 심장이 쿵쿵 무섭게 뛰기 시작했다. 잊었다고 생각한 긴장이 한순간 살아나며 식은땀이 날 것처럼 아득해졌다. 거기에 무섭도록 매혹적인 속삭임이 계속 들려왔다.

"밤새 이 방에 침입해 들어오지 않으려면 내 몸을 묶어야 하나 심각하게 고민했었어."

아니, 전혀 그럴 필요 없는데. 어쩌면 내가 쳐들어갔을 수도 있다. 하지만 다행스럽게도 내가 그런 말까지 하기 전에 입술이 닿았다.

그를 맞기 위해 나도 모르게 입술을 살짝 벌렸다. 하지만 애를 태우려는지 그는 곧장 들어오지 않고 입술을 먼저 살살 핥았다. 마음이 급해진 나는 타나릴의 목덜미를 잡아당기며 그의 입술 안으로 혀를 넣었다.

뜨거운 혀가 나를 반기며 얽혔다. 입안에 마구 침이 고였지만 생기는 족족 그의 입안으로 빨려 들어가고 있었다. 내가 그를 빨아 당기고 있었는데 금세 그가 당기는 힘이 더 세졌다.

"으음……."

나는 키스에 취해 연신 옅은 신음을 흘렸다. 그러다 타나릴이 내게서 갑자기 몸을 뗐다. 왜……? 안타까움에 손을 내밀려던 나는 다시 열이 솟구치는 가슴을 부여잡아야 했다.

벌떡 일어난 타나릴은 거칠게 옷을 벗기 시작했다. 한 번에 웃옷을 벗어 던지고 두 번째 동작으로 바지와 속옷까지 단번에 끌어 내리며 순식간에 알몸이 되었다.

"앗!"

여과 없이 드러난 그의 나신을 보며 나는 비명을 지르고 말았다. 단단히 발기한 채 하늘을 향해 우뚝 선 그의 성기가 흡사 무기처럼 느껴져 두려움이 일어났다. 하지만 두려움 이상으로 아름다웠다. 그냥 알몸을 보는 것만으로, 나를 원하는 증거를 세우고 있는 것만으로 나의 중심에선 울컥울컥 액을 토해내기 시작했다.

이것도 호르몬 작용일까, 아니면 원래 내가 이렇게나 야한 여자여서일까. …아무렴 어때.

"지금 와서 물릴 수는 없어."

내 상념이 갈등으로 느껴진 모양이었다. 타나릴은 빙긋 웃고 있었지만 눈빛은 절대 물러나지 않을 거라 경고하고 있었다.

입술을 살짝 혀로 훑는 그의 모습 위로 송곳니를 덧씌우는 망상을 하며 목덜미가 서늘해지는 나를 어째야 할까. 그만큼이나 그는 압도적이고 당당하며 두려울 정도로 긴장감 넘치게 아름다웠다.

"물릴… 물릴 생각 없어요."

타나릴은 내 대답이 마음에 든다는 듯 훌쩍 침대 위에 오르더니 내 위로 몸을 굽혔다.

"이제 당신 차례야."

나는 세뇌에 걸린 듯 블라우스 단추에 손을 갖다 대었다. 하지만 내가 옷을 마저 벗을 수는 없었다. 나는 곧 타나릴의 손에 결박된 듯 두 손이 머리 위로 고정되었다.

"다음에. 다음에 스스로 벗어줘. 지금은 내가 당신이 벗을 때까지 견딜 수 없을 것 같거든."

그의 말이 맞다. 나는 아무리 손가락을 움직여도 벗겨지지 않는 단추 때문에 헛손질만 해대고 있었다.

나의 두 손은 그에게 결박되어 있었는데도 단추는 알아서 톡톡 벗겨지고 있었다. 무슨 영문인지 깨닫기도 전에 순식간에 웃옷 단추가 사라졌다.

내가 당황하는 새 타나릴이 한쪽 유두를 입에 머금었다. 얇은 속옷이 젖으며 입술의 뜨거운 감촉을 고스란히 느껴졌다. 바르작거리는 내게 그가 입술을 떼며 속삭였다.

"엉덩이를 들어줘."

내가 엉덩이를 살짝 드는 동시에 그가 내 바지를 벗겨 버렸다. 그의 손은 자유로웠지만 내 손은 그의 마력에 여전히 결박된 채였다.

"놓아줘요."

나도 이 남자를 만지고 싶었다. 그가 날 탐하는 것보다 내가 그를 탐하고 싶은 마음이 더 클지도 모른다. 저 울룩불룩한 가슴을 내 손으로 만지고 나도 입을 맞추고 싶었다.

"미안, 당신이 나를 만지면 내가 폭주할 것 같아. 한 번만. 이번만."

타나릴이 애원하듯 속삭이더니 내 입술을 삼켰다. 다시 이어지는 격렬한 키스와 함께 그의 손은 내 몸을 유영하기 시작했다. 얇은 속옷이 마저 벗겨지고 그의 손안에 유두가 잡혔다.

예민한 첨단이 점령된 동시에 아래쪽에 닿는 뭉툭한 느낌이 노골적으로 존재를 드러냈다. 참지 못하고 지르는 신음은 다시 그의 입속으로 삼켜졌다.

• • •

타나릴은 리예의 중심에 대고 빳빳이 달아오른 자신의 분신을 느릿하게 문질렀다. 액을 흠뻑 머금은 얇은 천 쪼가리는 미끈하게 젖은 선단이 뭉근하게 비비는 마찰을 이기지 못하고 마구 이지러졌다. 거센 본능에 앞선 분신은 이대로 안으로 들어가라고 눈물을 뚝뚝 흘리며 종용했지만 아직은 아니었다.

그날, 리예의 기억은 잘렸다고 했다. 그 때문에 본인은 매우 수치스러워하고 있었지만 타나릴은 다행이라고 생각했다.

약에 취한 그날이 아니라 오늘이 진정한 첫 밤이었다. 짐승처럼 본능적인 욕심만 채우던 그날을 지우기 위해서라도 오로지 리예를 위한 밤이어야 했다. 그러기 위해서 비행선에서 리예가 자는 동안 에르모에게 특별한 것을 요청해 밤을 새웠다. 공부한 것을 실천할 때였다.

중심에 닿은 무기의 감각에 리예가 긴장하며 눈을 동그랗게 떴다. 흠칫 삼키던 놀란 숨이 차츰 가쁘고 얕은 신음이 되어 그의 입 안을 훅훅 불었다. 그 때문에 아플 만큼 발기한 분신이 다시 요동을 치기 전 타나릴은 최대한 인내심을 끌어모아 폭발을 막았다.

"리예……."

삼킬 듯 붙이고 있던 입술에 대고 속삭인 목소리가 탁하게 갈라져서 나왔다.

마왕의 목소리가 갈라져서 울릴 때면 대개 그의 주변은 공포로 얼어붙는다. 하지만 리예는 타나릴과 비슷하게 그의 이름을 마주 불러주었다.

"타나릴."

제 이름이 불리는 것이 이토록 감미로울 수도 있었다. 타나릴은 유두를 감싸고 애무하느라 바쁜 한 손은 그대로 둔 채 다른 손을 천천히 옆구리 쪽으로 내렸다. 감각적으로 허리를 더듬어 내려가는 손길에 리예가 몸을 비틀며 신음했다.

"오늘은 당신을 위한 날이니까."

"타나릴."

이름이 불릴수록 좋았다. 몸은 비록 인내심을 시험하느라 식은땀이 날 것 같았지만 곧 맛보게 될, 맛보여 줄 쾌감이 몸서리치게 기대되었다.

"으흑!"

손이 묶였지만 리예는 그를 자극하는 법을 확실히 알고 있었다. 목덜미에서 흘러내리던 땀방울이 분홍색 혀끝으로 사라졌다. 타나릴이 포효했다.

"제발······."

더 해달라는 건지, 그만두라는 건지 그 자신도 모를 애원이었다.

그는 리예의 허벅지를 넓게 벌리고 안으로 들어가 자리를 잡았다. 얇은 천은 입구를 쿡쿡 찌르던 선단이 함께 밀려 올라가기 직전으로 이미 제구실을 잃었다. 슬그머니 옆으로 밀어버린 속옷 사이로 손가락 하나가 비집고 들어갔다.

"아항······."

리예의 몸이 만찬이라면 신음은 향취를 북돋는 음악이자 꽃이었다. 하지만 리예는 소리를 내는 게 싫다는 듯 입을 다물었다. 그러나 다시 신음이 새어 나오자 눈을 꾹 감아버렸다.

"리예!"

눈을 가리는 리예가 마음에 들지 않았다. 저를 원하고 쾌감을 마음껏 표하는 그녀의 눈동자를 보고 싶었다. 그리고 바라던 대로 익숙지 않은 침입에 깜짝 놀라는 리예와 정면으로 눈이 마주쳤다.

"흐윽!"

안으로 밀고 들어가는 손가락이 사정없이 죄어졌다. 리예의 벌어진 다리가 파들파들 떨렸다.

마지막 보루처럼 남았던 속옷이 중심을 훤히 드러내며 밀려난 모습이 더할 수 없이 색정적이었다. 참을 수 없는 갈증을 느끼는 선단에서 액이 뚝뚝 떨어졌지만 타나릴은 숨죽인 신음을 들으며 손가락을 안으로 조금 더 밀어 넣었다.

"흐아아앙."

리예가 자지러진 비명을 지르며 다리를 오므리려 했다. 하지만 이미 완벽히 그녀의 중심에 자리를 잡고 앉은 타나릴의 몸을 조일 뿐이었다. 타나릴은 리예가 비명을 지르던 그곳을 만지며 느리게 훑었다. 리예가 마구 허리를 비틀며 교성을 뱉었다.

"그래, 여기."

큭, 타나릴은 신음처럼 웃었다. 리예가 좋아하고 느끼던 지점이 여기였던 것 같다. 아니, 굳이 혼미한 기억을 더듬을 필요는 없었다. 이제부터 새로 알아나가고 새로 시작하는 오늘부터 다시 기억하면 된다. 안으로 들어간 손가락을 하나 늘려 좀 더 넓게 훑었다.

"리예, 리예… 리예!"

타나릴은 안에선 리예가 느끼는 부분을 공략하고, 바깥에선 클리토리스를 어루만지며 정점을 만지작거렸다. 야하게 질척이는 소리와 참을 수 없는 비명이 흥분을 고조시켰다. 그리고 마침내.

"아흐흐흐윽!"

리예가 허리를 젖히며 길게 비명을 질렀다. 울컥울컥 흘러내린 액이 손가락을 적시는 것도 모자라 바깥으로도 흘러내렸다.

절정을 맞으며 간헐적으로 수축하는 질 안에서 으스러질 것 같은 느낌을 받는 건 손가락이 아니라 다른 것이어야 했다. 입속으로 교성을 삼키며 마지막 보루처럼 버티고 있던 천을 벗겨 버리자 빛 아래 어두운 동굴이 그를 반기며 드러났다.

미끈거리는 선단이 질 입구를 쿡 하고 두드렸다. 한 차례 절정으로 인해 번들거리는 동굴 입구로 쓱 하고 타나릴의 분신이 머리를 디밀었지만 리예는 이번엔 쉽사리 안까지 자리를 내어주진 않았다.

"리예… 나를 받아줘, 리예."

"어, 어떡해, 나 어떡해……."

자신이 무슨 말을 하는 줄도 모르는 채 리예가 혼란스러운 눈으로 속삭였다. 타나릴은 억지로 안으로 들어가는 대신 그녀의 진주를 자극하며 귓가에 속삭였다.

"조금만, 조금만 힘을 빼줘. 응? 리예, 리예……."

리예가 이제 자유로워진 손으로 그의 어깨를 잡은 채 몸을 한껏 뒤로 젖혔다. 그녀가 힘을 빼는 순간 타나릴은 날뛰는 분신을 끝까지 안으로 밀어 넣었다.

헉하는 신음과 함께 좁고 뜨거운 속살이 빈틈없이 분신을 죄었다. 인내한 순간이 무색하게도 그 순간 그대로 사정해 버릴 것 같아서 타나릴은 죽을힘을 다해 참았다.

"리예⋯⋯."

그의 애원에 맞춰 리예가 약간 힘을 뺐다. 타나릴은 천천히 나왔다가 다시 안으로 들어갔다.

"앗, 으응⋯ 아앗, 아아⋯⋯!"

다시, 또 한 번, 또, 또 한 번, 그리고 또 다시. 뜨겁게 죄는 속살은 그의 진퇴와 더불어 쉴 새 없이 그를 조였다 풀었다가를 반복했다.

"아아, 리예, 리예, 리예⋯⋯."

세상의 모든 쾌락이 연결된 안으로 몰려온 것 같았다. 그날, 몸서리치던 쾌락의 기억은 약 때문에 생겨난 환상이었다고 여겼었다. 그러나 약이나 술 한 방울 머금지 않은 지금, 그 기억마저 퇴색해 버릴 쾌락이 덮쳤다.

"타나릴, 타나릴⋯⋯."

리예가 그의 율동에 맞춰 허리를 움직이며 계속해서 그의 이름을 불렀다. 이름이 불릴 때마다 쾌락이 더해지고 있었다.

그녀가 세상이 저에게 준 기적일지, 아니면 자신도 모르게 음모의 주체에 연루된 사람일지 상관없었다. 앞으로도 이 여자가 이런 식으로 이름을 부를 수 있는 사람은 저뿐일 것이다.

"아아아아⋯⋯."

리예가 긴 신음을 지르며 먼저 떨어지고 말았다. 타나릴은 왈칵 액을 토해낸 질 안으로 몇 번이나 더 진퇴를 한 후 참아왔던 정을 토해냈다.

배 속이 차는 이물감에 거칠게 숨을 몰아쉬던 리예가 슬그머니 고개를 돌렸다가 다시 베개에 파묻혔다. 타나릴이 천천히 분신을 빼내자 정액과 체액이 따라 흘러내렸다.

"잠시만⋯⋯."

타나릴은 준비했던 손수건으로 리예의 몸을 닦아주고는 슬쩍 옆으로 누우며 뒤에서 그녀를 안았다. 하지만 얌전한 손은 아니었다. 한 손으론 유두를 감싸 안고 한 손으론 열감이 느껴지는 클리토리스를 헤집었다.

헉하고 놀라던 신음이 다시 얕게 빨라졌다. 리예는 단순히 여운을 즐기는 거라고 생각하는지 곧 힘을 빼며 기대왔다.

리예의 억누른 신음이 정말 좋았다. 그는 느긋하게 다시 애액이 흐르는 계곡과 빳빳해진 유두를 번갈아 만지며 지분거렸다. 그러자 곧 잠깐 힘을 잃었던 분신이 엉덩이 골짜기에서 비집고 들어가 꺼떡거리기 시작했다. 리예가 놀라며 돌아보았다.

"타나릴?"

타나릴의 얼굴에 짐짓 짓궂은 표정이 떠올랐다.

"나도 내가 이런 유치한 질문을 하게 될 줄 몰랐는데……. 어땠어? 괜찮았나? 나는 무척 좋았어."

"응… 나도요."

시작은 장난이었으나 대답을 기다리는 그의 내심은 장난이 아니었다.

리예가 볼을 발갛게 물들였다. 그에게 꿰뚫린 채로 흔들릴 때도 이렇게 상기했었던 걸 떠올리며 타나릴은 딱딱해진 분신을 다시 그녀의 입구로 들이밀었다.

"어, 또요?"

리예의 눈이 휘둥그레졌다. 타나릴이 성마르게 물었다.

"많이 피곤해? 힘들어?"

"괜… 찮을까요?"

리예가 아직 다 갈무리하지 못한 숨을 거칠게 쉬며 물었다. 그건 거부감과는 거리가 멀었다.

"내가 마력으로 단단히 붙들고 있으니 걱정하지 않아도 돼."

아이만은 아니었다. 처음 제멋대로 화를 내며 리예를 냉기에 노출시킨 순간부터 타나릴은 그녀의 몸을 마력으로 감싸 보호했다. 그것을 단번에 알아챈 메릴리타라는 의원은 보통 실력을 지닌 게 아닐 것이다.

"응?"

타나릴은 망설이는 리예에게 몸을 틀어 붙이며 졸랐다.

"힘든데……."

리예가 투정부리듯 종알거렸다. 고개를 돌리며 베개로 파고드는 리예의 어깨가 파르르 떨렸다. 그러나 앙큼하게도 그의 분신이 머리를 들이민 입구에선 홍수가 쏟아지고 있었다.

"당신은 그대로 있어. 내가 다 할게."

타나릴은 리예를 뒤집은 채 무릎을 세워 엎드리게 했다.

"흐으으읍."

억눌린 신음을 배경 삼아 타나릴은 훤하게 드러난 예쁜 질구에 꺼떡거리는 분신을 끼워 넣었다.

"하아아아!"

새로운 방식으로 침입해 들어오는 분신의 감각에 리예가 높게 비명을 질렀다. 한 손으론 연결된 부위의 속살을 더듬으며 한 손으론 허리를 붙잡아 누른 채 빠르게 진퇴를 거듭했다.

"아흑, 으, 으아, 타, 타나릴……!"

"그래, 그렇게 불러."

"타나릴, 타나릴!"

리예는 침대 머리를 잡은 채 연신 그의 이름만 토해냈다. 아래론 그의 분신을 깊숙이 받아들이고 입으론 그의 이름을 담는 리예의 모습이 더할 수 없이 만족스러웠다.

"여긴 어때, 리예?"

타나릴은 아까 리예가 느끼며 자지러지던 그 부위를 분신으로 찌르며 물었다.

"아학!"

"이 자세로 더 잘 느끼나 봐."

"아흐, 제발, 타나릴!"

"응, 말해 봐, 그래?"

"모, 몰라, 몰라요!"

리예가 부끄러워하는 모습은 안타깝게도 가학적인 쾌감을 불러왔다. 그는 리예의 몸을 돌려 한쪽 다리를 허리에 걸치게 하고는 비스듬히 안으로 들어갔다. 그리고 이번엔 아주 천천히 피스톤 운동을 했다.

"이건 어때."

"아아, 제발……."

"응, 응?"

"좀, 좀 더 빨리."

"아아, 진작 말하지."

픽픽, 타나릴의 움직임이 빨라졌다. 느리게 오가는 건 실제론 그의 인내심을 다시 시험하는 일이었다. 아직은 그럴 여유가 없었다. 안달 난 분신을 재빨리 움직여 질 안에 난 길을 따라 쉴 새 없이 공략했다.

"아흐, 아아, 아아……."

"이게 좋아?"

"맞아요, 좋아요! 아아, 타나릴!"

몸이 느끼는 쾌락도 쾌락이지만 리예가 함께 느끼는 쾌락의 느낌이 더한 만족감을 주었다.

리예의 손가락이 어깨를 파고들었다. 제 안에 이렇게 유치하며 천박한 욕망이 숨어 있다는 걸 여태 몰랐다. 그렇지만 계속 확인하고 싶었고 계속 원하게 하고 싶었다.

"내게 키스해, 리예."

리예가 정신없이 그를 당겨 입을 맞춰왔다. 전혀 망설이지 않고, 전혀 고민하지 않고 그를 원했다. 가감 없이 보이는 그녀의 욕망은 또 한 번 그를 만족시켰다.

"나를 꼭 붙잡아, 리예."

리예가 그의 어깨를 잡고 허리를 비틀었다. 그의 진퇴에 따라 리예의 몸은 한없이 흔들렸다. 리예의 입술을 삼킨 채 타나릴은 허릿짓에 속도를 냈다.

폭발할 것 같은 쾌락이 그예 절정에 이르렀다. 고지에 도달한 리예는 그의 분신을 물고 강렬한 수축을 반복했다. 타나릴도 그녀의 안에 두 번째로 정을 토해내며 침대 위로 몸을 떨어뜨렸다.

• • •

내가 눈을 떴을 때는 침대 옆으로 햇빛이 부서지고 있었다. 혼자라는 걸 아는 순간 슬며시 올라오려는 상실감을 꾹꾹 밟아 무시해 버렸다.

'나갔다가 올 테니 쉬어.'

흐트러진 옆자리를 보자 타나릴이 나가면서 한 말이 어렴풋이 생각났다. 나는 일어날 생각도 못 한 채 멍하니 천장만 보며 생각에 생각을 이었다.

'세상에, 내가 무슨 짓을 한 걸까……'

이번엔 어느 한순간도 잊지 않았다. 아직도 그 생소한 쾌락의 여운으로 내 머릿속은 거의 마비 상태나 다름없었다.

임신 초, 그것도 가장 조심할 때라고 알려지는 그런 때 오히려 남편과 더 많이 관계를 하라던 주술 의원이나, 그 말을 너무나 잘 새겨들은 마법사 예비 남편이나, 아니, 그 모든 상황을 아우르는 나나…….

첫 번째 관계를 할 때만 해도 내 이성은 반쯤은 살아 있었다. 남녀의 관계에서 얻을 수 있는 쾌락이라는 신세계에 발을 디딘 게 너무도 신기하고 좋았고 즐기기도 했다. 하지만 두 번째부터는 어땠더라…….

그냥 속절없이 이끌려 간 것 같다. 두 번째로 끝이 아니었다. 지쳐서 나가떨어졌다는 말도 해당되지 않았다. 부유감에 휩싸인 내 몸은 그에게 맞춰 한없이 흔들렸는데도 별로 힘든 걸 몰랐다.

그래도 끝은 있었나 보다. 아득한 쾌락에 취해 신음을 쏟아내던 것이 마지막 기억이었다.

잘 기억나지 않는 첫날은 술에 취해서라는 변명이나 있었지, 어 젯밤은 완전히 맨정신이었다. 그것도 이 방에서 나가려는 그를 붙 잡은 게 바로 나다. 아래에서 올라오는 욱신욱신한 둔통은 다 내가 요구해서 생긴 거였다.

문득 아래를 내려다보자 온몸이 울긋불긋했다. 당연했다. 밤새 그의 손과 입술이 닿지 않은 곳이 없었다. 그리고 나는 신음을 지르 며 그를 잡아당기면서 더, 더를 외쳤다.

그냥 생각을 반추했을 뿐인데 아래쪽에서 신호가 왔다. 속옷 없 이 홑겹으로 입고 있던 잠옷이 젖는 느낌에 기함해서 욕실로 달 려갔다. 생각하는 것만으로 흥분을 일으키다니 정말 위험한 남자 였다.

"너무 좋은 것도 탈이다."

방탕의 구렁텅이에 빠져 헤어 나오지 못해 휘청거리는 내가 상 상이 되어 순간 오싹해졌다.

"지금이라도 그만둘까……."

이 남자와 이런 식으로 2년이나 함께 지내다간 내 심장이 버텨내 지 못할지도 모른다. 추하게 매달려 사랑을 구걸하는 내 모습이 그 려지자 소름이 확 돋았다.

루원을 만난 것만 봐도 나는 꽤 위험한 상태였다. 외롭고 정에 굶

주렸다. 그런데 루원 같은 작자도 아닌, 너무나 멀끔한… 아니, 실제론 이 세상에서나 저쪽 세상에서나 내가 처음으로 한눈에 반한 남자와 살을 맞대고 살면서 정을 들이지 않을 자신이 없다.

"아냐, 마법 공증이 있으니 괜찮을 거야!"

그만두긴 틀렸다. 금세 이런 식으로 명분을 주는 걸 보니 내 본심은 타나릴과 같이 살고 싶은 모양이다.

인정하니 편해졌다. 무섭긴 하지만 미래엔 나 혼자 남는 게 아니다. 또, 타나릴에게 매달리는 나보다 그런 나를 경멸하며 떨치고 싶어 하는 그를 보는 게 더 소름 끼칠 일이었다. 그러니 내가 그런 추한 짓을 할 가능성은 극히 낮았다.

타나릴과의 관계가 아무리 좋아도 끝까지 좋을 수야 없을 거다. 어떤 일이든 끝이 있고, 질리게 마련이다. 그렇게 질리기 전 끝낼 장치를 마련해 두었으니 이보다 더 좋을 수가 없다.

"잘했어, 마그리예 사우스. 2년만이니까 괜찮아!"

나는 거울 속의 나를 보며 슬쩍 웃었다. 하지만 나를 마주 보는 내 미소가 서글퍼 보여 눈을 부릅뜨고 다시 웃는 연습을 했다.

추한 내 모습을 상상한 것은 정신을 확 일깨웠다.

어릴 땐 웃어선 안 됐다. 고막을 울리는 남녀의 고함, 세간이 넘어지고 부서지는 소리, 바늘처럼 찌르는 시선과 폭언 속에서 내 웃음은 그것들을 부채질하는 독이었다.

반면, 학교와 직장에선 웃어야 했다. 미소야말로 가장 훌륭한 가면이었다.

웃어야 하는 시간이 훨씬 더 길었다. 덕분에 두 번째 웃기는 쉽게 성공했다.

그때 문 두드리는 소리와 함께 타나릴의 목소리가 들렸다.

"리예, 거기 있어?"

"네!"

"디자이너와 미용사들이 왔어. 오래 걸릴 것 같으면 기다리라고 할게."

"아니에요, 지금 나가요!"

나는 서둘러 손을 씻고 밖으로 나왔다. 바로 앞에서 기다리고 있던 타나릴이 나를 낚아채듯 끌어안고 입을 맞췄다.

"앗, 응……."

나는 바깥에 기다리는 이들이 있다는 것조차 잊고 키스에 몰두하다가 깜짝 놀라 떨어졌다.

"사람들이 기다린다면서요!"

"이게 더 급했어."

태연하게 답하는 타나릴의 눈빛이 왠지 모르게 무겁게 느껴졌다.

그새 기분이 상할 일이라도 생긴 걸까? 하지만 물어볼 것도 아니다. 거기에 바깥에서 소곤거리는 소리까지 들려 나는 서둘러 갈아입을 옷을 찾아들고 다시 욕실로 향했다.

"왜 다시 들어가?"

"옷을 갈아입으려고요. 빨리 나올게요."

"여기서 갈아입어."

"……."

"응?"

타나릴이 조르듯 말하며 팔짱을 낀 채로 나를 보고 웃었다. 만지지 않겠다는 신호이긴 했지만 신용은 가지 않는다.

"그럼 돌아서요."

"다 봤는데 뭘 그래. 그냥 갈아입어."

타나릴이 장난스럽게 다시 씩 웃었다. 그의 미소는 여전히 다정했지만 묘한 무게와 함께 고집스러움이 느껴졌다. 왠지 실랑이가 계속될 느낌에 나는 고개를 살살 저으며 욕실로 뛰었다.

욕실에 들어가는 건 봐준 것 같지만 타나릴은 내가 나오자마자 손을 잡고 침실을 나왔다.

거실로 나간 나는 입을 딱 벌리고 말았다. 타나릴 전용인 이 객실은 크기도 우월해서 거실 크기도 보통 가정집이 통째로 들어갈 만큼 넓었다. 그런데 그 넓은 객실이 부족해 보일 만큼 물건과 사람들로 꽉 차 있었다.

드레스와 드레스, 드레스가 걸린 행거들이 일렬로 늘어서 한쪽 공간을 가득 채웠고 반대편엔 모자와 가방, 구두, 부채 등의 소품과 화장 소도구들이 가득한 뒤로 사람들이 대기하고 있었다.

"이게 다 뭐예요?"

나는 타나릴에게 바싹 다가가 소곤소곤 물었다.

"당신이 입을 옷."

이상하게도 타나릴의 목소리가 그렁그렁 울리는 것 같았다.

"내가 입을 옷인 건 아는데… 왜 저렇게 많아요?"

내가 다시 속삭이자 타나릴이 내 허리를 잡으며 속삭였다.

"당분간 입을 옷도 같이 골라야지."

아……. 그렇다고 해도 가게를 통째로 들고 온 것 같은 이 광경은 기가 질렸다.

대기하던 직원 한 사람이 나와 눈을 마주쳤다가 황급히 고개를 숙였다. 잠시 마주친 동그랗게 벌어진 눈이 놀라움을 감추지 못하고 있었다. 내가 예상하던 신부의 이미지와 거리가 멀어서 그런가?

"실수한 것 같군."

"네?"

"예복 말고는 당분간 옷 자체가 필요하지 않을 텐데 말이야. 잠옷이나 몇 벌 주문할까… 아니지, 그것도 그리 필요한 것 같지는 않은걸."

타나릴이 허리에 올렸던 손을 천천히 위로 옮기며 쓰다듬었다. 그가 손끝으로 전하는 감각이 너무도 분명한지라 나는 얼굴이 벌겋게 달아오르고 말았다.

"다른 사람들이 있잖아요!"

사람들이 들을까, 내가 더 바싹 기대 작게 소리치자 타나릴이 쿡쿡 웃었다.

"알았어, 다 보낸 후 계속하지."

나는 벌게진 얼굴로 그에게서 뚝 떨어졌다. 하지만 이미 늦은 것인지 몇 사람이 고개를 들었다 숙였다 하며 어쩔 줄 몰라 했다. 그런데 나와 타나릴을 연신 번갈아 보는 걸 보면 허둥대는 모습들이 꼭 나 때문만은 아닌 것 같다.

"자, 이제 골라보도록 하지. 예복만 고르고 끝내도 괜찮아. 다른 옷은 나중에 사도 괜찮으니까."

모르면 몰라도 저 말의 의미가 너무도 의미심장했다. 나는 서둘러 대답했다.

"고, 골라볼게요!"

"카미린스, 내 아내가 지금 많이 피곤하니 옷을 직접 입어보는 건 서너 벌로 마치고 내 아내의 취향에 맞춰 고르는 걸 도와줘요."

내 아내! 내 아내? 아직은 아닌데. 그보다 그런 말이 이렇게 쉽게 나오나?

그런데 내가 놀란 것보다 주위 사람들이 더 놀란 것 같았다. 입만 벙긋거리며 나를 신기한 눈으로 쳐다보는 사람들의 표정은 며칠 전 발더의 것과 똑 닮아 있었다.

하지만 다 그런 건 아니었다. 그중 가장 고급스러운 옷을 입은 중년의 여성이 타나릴에게 고개를 숙이더니 내게도 꾸벅 인사했다.

"네, 후작님! 후작 부인, 만나 뵈서 반갑습니다. 저는 카미린스라고 합니다. 부인께 제 옷을 입혀 드릴 수 있어서 영광입니다. 모쪼록 앞으로도 자주 찾아주시길 부탁드립니다."

나중에 알게 된 사실이지만 카미린스는 수도에서 제일 잘나가는 디자이너이자 자신의 이름을 간판으로 단 옷가게의 주인이었다. 콧대 높은 귀족 부인과 영애들이 수시로 찾아오기 때문에 어디에도 이런 식으로 출장을 다니는 일은 없다고 했다. 하지만 이런 쪽 시류에 퍽 둔감한 나는 마주 인사하는 게 다였다.

"네, 안녕하세요. 카미린스 부인."

"카미린스라고 불러주시면 더 좋지만 그건 부인께서 편하실 때요."

카미린스가 푸근히 웃으며 뒤에 손짓하자 보조로 보이는 어린 여직원이 줄자를 갖고 다가왔다. 그리고 잠시 후, 나는 그 자리에서 거품처럼 꺼져 버리고 싶어졌다. 카미린스는 아무 표정이 없었지만 보조 직원은 그렇지 않았다.

허리 치수와 팔 길이, 어깨 등 옷으로 가려진 부위를 잴 때는 멀쩡하던 여직원의 얼굴이 손목을 보고 흠칫, 목둘레를 잴 때 깜짝, 발 치수를 잴 때는 그야말로 달아오른 홍시가 되었다.

나는 그제야 내 몸에 꼼꼼히 새겨진 타나릴의 흔적이 손목 안쪽과 목덜미, 발목 안쪽까지 남겨져 있다는 사실을 알아챘다. 하지만 졸지에 거품이 될 능력은 없었던 나는 여직원과 같은 얼굴색을 하고 치수 재기를 마쳐야 했다.

'어떡해요!'

줄자에서 간신히 놓여난 나는 타나릴을 향해 원망의 눈길을 퍼부었다. 하지만 돌아온 건 기분이 꽤 좋아 보이는 타나릴의 미소였다. 내가 무슨 망신을 당했는지 알고 있는 게 틀림없었다. 아니, 알고서 일부러 그런 게 더 정확할 것 같다.

"타나릴."

낮게 속삭이듯 튀어 나간 나의 원망 어린 외침에 카미린스는 아무것도 모른다는 듯 나를 행거의 물결로 이끌었다.

"예복은 본래 맞춤으로 하는데 당장은 기성복밖에 내놓을 수 없어서 무척 아쉽습니다. 하지만 저희 가게의 상품은 이름만 기성복일 뿐 같은 옷이 한 벌도 없습니다. 최대한 취향에 맞춰 드릴 것이고 너무 오래 걸리지만 않으면 수선도 가능하니 뭐든 말씀하시고 골라주세요."

카미린스의 손짓에 따라 직원들이 행거의 옷들을 하나씩 척척 들고 내 앞에 선보였다. 색상은 다양했다. 강렬한 빨간색부터 은은한 황금색, 분홍색, 흰색 등, 경사에서 금기되는 검정색과 은색만 제외하면 모든 종류의 옷이 다 있을 것 같았다. 그중 가장 눈에 띄는 건 빨간색이었는데 중국 드라마의 주인공이 될 수도 있을 것 같아 괜히 입어보고 싶은 충동이 생겼다.

"저게 마음에 들어?"

아마도 매의 눈을 한 타나릴이 내 귓가에 속삭이지 않았다면 나는 정말 그 드레스를 만져라도 보았을 것이다. 나는 귓가에 닿는 숨결에 솜털이 바짝 서서 고개를 절레절레 저었다. 카미린스는 아는지 모르는지 옅은 미소를 머금은 얼굴로 내 선택을 기다렸다.

"저는… 저걸로 할게요."

여긴 아니지만 결혼식 예복에 대한 고정관념 때문인지 절로 흰색 드레스에 눈이 갔다.

흰 드레스도 여러 가지였는데 내가 고른 건 어깨에서부터 소매까지 하늘하늘한 시폰이 마치 날개처럼 달린 옷이었다. 풍성한 치마에 금색과 분홍색 구슬이 은은하게 반짝이는 옷은 마치 동화 속에서 막 빠져나온 것 같았다. 굳이 수식어를 붙이자면 화려하고 우아하고 예뻤다.

이렇게 예복을 단숨에 고른 걸 보면 이전 세상에서 결혼은 남의 이야기였던 내게도 웨딩드레스에 대한 로망은 있었는지도 모른다. 깨닫고 나서 막상 입으려니 내가 저런 옷을 입어도 될까 싶은 마음이 들기도 했다.

진짜 결혼도 아닌데, 이렇게 화려한, 진짜 같은 드레스를 입는 건 아니다 싶기도 했다. 하지만 내가 다른 옷을 다시 고르기 전에 카미린스가 벌써 내 앞에 드레스를 가져왔다.

"입어보시고 불편한 부분이나 고쳤으면 하는 부분을 말씀해 주세요."

기왕 가져온 것, 한 번 입어만 볼까……. 입어만 보는 건 어떠냐 싶었다. 다행히 이번엔 카미린스가 준비한 간이 가림막 덕에 타나릴의 앞에서 벗고 입어야 하는 건 아니었다.

하지만 나는 드레스를 갈아입은 후 다시 절망했다. 시폰은 아름답지만 은은하니 비쳐 보여 노출이 많았다. 때문에 목덜미나 팔이 더 많이 드러난 터라 이대로 입고 나갈 수는 없었다.

그러나 카미린스는 내 걱정 따위 순식간에 날려 버릴 만큼 무척이나 노련한 사람이었다. 카미린스가 내 목덜미와 팔에 난 흔적에 뭔가 쓱쓱 바르자 나는 곧바로 매끈한 모습이 될 수 있었다. 그런 후 가림막 안쪽에 설치된 거울 앞에 섰다.

"와……."

옷이 날개라는 말이 바로 이런 때 쓰는 말 같다. 아니면 거울 보정 효과를 300% 정도 받았는지도 모른다. 내가 봐도 꽤 예쁜 여자가 나를 마주 보며 감탄하고 있었다. 하지만 난 가림막 바깥으로 나가진 못하고 바로 옷을 벗겠다고 했다.

"그럼 다른 옷을 입어보시겠습니까, 부인?"

"아뇨, 그냥 이걸로 할게요."

"네, 알겠습니다, 부인."

카미린스는 군말 않고 옷을 이곳저곳 매만지며 내 몸에 맞는지 살폈다. 나는 가슴이 조금 당기는 것 말고는 옷이 거의 맞다고 생각했지만 전문가는 지적할 거리가 많은 얼굴을 했다.

"가슴이 조금 답답하시겠네요. 품을 좀 늘리고 허리는 살짝 줄이겠습니다."

"리본이 있으니 줄이지 않아도 되지 않을까요?"

"비록 이 옷을 처음 만들 때는 부인께 맞춤복이 아니었지만 이 순간부터는 부인만을 위한 옷이랍니다. 그러니 부인의 몸에 꼭 맞게 해야지요. 불편하시지 않게 수선할 테니 걱정하지 않으셔도 됩니다."

"…네."

매우 친절하고 조심스러웠지만 한 치도 물러나지 않을 것 같은 장인의 대답에 나는 두말을 할 수가 없었다. 그런데 곁에서 눈을 반짝이며 내 몸을 훑는 보조 직원의 눈빛이 꽤 부담스러웠다. 아직 한 달도 안 되었는데, 설마 임신한 걸 알아채고 저러는 건 아니겠지?

"가슴에 댄 이 비단은 떼어내고 목걸이로 대신하겠습니다."

"목걸이요?"

내가 멍청하게 반문하는 새 카미린스의 손짓에 다른 직원들이 들고 온 상자를 차례로 펼쳐 보였다. 나는 휘황찬란하게 반짝이는 보석들의 향연에 잠시 말을 잃었다.

줄이 가느다란 단순한 모양은 하나도 없었다. 알이 굵직굵직하고 화려한 색을 뽐내는 목걸이들은 카미린스의 말대로 다들 목을 가리고도 남을 만한 크기를 자랑했다. 저런 목걸이를 하고 다니자면 목이 튼튼해야 할 것 같다.

"드레스가 흰색이니 어떤 색이든 다 어울릴 것 같습니다. 푸른색과 녹색도 좋고, 이건 핑크 마력석을 세공한 목걸이입니다."

카미린스가 목걸이들을 이것저것 내 목에 가져다 대었다. 난생처음 겪는 화려함에 놀랐던 나는 뒤늦게 고개를 저었다.

이건 아니다. 차라리 내 돈으로 하는 거라면 거리낄 게 없겠지만 2년짜리 가짜 결혼에 이런 것까지 넙죽 받을 수는 없었다.

조금 무리하면 나도 이 하나쯤은 살 수 있지 않을까……. 그러나 지금 와서 타나릴에게 내 돈으로 비용 처리를 하겠다는 말을 다시 하지 못할 건 안다. 차라리 아무것도 하지 않는 게 나을 것이다. 나는 아쉽게 목걸이를 일별하며 말했다.

"목걸이는 하지 않아도 될 것 같아요."

"하지만 이것들은 예그하라 후작님께서 주문하신 것입니다. 예식에 걸고 가시는 게 좋지 않을까요?"

카미린스의 조언에 나는 더는 거절의 말을 할 수가 없었다.

예식에 상대방의 폐물을 걸고 가는 건 기본 예의였다. 타나릴이 주문했다고 하니 저 중에 하나는 반드시 골라야 한다는 말이었다. 나는 개중에 가장 덜 화려한 것으로 고를 생각으로 투명한 목걸이를 가리켰다.

"이걸로 할게요."

"탁월한 선택이십니다."

카미린스가 마치 칭찬하는 듯한 눈길로 목걸이를 걸어주었다.

설마 아니겠지? 이게 제일 비싼 건 아닐 거다. 아니다, 곱게 쓰고 돌려주면 되겠지. 마지막 생각에 두근거렸던 가슴이 진정되었다.

덕분에 같은 재질의 팔찌와 허리띠, 티아라를 둘러쓰면서도 더는 떨지 않을 수 있었다. 그냥 보기엔 반짝이지 않던 수정은 목에 걸린 순간 묘한 빛을 반사하며 예복의 아름다움을 더했다.

은은하게 빛나는 보석에 취해 거울을 보며 스스로 감탄하고 있자니 카미린스가 다시 조심스럽게 권했다.

"아직 가봉 전이지만 후작님께도 보여 드리는 게 어떨까요?"

"아뇨, 내일 어차피 보실 텐데요."

"아, 아까부터 느끼긴 했지만 부인은 정말……."

카미린스는 싱긋 웃으며 말을 아꼈다. 무슨 생각을 하는지는 모르지만 대단한 착각을 하고 있는 얼굴이었다. 그러자 치수를 잴 때부터 얼굴을 붉히며 따라다니던 보조 직원이 열심히 고개를 끄덕이며 말을 이었다.

"저도 그렇게 생각해요, 사장님. 신부님은 옷이나 보석을 고르시는 안목 하며, 신랑님 마음을 사로잡는 법을 숨 쉬는 것처럼 아시는 것 같아요. 몸매도 너무 근사하셔서 후작님께서 이 모습을 보시면……."

"흠, 흠……!"

앞서 하는 말은 가만히 듣고만 있던 카미린스가 뒤늦게 헛기침으로 보조 직원의 입을 막았다. 하지만 이미 늦은 터라 내 얼굴이 다시 불타는 데는 차질이 없었다.

"이만 나오지, 그래?"

마침 성마른 타나릴의 목소리가 들리면서 나는 서둘러 옷을 다시 갈아입고 나갔다. 타나릴은 원상태가 된 나를 보고 눈썹을 휘었지만 왜 예복을 입고 나오지 않았는지는 묻지 않았다. 대신 카미린스에게 말했다.

"아내의 몸에 맞춰 보조 인형을 만들어줄 테니 나머지는 그것에 맞춰서 챙겨주시오. 이만 물러가도 좋아요."

"…네, 예그하라 후작님. 그럼 인형은 지금 부탁드려도 되겠습니까?"

"그러지."

무슨 소리인지 모를 이야기가 오가고 나자 카미린스가 내게 커다란 흰 천을 내 몸에 둘렀다.

"잠시만 답답하고 말 거야."

다음 순간, 천이 내 목부터 어깨, 엉덩이 아래까지 빈틈없이 감쌌다. 답답한 느낌이 들긴 했지만 몸을 죄는 건 아니라 그대로 있자니 천은 곧 힘을 잃고 미끄러졌다.

그런데 카미린스가 그 천을 받아 공중에 탈탈 털자 신기한 일이 벌어졌다. 흐늘흐늘하던 천이 사람 몸집 형태를 잡으면서 토르소 마네킹으로 변신한 것이다.

"와……."

커다란 감탄사에 난 내가 소리 낸 줄 알았다.

감탄사의 주인공은 아까 그 보조 직원이었다. 그런데 입이 벌어진 건 다른 직원들의 모습도 비슷했다. 카미린스가 미소를 지으며 말했다.

"마력으로 사람의 몸을 그대로 본떠서 천으로 형체를 고정시킨 것이랍니다. 작년 7월 마법 공학부 실용 편에 발표된 것인데, 실제론 마력의 운용이 섬세해야 하고 형체를 고정시킬 마력을 유지하는 게 어려워서 저급 마법사는 하기 어려운 작업이지요. 숙달할 필요도 있고요. 그래서 이런 전용 맞춤 인형을 마법사의 손을 빌어 만드는 사람은 드물지요. 예그하라 후작님은 겨우 두 번째인데 그야말로 완벽하게 만드시니 부인께선 앞으로도 걱정하실 필요가 없으시겠어요."

마력의 활용이 무궁무진하다지만 그걸로 마네킹을 만든다는 이야기는 처음 들었다. 정말이지 가장 사치스러운 마네킹 아닐까? 그와중에 그가 먼저 누구의 인형을 만들어주었을까 생각하고 있으니, 이런 날 어쩌면 좋을까.

"그만 돌아가도 좋아요. 어머니껜 인형 대신 직접 맞춰 드리도록 하고."

"물론이지요, 예그하라 후작님."

궁금증이 무색하게도 첫 번째 인형의 주인공이 바로 밝혀졌다. 순간 밀려드는 감정을 난 무시해 버렸다. 그에게 예전에 얼마나 중요한 이가 있었는지 생각할 바가 아니다. 아니, 이후라도. 무시했지만 가슴은 이상하게 지끈거렸다.

"저희는 이만 물러나겠습니다. 예복은 내일 예식 장소로 바로 가지고 가겠습니다. 미용사는 여기로 먼저 보낼까요?"

"아니, 모두 예식장에서 하도록 해요. 대신 한 시간 내로 끝낼 수 있는 사람들로 보내요."

"물론이지요, 모두 완벽히 준비하겠습니다. 그럼, 내일 뵙겠습니다."

그 많은 물건을 가져오고도 허무하게도 옷 한 벌만 꺼내서 걸쳐 본 내게 카미린스는 더없이 정중하고 기쁜 얼굴로 인사하고 나갔다. 순식간에 텅 비어버린 객실을 보며 나는 잠깐 꿈을 꾼 게 아닌가 싶었다.

"와, 대단하네요!"

"나는 당신이 대단한데?"

"네?"

"예복 고르는 시간만 최소 저녁때까지 잡고 있었거든. 아니, 밤을 새울 수도 있을지 몰라서 사전에 준비해야 하는 걸 최대한 빨리 마치고 온 거거든. 그러다가 엉뚱한 소리를 듣기도 했지만……."

"네? 무슨……."

"아니야, 그럴 일은 없을 테니까, 그나저나 내 현명한 마나님 덕에 시간이 남네."

말이 끝나기 무섭게 타나릴의 한 손이 내 엉덩이를 더듬으며 더 안쪽을 문질렀다. 셔츠 안으로 들어간 다른 손은 손가락 사이로 유두를 끼우고 희롱하면서 젖무덤을 토닥거렸다.

"아흐, 타나릴……."

"발더가 알면 난리를 칠 테니 우리 얼른 한 번만 더 할까?"

'하다'니. 이 노골적으로 야한 타동사를 나는 너무 좋아할 것 같다.

한 번만……? 그래도 될까? 안 되는 이유가 없다. 그가 만지고 있는 아래는 이미 바지까지 적시기 직전이고, 유두는 빳빳이 서서 그는 이미 내 흥분을 알아챘을 것이다.

"키스해, 리예."

나는 타나릴의 목을 감싸 안으며 그의 입술 안으로 혀를 넣었다. 내 혀를 강하게 빨아들이는 남자의 힘에 나는 속절없이 힘이 풀리고 말았다. 하지만 타나릴은 나를 그대로 일으켜 세우더니 단호히 말했다.

"옷을 벗어, 리예."

"……?"

"도망은 안 돼, 리예. 내 앞에서 벗어. 단추가 안 풀려도 이번엔 안 도와줄 거야. 당신 혼자 벗어봐."

"타나릴……!"

"아까 내가 잘 참아줬잖아? 그러니 난 상을 받을 자격이 있다고 봐."

"참긴 뭘……!"

항의하려던 나는 질 입구를 슬쩍 매만지는 느낌에 항복을 선택했다. 단 이틀뿐이었지만 난 이미 그 예민한 부위에 옷을 걸쳐서 느끼는 느낌 이상을 알게 되었다.

나는 그의 목에서 억지로 손을 떼어내고 셔츠 단추에 손을 올렸다. 그런데 타나릴이 입술도 떼고 뒤로 한 걸음 물러나는 바람에 바로 상실감을 느꼈다.

"어서. 내 입술을 갖고 싶거든 얼른 벗어, 리예."

타나릴이 다시 팔짱을 끼며 말했다. 그의 불타는 눈을 나는 의심하지 않았다. 그의 불룩해진 아래가 이미 충분히 증명하고 있었다. 그래서인지 나는 거의 떨지 않고 단추를 풀 수 있었다.

하지만 이대로 옷을 한꺼번에 벗어 던지는 건 재미가 없지 않은가 말이다. 나는 단추를 벗어 속옷이 드러나게 셔츠를 걸친 채 허리에 손을 넣어 천천히 바지를 내렸다.

"리예……."

으르렁거리는 소리에 등이 쭈뼛해졌지만 나는 굴복하지 않았다. 다리 하나를 천천히 빼고 다른 다리 하나를 또 천천히 빼서 바지를 옆에 있는 소파에 걸친 후 이번엔 셔츠에서 팔을 천천히 뺐다.

"리예……!"

타나릴이 팔짱을 풀었다. 나는 움찔했지만 내겐 다가오지 않고 대신 자신의 옷을 벗는 타나릴을 보며 나도 계속하기로 했다.

타나릴이 자신의 단추를 뜯듯이 셔츠를 훌렁 벗어버렸다. 나는 막 팔 하나를 뺀 셔츠의 목을 잡고 나머지 팔 하나를 더 조심스럽게 빼냈다.

타나릴이 바지를 벗었다. 전광석화라 내가 셔츠를 막 소파에 걸치는 것보다 조금 더 빨랐다.

"리예, 조금 서두르는 게 좋을 거야."

포효가 더 거세졌지만 네글리제를 벗는 데 속도를 더 내지는 않았다. 천천히, 나는 네글리제를 벗어 다시 소파에 걸고 가슴을 고정하는 가리개의 고리를 하나씩 풀었다.

타나릴은 드디어 마지막 남은 속옷을 벗어 던졌다. 온전히 알몸이 된 그의 아름다운 나신이 햇빛을 받아 빛났다. 그리고 가운데 붉게 솟아난 분신이 무척이나 성이 나 있었다.

그 때문에 가슴 가리개는 소파에 걸치기 전에 놓쳐 버리고 말았다. 나는 가리개를 줍는 대신 허리에 손을 넣어 마지막 한 겹을 벗어 내렸다.

그다음은… 의성어 가득한 향연이라고 하겠다. 심지어 시간이 얼마나 흘렀는지도 알 수 없을 만큼이었다. 타나릴이 내 눈가를 훑으며 짓궂게 물었다.

"울었어?"

"이, 이건 생리작용이라고요!"

내가 빽 소리쳤지만 타나릴은 싱긋 웃으며 받아쳤다.

"그건 눈물이 날 만큼 좋았다는 뜻이지?"

타나릴의 입가에 짙은 미소가 패였다. 동시에 아래에서 다시 신호가 오고 있었다.

"이제 더는 못 해요!"

내가 기겁하며 몸을 일으켰지만 그는 나를 감싸 안는 걸로 나의 탈출 시도를 무위로 돌렸다.

"지금은 더 안 할게. 우선 밥 먹고."

"설마 밥 먹고 또 한다는 건 아니죠?"

"지치지 않았잖아."

당연하다는 듯한 그의 말에 나는 갸웃거리다가 멍하니 입을 벌렸다.

맙소사, 타나릴의 말대로였다. 그렇게 격렬히 움직였는데도 그리 지치지 않았다. 내 체력이 갑자기 좋아졌거나 그런 것은 아니었다. 그는 내내 나를 마력으로 감싸고 있었고 그건 이런 식으로도 효력이 있었던 것이다. 사기라 할 정도의 만능이었다.

알았으니 이제 계속해도 되느냐는 표정으로 타나릴이 다시 하반신을 붙여왔다. 하지만 내가 미처 어떤 반응을 하기 전에 내 위장이 먼저 신호를 보내왔다.

"식사를 들이라고 할게."

타나릴은 많이 아쉽다는 얼굴로 일어나 호출구로 다가갔다. 나는 그의 아름다운 뒷모습을 바라보며 그대로 소파에 널브러진 채

숨을 골랐다.

'씻어야지, 그러면 일어나야 하는데……'

몸은 아니라도 정신적으로 좀 지친 느낌이었다. 그때 주문을 끝낸 타나릴이 돌아보며 말했다.

"같이 씻을까?"

"아, 아니요!"

순간 번개같이 일어날 힘을 얻었다. 몸도 다 보이고 진한 행위를 나누긴 했지만 그건 아직 내겐 너무 높은 단계였다. 나는 소파 주위에 떨어진 옷을 재빨리 긁어모아 부리나케 침실 안으로 뛰어 들어갔다.

$\bullet\ \bullet\ \bullet$

"잠깐 실례하겠습니다, 영애. 일이 좀 생겨서요. 큰일은 아니니 걱정하실 건 없습니다, 하하. 타나릴, 잠깐만 봐."

발더가 식사를 들여오는 직원들을 새치기하듯 들어오며 소리쳤다. 원래 발더는 결혼식장을 제 취향대로 꾸미느라 여기 나타날 수가 없어야 했다. 그런 그가 리예에게 뻔한 웃음을 지으며 타나릴을 낚아채 서재로 들어갔다.

"무슨 일이야, 발더?"

"사마라 부인께서 오셨어."

발더가 거의 숨을 몰아쉬며 말했다.

"어머니께서?"

"사마라 부인만 오신 게 아니라 예그하라 공작님께서도."

발더가 이렇게 달려올 만했다.

"…가족실에 계시겠군."

"응. 기다리고 계셔."

"알았어. 가볼게."

"아니, 타나릴!"

발더가 곧장 나가려는 타나릴을 붙잡으며 말했다.

"너 말고. 네 신부를 보러 오셨어."

"아니, 혼자 다녀올게."

발더는 '혼자'를 강조하는 타나릴 때문에 속이 답답해졌다.

예정대로 발더는 방금까지 예식장을 꾸미느라 정신이 없었다. 회의실에서 예식을 한다고 해서 서류에 사인만 하는가 했다가 예식장을 꾸미라는 말에 혼비백산하긴 했지만, 예그하라의 이름으로 못 할 건 없었다.

약속한 휴일을 이렇게 다시 바쳐야 하는 건가 싶어 서운함도 잠시, 타나릴은 레타의 도움도 계산한 듯이 이틀의 휴일을 더 주기로 했다. 그게 아니어도 친우의 결혼식 준비라니 당연히 할 테지만 발더는 더 기운차게 두 팔 걷고 나섰다.

발더는 마법 공학부 일원답게 예식장 준비에 마법사들을 동원했다. 처음엔 겨우 이런 일에 부르느냐던 마법사들이 타나릴의 결혼식이라는 말에 모두 눈에 불을 켜고 먼지 하나 없이 청소부터 시작했다. 마법사들의 손길에 칙칙하고 엄숙하기만 하던 회의실은 온데간데없이 변해갔다.

가장 어려운 장식 부분은 레타의 도움이 컸다. 또 레타의 조언으로 음향 장치도 더하고 음악을 고르고 있는데 예그하라 공작이 들이닥친 것이다.

발더는 그제야 타나릴이 공작 부처에게 결혼식에 대해 통보만하고 사라졌다는 사실을 알았다. 부랴부랴 레타에게 마무리를 맡긴 발더는 호텔로 오는 예그하라 공작 부처와 간신히 동행할 수 있었다.

진짜 난리가 났다. 예그하라 부처의 진짜 목적은 타나릴이 아니었기 때문이었다. 거기에 타나릴에게 돌려서 말하는 역할도 해야 했다.

"타나릴, 네가 가는 건 맞는데, 영애와 함께 가는 게 낫지 않아?"

"아니. 어머니만 오셨다면 같이 갔을 수도 있어. 또 어머니는 혼자라면 여기까지 오시지 않으셨을 거야. 어머니께 약속했으니까."

타나릴이 잠든 리예를 두고 나가서 가장 먼저 만난 사람이 어머니, 사마라 부인이었다. 어머니께 결혼한다는 사실과 함께 임신 사실만 빼고 리예에 대해선 대략 설명했다.

사마라 부인은 그 자리에서 울었다. 타나릴은 어머니의 눈물을 닦으며 예식장에서 처음 만나게 해드리는 것에 사과와 양해를 구했다.

그 외 아버지를 포함해 누이들을 비롯한 다른 집안사람들에겐 통보만 했을 뿐이다. 그것도 예그하라 공작만 직접 만나 통보했고 나머지 사람들에겐 에르모를 시켜 통신으로 알리는 것으로 끝냈다.

예그하라 공작은 난데없는 아들의 결혼 통보에 화를 터뜨렸지만 타나릴은 참석하지 않아도 상관없다는 대답으로 대면을 끝냈다.

심지어 타나릴은 아버지보다 어머니의 단골 의상실 주인인 카미린스를 먼저 만났다. 타나릴과 예그하라 공작의 관계는 그런 식이라 발더로선 걱정이 되지 않을 수가 없었다.

"타나릴……."

"걱정하지 마. 내일은 내 결혼식인데 설마 무슨 일이라도 생길까."

바로 그 무슨 일이 생길 가능성이 크고도 높으니 발더는 걱정이 될 수밖에 없었다. 하지만 아무리 친한 친우라 해도 이 이상 참견할 수는 없었다.

서재 문을 열자 리예가 식당에서 선 채 걱정을 담고 쳐다보고 있었다. 타나릴은 성큼성큼 다가가 리예의 입술에 가볍게 입을 맞추면서 말했다.

"리예, 잠시 나갔다 올게. 내가 꼭 결정해야 할 게 있다고 하네. 혹시 늦을 수도 있으니 식기 전에 먹고 있어. 알았지?"

그 말에 안심하는 얼굴로 얌전히 대답하는 리예를 보며 발더의 입이 반쯤 벌어졌다.

요물이 따로 없었다. 그런데 어느 쪽이?

발더는 갸웃하다가 벌써 문을 열고 나가는 타나릴을 쫓아 달렸다.

예그하라 가족실에 들어간 순간부터 발더는 일촉즉발의 긴장감을 느꼈다. 타나릴이 들어오면서 곧장 문이 닫히자 예그하라 공작의 눈썹이 실룩거렸다. 거기에 타나릴의 첫마디도 퍽 불량했다.

"무슨 일로 오셨습니까, 공작님?"

서로 마주 보는 두 남자의 얼굴은 약간의 세월을 덧칠한 것 말고는 거울을 비춘 듯 닮아 있었다. 한쪽은 뜨겁고 한쪽은 차가우니 그 이상 대립하기도 어려운 성질을 지닌 것만도 힘든데, 두 부자의 고랑은 그것을 제외하더라도 깊었다.

불과 얼음의 대참사를 예감한 발더가 슬그머니 뒷걸음질을 치려는 순간 구원의 목소리가 들렸다.

"타나릴."

"…어머니."

타나릴이 다독이듯 부르는 사마라 부인에게 고개를 돌렸다. 아들과 중간에 선 사마라 부인을 보며 예그하라 공작도 표정을 풀었다. 오늘도 사마라 부인 덕분에 두 남자의 충돌이 잠시 유보되었다.

육십의 나이에도 하나도 새지 않은 검은빛이 감도는 보라색 머리카락을 곱게 올린 사마라 부인은 우아한 귀부인의 표상 같은 여인이었다. 아름답고 고귀하며 고운 성정을 지닌 그녀는 본연의 부드러움만큼이나 처연한 분위기를 뿜어내고 있었다.

반면에 런벨 예그하라 공작은 타오를 듯한 붉은 머리부터 불타는 성정을 드러내고 있었다. 다혈질적이고 호전적인 성격은 불의 마법사 전형이었으며, 나이를 속일 것 같은 외모는 공작 부인에 비할 바가 아니었다.

젊은 시절 이미 대마법사의 반열에 오른 예그하라 공작은 강한 마력만큼 노화도 빗겨나 40대로 보일 정도였다. 타고난 마력과 외모, 재력과 권력까지 갖춘 그는 자신이 가진 것을 아낌없이 쓸 줄 알았다.

안타깝게도 그가 가장 아끼지 않는 방면이 바로 여성 편력이었다. 그래서 반대급부로 본처인 사마라 부인 앞에서만큼은 다혈질적인 성정을 다스렸다.

사마라 부인 덕에 그래도 크게 터지진 않겠구나, 발더는 안도했지만 그건 너무 이른 계산이었다. 별안간 울린 고함에 발더는 떨어진 심장과 함께 주저앉을 뻔했다.

"어디서 듣도 보도 못한 아이와 결혼한다고! 그것도 당장 내일!"

"바쁘시면 참석하지 않으셔도 된다고 했습니다, 공작님."

"트레니알라 리암 예그하라!"

"제 이름은 부르지 않으셔도 알고 있습니다."

"나는 네 아비다! 어찌 감히 내게 이런 식으로 통보한다는 것이냐!"

"키워준 은혜를 말씀하시는 거라면 이미 갚은 거로 알고 있습니다만. 핏덩이가 살아남을 때까지 돌봐준 은혜도 이미 갚았지 않습니까? 지난번 안겨 드린 미개척지로 갈음한 것 아니었습니까?"

"트레니알라, 네 이놈! 네가 그러고도 후계 위를 지킬 수 있을 거라 보느냐!"

"후계 위는 제가 정당한 절차를 밟아 얻은 것입니다. 그 절차에 밀어 넣으신 분이 공작님 아니십니까?"

후계를 정한 이상 특별한 결격사유가 있지 않은 한 함부로 바꿀 수 없다. 특별한 결격사유라는 것도 유명무실한 이유였다. 그렇기에 후계를 정하기 전까지 고난과 같은 수준의 시험을 거친다.

타나릴은 특히나 엄청난 고난을 겪고 후계 위를 쟁취했다. 타나릴이 후계에서 밀려나려면 죽음과 같은 이유가 아니고선 불가능한 일이었다.

"이놈이 감히……!"

"타나릴, 런벨! 제발 그만해요. 이러려고 온 거 아니잖아요? 타나릴, 이번에는 네가 좀 참아주렴. 우린 다만 그 아이가 어떤 아이인지 보고 싶어서 온 거란다. 아, 미안하구나……."

사마라 부인이 말끝에 곧장 사과했다. 타나릴이 결혼식에서나 신부를 보여줄 수 있어서 죄송하다는 말에 모두 이해한다 하고서 이런 식으로 쳐들어왔기 때문이다.

"어머니께서 사과하실 일은 아닙니다. 하지만 공작님의 이런 반응 때문에라도 당장 보여 드릴 수는 없습니다. 죄송합니다."

"그래, 알고 있다."

사마라 부인의 고개가 푹 꺾였다. 실망한 어머니의 모습에 타나릴도 마음이 저렸지만 이 자리에 리예를 데려올 생각은 없었다. 이 결혼에 노발대발한 아버지보다 더한 강적은 바로 리예였다.

아침나절만 해도 리예를 두고 나가는 발걸음은 무거웠다. 하지만 최소한의 준비가 필요했다. 어머니껜 최대한 양해를 구했다. 그 외 아버지를 포함, 결혼 통보에 놀라는 이들의 반응을 묵살하고 최대한 서둘러 돌아왔다. 그러나 그를 기다리는 건 리예의 엉뚱한 중얼거림이었다.

'너무 좋다'고 할 때는 피식 웃음이 나왔다. 하지만 다음 순간 지금이라도 그만둘까 고민하는 목소리도 들을 수 있었다.

왜? 이제 와서 켕기는 게 있나, 정말 여태 속인 거였나 따져야 했다. 그러는 대신 그는 어떻게 하면 리예를 더 확실히 묶어둘 수 있는지부터 생각하는 저를 발견했다. 그 와중에 리예가 정말 가려고 했으면 어쨌을까 생각하면 머릿속에 확 불길이 일었다.

새벽까지 몸서리치며 쾌락에 울부짖었으면서도 마법 공증을 철저히 믿는 만큼 헤어짐도 철저히 믿고 있는 여자는 한 걸음 또 물러서 있었다. 실패를 모르는 그에게 한 번도 성공하지 못한 마법 실험을 마주하는 느낌이 들게 하는 여자였다.

리예는 여태 만난 그 어떤 이보다 알 수 없는 사람이었다. 눈앞에 있으면서도 잡히지 않으며 허술한 듯 성긴 그늘 속에 실체를 알 수 없는 큰 비밀을 숨기고 있었다. 몸은 나누면서 마음은, 미래는 절대 나누지 않았다.

그런 여자가 이 불 뿜는 용과 만난다면 얼씨구나, 도망칠 것이었다.

"내일, 시간 되면 보러 오십시오. 장소는 중앙청 행정회의실입니다."

"트레니알라!"

순간 열기가 후끈 달아올랐다. 화를 참지 못한 예그하라 공작이 기어이 마력을 뿜어낸 것이다. 다행이라면 중간에 서 있는 사마라 부인에겐 영향이 없을 정도로 섬세한 조절을 했다는 것이지만 타나릴의 뒤편이나 주변 물건까지 고려한 건 아니었다.

다행히도 참사는 벌어지지 않았다. 발더가 제 머리카락부터 감싸 쥐는 것도 잠시, 열기를 채 느끼기도 전에 냉기가 방 안 기온을 낮췄다. 타나릴의 마력은 사마라 부인이 살짝 추위를 느낄 정도였다.

"이게 무슨……"

사마라 부인은 곧장 예그하라 공작을 돌아보았다. 마력을 느끼진 못했어도 남편과 아들 사이의 공방은 알아챈 것이다.

"런벨!"

예그하라 공작이 주춤하자 사마라 부인이 상황을 정리했다.

"타나릴, 미안하구나. 초대해 줘서 고맙다. 내일, 결혼식에 꼭 가마. 네 신부를 만나게 해주련?"

"물론입니다, 어머니. 내일 뵙겠습니다."

"내일 보자, 타나릴."

사마라 부인이 예그하라 공작을 이끌고 방을 나갔다. 일촉즉발의 상황이 종료되자 발더는 주르륵 미끄러져 벽에 기댔다. 타나릴은 곧장 문을 열다 말고 그를 돌아보며 말했다.

"하루 더 줄게, 발더."

"…야호!"

생각지도 못한 보상에 발더는 금세 기운을 차렸다. 하지만 또 금세 아쉬움을 느꼈다.

"뭐야, 레타가 아끼는 이 머리카락이 다섯 가닥은 탄 것 같은데 겨우 하루야!"

그러나 흥정할 상대는 이미 가고 없었다. 그래도 황금 같은 휴가가 하루나 더 늘었다는 건 엄청난 소득이다. 발더는 이 기쁜 소식을 알리기 위해서 서둘러 달려갔다.

· · ·

타나릴이 발더와 같이 나가는 순간 내 입가에 달렸던 미소와 함께 방금까지 맹렬하던 공복도 같이 사라지고 말았다. 내게 아무 일 없다는 듯이 웃어 보이던 발더는 그 미소가 매우 어색하다는 건 모르는 모양이었다.

무슨 일이 있는 걸까. 내가 알아야 할 일이었다면 이미 말해주었을 것이다. 물어봐도 대답이 돌아올 것 같지도 않은데 괜히 궁금증을 안고 기다리고 싶지 않았다.

나는 목만 축이고는 물컵을 놓고 일어났다. 식사를 들인 후 대기하던 직원에게 타나릴이 오면 같이 먹겠다고 한 후 침실로 돌아왔다.

약간 곤한 느낌에 의자에 기대었던 난 별안간 벌떡 몸을 일으켰다. 타나릴이 곁에 없다고 느낀 순간부터 오싹함이 사라지지 않았다.

"그건 뭐였을까……?"

'감히 내 일을 방해하다니, 가만두지 않을 테다!'

목소리를 떠올리자마자 몸이 부르르 떨렸다. 그건 예견과는 달랐다. 그래서 타나릴에게 그만큼이라도 말할 수 있었다.

왜 갑자기 그런 소리가 들렸을까. 환청인가 싶지만 그럼 이 생생한 느낌을 설명할 수가 없다.

폐부로부터 긁히는 원한 가득한 목소리였다. 당장에라도 엎드려 빌며 굴복해야 할 것 같은 압박감에 숨이 막혔었다. 그리고 곧이어 보이는 황량한 벽 사이에 숨은 작은 굴과 더 안쪽으로 숨은 무언가가……

그때 몸을 감싸며 버텨준 미지의 힘이 아니었다면 나는 곧장 비행선을 돌려 토지 구매를 취소하겠다고 소리쳤을 것이다. 다 취소하고, 원래 사려던 사람에게 넘기겠다고 손을 들었을 것이다.

하지만 비명을 지르는 동시에 나를 감싸주는 힘이 더 강해지면서 압박감을 물리칠 수 있었다. 그 힘의 정체를 좀 전에야 알았다.

메릴리타에게서 직접 듣고서도 몰랐다니 참 둔하고 어리석었다.

타나릴은 마력으로 아기만 감싼 게 아니었다. 나도 그의 마력에 보호받고 있었다. 그것은 임신 초기에 곧바로 안정기에 들게 하거나 몇 번이나 까무러칠 듯한 긴 정사를 즐기고 또 계속할 수 있게 하는 정도의 효과만 있는 게 아니었다.

나는 훨씬 더 직접적인 보호를 받았던 것이다. 그가 날 감싸준 덕에 난 그 괴이한 목소리에 저항할 수 있었고, 그 동굴을 찾고 지켜야 한다는 것도 깨달을 수 있었다.

환청 직후 내 머릿속을 스친 동굴의 환영은 예견과는 다른 형태였다. 그래서 다른 이에게 말은 할 수 있었지만, 역으로 동굴이 실존하는지는 확신할 수가 없었다.

어쩌면 킬로이 영주에게 동굴을 찾아달라고 부탁한 게 괜한 헛소동일 수도 있었다. 그럼 무척 미안하겠지만 그래도 헛소동이었으면 좋겠다. 동굴을 안쪽을 잠깐 엿보며 느꼈던 그 아득한 두려움이 실체가 되는 걸 보고 싶지 않았다.

도대체 그 안에 있는 건 뭘까. 왜 내가, 왜 내게 이런 그런 걸 보여준 걸까. 그 동굴이 헤른 강과 연결되는 통로라는 것에 무슨 의미가 있는 것일까…….

해답 없는 의문은 끊임없이 이어지다가 다시 타나릴에게로 돌아갔다.

타나릴은 나, 혹은 아이를 계속 보호하고 있었다. 사실 나를 보호한다기보다는 아이를 보호한다고 생각하는 게 더 옳을 것이다.

그러면 그렇게나 보호하고 지킨 아이를 정말 쉽게 놓아줄까? 내게 양육권을 준다는 말도 의심해야 하나? 혼란스럽다. 하지만 내게 약속을 지키겠다고 하던 그를 믿고 싶었다.

"리예!"

마른세수로 얼굴을 묻고 있던 나는 이름을 부르는 소리에 고개를 들었다. 기적처럼 타나릴이 눈앞에 있었다.

"밥도 안 먹고 왜 여기 있었어? 금방 온다고 했었잖아."

"타나릴? 언제 왔어요?"

"방금. 들어오면서 몇 번이나 불렀는데 못 들었어?"

"…네."

"어디 아픈 거야?"

"아니에요. 그냥… 생각하다가."

"걱정되는 일이 있어? 내일 예식은 간소하게 치를 거라 힘든 일은 없을 거야. 혼인 선서를 한 후에 신고서에 서로 사인하고 사진 남기고 덕담 몇 마디 듣고, 그게 다야. 혹시 특별히 당신이 원하는 게 있으면 말해봐. 당신 고향에선 예식 행사로 특별히 하는 게 있어? 발더가 준비 중이니 말해둘게."

"아니에요, 예식이 다 그렇죠, 뭐. 시골에선 동네잔치 분위기라 좀 어수선하고 떠들썩하긴 한데 특별히 다를 건 없어요. 또 진짜 결혼도 아닌데, 설사 있다 해도 그런 건 안 챙……."

"리예."

타나릴의 목소리가 몹시 잠겨 있었다.

"리예, 내일 우리가 치르는 예식은 가짜가 아니야."

내가 민감한 영역을 건드린 것 같았다. 그게 아니어도 이건 원만한 결혼 생활에 그리 좋은 발언은 아니었다.

"…미안해요."

"아니야, 끝을 약속하고 하는 결혼이니 그렇게 여겨도 할 말이 없지. 사과하지 않아도 돼. 하지만 우리가 함께 사는 동안은 난… 진짜처럼 살면 좋겠어."

진짜처럼? 잠자리를 같이하고 같은 집에서 살면 진짜 같을까?

그건 아닌데. 그게 아니란 건 충분히 봤었다.

하지만 그렇게 말하는 건 싸우자는 거겠지? 타나릴이 정말 원하는 게 뭔지 잘 모르겠다. 그러나 내가 방금 한 말이 잘못한 거라는 느낌은 있었다. 나는 정답일 수 없는, 애매한 답을 해줄 수밖에 없었다.

"노력… 할게요."

"고마워."

타나릴이 키스했다. 뜨거운 키스였다. 하지만 이상하게도 난 그와의 키스에서 처음으로 서늘함을 느꼈다. 그러나 키스가 길어지면서 그 생각도 금세 지워졌다.

다시 흥분이 일기 시작할 때 타나릴이 입을 떼며 물었다.

"무슨 생각을 그렇게 골똘히 하고 있었어?"

"…동굴이요."

"……."

"그 동굴이 정말 있을까, 있다면 찾을 수 있을까, 거기 들어가면 안 될 이가 먼저 찾는다면……."

"리예!"

나는 타나릴이 부르는 소리를 듣고서야 내가 또 떨고 있었다는 것을 알았다. 타나릴이 날 끌어안은 채 내 머리 위에서 속삭였다.

"오늘 히그틀리 영주에게 다시 연락해 볼게. 그곳을 지킬 사람들을 구하면 바로 전용선으로 보낼 테니 걱정하지 마."

"타나릴······."

이 사람, 나에게 왜 이렇게 잘해주는 걸까. 이러니 정말 진짜 같잖아? 시한부 결혼에 맞춰 꽁꽁 묶어두었던 감정의 초침이 제멋대로 움직였다.

"미안해요. 그리고 정말 고마워요. 타나릴, 그 사람들 고용하는 비용은 내가 치를 수 있도록 해줘요."

"리예, 그건 그냥 고맙다고만 하면 돼."

"···네, 고마워요."

진짜처럼. 초침이 조금 더 달아나긴 했지만 그래도 더 빨라지지만 않으면 괜찮을지도 모른다. 나는 다가오는 입술에 맞춰 입술을 벌렸다.

그러나 나의 위장은 때를 맞출 줄 몰랐다. 아까보다 요란하게 울리는 뱃고동 소리에 타나릴이 피식 웃더니 날 일으켰다.

좀 늦춰지긴 했지만 식사는 꽤 즐거웠다. 음식들은 다 맛있었고 내가 양껏 먹어도 그보다 훨씬 많이 먹는 타나릴 덕에 부담 없이 먹을 수 있었다. 하지만 식사 후의 은밀함을 예고하던 타나릴은 금세 할 일이 있다며 다시 밖으로 나갔다.

그날 밤, 타나릴은 돌아오지 않았다.

타나릴이 워낙 간략히 설명해 준 터라 정말 간단하게 생각했던 나는 예식장을 보는 순간 입이 떡 벌어졌다.

일단 규모가 간단하지 않았다. 예식은 앞으로 거의 두 시간 후인데도 천 명은 들어갈 수 있을 법한 드넓은 식장에 사람들이 꽉 들어찬 것처럼 보였다.

그리고 예식장을 꾸민다던 발터는 확실히 요술을 부려놨다. 요정이 날아다니는 것부터 요술이 아니고선 설명할 길이 없다.

요정들이 입구에서부터 식장 안까지 이리저리 날며 반짝이는 별들을 쏟아내고 있었다. 또 천장 가까이 군데군데 자리 잡은 분홍색 구름 사이에서도 식장 안의 사람들에게 별을 뿌렸다.

별들은 사람들이나 바닥에 닿기 전에 부서지며 꽃을 피우고 다시 반짝이는 가루가 되어 사라졌다. 개중에 어떤 꽃은 사라지지 않고 손님의 손에 남았다. 마지막 변신을 마친 꽃은 진짜 황금으로 만든 꽃이 되었다. 예식에 참석하는 손님들에게 나눠 주는 깜짝 선물이었다.

사방 벽은 색색의 꽃들로 온통 꽃밭이었다. 그 꽃들 사이로 요정들이 숨바꼭질을 했다.

꽃이 노래를 부르고 요정이 맞춰 춤추고 재롱을 떠는 모습에 하객들의 감탄이 쏟아졌다. 가끔 공보 자료에서 사진으로나 봤던 마법 환상이 현실에서 움직이는 장면은 공상과학영화 저리가라였다.

"회의실에서 혼인 선서하고 사진 찍으면 끝난다고 했었는데……."

저런 곳을 회의실이라고 부르는 건 모독이다. 회의실이 맞긴 할 것이다. 방금 들어온 건물은 중앙청이 확실했으니까.

타나릴은 아침 일찍 돌아왔었지만 이동은 따로 하기로 했다. 내 준비를 위해서였다.

나는 카미린스의 직원 행세로 예식장 안으로 들어가기로 했다. 하지만 나와 동행한 직원도 북적이는 인파와 완전히 뒤바뀐 회의실 모습에 나를 어디로 안내해야 할지 당혹스러워하는 눈치였다. 그때 갑자기 발더가 나타나더니 내게 무언가를 안기면서 손짓했다.

"거기, 이것 좀 가지고 따라와요."

발더의 행동이 너무 자연스러워서 내가 신부임을 눈치채는 이들은 없어 보였다. 나는 발더를 따라 예식장 옆에 있는 작은 방에 들어갈 수 있었다.

"준비 잘하고 나오세요."

발더가 씩 웃으며 퇴장하는 순간 카미린스와 직원들이 득달같이 달려들었다. 이후 난 약 한 시간 남짓 옷을 입고 머리를 꾸미고 화장을 했다. 그 한 시간가량 화장을 여섯 번 바꾸고 머리 모양은 다섯 번 바꿨다. 모두 마법의 위엄이었다.

미용에 관한 진행은 카미린스가 모두 알아서 했다. 예복을 고를 때 전적이 있어서인지 카미린스는 내가 뭐든 단번에 끝낼 것을 이미 알아챘던 모양이다. 진행 중엔 아예 내게 물을 생각도 없이 몇 가지를 다 해보고는 최종 결정만 내게 물었다.

유행이나 수도의 멋을 모르는 나는 카미린스의 방식이 마음 편했다. 또 카미린스는 내 무지에 대해 일절 내색하지 않으면서도 매사에 정중해서 그녀를 내게 붙여준 타나릴에게 다시 한번 감사했다.

카미린스는 다른 건 다 선택했지만 맨 마지막 베일에 관해선 나에게 결정을 맡겼다. 베일도 레이스와 보석, 시폰, 금사와 은사, 투명과 반투명 등 종류가 너무 많아 잠깐은 곤란했지만 나는 또 어렵지 않게 골랐다.

모든 준비를 마친 후 거울을 본 나는 어제 잠깐 옷을 입어봤을 때와는 또 다른 내 모습에 잠시 멍해졌다.

"정말 아름다우세요, 신부님!"

멍하니 있는 내게 예의 어제 그 어린 여직원이 감탄사를 토해 냈다.

"흠, 흠. 정말 아름다우십니다. 오늘 신부님의 모습은 두고두고 회자될 거예요."

대표보다 먼저 소감을 앞지른 직원에게 카미린스가 살짝 눈치를 주며 내게 진심 어린 칭찬을 했다.

"고마워요, 카미린스. 고마워요, 여러분."

"저도 나중에 결혼할 때 신부님처럼 꾸미고 싶어요. 정말정말 아름다우세요."

어린 직원은 황홀하다는 표정으로 나를 보며 다시 감탄했다. 한

점 악의 없는 순수한 칭찬이라 귀여웠지만 조금 부끄러울 정도였다.

"이런 베일을 소화할 수 있는 사람은 신부님처럼 신비한 색을 가진 분이어야 해. 안목을 좀 더 높여야겠구나, 캐밀라."

어두운 남색에 가끔 붉은색이 섞인 머리카락을 신비한 색으로 둔갑해 주다니, 카미린스, 참으로 대단한 수완이 아닐 수 없다.

카미린스의 점잖은 꾸지람에도 어린 직원은 방긋 웃기만 했다. 가만 보니 두 사람은 선이 무척 닮아 있었다. 이제야 이 어린 직원이 카미린스의 딸인 걸 알아챌 수 있었다. 내 느린 눈치에 대한 부끄러움보다 두 사람의 관계가 부럽다는 생각이 먼저 들었다.

"준비 다 되었나요?"

그때 가림막 밖으로 목소리가 들렸다. 발더였다.

"네, 되었습니다."

카미린스의 손짓에 가림막이 치워지자 발더가 눈을 휘둥그렇게 뜨고 나를 쳐다보았다.

"와……!"

"…리만 경."

나는 민망해져서 그만하라는 뜻으로 그를 불렀지만 발더는 더 크게 감탄사를 뱉었다.

"와!"

"발더, 신부에게 반했다고 타나릴한테 이른다!"

그를 뒤따라 들어오는 사람을 본 순간 나와 모두가 얼른 일어나 허리를 숙였다.

"레아라니타 공주님."

레아라니타 공주는 뾰로통해하느라 발더가 나와 자신을 연신 번갈아 보며 무언가를 연상하고 있다는 걸 모르는 눈치였다.

"정말 아름다우십니다, 영애."

"감사해요, 리만 경. 앗, 방금 리만 경이 이 예식장을 꾸며주셨다는 이야기를 들었어요."

"할 일을 한 거지요. 혼자 한 게 아니라 여기 제 어여쁜 애인이 같이 꾸몄습니다. 이런 멋진 장식 같은 걸 제가 할 수 있을 리가 있나요. 음악과 요정 모두 레타의 아이디어였어요!"

깨알 같은 애인 자랑에 레타의 표정이 조금 풀어지는 찰나 나는 그녀에게 다시 인사했다.

"공주님의 손을 빌리다니 영광입니다. 감사합니다."

"그리 인사치레 할 것 없어요. 타나릴의 결혼식이라서 조금 도운 것뿐이에요."

레타 공주가 새침하게 말하며 나를 빤히 쳐다보았다. 매우 노골적이긴 했지만 불편한 눈길은 아니었다. 잘은 모르지만 내가 어떤 사람인지 가늠해 보는 것이 타나릴을 염려하는 것처럼 보였다.

발더가 아니었다면 이 화려하고 아름다운 공주가 타나릴과 특별한 관계라 여겼을지도 몰랐다. 그게 아니라는 것에 내심 안심하는 건 마법의 주문 때문이었다.

'진짜처럼.'

속으로 몇 번이나 고개를 젓는지 모르겠다.

"그래도 공주님의 수고로움에는 정말 감사드립니다. 제게는 길이 기억할 영광입니다."

"별로 영광스럽지 않은 공주에게 자꾸 영광이라는 말은 하지 말고 그냥 고맙다고만 하면 돼요."

레아라니타 공주의 말은 뭔가 뾰족했지만 나를 향한 건 아니었다. 그에 발더가 안달 난 사람처럼 서둘러 수습했다.

"레타! 하하, 이제 그만 나가보시죠. 이 앞에서 신랑이 눈이 빠지게 기다리고 있습니다."

"감사합니다, 리만 경. 공주님."

"그래요, 발더가 이렇게 안달할 만큼 타나릴이 기다리고 있긴 해요. 자, 나가볼까요?"

레아라니타 공주가 여왕 같은 면모를 보이며 발걸음을 옮기자 신부의 모습을 보기 위해 밖에서 기웃대던 사람들이 모두 길을 열었다.

레타가 걸음을 멈춘 곳에 타나릴이 서 있었다. 타나릴은 나와 완벽히 대조된 검은색 예복으로 갈아입고 있었다. 순간 그날 바에서 봤던 그 모습이 연상되면서 가슴이 떨렸다.

"멋있다……."

나도 모르게 소리 내어 속삭였던 모양이다. 대답처럼 칭찬이 돌아왔다.

"…당신도 예뻐, 리예."

타나릴이 손을 내밀었다. 그의 그을린 손에 나는 레이스로 싸인 손을 얹었다.

"가지."

"신랑, 신부 입장합니다, 모두 박수로 맞아주십시오."

발더의 말이 식장 안으로 왕왕 울렸다. 신랑 신부의 등장에 웅성거리던 소란이 거짓말처럼 가라앉더니 곧 박수가 터져 나왔다. 나와 타나릴은 천장에서부터 흩어지듯 내리는 반짝이는 꽃비를 맞으며 혼인 선언을 위한 무대로 천천히 발을 옮겼다.

• • •

하객들의 면면을 살펴보면 다들 으리으리했다. 이름만 대면 알 만한 정계와 상계의 내로라하는 인사들은 물론 개인 자격으로 온 레타 공주 외에 황실 인사까지 참석해 자리를 빛냈다.

무대의 신랑 신부가 가장 잘 보이는 자리엔 당연히 예그하라 부처가 앉아 있었다. 오늘이 결혼식인지 장례식인지 모를 얼굴로 앉아 있는 예그하라 공작의 뒤로는 공작의 동생이자 타나릴의 숙부, 고모들, 타나릴의 여형제들이 있었고, 그 뒤로는 예그하라 일원만

백여 명이 넘게 자리를 차지하고 있었다.

그러나 결정적으로 신부의 가족이나 지인들은 찾아볼 수 없었다. 신부에 대해 전혀 알려지지 않은 데다 예그하라 후계의 급작스러운 결혼이라 이 결혼의 내막에 대해 수군거리는 이들이 많았다.

그럼에도 결혼식 하루 전날, 그것도 오면 오고 말면 말라는 식의 통보가 끝이었는데도 이렇게나 많은 이들이 모인 것이다. 아마도 제한된 공간이 아니었다면 이 회의실 정도로는 감당할 수 없는 이들이 모였을 것이다.

"신랑, 신부 입장합니다, 모두 박수로 맞아주십시오."

신랑 신부의 등장에 하객들의 시선이 모였다. 평소에도 카리스마와 우월한 권위를 뽐내는 타나릴이 새까만 정장을 하고 나타나자 그 멋진 모습에 여자들은 노소 관계없이 감탄사를 토해냈다. 그러면서도 다들 신부에게서 눈을 떼지 못했다.

신부는 아름답긴 했지만 착시 현상을 일으키는 베일에 가려 구분하기가 어려웠고 아무도 신부에 대해 하는 안다는 이가 없었기에 궁금증은 자연 더욱 커지고 있었다.

'신랑 표정이 왜 저래?'

발더는 딱딱하게 굳은 타나릴을 보면서 제가 다 민망해졌다. 굳어 보이긴 마찬가지인 예그하라 공작 이상이라 당장에라도 무슨 일이 생기지 않을까 걱정스러울 정도였다.

하객들도 그렇지만 당장 신부가 저런 신랑과 신랑의 아버지를 보면 어쩌나 싶었다.

앞만 보고 가는 신부의 얼굴은 찰랑찰랑한 은사 베일에 가려 표정이 보이지 않았다. 발처럼 찰랑거리는 투명한 베일은 안이 다 들여다보일 듯했지만 반짝이는 은사가 신비한 빛을 발하며 신부의 얼굴을 가려주고 있었다.

"내 아름다운 레타도 저런 베일을 쓰고 같이 걸으면 좋겠다."

발더가 참았던 소망을 중얼거렸다.

소박하고 단아한 줄만 알았던 리예가 화려하게 변신한 모습은 깜짝 놀랄 만큼 아름다웠다. 아름다운 신부를 보고 감탄하면서 발더는 그 자리에 선 레타의 모습을 상상했다.

저런 베일을 쓰고 자신과 함께 무대 위를 걷는 레타를 상상하니 행복감이 용솟음쳤다. 그러나 행여나 제 말을 레타가 들었을까 싶은 발더는 조심스레 입을 막고는 신랑 신부에게 집중했다.

신랑 신부가 무대 가운데에 서서 좌중을 향해 고개를 숙이자 다시 한번 커다란 환성과 박수가 울렸다. 발더는 음성 증폭 장치에 대고 말했다.

"혼인 선언문이 있겠습니다."

발더의 선언에 몇몇 하객들이 깜짝 놀라며 예그하라 공작이 앉은 쪽을 돌아보았다. 본래 앞서 있어야 할 가족 간의 인사와 소개가 생략되었기 때문이었다. 하지만 워낙 살벌해 보이는 예그하라 공작을 계속 훔쳐보지는 못하고 곧 이어지는 선언문에 귀를 기울였다.

"나, 트레니알라 리암 예그하라는 주신과 하객 여러분을 증인으로 마그리예 힐 사우스를 아내로 맞을 것을 천명합니다."

'마그리예 힐 사우스?'

'알아봐!'

'마그리예 힐 사우스라 했어, 맞지?'

드디어 밝혀진 신부의 이름에 사람들이 소곤거리는 사이로 신부의 선언도 이어졌다.

"나, 마그리예……."

그러나 그 순간 갑자기 음성 증폭 장치가 뚝 끊겼다. 그래도 신부는 도중에 말을 끊지 않았는지 음성 증폭 장치가 다시 연결된 순간 마지막 '천명합니다', 라는 말만 선명하게 울렸다. 신부의 선언이 그렇게 끝났다.

좋은 징조는 아니라며 속삭이는 이들의 모습이 군데군데 눈에 띄었지만 발더는 아무 일도 없었다는 듯 급속히 다음 순서를 진행했다.

"다음으로는 일단 쓰고 나면 절대 지울 수 없는 혼인 신고서에 묶이는 절차를 진행하겠습니다."

장난스러운 발더의 발언에 곳곳에서 웃음이 터져 나왔다. 결혼식에서 흔히 있을 수 있는 풍경이지만 냉기 마법사 타나릴의 결혼식에서도 이런 장난을 볼 수 있게 된 건 오로지 발더만의 능력이었다.

발더의 말이 끝나자마자 대기하던 중앙청 직원이 서류를 가지고 무대에 올랐다. 중앙청 행정부 소속의 정복을 입은 늙수그레한 직원은 신랑 신부의 사인을 받고 타나릴과 악수를 하고 물러났다.

초스피드로 진행되는 예식이지만 결혼식의 꽃은 바로 덕담을 듣는 과정이었다. 이 과정을 거쳐야 보편적인 결혼식을 치렀다고 할 수 있다.

타나릴이 중앙청 회의실에서 혼인 신고를 한다고 했을 때 발더는 막연히 삭막한 결혼식을 상상했었지만, 예그하라치고 규모가 좀 작을 뿐 일반적인 결혼식과 다를 바 없었다.

"이제 신랑 신부를 축복해 주십시오!"

발더의 선언에 맞춰 천장을 장식한 구름에서 작은 폭발과 함께 다시 꽃비가 떨어져 내렸다. 우아하고 정적인 면을 중시하는 귀족들도 이 순간만큼은 크게 환호하며 큰 박수와 함께 축하의 인사를 건넸다.

"축하해요, 잘 사세요!"

"축하드립니다, 예그하라 후작님!"

"아름다운 신부를 얻은 걸 축하드립니다!"

"트레니알라, 축하한다."

"축하해요, 신부님!"

대부분 타나릴에게, 간간이 리예에게도 축하의 인사가 쏟아졌다. 마지막으로 신랑 신부가 예그하라 공작 부처의 앞에 섰다.

긴장한 듯 보이는 신부가 먼저 깊게 허리를 숙여 인사했다. 신부와 시부모의 대면에 하객들의 흥미진진한 시선이 쏟아졌지만 예그하라 공작의 말에 실망하고 말았다.

"직원에게 자리를 마련하라 했으니 거기 가서 보지."

예그하라 공작이 먼저 돌아서며 그의 부인과 딸들도 따르는 걸 보며 누군가 중얼거렸다.

"덕담을 뭐 저렇게 비밀스럽게 해?"

"덕담하려는 게 아닌가 보지."

사방에서 들리는 수군거림에 발더가 재빨리 증폭기에 대고 말했다.

"이로써 결혼식을 마칩니다. 신랑 신부는 소감 한 말씀 해주세요!"

"감사합니다!"

증폭기를 빌리지 않고도 타나릴의 말은 똑똑히 울렸다.

신부는 말로 하는 인사 대신 처음처럼 곱게 허리를 숙여 인사했다. 그러자 타나릴이 신부와 맞춰 같이 허리를 숙였다.

하객들의 박수가 터져 나왔다.

"축하합니다!"

"축하해요!"

"잘 살아야 해!"

다시 들리는 덕담은 처음보다 더 진솔하게 느껴졌다. 사람들의 축하 인사를 받으며 신랑 신부가 퇴장했다. 그들이 가는 방향을 보며 발더가 걱정스레 중얼거렸다.

"이제 곧 불과 얼음이 부딪치겠네. 새신부가 화상을 입지 말아야 할 텐데……."

• • •

"처음 뵙겠습니다, 마그리예 사우, 마그리예 예그하라라고 합니다."

예그하라 공작 부처는 딸들과 함께 바로 옆방에서 우리를 기다리고 있었다. 나는 하객들에게 인사할 때보다 더 긴장된 상태로 타나릴의 부모님께 인사했다.

예그하라 공작은 잡지나 공보물에서 본 것 이상으로 훨씬 건장하고 권위가 넘쳐 보였다. 타나릴이 조금 나이가 들면 딱 그러할 것처럼 닮기도 무척 닮았다. 하지만 저 매서운 눈매만큼은 무척이나 위협적이고 무서워 보여서 타나릴과는 달랐다.

"누가 예그하라라더냐! 나는 너 같은 거 인정할 수 없다!"

과연 예그하라 공작은 버럭, 벽력같은 고함을 질렀다. 덕분에 나는 가슴이 벌렁거렸지만 솔직히 그리 놀라진 않았다. 아마 예상하던 반응이라서 그런 것 같다.

아무리 예상했더라도 불을 뿜는 대마법사의 격렬한 분노와 마주치는 건 간담이 서늘해지는 일이었다. 타나릴은 냉기를 뿜어내지만 예그하라 공작은 말 그대로 불을 뿜는 마법사다. 행여나 내가 그 불길에 재가 될 수도 있었다.

그럼 예그하라라는 말은 빼고 인사해야 하나, 내가 잠깐 고민하고 있는데 타나릴이 나를 등 뒤로 감추며 말했다.

"아버지의 인정, 필요 없습니다."

"뭐야!"

"오시지 않아도 된다고 하지 않았습니까. 인정하지도 않으실 거면서 왜 오신 겁니까."

"트레니알라, 네 이놈!"

당장에라도 무슨 일이 벌어질 듯 극적인 분위기가 조성되었지만 주위 사람들이 그리 놀라지 않는 걸 보니 자주 있는 일인 듯했다. 혼전 계약서를 작성하며 타나릴이 말해준 것으로 가족 간의 관계를 대충 짐작은 했는데 지금 보니 뭐든 내 짐작 이상일 것 같았다.

"타나릴, 여보, 제발 진정하세요."

사마라 부인이 부자 사이에 끼어들며 말했다. 그러자 불과 얼음이 터질 것 같은 기세가 동시에 누그러졌다. 그런 후 부인의 시선이 나를 향한 건 알았지만 나는 차마 얼굴을 들지는 못하고 침만 꼴깍 삼켰다.

"마그리예, 마그리예라고 불러도 되죠? 우리 아들이 신부를 한 번도 보여주지 않고 바로 결혼한다니 아이가 놀라서 그런 거예요. 환영해요, 마그리예. 나는 사마라 예그하라라고 해요."

"마, 마그리예… 리예라고 불러주세요. 환영해 주셔서 감사합니다."

여기서 성이나 어머니 같은 호칭을 붙이는 건 다시 불을 붙이는 것일 테다. 사마라 부인은 조금 긴장하고 있는 나에게 나보다 더 긴장한 목소리로 말했다.

"저, 부탁 하나만 해도 되나요?"

부탁이라니, 아마도 이게 진짜일 것이다. 부드럽고 우아한 '네 이년, 감히!' 차례인가? 나는 막장 드라마의 식상한 한 장면을 떠올리며 마음의 준비를 하고 답했다.

"네."

"내가… 손을 잡아도 돼요?"

어… 나는 잠시 내가 제대로 들었는지 의심했다. 눈물을 가득 담고 애타는 얼굴로 청한 그 내용이 겨우 내 손을 잡는 것일 리가.

내가 너무 오래 망연히 있었던 모양이다. 그런 내가 감히 사마라 부인의 청을 거절한 거로 보였는지 공작의 사나운 헛기침이 내 정신을 깨웠다. 덕분에 나는 조금 늦긴 했지만 질문에 대답할 수 있었다.

"…네."

내가 살짝 손을 들자 사마라 부인이 행여나 놓칠세라 내 손을 꼭 잡았다.

'아, 이분은 내가 진짜인 줄 아시나 보다.'

순간 레이스 장갑 위로 전해지는 따스함에 가슴이 조였다. 죄책감과 온기가 한데 어우러져 어디 시선을 둘 수가 없었다.

"정말 고와요, 고와. 우리 아들이 어디서 이런 예쁜 신부를 데려왔을까……."

"감, 감사합니다, 공작 부인."

순간 사마라 부인이 흠칫하더니 눈물이 그렁그렁 맺혔다. 내가 어쩔 줄 모른 채 돌아보자 타나릴이 입 모양으로 '공작 부인'이라고 했다.

그렇다고 '어머니'라는 말은 나오지 않았다. 내가 망설이고만 있는데 예그하라 공작이 다시 소리쳤다.

"내가 인정하지 않는 한, 네가 공작 부인이 되는 일은 없을 것이다, 그리 알아라!"

당신을 부를 때 더욱 확실히 하라는 말이렷다. 나는 넙죽 답했다.

"네, 공작님."

이쪽은 차라리 쉽다. 내가 마음의 준비를 한 건 이쪽이었지, 내 손에 남아 있는 화인 같은 온기 쪽은 대비한 적이 없었다. 그런데 이분도 눈을 움찔거리는 기세가 왠지 좀 전보다 성이 나 보였다. 움찔움찔 눈썹을 떨던 공작님이 이를 지그시 깨문 것 같은 표정으로 말했다.

"…함부로 예그하라 일원이라고 떠들고 다니지 마라. 감히 내 이름을 빌려 뭐든 도모하려 한다면 절대 용서하지 않을 것이다."

절대 그럴 생각이 없다고 대답하면 되는 걸까? 나는 슬그머니 타나릴의 얼굴을 커닝했는데 의외로 재미있다는 표정을 하고 있었다. 뭐가 됐든 더 도발하는 건 좋은 생각이 아는 듯했다.

"네, 공작님."

왠지 공작의 턱이 더 떨리는 것처럼 보이는 건 착각일 것이다. 과연 예그하라 공작의 살벌한 경고가 이어졌다.

"어디까지 버티나 두고 보도록 하겠다!"

'딱 2년이에요.'

나는 속으로만 답했다.

예그하라 공작은 그대로 뒤돌아 가버리셨다. 그러자 당황한 사마라 부인이 다음에 만나자는 말을 남기고 곧 그를 따라 나갔다.

이제 눈꼬리를 세운 채 나를 눈으로 할퀴고 있는 세 명의 여자들이 남아 있었다. 타나릴이 그녀들을 차례로 훑으며 말했다.

"제일 왼쪽 키가 크고 뾰족하게 생긴 빨간 머리가 1번 카리자엘, 가운데 통통한 갈색 머리가 2번 할랜디어스, 저 칙칙한 노란 머리가 3번 앨리스. 그리고 여기 없는 4번은 르완이라고 하는데 걔는 볼 때마다 머리 색이 달라져서 특징이 없어. 다음에 볼 기회가 있으면 말해줄게. 이 정도만 알아두면 돼. 나머지는 약속대로."

약속이란 오늘 한 번만 만나고 다시는 그들과 만나지 않아도 된다는 말이었다. 그 약속에 정말 감사했다. 화를 뿜어내던 예그하라 공작보다 곁눈질로 야릇하게 쳐다보는 이 세 여인의 눈빛이 더욱 부담스러웠다.

이 또한 지나가리라.

"처음 뵙겠습니다, 마그리예라고 합니다."

내 인사는 예그하라 공작의 경고를 따른 거나 마찬가지였다. 그러나 내가 무슨 말을 어떻게 하든 이들에게는 잘못이었을 것이다.

"제 소개도 똑바로 못 하는 걸 보니 인사도 제대로 할 줄 모르네."

"제 주제를 아니 예그하라라는 이름을 입에 올리지 못하는 거지. 아버지가 좀 화가 나셨어?"

"그러게, 언니. 이름 한 번 들어본 적 없는 여자가 어디 감히 예그하라 집안에 들어올 생각을 다 했대?"

차례대로 1번, 2번, 3번이었다. 나는 문득 타나릴의 소개가 퍽 어울린다고 생각했다. 그리고 이쪽도 쉽다. 고마운 사람들이다. 그러나 타나릴이 바란 것이 그중 가장 어려운 사마라 부인을 만나는 거라는 사실에 나는 좌절했다.

처음엔 조건이었던 사마라 부인과의 만남은 의무 사항은 아니다. 그런데 사마라 부인은 전혀 예상할 수 없었던 부류라 앞이 아득했다. 우아하고 아름다운 귀부인인 것은 맞으나 나를 환대하는 각별한 분위기와 그 부드러움은 어떻게 상대해야 할지 감이 잡히지 않았다.

그런 부인을 아예 피하자고 생각하니 속이 따끔거렸다. 애초에 정을 들이지 않는 게 나을 텐데…….

"그만! 이런 사람들이야. 그러니 신경 쓸 일 없어. 이제 우리 나가 볼까?"

세 사람에게 미안하지만 난 신경 쓴 적이 없었다. 내가 사마라 부인 때문에 딴생각을 하는 동안 세 여인의 입에서 갖은 말들이 더 쏟아진 듯한데 하나도 듣지 못했다.

이 살벌한 누님들이 진짜 시누이가 아니어서 참 다행이다. 진짜였다면 한마디, 한마디 마음이 쓰이고도 남아 벌써부터 속이 쓰렸을 것이다.

"무슨 짓이야, 트레니알라!"

"너무 무례하지 않니, 트레니알라?"

"그러게."

그러나 정해진 것처럼 또 순서대로 타박하던 자매들은 타나릴이 한 번 훑어보는 것만으로 입을 다물었다. 누이 셋 모두 타나릴의 손위인데도 누가 우위에 있는지 확실해지는 장면이었다.

하긴, 타나릴이 그런 식으로 소개하는데도 입만 벙긋하고 아무 말도 못 할 때부터 알아보기는 했다. 타나릴은 내 손을 잡고 그들에게 작별 인사도 없이 돌아섰다. 그걸로 임시 시누이들과도 무사히 헤어질 수 있었다.

그 짧은 시간 동안 하객들은 썰물처럼 빠져나가고 없었다. 혹시라도 방에서 나오면 사람들이 잔뜩 대기하고 있는 게 아닌가 싶어 걱정했던 게 무색할 지경이었다.

우리가 방에서 나온 순간 예식장은 그새 회의실로 돌아가고 있었다. 천장을 채우고 있던 구름도 사라졌고 숨바꼭질하던 요정들도 더는 보이지 않았다.

회의실 안을 슬쩍 들여다보니 한 무리의 사람들이 장식을 치우고 원래 있던 집기를 들여오며 정리가 한창이었다. 예식장에 뿌렸던 꽃비는 마법 효과였던지라 흔적도 남지 않은 듯했는데 청소하는 이들의 면면이 놀라웠다.

저마다 손에서 무언가 펑펑 날려대고 의자들이 공중에 붕붕 떠다니는 걸 보면 그들 모두 마법사인 듯했다. 무려 마법사들이 청소와 정리를 하는 광경을 보다니 이건 이것대로 대단한 광경인 듯싶었다.

앞을 막는 이들이 없는 덕분에 나와 타나릴이 식장을 벗어나는 건 간단했다.

막 마차를 타기 직전 발더가 달려오더니 내 눈치를 슬쩍 보며 말했다.

"히그틀리 영주로부터 연락이 왔어. 동굴을 찾았대……!"

· · ·

발더는 예식 내내 타나릴이 굳어 있어서 걱정했지만 그건 우스개처럼 말했던 절대 지워지지 않는 혼인 신고서에 묶여서는 아니었다. 아니, 오히려 타나릴은 그 순간을 애타게 기다렸다.

리예가 나풀거리는 하얀 옷과 베일을 쓰고 저에게 걸어오는 순간 타나릴은 그대로 그녀를 데리고 뛰쳐나가고 싶었다.

'진짜가 아니다', 라는 말로 뒤집힌 속 때문에 하룻밤 건너뛰느라 채우지 못했던 욕망이 널을 뛰며 날뛰었다. 하늘하늘 나풀거리는 신부의 옷이 날개로 변해 날아갈 것 같은 망상에 한시라도 빨리 리예를 제 안에 가두고 싶어졌다.

이미 인정한 사실이지만 미친 게 틀림없었다. 조금만 끈을 놓아 버리면 충동대로 일을 저지를지도 몰랐다. 생각을 다른 곳으로 보내자니 표정은 점점 굳어만 갔다.

결혼식 도중 음성 증폭 장치가 끊긴 것은 사고가 아닐 것이다. 결혼식을 망치려고 수작을 부린 것치고는 아주 귀여운 수준이었다. 하지만 그사이에 리예가 한 선언은 확실히 의미가 있었다.

리예에겐 그녀의 가문이 복권한 이름을 알려줬는데도 그녀는 고집스럽게도 '힐'을 생략한 채 '마그리예 사우스'라고만 말했다. 그 것이 너와 나의 차이라는 듯 리예는 또 자연스럽게 선을 긋고 있었다.

리예는 그들이 함께할 수 없는 이유로 신분 차이를 가장 크게 드는 것 같았지만 진짜 더 중요한 이유는 그게 아닐 것이다.

리예가 처음 말한 대로 정말 '사랑'을 원하는 것이라면 그걸 흉내 낼 수도 있었다. 지금도 가끔 발더가 귀신을 보듯 쳐다보는 걸 보면 저가 꽤 훌륭한 신사 노릇을 하고 있다고 자부할 수 있었다.

그러나 리예는 근원적으로 이 결혼이 이어질 거라고 믿지 않고 있었다. 그러니 천연덕스럽게 그에게 다른 여자와의 결혼을 언급하기도 할 수 있었겠지.

속이 뒤집히지 않을 수가 없었다. 그런데 그 한결같이 고집스러운 성정엔 순기능도 있었다.

걱정하던 가족과의 대면의 순간, 타나릴은 미소를 참아야 했다. 제 속을 뒤집는 데 능통한 리예는 불의 예그하라 공작을 뒤집는 것도 간단히 해냈다.

가장 큰 무기였던 '공작 부인' 자리를 리예는 새털처럼 가볍게 무시해 버렸고, 쫓아낼 거라는 위협에도 냉큼 고개를 숙였다. 너무나 순종적이었으나 한 점 미련도 보이지 않았으니 리예는 오히려 틈이 없는 여자가 되고 만 것이다.

욕심 많은 누이들을 누르는 건 간단했지만 새로운 공략 대상을 발견한 그들의 눈에 든 탐욕은 꽤 위험했다. '아버님' 같은 말을 했다간 펄펄 뛸 듯 위협했으면서도 정작 '공작님'에 더욱 화가 났음을 내색하지 못하던 아버지보다 누이들을 경계해야 할 것이다. 물론 그들에게 틈을 만들 만큼 그는 느슨한 사람이 아니었다.

마차에 타는 순간부터 리예는 말이 없었다. 정확히는 발더의 말을 듣고부터 충격을 가라앉히려고 홀로 애쓰고 있었다.

리예는 결혼한 직후인 이 순간도 이렇게 그를 완벽히 분리해 내고 있었다. 그리고 타나릴은 멀쩡히 남편이란 작자를 두고 홀로 애쓰는 그녀를 그냥 두고 볼 생각이 없었다.

"리예."

"……."

"리예?"

"네?"

리예가 놀라며 고개를 돌리는 순간 그녀를 잡아당겨 안았다. 순순히 안겨오는 나긋나긋한 몸짓에 타나릴은 짐승 같은 욕망을 밀치며 말했다.

"아까 발더에게 하는 말 들었잖아. 그곳을 지킬 용병과 관리인을 함께 보낼 테니 걱정하지 않아도 돼."

"동굴이 정말… 있었네요."

"당신이 있다고 했잖아."

"그게 문제라고요! 나, 이상하지 않아요? …솔직히 말해서 땅을 사러 갈 때만 해도 히그틀리가 어디 있는 줄도 몰랐어요. 그런데 동굴 같은 게 숨어 있다는 걸 어떻게 알겠어요. 그 안에 또 뭐가 있다고. 정말 이상하지요?"

"이상해. 그런데 그게 뭐 어때서. 사람들은 나보고 마왕이라고 하던데. 좀 이상한 게 포악한 것보다는 낫지 않나?"

"네?"

"신경 쓰지 않아도 된다는 얘기야."

"어떻게 신경이 안 쓰여요? 내가 나도 모르는 얘기를 막 하는데."

"마녀들은 남들이 꼭꼭 숨기는 비밀까지 알아내곤 하잖아. 그게 뭐 대수야."

"…그럼 내가 마녀일까요?"

"글쎄, 마녀는 주술을 쓴다는 정도만 알아서. 그보다 마녀들은 자신이 마녀라는 걸 본능처럼 안다고 들었어. 당신은 어때?"

"…모르겠어요."

리예는 고개를 저으며 흠칫 물러났다. 아니, 물러나려 했지만 타나릴이 놓아주지 않았다. 타나릴이 그녀의 머리를 제 어깨에 묻으며 말했다.

"당신이 마녀일까 봐 걱정돼?"

"그리 걱정하는 건 아니에요. 마녀에 대해 거부감을 가진 적은 없거든요. 마녀에 관한 대우도 점점 나아질 거고요. 아무튼 마녀는 보통 혈통에 따르는 거라 그런 가능성은 별로 없어요. 외가엔 전혀 이력이 없고, 할아버지는 마녀와 결혼하셨었지만 헤어진 후 다시 결혼해서 아버지를 낳으셨대요. 차라리 내가 마녀라면 좋을 텐데……."

"당신에게 특별한 힘이 없으면 어때? 만일 비행선에서처럼 그런 일이 생겼을 때면 그때처럼 나한테만 얘기하면 돼. 혹시라도 내가 옆에 없을 때 꼭 말해야 할 상대가 필요하면 발더에게 말하고. 발더가 보기엔 좀 푼수 같고 가벼워 보여도 꽤 깔끔한 친구거든."

"…고마워요. 그럴게요."

"하지만 아직 불안한 거지?"

"……."

"우리, 확인하러 갈까?"

"네?"

"동굴을 보러 가자고. 안에 뭐가 있는지 확인하러 가보자. 그래야 안심이 될 것 같은데?"

"타나릴, 내일부터 출근해야 하는 것 아닌가요?"

"내일부터 출근이라니, 왜 그런 생각을 한 거야? 당연히 신혼여행부터 가야지. 여행지를 딱히 정한 건 아니니 히그틀리도 괜찮을 것 같아. 별장도 지어야 하니 이참에 원하는 곳도 골라보고."

"그래도 돼요? 히그틀리에 다녀온 것만 해도 벌써 며칠이나 휴일을 썼을 텐데……."

"2년쯤 쉬어도 될 만큼 휴일이 쌓여 있으니 괜찮아. 혹시 백수 남편은 싫어서 그런 거야?"

"아, 아니요! 그래도 되나 싶어서……."

"괜찮아. 발더에게 전용선을 수배하라고 말해둘게. 아니지, 발더가 따라붙으려 하면 골치니까 따로 수배해 봐야겠네. 내일 바로 가도록 하지, 어때?"

"고마워요, 고마워요, 타나릴!"

"정말 고마워?"

"네? …네."

"고마움에 당신이 확실히 보답할 길이 있어."

"네?"

반문하던 리예의 얼굴이 한순간에 붉어졌다. 그가 바라는 보답이 무엇인지 무릎 위로 생생히 전해졌던 것이다.

하지만 그 짓궂음에 더 당황하게 된 건 타나릴이었다. 리예가 가만히 고개를 끄덕였기 때문이었다.

• • •

"도착했어."

타나릴이 마차에서 내리며 나를 손짓했다. 마차가 선 곳은 호텔 아흐리다가 아니었다.

"여긴 어디예요?"

"우리가 살 곳."

한 박자 늦게 혼전 계약서 내용이 떠올랐다.

맞다, 타나릴이 내게 집을 준다고 했었다. 막연히 타나릴의 수준을 생각해 일르뉴의 집보다는 크겠지, 상상은 했었다. 그러나 단순히 크다는 말은 이 아름다운 집을 모독하는 표현이었다.

눈앞에 그림에서 막 빠져나온 듯한 집이 있었다.

담쟁이 넝쿨이 고풍스럽게 타고 올라간 벽면은 3층으로 쭉 뻗어 있었고, 전체적으로 우아한 아치를 그리는 서까래는 하나하나가 아름다운 조각 장식 같았다. 흑백의 세련된 창틀에 푸른 바다빛 유리창이 햇볕을 반사해서 보석처럼 반짝반짝 빛나 보였다.

잘 모르긴 해도 건물 통째로 끼워져 있는 저 유리창은 일르뉴 영주가 자신의 집무실 창 단 한 개를 바꾸고는 애지중지하던 그것처럼 보였다.

그것은 마석을 갈아 넣고 방열, 방풍, 냉방 등의 마법을 새겨 넣은 창이라고 했었다. 그런 창 하나만 해도 내 1년 치 월급은 쉽게 넘는다고 들었는데…….

내심 든든하게 생각하고 있는 내 계좌의 돈으로 이런 집을 살 수 있을까? …아마 저 유리창 값은 치를 수 있을지도 모른다.

"마음에 들어?"

"네?"

"집이 마음에 드느냐고. 새로 집을 구하고 꾸미기엔 시간이 부족할 듯해서 그냥 내 집으로 왔어. 번화가와는 적당히 떨어져 있고 공작가와는 정반대 방향이기도 하고. 내가 거의 들르지는 않지만 청소는 잘해놓고 있으니 바로 들어가도 무리 없을 거야."

"예쁜 집이에요. 아름다워요."

그럼 그렇지. 여긴 원래 타나릴의 집이었구나. 설마 내게 준다는 집이 이 집일 리가 없다. 하지만 내 착각을 수정하기도 전에 타나릴이 말했다.

"다행이네. 당신 집이니까 당신 마음에 들어야지."

"네?"

"집이랑 병원. 혹시 이 집이 마음에 들지 않으면 다른 집을 구해도 돼. 아니면 원하는 부지부터 골라서 새로 지어도 괜찮……."

"아니요, 여기, 정말 마음에 들어요!"

"우선 들어가 보지. 제일 먼저 침실부터 가볼까?"

전혀 은근하지 않은 초대에 발칙하게도 내 심장은 기대감으로 두근거렸다. 나는 슬쩍 고개를 끄덕였다. 웬만하면 질겁하는 시늉이라도 해야 할지 모르지만 아깝게 그런 내숭을 떨 생각은 전혀 없었다.

하지만 이런 큰 집엔 당연히 단둘이 사는 게 아니라는 걸 알아야 했다. 우리가 건물 전면 계단에 막 오르기 시작할 때 현관문이 열리더니 누군가 밖으로 나오며 외쳤다.

"어서 오세요, 후작님."

"제린다!"

"어서 오세요, 후작 부인. 저는 제린다 하리라고 합니다. 후작 부인께서 직접 사람을 고용하실 때까지 잠시 도와드리러 왔습니다."

"…네, 만나서 반가워요."

한 올 흐트러짐 없이 갈색 반백 머리를 올려 묶은 제린다 하리는 매우 엄격한 사람으로 보였다. 왠지 군인이나 사감 선생에 어울릴 것 같은 겉모습만으로도 유능함이 느껴졌다. 동시에 그런 그녀의 모습이 묻어두었던 내 과거의 한 페이지를 열어버렸다.

'정신 차리지 못해? 넌 버려진 거야!'

기숙사에서 처음 날 맞았던 사감 선생의 목소리였다. 그건 방금 타나릴에게 두근거리며 고개를 끄덕인 나를 비웃으며 조롱했다. 또 그렇게 되고 싶지 않으면 지금이라도 돌아서라 종용했다.

'아니야! 난 끝을 알아. 끝을 아니까 이 순간을 즐기려는 것뿐이야!'

다행스럽게도 나를 집어삼키려는 내 안의 갈등은 겉으론 드러나지 않은 듯했다. 과거의 한 페이지를 연 만큼 훈련된 과거의 습성도 같이 열었으니까. 덕분에 내 기분을 귀신같이 알아채는 타나릴이 지금만큼은 전혀 눈치채지 못하는 것 같았다.

타나릴은 응접실 소파에 날 앉히고서 제린다에게 물었다.

"어머니께서 직접 보내신 거야?"

"네, 후작님."

"고마워, 제린다. 어머니께도 인사드려야겠군. 식사는?"

"준비하고 있었습니다. 후작 부인께서는 혹시 가리는 음식이 있으신지요?"

"…호밀빵을 못 먹어요. 그것 말고는 없어요."

"오늘 준비한 것 중 호밀빵은 없습니다. 앞으로도 차질 없이 준비하도록 부엌에 일러두겠습니다."

"고마워요, 하리 부인."

"제린다라고 불러주시면 됩니다."

"네, 제린다."

"식사 준비는 서두르지 않아도 돼. 침실에서 좀 쉬다가 먹을 거니까."

"네, 천천히 준비하겠습니다. 침실도 준비되었습니다. 모시겠습니다."

"아니, 침실이 바뀐 건 아니지? 저녁 식사에 더 신경 써줘."

타나릴이 제린다를 물리고 우린 곧장 침실로 향했다. 제린다의 등장으로 달아오르던 분위기가 꺼진 줄 알았는데 타나릴은 문을 닫으며 곧장 나를 잡아당겼다. 침대에 등이 닿자마자 뜨거운 입술이 내 입술을 덮었다.

"어차피 옷을 갈아입어야 하니까 그 전에 한 번만."

다급한 음성과 함께 타나릴이 나를 다시 일으키며 말했다.

"예복을 망치진 않을게."

예복은 내가 혼자 벗을 수 없는 것이었다. 머리에 고정된 베일과 등 뒤로 촘촘히 붙은 단추들은 카미린스의 직원 다섯이 작업한 결과였다. 그런데 타나릴은 거짓말처럼 한순간에 벗겨 버렸다. 옷이 느슨해지는 순간 나는 속옷만 입은 모습이 되었다.

마법 같은 탈의라는 생각도 잠시, 타나릴이 진짜 마법을 썼다는 것에 생각이 미쳤을 때 내 속옷도 남지 않았다. 물론 타나릴이 약속한 대로 옷은 망가지지 않았다. 하지만 타나릴의 옷은 그러지 못했다.

단추가 날아가고 바지 어딘가가 뜯어지는 소리가 났다.

나를 침대에 눕히며 달려드는 타나릴은 한 마리 흉포한 짐승과도 같았다. 더럭 겁이 나면서도 흥분되는 걸 보면 나도 만만치 않게 그를 원하고 있었다. 언뜻 내려다보자 똬리 튼 혈관을 두른 분신이 높은 각도로 치솟아 있었다. 눈을 둘 데가 없어서 꼭 감아버리자 타나릴이 귓가에 속삭였다.

"리예, 다리를 벌려."

으아악! 예전 빨간 딱지가 붙은 책을 보면 종종 나오곤 하던 대사를 직접 내 귀로 듣는 건 말로 할 수 없는 야릇한 기분이 들게 했다. 내가 허벅지에 힘을 풀며 스르르 옆으로 벌리자 타나릴이 들어와 앉았다. 그리고 그가 분신을 맞추더니 클리토리스를 문질렀다.

"하악!"

마차 안에서부터 서서히 젖고 있었던 나는 그가 분신 끝을 맞추었을 때 이미 물기를 뿜어내고 있었다. 머릿속이 흐늘흐늘해지는 이상한 감각에 나는 타나릴을 끌어당기고 싶었지만 그는 몸을 세운 채 계속 내 입구를 슬쩍슬쩍 문지르기만 했다.

"리예, 지금 바로 들어가도 괜찮아?"

일일이 묻지 않았으면 싶다가도 그가 이렇게 묻는 자체가 너무 야해서 더 떨렸다. 또 의성어만 뱉을 게 뻔해서 나는 맹렬히 고개만 끄덕였다. 하지만 그는 곧바로 들어오지 않았다.

"눈을 떠, 리예."

거부할 수 없는 명령이었다. 나는 애타는 마음으로 눈을 떴다. 타나릴은 내 등에 베개를 층층이 쌓아 기대게 하고는 아래를 가리켰다.

"보여주려고. 우리가 연결되는 모습을."

그 말과 함께 타나릴이 안으로 쑥 들어왔다.

• • •

으아아! 리예는 희게 질린 얼굴로 눈을 꾹 감아버렸다. 동시에 그의 분신을 사정없이 죄어서 하마터면 그대로 사정할 뻔했다.

"눈 감지 마, 리예."

고개를 마구 젓는 리예에게 타나릴은 다시 속삭였다.

"나를 조이면서 당신 여기가 막 떨려."

"아우우우, 제발!"

리예는 거의 비명처럼 애원하다가 아예 고개를 옆으로 비틀었다.

타나릴은 천천히 허리를 움직이며 리예의 안으로 오가는 저를 감상했다.

시각적인 효과는 생각했던 이상이었다. 얼굴뿐 아니라 온몸이 빨갛게 달아오른 채 저를 받아들이고 있는 리예의 모습은 이전엔 상상도 못 했던 환상적인 쾌락을 현실로 구현하고 있었다.

"그럼 오늘은 나만 볼까?"

"당신도 보지 마요!"

별안간 벌떡 일어난 리예가 타나릴을 끌어당기며 몸을 붙여왔다. 타나릴은 못 이기는 체 끌려가며 리예의 귓가에 속삭였다.

"좋아, 정말 좋아, 리예."

그의 노골적인 표현에 리예가 제 입술로 그의 입술을 막았다. 얼굴엔 잔뜩 민망함을 담고 있었지만 울컥하는 액과 조이는 느낌이 더욱 확실해졌다. 타나릴은 리예의 허리를 양손으로 붙들고는 제 허리를 더 강하고 빠르게 움직였다.

으으읍! 리예가 입술 안으로 신음을 터뜨렸다. 타나릴은 짧고 깊게 리예의 입술을 빨아 당겼다가 떼고는 속삭였다.

"당신은, 당신은 어때? 여기, 여기를 좋아하는 것 같던데."

"타나릴······!"

이를 질근질근 깨물 것 같은 음성으로 리예가 그를 노려봤지만 눈가에 맺힌 눈물은 분해서가 아니었다. 아니, 분한 것도 맞았다. 뭔지 모를 억울함이 섞인 감정을 타나릴은 정확히 읽어낼 수 있었다.

"혹시나 당신이 의심할까 봐 미리 얘기해 두는데… 나와 같이 침대에 든 여자는 당신밖에 없거든."

리예는 믿을 수 없다는 듯 눈만 동그랗게 떴다.

일부라지만 겉으로만 도덕적이고 점잖은 척하는 귀족들의 문란함은 상상을 초월한다. 돈으로 얻을 수 있는 웬만한 흥미와 쾌락을 어릴 때부터 섭렵한 이들은 성에도 빨리 눈을 떴다.

특히나 타나릴은 겨우 코 밑에 털이 자랄 때부터 그를 유혹하지 못해 안달 난 여자들이 떼를 지어 쫓아다녔다. 하지만 성공한 여자는 아무도 없었다.

'…너도 곧 발정 날 테니 열심히 시험해 보렴? 그중 하나가 네 짝일지 아니? 하하하하!'

그 누구보다 건강한 육체와 남성적인 매력을 지닌 그였지만 열 살의 그날부터 따라다닌 저주는 타나릴에게 여자와 스치는 것조차 싫을 만큼 결벽증을 주었다. 간혹 그를 유혹했다가 실패한 여자들이 애먼 얘기를 지어내어 그의 밤 생활도 화려한 것으로 소문나긴 했지만 실제로는 그와 몇 초 이상 손을 잡은 여자도 없었다.

이 여자는 단번에 성공했다. 그 과정 때문에 환멸에 빠지기도 했지만 이 여자와의 밤을 꿈으로도 상기하며 밤을 지새웠었다. 이 여자를 다시 만날 때까지 계속. 그런 데다 저주로 새겨진 그 단 하나의 짝이 바로 이 여자였다.

정신이 나가지 않고선 이 여자를 놓아줄 리가 없다. 이 여자는 저를 쉽게 놓아줄 생각을 하는 만큼 쉽게 딴 놈을 만날 수도 있다.

아니, 절대! 이 여자를 가질 수 있는 건 저뿐이다! 타나릴의 눈이 사납게 빛났다. 그의 움직임이 격해지며 리예가 자지러지기 시작했다.

"아아, 타나릴, 타나릴……!"

"이제는 알겠지? 내가 당신과 하는 말과 행동, 다 당신 책임이야."

'그래, 책임을 져야지, 리예.'

타나릴은 빳빳하게 솟은 유두를 혀로 희롱했다. 리예가 튈 듯이 허리를 비틀며 다시 그를 꽉 조였다. 곳곳이 예민한 리예의 빠른 반응은 아래로도 확실히 전해졌다.

타나릴, 타나릴……. 리예가 그의 이름만 반복해 외치며 거대한 분신을 꿀떡꿀떡 삼켰다. 타나릴의 몸짓이 좀 더 빨라졌다. 리예가 그의 허리에 얹었던 다리에 힘을 주며 그에게 맞춰 허리를 흔들었다. 몇 번의 허릿짓이 더해진 후 안으로 들어갈 때마다 오물오물 씹어대던 내벽이 경련을 일으키더니 리예가 몸을 떨며 뒤로 무너졌다.

"조금만, 조금만 더……!"

타나릴이 리예를 따라 엎어지며 몇 번 더 허리를 움직였다. 경련하던 내벽이 그를 조금 더 꽉 조였다. 타나릴도 소리 없는 신음을 내뱉으며 무너졌다.

방 안에 울리는 건 색색 빠른 숨소리뿐이었다. 거친 숨소리가 가라앉을 때까지 그대로 리예를 안고 있던 타나릴이 천천히 분신을 빼자 체액과 정액이 섞인 액이 스르르 빠져나왔다. 타나릴은 리예를 안아 올린 채 욕실로 들어갔다.

"나 무거워요!"

"나, 마법사야. 당신이 세 배는 더 무거워져도 안아줄 수 있으니까 걱정하지 마."

"아… 하지만 그렇게 뚱뚱해지진 않을 거라구요."

리예가 종알거리다 그의 가슴에 고개를 파묻었다. 하지만 타나릴은 그 사이의 눈빛을 놓치지 않았다.

리예는 그가 언제든 안아줄 수 있다는 말에 좋아하고 기뻐하긴 했지만 한편으론 거부하고 있었다. 리예는 잘 숨겼다고 여겼을지 모르지만 타나릴에게는 선을 긋는 거부감이 심장을 찌르듯 파고들었다.

욕조에 미리 받힌 물은 바깥에 붙은 마력석을 매만지는 것으로 금세 따뜻해졌다. 원형의 꽃 모양의 욕조는 워낙 널찍해서 타나릴이 리예를 욕조 안에 눕히고 같이 누워도 비좁을 일은 없었다.

하아, 하아… 리예는 그때까지 덜 고른 숨을 내쉬었다. 타나릴이 짐짓 야릇하게 웃으며 말했다.

"힘들어?"

안 힘들 거라 확신을 담고 하는 말이었다. 리예가 샐쭉하니 답했다.

"몸이 안 지친다고 멀쩡한 거 아니거든요!"

"많이 힘든가 보네. 내가 씻겨줄 테니 당신은 가만있어도 돼."

"아니, 그런 것까진 하지 않아도……."

하지만 타나릴의 손이 더 빨랐다. 타나릴이 살짝 부어오른 클리토리스를 매만지더니 안으로 중지를 쑥 집어넣으며 속삭였다.

"아까는 손을 씻지 못해서 당신 여기를 만지지 못했어."

방금 그의 분신을 품고 있던 리예의 안쪽은 큰 저항감 없이 그의 손가락을 삼켰다. 타나릴이 손가락을 안으로 더 깊숙이 넣으며 둥글게 휘젓자 리예의 목소리가 마구 떨려 나왔다.

"타, 타나릴……."

"물속에서 만지니 느낌이 새로워. 여기서 해보는 것도 괜찮을 것 같네."

"우, 우리… 밥 먹으러 가기 전에 한 번만 하기로 했잖… 아요. 제런다가 우리를 부르러 왔을 텐데."

"아, 그랬지."

타나릴은 욕조 안에서 부유감을 느끼며 리예의 안으로 들어가는 감각이 궁금하긴 했지만 다음을 기약하기로 했다.

제린다는 신경 쓰이지 않지만 리예에게 밥을 먹이는 것은 매우 중요한 일이었다. 그가 쏟아붓고 있는 마력의 양이라면 하루 이상 굶어도 견딜 수 있을 테지만 그것과 식사는 달랐다.

리예는 욕조에서 나가자마자 수건만 두른 후 도망치듯 욕실을 빠져나갔다. 나갈 곳이 방밖에 없는데도 달아나는 시늉이라니, 그게 더 남자의 정염을 불러온다는 걸 모르는 모양이었다.

느긋한 사냥꾼이 되어 욕실을 나간 타나릴은 당혹스러운 표정으로 방을 두리번거리는 리예를 발견할 수 있었다.

"왜? 뭐가 없어졌어?"

"네, 제 옷이 없어요."

"당신 옷은 당신 옷 방에 넣어두라 했으니까 저기서 찾아봐."

타나릴은 자신의 옷 방 옆을 가리켰다.

카미린스는 호텔에서 그냥 철수한 게 아니었다. 리예를 본떠 만든 천 인형에 맞춰 옷 방을 채워왔을 것이고 앞으로도 채울 것이다.

리예가 알아서 직접 옷과 보석을 고르고 채운다면 당연히 이런 참견은 없을 테지만 내버려 둔다면 결과가 훤했다. 리예가 되돌려 보낸 보석들도 모두 그 방에 돌아와 있을 테니 이제 봤을 테지.

리예는 옅은 살구빛 드레스로 갈아입고 돌아왔다. 조금 어색해하면서도 옷 방에 자신이 전에 입던 옷들이 없더라는 말은 하지 않았다. 왠지 살짝 체념한 듯한 표정에 타나릴은 뭔가 가슴을 찌르는 듯했지만 모르는 척 리예에게 손을 내밀었다.

"이제 밥 먹고 집이라도 둘러볼까?"

"집을요?"

"정원에서 산책해도 좋고, 보통 여자들은 부엌을 궁금해한다던데, 어때? 아니면 침대를 더 둘러본다면 더 좋고."

"타나릴!"

하하하! 타나릴이 크게 웃으며 리예의 등을 쓸어내렸다. 손끝이 허리춤을 넘어 그 아래로 내려와 안쪽으로 들어갈 듯 집분거렸다.

"타나릴, 여긴 우리만 사는 게 아니잖아요!"

리예가 작게 속삭이며 계단 아래를 이곳저곳 살폈다. 그러다 복도 저쪽에 서 있는 제린다를 보고는 등 뒤로 타나릴의 손을 찰싹 쳤다.

"알았어, 우리 둘만 있을 때 이렇게 할게."

타나릴은 리예가 쳐버린 손을 다시 그녀의 허리에 두르고 계단을 내려갔다.

"이쪽입니다."

제린다는 식당을 가리키고는 뒤따라 와서 리예의 의자를 빼고 넣어주었다.

제린다는 누가 봐도 훌륭한 하녀장이었다. 리예를 대하는 태도도 정중하며 배려가 있었다. 아마도 그가 바란다면 어머니는 제린다를 이곳에서 계속 있게 해주실 것이다. 그러나 타나릴은 속으로 고개를 저었다.

"맛있게 드십시오."

제린다가 인사하고 나가고 나서야 리예는 숟가락을 들었다. 꽤 자연스럽게 행동하고 있었지만 리예는 제린다를 어색함 이상으로 어려워하고 있었다. 리예가 자신의 사람을 구하는 걸 서둘러야 할 필요가 있었다.

식사는 평온하게 끝나고 계획대로 두 사람은 집 안 구경 겸 산책을 즐겼다. 리예는 후원을 꽤 마음에 들어 했다. 하지만 돌아오는 길에 리예가 몰래 속삭인 입 모양을 훔쳐본 타나릴은 꽉 쥔 주먹을 숨겨야 했다.

잘못 읽은 게 아니라면, 그건 '익숙해지지 말자!'였다.

다시 히그틀리

내가 조금 긴장한 것이 무색하게 첫날밤은 의외로 가볍게 넘어
갔다.

아, 아무 일 없었다는 뜻은 아니다. 아흐리다에서 그랬던 것처럼
밤을 새울 정도로 정열적인 밤을 보내지는 않았을 뿐이다. 집에 들
자마자 거하게 정사를 치른 걸 포함해서 가볍게 약 세 번 정도⋯⋯.

흠흠, 이 정열적인 남자를 보면 그건 정말 가벼운 거다. 정말로.

'가볍게' 넘긴 데는 이유가 있었다. 다음 날 이렇게 이른 아침부
터 움직여야 하기 때문이었다.

타나릴은 이른 아침 식사를 마치자마자 제린다에게 곧장 신혼여
행을 갈 것을 통보해서 그녀를 놀라게 했다. 그런데 선착장보다 먼
저 들를 곳이 있었다.

마차가 출발하자 타나릴이 물었다.

"이린야 병원에 대해서 들어본 적이 있어?"

우리는 먼저 병원부터 가기로 했다. 그 병원이 바로 타나릴이 내게 주기로 한 곳이란다. 진료를 보면서 병원을 확인할 겸 가는 것이었다.

"네, 공보 책자에 실린 걸 본 적이 있어요. 제국 의원과 더불어 마녀 차별 철폐법을 가장 잘 이용한 병원이라고요."

"그 정도면 많이 아네. 덕분에 주술 의원이 대거 진출했어. 오늘 당신을 진료할 의원도 주술 의원이야."

"메릴리타 때도 그랬지만 나는 좋아요."

"응, 하지만 아직도 마녀, 아니 주술 의원을 꺼리는 사람은 많거든. 하지만 주술 의원이 부인과나 정신과 진료에 강한 건 부정할 수 없는 사실이지. 이린야 병원은 부인과 쪽으론 제국 병원보다 앞선다고 할 수 있어."

어, 뭔지 모르지만 꽤 위험스러운 경고가 울렸다. 타나릴이 저렇게 말할 정도라면 병원도 내가 예상하던 규모보다 상상력을 더 많이 키워야 할 것 같았다. 그러나 막상 마차가 멈춘 지점에서 나는 할 말을 잃고 말았다.

"리예, 괜찮아?"

한 가지라도 제국 병원보다 앞선다고 할 때부터 조금은 짐작했어야 했을지 모른다. 앞쪽으로 두 동, 다시 뒤로 세 동, 아파트 규모의 거대한 다섯 개 병동이 모인 그곳이 바로 이린야 병원이었다. 정신을 반쯤 발치에 두고 있던 나는 타나릴이 몇 번이나 부르는 소리에 정신을 되찾아왔다.

"타나릴, 정말 이 병원을 내게 준다는 건 아니죠?"

"아, 좀 작아 보이긴 하지? 처음엔 호텔을 생각했었는데 거기는 이권이 몇 군데 나뉘어 있어서 골치 아플 수도 있거든. 하지만 법률 전문 비서가 따르면 별문제는 아니니까. 처음부터 거기로 할 걸 그랬어. 거기로 바꿔줄게."

"잠깐만요, 그 호텔이 아흐리다를 말하는 거예요?"

"거기 말고 어디?"

당연하다는 듯 되묻는 타나릴은 입을 다문 내가 동의한 거라 생각했는지 당장 통신구를 꺼냈다. 졸지에 제국에서 가장 비싼, 아니 국제적으로도 가장 유명하고 가장 비싼 호텔이 내게 넘어올 판이었다. 나는 급히 소리쳤다.

"여기, 좋아요! 병원, 이린야 병원이요!"

"아흐리다가 나을 수도 있는데. 하긴, 병원 의료진을 갖추는 게 더 나을 수도 있나?"

말만 듣자면 사과냐 배냐 선택하는 것 같았다. 타나릴은 내가 질린 얼굴을 한 걸 모르는 체 나중에 마음이 바뀌면 얘기하라며 통신구를 다시 집어넣었다.

마차 문을 열자 병원 측 관계자로 보이는 이가 대기하고 있었다. 그냥 관계자가 아니라 이린야를 대표하는 수석의원이자 원장이었다. 그의 뒤로 서른 명이 넘는 의원들이 사열받는 군인처럼 서 있었다. 참으로 요란하고… 부담스러운 광경이었다.

타나릴은 달라붙으려는 원장과 의원들을 단번에 쫓아버리고는 안내실의 소년 안내원을 불러 진료실로 앞장서게 했다.

타나릴이 미리 수배해 놓은 부인과 담당 탈레노라는 메릴리타와 비슷한 분위기의 주술 의원이었다. 탈레노라는 나를 진맥한 후 고개를 갸웃하고는 소변 검사를 청했다. 잠시 후 탈레노라는 꽤 익숙한 분홍색 시험관을 보여주며 말했다.

"임신하셨군요, 축하드립니다! 아직 한 달도 채 되지 않은 것 같아서 시약으로 확인해 본 거랍니다. …혹시 두 분께서도 임신에 대해 아셨나요?"

내가 바로 그 똑같은 시약 실험을 했는데 알고말고.

타나릴이 워낙 유명한 사람이라 의원이 어제 갓 결혼한 우리를 보고 무슨 생각을 할지는 뻔했다. 그리고 결혼 이유도 그게 맞다. 나는 미소로 긍정했고 타나릴은 짧게 고개를 끄덕였다. 나는 모르는 척 물었다.

"장거리 여행을 하려는데 괜찮을지 알아보고 싶어서요. 먼 거리는 비행선으로 이동할 거예요."

"아, 신혼여행!"

탈레노라가 아는 체하고는 다시 내 손목을 한참 더 잡았다가 고개를 끄덕였다.

"산모께서 겉보기엔 호리호리하신데도 매우 건강하세요. 특히 자궁 쪽이 매우 튼튼해서 거의 안정기에 접어든 것처럼 느껴져요. 초기엔 자리를 잡느라 이런 일은 거의 없는데……?"

탈레노라가 갸웃거리며 말을 이었다.

"지금은 태아도 산모도 매우 건강하네요. 그래도 무리하지는 마세요. 여행 중에도 혹시 몸이 불편하시거나 하면 바로 의원을 만나시고요. 여행을 마치고 연락 주시면 제가 댁으로 찾아가겠습니다."

탈레노라는 타나릴이 내 몸을 마력으로 감싸고 있다는 말은 하지 않았다. 그냥 말하지 않은 게 아니라 아예 모르는 눈치였다. 단순하게 비교를 할 수 있는 건 아니겠지만 메릴리타는 확실히 특별한 의원인 듯했다.

"상황 봐서 그럴게요."

"통원보다는 왕진이 편할 것 같아 드린 말씀입니다. 모쪼록 즐겁고 행복한 여행 즐기시길 바랍니다!"

푸근한 덕담으로 인사하는 탈레노라는 입구에서 만난 수석 의원보다는 편했다. 덕분에 나는 편안하게 다음을 기약하며 나올 수 있었다.

그러나 언뜻 돌아본 병원의 정경은 내게 두려움을 주었다. 그와 나의 세계가 또 벌어졌다.

타나릴이 당장 아이에 대한 욕심을 부린다 해도 결국 아이를 놓아줄 거란 확신을 하는 이유도 그거였다. 혈통 따지기 좋아하는 귀족이라면 아이 어미의 혈통은 매우 중요했다.

그건 드라마나 이야기 속에서나 있는 일이 아니다. 내가 직접 겪은 그런 일을 내 아이에게 겪게 할 수는 없다.

'내가 저 모자란 것만 아니었으면 너 같은 거랑 결혼할 일 없었어!'

'누가 할 소리! 내가 임신만 안 했어도 당신이랑 결혼했을 줄 알아?'

'너는 죽어라 매달려 했겠지. 나랑 결혼하려고 일부러 애 가진 거 아냐? 내가 너 같은 걸 만나 애를 싸지르다니 미쳤지!'

'애는 혼자 가져? 그 애 싸지르게 한 건 당신이거든?'

'아, 지긋지긋해!'

'나도 밖에서 바람이나 피우는 당신 지긋지긋해!'

'너랑 살아주는 것만 해도 감지덕지해라. 저것만 아니면 내가 너랑 살 것 같아?'

'그렇게 지겨우면 당신 손으로 저걸 직접 내다 버리지 그래?'

'그럴까? 정말 그러고 싶다!'

이전 세계의 내 아버지는 이름 있는 교육자 집안의 차남으로 변호사였고, 엄마는 지지리도 가난한 집안의 맏이로 이벤트 업체의 경리이자 잡무 담당이었다. 두 사람은 아버지의 개업식에 엄마가 도우미로 갔다가 만나게 되었다고 했다.

부모님은 불같은 사랑을 했다는데 참으로 불같이 싸웠다. 사랑의 유효기간은 나를 임신하고 결혼하기까지, 딱 그때뿐이었다. 나이 차와 집안의 격차, 임신 기간과 출산 과정, 육아 스트레스가 겹치자 매일이 전쟁이었다.

나는 두 사람이 싸우는 소리를 자장가로 들으며 잠이 들었고 철이 들기 전부터 살벌한 집 안에서 눈치 보는 법을 배워야 했다.

내가 기숙형 중학교에 들어가자 핑계가 없어진 두 분은 드디어 이혼을 감행했다. 그때부터 내겐 돌아갈 집이 없어졌다.

나는 6년간 기숙사 붙박이로 살며 한 번도 두 분을 볼 수 없었다. 그리고 고등학교를 졸업할 때 각각 처음으로 연락을 받았다. 성인이 되었으니 알아서 살라는 통보였다.

내 친구 영은과 아이를 버리고 간 술주정뱅이 남자 친구도 집안만은 번듯했다. 나나 영은의 기준치가 워낙 낮았기에 부모가 함께 살고 백수 자식 끼고 사는 집안은 꽤 번듯해 보였다.

나와 비슷한 처지인 영은의 임신은 환영받지 못했다. 내가 보지 못한 새 술주정뱅이 남자 친구나 그 집안의 부모가 차례로 찾아와 애를 떼라며 영은을 괴롭혔다고 했다. 그런 이들을 견디지 못해 영은이 나를 찾아왔건만 결국 나도 그들과 같은 말을 했었다.

이 사람을 그런 부모님과 영은의 애인과 비교한다는 건 모독일 것이다. 그러나 남녀 사이에 유효기간이 있는 것은 사실이다. 그 끝을 어쩔 수 없이 지저분하게 결정하느냐, 아니냐의 차이일 것이다.

유효기간이 끝나는 순간 아이도 눈엣가시가 될 것이다. 뭐, 그 아이가 유일하다면 이야기가 좀 달라질 수도 있지만, 타나릴 정도의 대단한 사람이 그럴 일은 없지 않겠는가 말이다.

반복하는 말이긴 하지만, 끝부터 정하고 시작한 관계라서 정말 다행이다. 아, 이 다짐은 계속 반복할 필요가 있다. 그래서 더 하루하루가 아까웠다.

'나와 같이 침대에 든 여자는 당신밖에 없거든.'

지금도 가슴이 벌렁거리는 말이었다. 예그하라 후계라는 이유 하나만으로도 타나릴에게 여자가 줄을 이었을 거라는 건 보지 않아도 안다.

수도 여자들은 정말 뭔가 많이 잘못되었다. 하지만 내가 끝은 아닐 것이다.

자학할 생각은 없다. 그저 지나가는 시간이 아까울 뿐이다. 나는 불쑥 그의 손을 잡았다.

"응?"

"우리, 가요."

놀라는 그에게 나는 방긋 웃어 보였다. 타나릴은 금세 마주 손을 잡아주었다.

· · ·

타나릴은 눈앞에서 싱글거리는 이를 향해 이를 물고 으르렁거렸다.

"발더, 너 도대체 왜 따라온 거야!"

"따라가는 거 아니다? 나, 모처럼 휴가잖아. 그래서 우리도 여행 가는 거거든?"

능청스러운 대답에 타나릴의 이마에 핏줄이 섰다.

모처럼? 발더에게 가장 부족한 건 휴가다. 생기는 족족 레타와 호텔에 처박히든가 놀러 가느라 하루라도 남는 휴가가 없었다. 하지만 타나릴에겐 리예에게 말했듯 2년을 쉬어도 될 정도로 휴가가 넘쳤다. 발더에게 떼어 준 휴가는 바로 그것이었다.

"그 여행이라는 거, 왜 하필 히그틀리로 가는 거냐고!"

버럭 하는 타나릴의 말은 레타가 받았다.

"내가 가자고 했어! 타나릴, 내 애인 그만 괴롭혀! 발더를 괴롭힐 수 있는 사람은 나뿐이거든?"

지원군의 반격에 발더가 헤실거렸다. 저런 말을 듣고도 그저 좋아서 입을 헤 벌리고 있다. 그 모습은 복슬거리는 노란빛 털에 꼬리를 흔들며 주인을 반기는 짐승과 영락없이 닮아 있었다. 아니 입만 벌리는 건 아니다. 맞장구도 칠 줄 안다.

"맞아, 나를 괴롭힐 수 있는 건 레타뿐이야!"

타나릴은 순간 리만 후작이 측은해졌다. 나름 냉철하고 고상하던 친구가 이렇게까지 변할 줄 알았다면 레타를 소개해 주지 않았을 것이다. 하지만 이 둘의 관계는 벌써 4년째였고 발더는 점점 대형견화에 정착되어 가고 있었다.

"너 대체 내가 히그틀리 가는 건 어떻게 안 거야!"

"당연히 에르모에게 물어서 알았지."

에르모에게 일을 시킨 것이 탈이었다. 발더는 에르모의 직속 상사였다.

"그래, 휴가가 많아서 이 말썽이었어. 그 휴가, 다시 회수한다?"

"누구 맘대로! 나의 레타가 이미 이 비행선에 탔거든?"

"발, 더."

끊어 말하는 목소리에 금세 냉기가 실렸다. 그럼에도 발더는 제법 턱에 힘을 주었다.

"왜, 왜! 내가 또 형법 제7조8항에 관해 읊을까?"

물론 레타를 믿고서였다. 그러나 타나릴에게 레타 백은 그리 소용없었다. 타나릴의 목소리가 더 음산해졌다.

"좋아, 읊어."

"으악, 마법사가 민간인을 폭행한다, 살려줘!"

바로 옆에서 살벌한 대화가 오가고 있었지만 두 여자에겐 그리 관심을 끌지 못했다. 리예가 공주님과의 만남에 긴장한 것과는 달리 아름답고 도도한 공주님은 처음부터 리예에게 퍽 살가웠다.

"공주님, 다시 뵙게 되어 반갑습니다."

"어머, 타나릴의 신부가 나를 그렇게 어렵게 부르면 섭섭해요. 앞으로 나를 레타라고 불러줘요. 아차, 타나릴이 내 얘기는 해줬어요?"

리예의 눈이 혼란스러워졌다. 그러자 레타가 입술을 삐죽이며 말했다.

"흥, 나는 안중에도 없다는 거네! 하긴, 타나릴이 그럴 줄 알았어요. 우리 아버지랑 타나릴 아버지가 사촌 간이거든요. 그렇지만 나는 절대, 절대 번호 같은 걸로 불리고 싶지 않아요! 그러니 꼭 레타라고 불러줘야 해요. 네?"

"네? 네……."

얼결에 대답하던 리예의 눈이 동그래졌다. 그제야 '우리 아버지'의 정체를 알아챈 것이다. 리예가 새삼 놀라는 걸 모르는 체 레타는 다시 한번 이름을 불러달라 졸랐다.

"네, 레타. 앗, 저도 리예라고 불러주세요."

"좋아요, 리예! 자, 저 바보들은 도착할 때까지 계속 저럴 테니 우리는 우리대로 친해지도록 해요."

발더는 그새 담요를 뒤집어쓴 채 타나릴과 술래잡기를 하고 있었다. 리예도 처음 보는 광경은 아니었다. 게다가 레타가 워낙 평온해서 리예도 분위기에 휩쓸렸다. 레타는 아예 칸막이로 공간을 분리해서 두 여자만의 대화를 이었다.

"전용선은 몇 번 탔었지만 이 새 전용선이 더 좋긴 하네요."

"저는 며칠 전까지 한 번도 비행선에 타본 적이 없었거든요. 그런데 며칠 만에 비행선을 또 탈 줄은 몰랐어요."

"나도 처음 비행선을 탔을 땐 정말 신기했어요! 바깥으로 보이는 구름이나 산꼭대기며 장난감같이 작아진 집들… 딴 세상에 온 기분이었어요."

"지금은 많이 봐서 그리 신기하지 않으시겠어요."

"네, 전만큼 신기하진 않은데 그래도 볼 때마다 달라지는 풍경은 가끔 마음이 숙연해지게 해요. 하늘은 항상 그 자리에서 같아 보여도 볼 때마다 색이 달라 보이거든요."

"어머! 저도 그랬어요. 특히 밤하늘이 얼마나 아름다운지요……."

"정말요? 뭘 좀 볼 줄 아네요! 하긴 결혼식에 그런 베일을 쓰고 나올 때부터 알아봤어요! 그렇게 은은한 효과로 시선을 집중하는 동시에 반사하는 건 처음 봤어요. 그쪽 계통의 일을 하는 사람들은 모두 눈을 빛내고 봤을 거예요."

"레타에게 그런 칭찬을 듣다니 정말 몸 둘 바를 모르겠어요."

"진심인걸요?"

"호호호."

여자들의 웃음소리가 칸막이 너머로 흘러 나갔다. 타나릴은 웃음소리를 들으며 발더를 쏘아보았다.

술래잡기는 당연한 결과로 끝났다. 담요를 두른 채 구석에 몰려 쪼그려 앉았던 발더는 기회를 타 목청을 높였다.

"우와악! 레타, 마왕이 나 잡아먹으려 해!"

칸막이가 잠시 열렸다. 발더의 눈이 활짝 벌어졌다. 그러나 그가 믿어 마지않는 레타는 그리 믿음직한 말은 해주지 않았다.

"나 바빠. 잠깐만 잡아먹히고 있어. 좀 이따 구해줄게! 둘이 놀고 있어."

칸막이가 다시 닫혔다. 발더가 다시 애타게 레타를 불렀지만 레타 방패는 그것으로 소용을 다했다. 이제 친우의 선처를 빌 때였다.

"타, 타, 타나릴? 설마, 설마 그거 아니지?"

"그렇게나 나와 떨어지기 싫다니, 레타 말처럼 나랑 놀고 싶어서 그런 것 아니었어? 그 놀이를 그렇게 그리워하는 줄 몰랐어. 자, 몇 번이나 돌려줄까?"

"그건 어릴 때나, 타나리… 우와악!"

결국, 형법 제7조8항도 레타 방패도 발더를 지켜주지는 못했다. 친우의 신혼여행에 끼어든 발더는 거의 열 번은 공중제비를 돌아야 했다. 칸막이는 뒤늦게야 열렸고 그사이에 여자들 사이는 끈끈해진 듯했다.

히그틀리로 가는 비행선은 평화로웠다.

"결혼 소식은 신문으로 봤습니다. 축하드립니다, 후작님!"

킬로이 영주가 예의 곰돌이 인형 같은 털을 흩날리며 일행을 반겼다. 아직 머물 만한 곳이 영주부밖에 없기 때문에 타나릴은 출발하면서 미리 킬로이 영주에게 전갈을 보냈었다. 킬로이 영주는 요란한 환영은 생략했지만 안색은 더 흥분해 있는 듯 보였다.

"인생의 가장 뜻깊은 여행을 이곳으로 오신다고 하셔서 정말 영광입니다. 그런데 이번엔 일행이 한 분 느셨습니……."

킬로이 영주는 맨 뒤의 마지막 일행을 보고는 말을 맺지 못한 채 허리를 숙였다.

"레아라니타 공주님을 뵙습니다!"

"나도 그냥 놀러 온 거랍니다. 공식 석상도 아니니 그렇게 예를 갖추지 않아도 돼요. 그래도 반겨주실 거죠?"

"무, 물론입니다, 공주님! 히그틀리는 공주님을 환영합니다! 이런 누추한 곳에 방문해 주시다니, 영광입니다!"

킬로이 영주는 뒤통수만 보이며 우렁차게 소리쳤다. 아래를 향해 소리치는데도 영주부 응접실이 쩌렁쩌렁 울렸다.

"여기 온천이 좋다고 들었어요. 리만 경이 협곡 안으로 비행했다고 얼마나 자랑을 하던지, 나도 꼭 경험해 보고 싶어서요."

"온천엔 직접 안내해 드리겠습니다! 최근 바람도 잔잔해서 지난번과 같은 크기의 비행선이라면 협곡 비행도 얼마든지 가능합니다!"

"킬로이 남작, 나는 바닥에 붙어 있지 않아요."

"네? 네, 네!"

킬로이 영주는 허리를 세웠다. 하지만 이번엔 어깨를 세운 채 하늘을 쳐다보며 잔뜩 경직해 있었다. 발더는 쯧쯧 고개를 젓고는 영주의 뒤에 서 있던 하녀를 불러 방으로 안내해 달라고 했다.

"고, 공주님이 오신다는 걸 알지 못해……."

영주와 닮은꼴 표정을 한 하녀가 말을 맺기도 전에 발더가 냉큼 가로챘다.

"지금부터 아무 방이나 대충 치워놔도 돼요. 어차피 그 방은 안 쓸… 우와악!"

레타에게 허리가 꼬집힌 발더가 괴성을 질러댔지만 각자 못 들은 체했다.

하지만 다 그런 건 아니었다. 푸흡, 어디선가 작은 웃음소리가 들려 돌아보니 문간에서 대여섯 살쯤 되어 보이는 작은 소녀 하나가 입을 가리며 웃고 있었다.

아이는 앙증맞은 원피스에 제법 긴 짙은 남색 머리카락을 길게 땋고 있었다. 그런데 허리에 붕대 같은 것을 둘둘 두르고 있어서 조금은 이상한 복장이었다. 킬로이 영주가 얼른 아이를 소개했다.

"피아나! 제… 막냇자식입니다."

지난번엔 킬로이 영주 혼자 손님을 맞았었다. 시골 영주가 자식들을 수도로 유학 보내고 홀로 지내는 건 별로 이상한 일은 아니었다.

"학교에서 집에 잠시 돌아온 모양이군요?"

발더가 아는 체하며 말을 받자 킬로이 영주는 약간 어색한 얼굴로 아이를 바라보며 말했다.

"저 아이는 유학을 갔던 게 아닙니다. 흠흠, 나중에 말씀드리지요. 피아나! 이리 와서 여기 손님들께 인사 올리거라. 레아라니타 공주님과 발드르스 리만 경, 예그하라 후작님과 부인이시다."

"안녕… 하세요."

아이는 겨우 몇 걸음 걸어오더니 고개 숙여 짧게 인사하고는 재빨리 도망쳤다. 영주는 혀를 차면서 계면쩍은 얼굴로 일행을 돌아봤지만 소녀의 수줍음을 나무랄 이는 없었다.

"우, 우선 앉으시지요. 제가 이렇게나 경황이 없었습니다."

킬로이 영주가 권하는 자리에 앉으며 타나릴이 마주 인사했다.

"또다시 쳐들어온 우리를 허물없이 반겨주어서 고맙고 반갑습니다."

"아닙니다, 후작님. 부인께서 이곳 지주이신데 무슨 말씀을요."

"아, 그렇군. 별장을 지을 때까지 잠시만 신세를 지겠습니다."

"그럼 이번에 별장을 지을 장소를 물색하러 오신 것입니까?"

킬로이 영주가 반색하며 물었다.

히그틀리는 온천이 좀 알려지긴 했지만 그건 인근 평민들에게나 인기가 있을 뿐, 고위 귀족이 찾는 곳은 아니었다. 그런데 예그하라 후작 정도의 인물이 별장을 짓는다면 따라올 이들이 한둘이 아닐 것이다. 척박해서 별로 발전이 없는 땅을 다스리는 영주로서는 그 야말로 희소식이었다.

"겸사겸사… 남작이 보내온 소식이 궁금하기도 하고요."

"동굴 말씀이시죠? 그때 떠나신 직후, 연락을 받자마자 열심히 찾아봤습니다. 인근 주민들을 동원하기도 하고 제가 시찰할 때마다 직접 찾아보기도 했습니다. 찾기 전까진 솔직히 반신반의했는데 그런 동굴이 정말 있을 줄은 몰랐습니다."

"동굴이 맞습니까?"

"네! 입구는 말씀하신 대로 박쥐나 드나들 만큼 작았습니다. 사람 눈에 닿기엔 좀 높은 높이이기도 하고 구멍도 워낙 작고 협소한 곳에 은밀히 숨겨진 것이라 발견이 쉽지 않았습니다. 아무튼, 구멍을 발견한 후에 영지의 마법사를 동원해 알아봤더니 그 안이 비어 있다고 하더군요. 그런데 후작님께선 어떻게 그런 동굴이 있다는 걸 아신 겁니까?"

킬로이 영주가 잔뜩 호기심 어린 얼굴로 물었다. 떠나기 직전까지 단 한 마디도 언급하지 않다가 비행선에서 급작스럽게 연락을 받았으니 놀랍고 궁금하기도 할 것이다. 당연히 리예의 이야기를 할 수는 없는지라 타나릴은 전가의 보도를 휘둘렀다.

"죄송하지만 공학부의 기밀입니다."

"오, 알겠습니다. 명하신 대로 찾은 직후 곧바로 입구에 치안을 배치해 두어서 아무도 들어가지 못하게 하고 저도 더는 찾지 않았습니다."

킬로이 영주는 깜짝 놀라며 손사래를 쳤다.

제국의 온갖 사건, 사고, 정보가 모이는 곳이 마법 공학부. 그야말로 기밀의 집합소에 괜히 호기심을 보였다간 경을 칠 뿐이다. 그러자 왜 타나릴의 약혼녀가 땅을 사는 시늉을 한 거냐는 궁금증도 쏙 들어가고 말았다.

"찾으시느라 고생 많으셨습니다. 약속드린 대로 충분한 사례를 하겠습니다. 동원된 주민들에게도 노력한 대가가 가야지요. 빨리 찾은 만큼 더 챙겨 드리겠습니다. 아, 동굴을 찾은 이에게 가장 후사해야겠지요."

타나릴의 말에 킬로이 영주가 조금 눈치를 보며 말했다.

"흠흠, 못 믿으실 수도 있는데, 동굴을 찾은 게 바로 방금 보신 제 자식입니다. 아마 그 아이가 아니었다면 발견하지 못했을지도 모릅니다. 구멍도 워낙 작고 협소한 곳에 은밀히 숨겨진 것이라 그런 곳에 구멍이 있는지도 모르고 지나갈 뻔했는데 피아나가 발견했지 뭡니까?"

"그렇습니까?"

"아니, 보통 사람 눈높이보다 좀 높다고 하지 않았습니까?"

타나릴과 발더가 차례로 물었다. 킬로이 영주가 남의 공을 가로채려 했다면 아이가 찾았다는 말을 할 수는 없었을 것이다.

"저, 사실은……."

"영주님!"

하녀가 뛰어 들어오며 킬로이 영주를 불렀다. 하녀의 다급한 목소리에 영주는 아예 묻지도 않고 사색이 되어 그대로 밖으로 뛰어나갔다.

일행도 영주를 따라 밖으로 나갔다. 그리고 방금 그들에게 인사하고 도망갔던 소녀가 영주부 지붕 꼭대기에 서 있는 걸 발견할 수 있었다. 아이는 꼭대기 첨탑을 향해 흔들흔들 위태롭게 걸어가고 있었다.

"피아나!"

킬로이 영주는 아이가 놀랄까 차마 큰 소리로 부르지도 못하고 동동거렸다.

"저 아이가 어떻게 저렇게 높은 데까지 올라간 겁니까? 아니, 방금 나간 애가 어떻게 저기까지 간 거지?"

발터가 놀라서 물었지만 킬로이 영주는 제정신이 아닌 듯 하녀에게 말했다.

"마, 마법사를 불렀느냐?"

"영주님께 가기 전에 마법사님 댁에 전갈부터 했습니다! 하지만 지금 을리 마을에 계신다고……."

"피아나……!"

킬로이 영주가 세상이 무너진 얼굴로 아이의 이름만 불렀다. 그는 워낙 정신이 없어서인지 바로 곁에 강력한 마법사가 있다는 걸 잊고 있는 듯했다.

"아이를 그대로 바닥에 내리면 되는 거요?"

타나릴이 물었지만 킬로이 영주는 여전히 정신이 없는 것처럼 대답했다.

"바닥에 떨어지기 전에 피아나가 허리에 두른 붕대를 잡아 어디든 묶어 매면 됩니다. 그럼 우리가 올라가서 잡아… 예그하라 후작님!"

그제야 타나릴의 정체를 깨달은 킬로이 영주가 손을 모으며 애걸했다.

"부, 부탁드립니다, 최대한 안 다치게만 해주십시오……!"

아이가 있는 꼭대기는 약 4층 높이라 저급 마법사는 염력이 닿지 않을 거리였다. 자칫 추락하는 아이의 무게를 감당하지 못한다는 뜻이다. 킬로이 영주가 아이가 떨어지면 붕대를 잡고 고정하라는 이야기도 그런 맥락이었다. 하지만 그건 타나릴의 한계를 몰라서 하는 이야기였다.

아이는 공중을 날 듯이 서서히 꼭대기에서 내려왔다. 아이를 염력으로 잡는 순간 타나릴은 거의 저항을 느끼지 못했다. 아이의 정신이 다른 데 가 있다는 뜻이었다. 아이는 바닥에 내려서고도 멍하니 먼 곳에 시선을 두고 있었다.

"피아나!"

킬로이 영주가 울음을 터뜨리며 아이를 끌어안았다. 왜 그런 위험한 곳에 올라갔느냐는 야단 대신 연신 잘못했다며 울부짖는 킬로이 영주의 모습에 뭔지 모를 사연을 느낄 수 있었다.

잠시 후, 아이가 움찔하며 놀라는데 마치 그 모습이 잠에서 깨어난 것처럼 보였다.

"어? 아버지?"

"피아나, 괜찮니? 괜찮아?"

"네, 괜찮아요, 아버지."

킬로이 영주가 투박한 손으로 아이의 머리를 쓸어주며 말했다.

"네가 또 하늘을 날고 싶어 했단다. 미안하구나, 아가. 아비가 널 못 잡을 뻔했구나."

"괜찮아요, 아버지. 저를 또 잡아주셨잖아요."

아이는 생긋 웃으며 제 허리춤의 붕대를 풀어 눈물범벅이 된 아버지의 눈가를 닦아주었다. 그러다 저를 둘러싸고 있는 하인들과 하녀들 사이로 낯선 사람들을 보고는 아버지의 뒤에 숨었다. 오히려 아비를 위로하며 의젓해 보이던 것과는 다르게 참 수줍음이 많은 아이였다.

킬로이 영주의 눈짓에 하녀가 얼른 아이의 손을 잡고 속삭였다.

"도련님, 우리 이제 들어가요."

하녀와 아이가 집으로 들어가자 킬로이 영주는 그제야 정신을 차린 듯 허리를 접고 인사했다.

"감사합니다, 감사합니다, 후작님!"

"당연한 일을 한 거니 그렇게 허리를 숙이지 않아도 됩니다, 남작."

"아닙니다, 자식의 목숨을 건졌는데 이런 인사도 부족합니다. 앞으로도 뭐든, 뭐든 시켜만 주십시오!"

목숨이라도 걸 것 같은 기세에 타나릴은 손사래를 쳤다.

"마침 내가 이 자리에 있었을 뿐이었고, 쉽게 할 수 있었던 일이니 크게 마음 담아두지 않아도 됩니다. 그렇다 해서 남작의 자식의 목숨값이 가볍다는 이야기가 아니니 곡해하지 마시길 바랍니다."

"곡해라니요, 절대 아닙니다!"

"정 마음의 짐이 된다면 다음에라도 작은 부탁을 들어주시거나 이렇게 올 때마다 환영해 주시기만 하면 좋겠습니다."

"물론입니다, 물론입니다, 후작님!"

킬로이 영주의 열렬함은 가히 하늘을 뚫을 기세였다. 그만큼이나 감사와 아이에 대한 애정이 보였다.

"하하, 일이 다 잘되었는데 여기서 이러지 마시고 그만 들어가는 게 어떨까요? 또 동굴을 어떻게 발견했는지 궁금하고 말입니다!"

발더가 무릎이라도 꿇을 기세의 킬로이 영주를 적절히 막아섰다. 영주는 못 이기는 체 들어가면서도 몇 번이나 타나릴에게 뜨거운 눈길을 보냈다. 다시 응접실에 모이면서 레타가 먼저 물꼬를

텄다.

"아까 하녀가 도련님이라 부르던데, 영애가 아니라 영식이었나요?"

"네, 다 보셨으니……."

킬로이 영주가 긴 한숨과 함께 얼굴을 쓸어내리면서 말했다.

"우리 피아는… 제 아들은 마법사이면서 주술사입니다."

"마술사라는 뜻이군요!"

발더가 소리쳤다.

여자 주술사는 마녀라 부르고 남자 주술사는 주술사라고 부른다. 그런데 마법사의 마력, 마녀의 마력 두 가지를 모두 쓰는 이들을 마술사라 불렀다.

주술사는 마녀보다 드물어서 대개 마법사와 같은 대우를 받았지만 마술사는 달랐다. 그들을 가장 싫어하는 이들은 모순되게도 마법사였다. 마법사를 흉내 내는 혼종이라는 이유였다. 마녀에 대한 차별 폐지법은 이 마술사에 대한 차별도 함께 규제했지만 여전히 마녀보다 마술사를 꺼리는 사람들은 많았다.

"그래서 여자아이 옷을 입힌 것이군요."

발더의 말에 킬로이 영주는 한숨처럼 답했다.

"네, 차라리 마녀처럼 보이는 게 나을 테니까요. 좀 더 자라서 힘을 조절할 수 있게 될 때까지는 어쩔 수 없을 것 같습니다."

레타가 물었다.

"그럼 아까 지붕 위에 올라간 것도 힘을 조절하지 못해서 벌어진 일인가요?"

"네, 메릴리타의 말에 의하면 아직 두 마력을 통제하지 못하기 때문에 서로 충돌하면서 정신을 잃게 되는 거라고 합니다. 마법사의 마력은 몸을 떠올리고 주술 마력은 아이에게 환각을 주어서 자꾸 높은 곳으로 가는 거랍니다."

"허리에 묶인 붕대는 그런 용도인가요?"

레타가 다시 물었다.

"네, 떨어지게 되면 저절로 붕대가 풀리게 주술을 걸어두어 마법사가 잡기 좋게 해둔 것입니다. 하지만 오늘은 가까이 마법사가 없다는 말에……."

모두 그 순간의 킬로이 영주의 얼굴을 봤기에 더는 설명이 필요 없었다. 하녀의 비명만 듣고 뛰쳐나가는 것만 봐도 이런 일이 한두 번은 아니었다는 것도 알 수 있었다. 발더가 짐짓 가벼운 어조로 사건에서 방향을 틀었다.

"그러면 영식이 동굴을 찾은 것도 몸을 하늘로 띄울 수 있어서 그런 것인가요?"

"네, 맞습니다. 아직 통제하지 못해서 그렇지, 우리 피아나, 아니 피아드란은 벌써 제 몸을 띄울 수 있을 정도로 염력이 강합니다. 마법사로서 대성할 자질이 있다고 하더군요. 제가 협곡을 수색할 때마다 따라다녔는데 제 머리 위로 몸을 띄운 채 저와 함께 동굴을 찾아다녔습니다."

아이에 대해 자랑할 거리가 생긴 영주의 얼굴에서 드디어 어둠이 걷혔다. 그러다 곧 타나릴을 보며 다시 긴장했다. 마술사에 대한 멸시가 가장 심한 마법사 앞에서 아들 자랑을 한 걸 깨달은 탓이다. 타나릴은 모르는 척 말했다.

"킬로이 남작."

"네, 네?"

"혹시, 내가 남작의 영식을 후원해도 되겠습니까?"

"네?"

킬로이 영주는 멍한 얼굴로 눈만 끔뻑거렸다. 그냥 뒀다간 종일 제 귀를 의심한 모양새라 타나릴이 재차 말했다.

"아이를 후원하고 싶다고 말씀드렸습니다. 아무리 조심한다 해도 언제 또 사고가 일어날지 모를 일 아닙니까? 전에 아이를 수도로 보냈던 것도 그런 이유 때문이 아니었습니까?"

"네. 네, 맞습니다."

"전에 저런 사례를 본 적이 있었습니다. 사관학교 시절, 내 동기였지요. 동기는 무척이나 뛰어났습니다만 세상엔 저만 최고로 아는 머저리 같은 마법사도 많거든요. 그게 하필 우리를 가르치는 교수였던지라 내 동기는 견디지 못하고 떠나야 했습니다. 그때 지켜주지 못했던 내 동기 대신 남작의 영식을 제대로 후원해 주고 싶군요. 주술사와 마법사가 동시에 달려들어 훈련시킨다면 빠르게 통제력을 깨칠 것입니다. 그러자면 아버지와 잠시 이별해야 하겠지만 이런 식으로 마음 졸이면서 사는 것보다는 나을 것입니다."

"후, 후작님!"

아차, 할 새도 없이 킬로이 영주가 무릎을 꿇었다.

감히 사양 따위의 말을 할 수 있는 제의가 아니었다. 너무 환상적이라 제 귀를 의심해야 할 만큼 바라지도 않던 일이 현실로 이루어진 것이다. 킬로이 영주는 꺼이꺼이 울며 감사를 외쳤다. 그런 영주를 일으키느라 잠시 실랑이가 벌어진 후에야 일행은 각자 방에 들어가서 쉴 수 있게 되었다.

전에 타나릴이 묵었던 방에 이번엔 두 사람이 함께 들어 있었다. 영주부의 손님방치고는 소박한 편이라 최소한의 가구만 있는데도 두 사람이 동시에 움직이면 스칠 정도로 작은 방이었다.

지난번 리예가 묵었던 방이 오히려 이보다 더 크고 좋았는데, 리예의 강력한 주장에 레타의 차지가 되었다. 타나릴이 그에 동의한 건 자신들에게 배정된 방이 '좁았기' 때문이었다.

하녀가 두 사람만 남기고 나가자마자 타나릴은 리예의 입술부터 머금었다. 남의 신혼여행에 끼어들었으면서 작정하고 리예를 차지하던 레타의 작태에 거의 하루를 그냥 보내야 했다.

수줍은 많은 리예는 두 난입자의 앞에서 손도 허용하지 않았다. 열통 터지는 건 발더와 레타는 내키는 대로 입을 맞추고 포옹도 하고 엉덩이를 서로 토닥이는 등 평소보다 훨씬 더 진한 애정 행각을 벌였다는 것이다.

타나릴은 동굴만 확인하면 두 사람을 따돌리고 다른 데로 떠날 작정이었다. 물론 에르모의 입을 막는 것부터 먼저 할 것이다.

아까의 소동만 아니었다면 벌써 리예를 몇 번이나 품었을 것이다. 지금은 시간이 워낙 애매해서 원하는 만큼 진한 시간을 보낼 수 없는 터라 입술을 삼키는 걸로 달래야 했다.

열정적으로 마주 입맞춤을 해오는 리예의 옷을 끝내 다 벗기지 않은 건 엄청난 인내심의 결과였다. 그러나 리예가 그의 인내심을 싹둑 끊어버렸다.

"어차피 옷은 갈아입어야 하니까……."

리예는 짐짓 대수롭지 않은 듯 속삭이면서 블라우스를 벗어 소파에 휙 던져 버렸다.

타나릴은 폭발했다. 방이 좁아서 좋은 점 하나를 꼽자면 몇 걸음 걷지 않아도 침대에 누울 수 있다는 거였다.

"바로 해도 돼?"

질문은 괜한 것이었다. 타나릴은 당장에라도 리예를 잡아먹을 듯 올라타 젖은 질구에 손을 넣고 있었다. 가만히 고개를 끄덕이는 리예에게 타나릴이 곧장 몸을 겹쳤다.

폭발은 짧지만 강력했다. 리예는 또다시 그의 이름을 외쳐 불렀고, 타나릴은 뜨거운 늪에서 참았던 쾌락을 얻었다. 겨우 하루 금욕에 둘 다 빠른 절정을 맞았다.

사정감에 타나릴이 천천히 숨을 골랐다. 만족감은 있었지만 확실히 부족했다.

"그래도 오래 전희를 즐기는 게 좋은 것 같은데. 당신을 서서히 달구는 과정이 훨씬 즐겁거든."

타나릴이 배꼽부터 아래로 훑어 내리며 말하자 리예가 신음을 흘리며 그의 어깨에 약하게 머리를 박았다.

"킬로이 영주님이 기다리잖아요. 당신이 영식을 후원해 준다는 말에 무척이나 흥분하고 감사한 것 같았어요. 아마 저녁 식사에서 이야기를 계속하길 바랄 거예요."

"그렇긴 하지."

"타나릴."

리예가 망설이듯 부르며 그의 어깨를 손가락으로 두드렸다. 이번엔 그를 유혹하려는 몸짓이 아니었는데도 다시 성난 욕망이 일어나려 해서 타나릴은 리예의 손을 잡았다.

"말해."

"동기 이야기, 사실이에요?"

타나릴은 속으로 실소를 삼켰다. 이 여자는 정말 마녀일 수도 있다. 발더도 모르던 시절의 이야기라 갸웃하기만 하고 말았던 사연의 숨은 이면을 단박에 꿰뚫은 것이다. 아무튼, 숨길 이야기도, 완전히 거짓도 아니었다.

"동기는 아니었어. 후배였는데, 실력이 출중하고 성품도 괜찮아서 나중에라도 내 보좌로 들일 생각을 하고 있었거든. 하지만 내가 실습 여행을 떠난 새 보이지 않아서 물어봤더니 그런 사연이 있더라고. 소식을 알고 따로 찾아보려 했었지만 그 아이는 다시 기회를 얻지 못했어. 쫓겨나서 집으로 돌아가는 길에 자살했다더군."

리예가 눈을 꼭 감으며 그의 어깨를 잡았다. 타나릴은 남의 불행에 이렇게 쉽게 감정 이입을 하는 리예가 조금 걱정스러웠지만 나쁘진 않았다. 오히려 리예 덕분에 저와 균형추가 맞춰지는 느낌이다.

"그래서였군요……."

"꼭 그래서는 아니야. 동굴을 찾아준 데 대한 후사를 하겠다고 했잖아? 마침 내가 할 수 있는 감사의 표시가 딱 그것일 것 같아서."

"그런 것 같았어요. 타나릴, 고마워요."

"이건 당신이 고마워할 일은 아니야. 동굴을 찾아준 것 때문일 수도 있지만 마술사를 직접 키울 수 있다는 건 굉장한 일이거든. 마술사는 아직 밝혀지지 않은 특별한 힘을 발휘할 수 있어."

"특별한 힘이요?"

"마녀도 마법사도 할 수 없는 영역. 나는 마술사가 공간을 접는 비밀에 접근할 수 있다고 봐. 그걸 마법 공학에 접목한다고 생각하면 아찔할 정도야. 그러니 저 아이는 괜찮을 거야. 그게 아니라 해

도 예그하라의 이름 아래 있는 이를 함부로 조롱한다는 건 나를 적
으로 둔다는 것과 같지."

"당신 정말 멋지네요! 정말 대단해요!"

"어? 응……."

"그래도 고마워요. 다."

"흠, 내가 당신을 다시 덮치기 전에 나가는 게 좋겠는데?"

리예가 벌떡 일어났다. 타나릴의 말은 말만으로 하는 위협이 아
니라 강력한 신호를 주고 있었다. 리예는 번개처럼 갈아입을 옷을
낚아채서 욕실로 뛰어 들어갔다.

잠시 후, 일행은 힘을 잔뜩 준 킬로이 영주의 대접을 받았다. 식
사는 무난하고 즐거웠다. 감사의 마음을 식사 자리에 모두 담은 듯
킬로이 영주가 감정을 자제한 덕에 훈훈한 분위기가 이어졌다.

그런데 끝까지 훈훈했느냐, 하면 그렇진 않았다. 디저트와 차를
거절한 타나릴이 리예의 손을 잡고 벌떡 일어났기 때문이다.

식당을 나서는 순간 발더의 웃음소리가 뒤따라왔다. 하지만 신
혼부부로서 충실한 부부는 그조차 잊을 만큼 밤새 서로에게 열중
했다.

· · ·

우리는 다음 날 바로 동굴을 보러 가기로 했다. 5월을 시작하는

날씨는 꽤 변덕스러웠다. 킬로이 영주가 조심스럽게 가능성을 점쳤던 협곡 안으로의 비행은 오늘은 할 수 없었다. 그래서 회오리 같은 바람을 피해 위쪽 평지에 비행선을 착륙시킨 후 협곡 아래로 내려와야 했다.

그래도 협곡 안쪽으로 길이 잘 정비되어 있어서 마차로 이동할 수 있었다. 마차로 약 반 시간을 달리자 줄을 치고 막은 곳 앞에 사람들이 서 있었다.

"여깁니다. 저기 바위 두 개가 보이시죠? 그 위쪽 겹친 부분으로 구멍이 나 있습니다."

타나릴은 되도록 내게 동굴과 연관을 보이지 말라고 했었지만 그곳을 보자 나는 묻지 않을 수 없었다.

"저런 곳에 숨어 있는 구멍을 어떻게 찾았나요?"

협곡 벽은 대부분 바위와 풀, 흙벽에 자리 잡은 나무들이 덮여 있는 데다 군데군데 잔잔한 틈이 있어서 이런 곳에서 구멍 하나를 찾으라고 했다는 자체가 모래밭의 바늘 찾기처럼 보였다.

그런 데다 그 곳은 다른 곳보다 나무와 풀이 우거지고 바위와 바위가 서로 기댄 듯 돌출되어 있었다. 쳐다보기만 해서는 그 위에 구멍이 숨어 있다는 걸 절대 찾지 못했을 곳이었다.

"우리 아들이 숨바꼭질을 좋아합니다. 제 허리에 붕대를 연결해 매달고 있으면서도 풀숲에 숨으면 못 볼 거라며 재롱을 부리곤 했지요. 제가 구멍을 찾았다며 호들갑을 떨기도 여러 번이라 처음엔 그런가 보다 하고 지나치려 했는데, 여기에선 구멍에서 바람이 나온다고 하지 뭡니까. 그래서 마법사에게 확인하라 일렀더니 정말 공동이 있다고 했습니다."

아이가 아들이며 마술사라는 걸 밝힌 후, 아니 타나릴의 후원 약속을 받은 후 킬로이 영주의 얼굴은 매우 밝아졌다. 사연을 듣고 보니 더욱 동굴을 찾은 건 기적 같았다. 피아드란이 아니었다면 찾지 못했을 교묘한 곳이기도 했지만, 그런 아들의 말을 귀담아 들어주는 아버지가 아니었다면 그냥 지나쳤을 것이다.

문제라면 이 동굴이 내가 찾아야 하는 그 동굴이 아닐 경우인데, 왠지 그런 걱정은 들지 않았다. 이게 아니라면 또 찾으면 그만이다. 주인인 내가 이렇게 대놓고 찾는데도 끝내 찾지 못한다면 그건 그 '목소리의 주인'도 찾지 못한다는 뜻이었다. 나는 굴복하지 않을 것이다.

"타나릴?"

내 손이 그에게 꼭 잡혀 있었다. 타나릴이 내 어깨에 손을 두르며 속삭였다.

"괜찮아. 여기가 아니라면 또 찾으면 그만이니까."

"아……."

아무래도 내 마음이 또 읽힌 모양이었다. 그러면서도 내가 금세 긍정적인 생각을 할 수 있었던 근원을 깨달았다.

'그런 거였구나!'

누군가에게 의지한다는 기분. 내가 얼마나 무모한 일을 하든 믿어주고 지원해 주는 이가 있다는 기분. 실패해도 또 할 수 있다는 든든함.

생애 처음 느껴본 감정에 가슴이 먹먹해졌다.

이걸 뭐라 표현해야 할지도 모르겠다. 고마움? 아니, 그런 단순함 이상일 것이다.

하지만 이런 마음을 들킬까 봐 차마 소리 내어 말할 수는 없었다. 아마 내가 이런 마음을 가진다는 것도 부담일 것이다.

비록 임시지만 그래도 처음 가져본 내 편이라는 느낌은 환상적이었다. 이건 어쩌면 내가 갚을 수 없는 부채로 남는 게 아닐까…… 생각에 빠졌던 나는 발더가 소리칠 때까지 내가 뭘 한지도 몰랐다.

"뭐야, 뭐야! 신혼부부, 이런 데 와서도 티 내는 거야? 우와, 어제 저녁 식사 마치기 무섭게 들어가서 밤새 채웠을 텐데 그래도 부족했나? 하긴 그럴 수도 있지. 그 이름도 대단한 냉마왕님께 불이 붙었는데… 으아악!"

발더가 옆구리를 비비면서 요란하게 몸을 떨어댔다. 레타가 그런 발더를 쩨려보며 자기는 자기 화를 자초한다며 잔소리를 퍼부었고, 킬로이 영주는 아무것도 못 본 사람처럼 하늘만 쳐다보고 있었다.

"어……."

내가 무슨 짓을 했는지는 내 손에 잡힌 손이 알려주었다. 나는 말로 감사를 표하지 못하는 대신 타나릴의 손을 잡고 그의 손등에 입을 맞추는 상상을 했다.

그런데 그게… 상상만이 아니었던 모양이다. 지각을 벗어난 내 몸은 실천력도 좋았다.

나는 타나릴의 손을 확 놔버렸지만 금세 다시 그에게 잡혀 버렸다. 타나릴이 씩 웃으며 말했다.

"그렇게 고마우면……."

그리고 내 귓가에 바싹대고 속삭였다.

'…줘.'

핫! 나는 뒤로 풀쩍 물러났지만 아직 손이 잡혀서 도망치는 건 실패했다. 만화 속 인물이 얼굴이 달아오르다 귀에서 폭발이 일어나는 장면이 그리 과장이 아닌 것 같았다. 거울을 보지 않아도 내 얼굴은 빨갛고 귀는 보랏빛일 게 분명했다.

성인 남녀가, 그것도 할 거 다 해본 사이에 방금 타나릴이 말한 정도는 얼마든지 있을 수 있는 일이다.

그래, 오히려 내가 너무 설레발에 과장되게 반응한 거다. 이보다 더 현란하고 노골적이며 퇴폐적인 매체를 접하며 살아봤으면서 겨우 그런 말 한마디에…….

'오늘은 당신이 만져줘.'

푸르르, 펑, 펑!

기어이 귓가에서 폭발이 일어나고 말았다. 간접 경험과 직접 경험의 차이라고 해야 하나? 아니, 아직 직접 경험한 것도 아니라 그저 상상만 한 것뿐인데……. 으악, 그 상상이 문제였다.

"리예, 어디 아파요?"

아무래도 내가 비틀거렸던 것 같다. 타나릴이 나를 부축하는 걸 보며 레타가 걱정스럽게 물었다. 아닌데. 아픈 게 아니라고 말해야 했다.

"어어어……."

그런데 내 입에선 이상한 소리만 새어나왔다. 다리엔 힘이 더 풀리고 얼굴은 더 빨개진 것 같다. 절대 이런 꼴을 보일 수는 없었다. 나는 정말 아픈 척 타나릴의 품에 고개를 박고 얼굴을 숨겼다.

"리예!"

레타가 가까이 다가오는 소리에 나는 재빨리 속삭였다.

"제발, 레타에게 나 괜찮다고 해줘요!"

"음?"

모르는 척 웃는 얼굴에 바싹 대고 다시 속삭였다. 하지만 차마 제대로 된 문장으로 말하지는 못했다.

"…줄게요. 나도 …싶으니까……."

그것만으로 충분했다. 순간 타나릴의 얼굴이 확 굳어버리고 말았다. 타나릴이 갑자기 소리쳤다.

"아냐, 저기 위로 올라가 보려고. 잠깐 올라갔다 올게!"

타나릴이 소리치는 동시에 나를 안고 휙 뛰어올랐다. 다음 순간 나와 타나릴은 쌍둥이 바위 위에 서 있었다. 어른 키보다 한참 높은 곳에 성인 여자를 안고 뛰어오르는 모습에 킬로이 영주는 감탄했지만 레타는 아니었다.

"무슨 짓이야! 그런 곳에 올라가려면 혼자 가지, 왜 리예까지 데리고 가! 위험하잖아!"

다른 여자라면 아무리 친하다 해도 타나릴에게 저렇게 말한다면 나는 속이 상했을지도 모른다. 저렇게 아름다운 레타 공주를 보면 타나릴과 그녀가 혈육이라는 사실에 안심이 드는 건 어쩔 수 없었다.

"리예, 괜찮아요?"

"네, 괜찮아요!"

"아래는 내려다보지 마."

내가 고개를 돌리려는데 타나릴은 내 머리를 더욱 꼭 끌어안았다.

"저 봐, 저 변덕 냉마왕이 어련히 알아서 하겠어?"

발더가 구시렁거리는 소리를 들으며 몸을 숙이자 수풀과 나뭇가지가 우거져서 교묘하게 가려진 구멍이 보였다. 구멍을 보는 순간 나는 바로 알 수 있었다.

여기다. 내가 비행선에서 환상으로 봤던 세모꼴의 구멍 모양이 똑같았다.

구멍은 손바닥 두 개를 합해놓은 크기 정도밖에 되지 않았다. 나는 환상에서 이 구멍으로 박쥐들이 드나드는 것을 봤었다.

"타나릴, 여기 맞아요!"

"…맞아?"

"네, 여기예요! 그럼 혹시 이 동굴이 혜른 강까지 연결되었는지도 알 수 있어요?"

"당신은 또 그새……."

"네?"

"아냐, 일단 알아볼게. 그래도 이번 약속은 절대 안 미뤄줄 거니까."

내 느린 뇌는 또 한 박자 늦게 그의 말을 이해했다. 타나릴은 다시 귓가로 열기가 오르는 나를 확인하고는 구멍으로 고개를 돌렸다.

머릿속에 온갖 음란한 상상이 팡팡 터졌다. 해본 적은 없어도 본 건 많았다. 타나릴이 말한 건 그중 가장 가벼운 것일 뿐이다. 상상이 이어지면서 그게 현실화된다는 생각과 함께 또 인간 활화산이 되던 나는 나와는 다르게 침착하고 진지한 타나릴의 모습에 금세 현실로 돌아왔다.

나는 구멍 안으로 마력을 넣고 있는 그의 모습에 침을 삼키며 기다렸다. 히그틀리의 영지 마법사는 이 안이 동굴임은 알았지만 규모까진 알아내지 못했을 것이다. 하지만 타나릴은 알 수 있을지도 모른다.

그리고 또… 내가 본 어둠, 아니 빛 덩어리? 마녀가 움켜쥐고 스산하게 웃던 그것이 이 안에 숨어 있는지도 확인해야 했다.

잠시 후, 집중을 푼 타나릴이 고개를 갸웃하더니 말했다.

"크기를 알아내지 못했어. 내가 알아본 범위까지는 쭉 뚫려 있었어. 그렇다면 당신 말대로 이 동굴이 강으로 연결되었을 수도 있어."

타나릴이 동굴을 확인해 주자 내 환상이 점점 뚜렷해졌다.

'다 내 거야. 이건 다 내 거야! 이것만 있으면……. 아하하하하!'

음산하게 중얼거리며 내지르던 마녀의 미소가 저 안에 있었다. 내가 이 구멍을 먼저 찾긴 했지만 동굴의 구멍이 이 하나라는 보장은 없었다.

"여, 여기를 지켜야 해요. 아무도 못 들어가게……. 아니, 안으로 들어가서 다른 구멍으로도 못 들어가게 해야 해요."

"리예, 그렇게 할 거야. 할게. 내가 고용한 이들이 지금 오고 있어. 이르면 내일, 늦어도 모레는 이리로 올 거야. 여기에 초소를 짓고 번갈아 지키게 할 거고, 이 구멍을 넓히는 작업을 해서 안을 탐사도 할 거야. 걱정하지 마, 리예."

"타나릴……."

"고맙지?"

타나릴이 속삭였다. 어두운 눈빛이 위험하게 일렁였다. 어제는 이런 걸로 고마워하지 않아도 된다고 하던 이야기를 들었던 것 같은데, 그건 환청이었나?

나는 고개를 끄덕였다. 타나릴이 내 목을 감싸 쥐었다. 막 그와 입을 맞추려는 찰나, 발더가 다시 큰 소리로 구시렁거렸다.

"타나릴, 잠깐 보고 내려온다며! 우리 레타, 배고파! 아직 멀었어?"

타나릴이 내 입술에 댄 입술을 파르르 떨며 속삭였다.

"내가… 저놈 신혼여행에 꼭 따라간다!"

푸흡! 나는 웃다가 말고 고개를 갸웃했다. 레타가 다시 결혼하려고 할까……?

레아라니타 공주는 제국의 가장 아름다운 공주라는 것보다 불운의 공주로 더 유명했다.

레타는 두 번의 사별과 두 번의 파경을 맞았다.

첫 번째 약혼자였던 사람은 결혼을 몇 달 앞두고 사고로 죽었고, 다시 후에 만나 결혼한 남편은 1년도 채 살지 못하고 죽었다. 세 번째로 만나 약혼했던 남자는 결혼 직전 파혼했고, 네 번째 만나 결혼한 남자와는 한 달도 되지 않아 이혼했다.

은밀한 황실 사정 같은 건 잘 모르는 내가 이만큼이나 알 정도로 레타는 불운의 대명사이며 남자를 잡아먹거나 갈아치우는 악녀라는 악명도 붙어 있었다.

하지만 실제로 내가 만난 레타는 소문의 악녀와는 거리가 멀었다. 발더를 사랑하고 그와 아낌없는 사랑을 나누고 있었다. 발더가 레타에게 쩔쩔매는 듯 보여도 실제로는 진심으로 아끼고 사랑하는 마음을 그렇게 표현하는 것이란 것도 훤히 보였다.

내 결혼식에서 봤듯이 발더가 레타와 결혼을 바란다는 건 짐작하기 어렵지 않았다. 그러나 레타는 '절대 다시는 결혼하지 않겠다'고 선언한 상태였다. 두 사람도 쉽게 이루어질 것 같진 않았다.

남 걱정할 때가 아니다. 두 사람은 서로 사랑하고, 특히나 타나릴이 응원하고 있으니 잘될 것이다. 하지만 그때 내가 그들의 신혼여행에 따라갈 수 있을까…….

아니, 그렇다고 정말 따라가겠다는 뜻은 아니다. 발더도 타나릴이 '진짜' 결혼을 하면 그땐 따라가지 않겠지.

"또 무슨 생각해?"

"네?"

"당신은 내 옆에 있으면서도 금세 멀리 날아가 버리는 것 같아."

"날아가다니요, 나, 당신이 내려주지 않으면 여기서 꼼짝도 못하는데요?"

"…그거 좋은 생각인데."

"네?"

"타나릴!"

이번엔 레타가 부르는 소리였다. 타나릴은 '약속 지켜'라는 말과 함께 나를 안고 뛰어내렸다. 다시 활화산이 된 내 모습에 레타가 타나릴을 마구 타박했다.

· · ·

"에르모, 건축업자와 동굴 탐사할 사람을 모아서 보내. 바깥 공사에서 쓸 자재와 인부는 여기서 충당할 테지만 동굴 안에 들어갈 인물은 더욱 철저히 가려야 할 거야."

-준비하겠습니다! 모든 인물에 대해 샅샅이 훑어서 보내도록 하겠습니다.

"알아서 하겠지만 내가 또 거를 테니 걱정하지 않아도 돼."

-…다른 사항은 없습니까?

"채석 장비도 필요할 것 같으니 준비하고."

-알겠습니다, 닷새 내로 모든 인원과 장비가 히그틀리에 도달할 수 있도록 하겠습니다.

"수고해."

-네? …아, 아닙니다. 당장 시작하겠습니다!

통신구의 빛이 꺼지자 발더가 희한한 표정으로 타나릴을 쳐다보고 있었다.

"왜?"

"너, 타나릴……."

"또 싱거운 소리 하려거든 가서 레타나 데리고 네 방으로 가!"

"나는 안 그러고 싶은 줄 알아? 레타가 의원이랑 여자들끼리 할 얘기가 있다고 나 쫓아냈단 말이야!"

"그래서 나한테 징징거리려고 온 거냐?"

"징징이라니! …그래, 징징거렸다 치자. 레타가 네 아내랑 노느라 나랑 안 놀아주는데 그럼 어떡해."

"발. 더."

"아, 그래, 그래. 내가 네 신혼여행에 쫓아온 거지. 하지만 정말 레타가 가자고 했단 말이야! 네가 히그틀리에 간다니까 레타도 같이 가자고 했다고. 정말이야, 맹세해!"

"그럼, 너희끼리 따로 오던가!"

"전용 비행선이 뜨는 걸 뻔히 아는데 왜 따로 와?"

"발더……."

"네가 아무리 이 악물어도 안 무섭거든? 정말이거든?"

"그 담요나 치우고 말하지, 그래."

자동반사 경지에 오른 발더는 아주 자연스럽게 담요를 두른 채 눈만 빼꼼 내밀고 있었다.

이 화상을 다시 하늘에 들어 올려 회전운동을 시켜줄 수도 있지만 레타가 옆에 없으면 그것도 별로 효과가 좋지 않다. 아니, 리예가 기겁하는 걸 본지라 앞으론 지양할 생각이었다. 서른 살이면 아잇적 장난을 졸업할 때도 된 듯싶다.

발더가 알았다면 기함하기도 하거니와 아쉬움에 몸서리칠 생각을 한 타나릴은 이 일의 진짜 원흉을 치울 방법을 강구하기로 했다. 아니, 빨리 일을 해치우고 그 원흉을 따돌릴 방법이라고 해야 옳을 것이다.

'원흉'이 된 줄도 모르는 발더가 툴툴대는 척 말했다.

"레타가 왜 저렇게 리예를 좋아하지? 레타가 첫눈에 사람 좋아하는 건 처음 보는 것 같아. 타나릴, 네가 보기에도 그렇지?"

"음……."

"나는 레타랑 제대로 말 섞기만 몇 달이 걸렸단 말이야. 그런데 네 아내는 뭐냐. 결혼식에 잠깐 본 것 말고 비행선에서 만난 게 처음이나 마찬가지인데 바로 이름을 허락하다니, 나 정말 놀랐다니까!"

"…바라지 않으니까."

"응? 그게 무슨 소리… 아, 그렇구나. 거기에 한 가지 더 있는 것 같은데. 맞아, 네 아내, 바람 같은 느낌이 들어. 느껴지기는 하는데 손에는 잡히지 않는 바람. 그래서 레타가 더 네 아내를 잡아두고 싶은 모양이야."

바람이라, 리예를 설명하기에 더없이 적절한 표현이었다. 여행 가방에 간단한 옷가지만 간단히 챙겨서 고향집마저 미련 없이 집을 떠날 수 있는 여자였다.

타나릴은 대꾸하지 않고 발더를 지그시 쳐다보았다. 능글능글 세상 쉽게 살 것처럼 보이는 발더에겐 꾸민 겉면 아래엔 사람의 진면목을 알아보는 날카로운 안목이 숨어 있었다.

아마 다른 이가 이렇게 리예에 관해 알아챘다면 기분이 나빴겠지만 발더는 아니다. 발더는 오로지 레타 바보이기 때문이다. 리예에 대해 빨리 알아챈 것도 레타가 왜 리예를 좋아하는지 관찰했기 때문일 것이다.

리만 후작이 알면 경을 칠 일이지만, 발더는 제가 반드시 결혼하진 않아도 되는 차남인 걸 다행이라고 하는 놈이었다. 레타가 결혼을 바라지 않으니까.

발더는 타나릴의 눈빛을 굳이 해석하려 하지 않았다.

"참, 별장은 어디다 지을 거야? 협곡이랑 강변, 어디로 결정했어? 강변이 마을도 좀 더 많고 살기도 좋을 것 같은데 거기로 할 거야? 아니면 협곡으로 할 거야?"

"내가 결정할 일은 아니야. 그런데 아마도 동굴 입구를 발견한 곳이 협곡이니 그쪽으로 할 것 같아."

"그렇겠지? 하지만 협곡 근처라면 적당한 곳을 찾기 어려울 것 같은데."

"탐사를 해보면 알겠지. 내일은 협곡에도 바람이 잔다고 하니 내일 다시 비행선을 띄워서 가보려고."

"레타가 바로 그걸 원했어!"

타나릴은 대꾸하지 않았다. 다만 속으로 다시 한번 발더의 신혼여행을 기약할 뿐이었다. 발더는 아직 모르고 있겠지만, 결혼식에서 봤던 리만 후작의 눈빛을 보자면 차남의 결혼식이 올해를 넘기지 않을 게 분명했다.

타나릴이 아무 말도 하지 않자 발더가 눈을 가늘게 뜨며 갸웃했다.

"너 정말 이상해."

"발더."

"아니, 신소리가 아니라! 아까 에르모가 놀란 거 못 봤어? 수고하라고? 네가 그런 소릴 하니 에르모가 놀라지! 아마 오늘 밤잠도 못 자고 전전긍긍할 거다!"

"격려해 준 건데 왜 밤잠을 못 자?"

"말이 격려지, 에르모 귀엔 한 사람이라도 허튼 인원을 보내면 죽었다, 라는 말로 들렸을걸!"

"그런 의미도 있었는데."

"…말을 말자."

발더는 고개를 절레절레 저었다. 에르모에게 애도를 표하느라 발더는 올해 내로 자신에게 닥칠 환란은 예상할 수가 없었다.

타나릴이 벌떡 일어나며 말했다.

"가만, 의원을 만나는 자리인데 왜 내가 빠져야 하지?"

"여자들끼리 얘기한다잖아, 내 공주님이!"

"여자들만의 담화도 얼추 끝났을 거야."

발더도 일어났다. 잠시 후, 두 남자는 여자들의 담화 현장의 문을 두드렸다.

· · ·

"이제 나도 끼어도 되나?"

"나도!"

타나릴과 발더가 방 안으로 차례로 얼굴을 내밀자 피아드란이 얼른 내 뒤로 몸을 숨겼다.

내가 동굴을 발견한 사람에게 감사 인사를 하고 싶다고 하자 킬로이 영주가 좀 전에 피아드란을 보내줬다. 같이 온 유모가 구석에서 지키고 있었지만 아이는 내게서 떨어지지 않았다.

방금까지 재잘재잘 떠들던 아이가 또 수줍어하는 모습이 너무 귀여워서 나는 피아드란을 끌어안아 보고 싶었지만 억지로 참아야 했다.

귀족은 남의 아이에게 함부로 손을 대는 것을 큰 결례로 쳤다. 하지만 피아드란이 살금살금 다시 나타나며 내 팔을 붙드는 모습에 나는 참지 못하고 아이를 끌어안았다가 놓아주었다.

피아드란이 놀란 얼굴로 나를 쳐다보았다가 배시시 웃었다. 나는 얼른 사과했다.

"함부로 안아서 미안해."

"괜찮아요. 우리 엄마 아빠도 노상 저를 안고 뽀뽀하는 걸요. 메릴리타도 항상 저를 안아줘요."

아이의 또랑또랑한 대답에 나도 그 통통한 볼에 뽀뽀를 하고 싶었지만 그것만은 억지로 참았다.

흠흠, 헛기침 소리에 놀란 피아드란이 또 뒤로 숨었다. 그러다 타나릴과 발더가 의자에 앉는 걸 보고는 다시 내 옆에 슬그머니 앉았다. 아무래도 남자를 많이 경계하는 것 같은데, 나를 믿고 옆에 있기로 한 것 같았다.

"후작님을 뵙습니다. 지난번엔 몰라뵈었습니다. 리만 경께도 인사드립니다."

메릴리타가 타나릴과 발더에게 예를 갖춰 인사했다. 그런데 나는 문득 지난번에도 메릴리타가 타나릴을 알아봤던 게 아닐까 하는 생각이 들었다. 그러면서도 천연덕스럽게 남편이니 신혼부부이니 하는 말을 했었다.

그러든 아니든 무슨 상관이랴. 메릴리타의 진찰은 정확했고 오늘도 매우 유용한 조언을 들었다.

"여자들끼리만 있는 줄 알았는데."

발더의 시선이 향한 곳을 보며 레타가 눈을 흘겼다.

"그래서, 지금 저 귀여운 꼬마가 남자라고 말하고 싶은 거야?"

"남자는 맞지. 맞는데, 그게 그런 뜻은 아니고……."

횡설수설하는 발더와 레타가 아웅다웅하는 걸 무시하며 타나릴이 메릴리타에게 물었다.

"아내는 어떻소?"

"매우 건강하십니다. 그리고 지난번 말씀드렸던 것, 지금도 같답니다."

메릴리타가 타나릴에게 말하고는 내게 윙크했다. 방금 피아드란이 오기 전까지 메릴리타는 또 밤일에 대한 무한한 긍정 효과에 대한 설명과 함께 적극적으로 권장하고 있었다. 레타의 앞에서 자궁과 몸 구석구석 마력이 골고루 배어 있는 걸 보니 잘했다며 칭찬도 들은지라 나는 그대로 풍화되고 싶을 지경이었다.

안 그래도 어젯밤 동굴 입구에서 한 '약속'을 지키기 위해 고군분투하기도 했다. 문득문득 그때를 떠올리면 혼자 괜히 얼굴이 붉어지는데 메릴리타는 불에 기름을 콸콸 붓고 있었다. 그런데 이 마법사 남편도 만만치 않았다.

"그대의 조언에 잘 따르고 있소"

신은 이 남자에게 준 게 너무 많아서 쑥스러움 같은 건 빼버렸나 보다. 나는 귀를 닫고 싶었지만 적절한 참견을 위해서라도 새겨들어야 했다.

"앞으로 식욕이 더욱 왕성해질 겁니다. 아직 입덧은 없는데 곧 생길 수도 있으니 그때 다시 의원과 상담하시고요. 많이 잘 먹고 격렬하지 않게 조금씩 운동도 하시는 게 좋습니다. 침대 운동 이외의 운동을 말씀드린 거랍니다, 호호호."

"알겠소. 조언 고맙소."

또 짓궂게 말하는 메릴리타의 말에도 타나릴은 진지하게 고개를 끄덕였다. 덕분에 나만 그 사이에서 눈을 둘 곳을 잃었다. 당황한 나를 구해준 건 무슨 말인지도 모르면서 메릴리타를 따라 웃고 있던 피아드란이었다.

"누나, 아니, 부인."

"응?"

"이 안에 아가 있어요?"

"어머, 어떻게 알았니?"

"메릴리타가 아까 말하는 거 들었어요."

"그랬구나! 피아드란, 똑똑하네?"

"이 아이, 나중에 나 주면 안 돼요?"

"…뭐?"

갑자기 공기가 얼어붙은 걸 모르는지 피아드란은 계속 종알거렸다.

"이 아이, 너무 좋아요. 나를 붙잡아줘요. 나중에 신부 삼고 싶다……."

"도련님?"

메릴리타가 중얼거리는 피아드란에게 물었다.

"부인의 배 속에 있는 아기가 여자 아기예요?"

"응!"

피아드란은 확신에 차서 힘차게 고개를 끄덕였다.

"아기님이 도련님이 다른 곳으로 못 날아가게 붙잡아주기도 하나요?"

"어? 어떻게 알았어?"

"방금 도련님이 말씀하셨잖아요."

"응, 대단하지? 이 아이 옆에만 있으면 난 다시는 높은 곳에 혼자 올라가지 않을 것 같아."

"그랬군요……."

메릴리타와 아이의 대화에 귀를 기울이며 모두 놀란 얼굴을 했지만 그중 피아드란의 유모는 가장 놀란 얼굴로 나를 바라보았다. 그냥 바라보는 것이 아니라 간절한 애원을 담았다가 금세 체념하는 그 눈길이긴 했지만, 덕분에 나는 피아드란이 얼마나 사랑받고 있는지 알 수 있었다.

"난 가장 센 마법사가 될 거야. 그러면 이 아이도 지켜줄 수 있는데. 부인, 내가 이 아이 지켜주고 싶어요!"

"나중에 이 아이가 세상에 나오고, 말을 할 수 있을 만큼 크면 물어보렴? 어떠니?"

"그럴게요!"

피아드란이 나와 눈을 맞추며 환하게 웃었다. 치기 어린 어린아이의 말이라 해도 내 아이를 지켜준다는 귀여운 소년이 너무나도 귀엽고 사랑스러웠다. 가슴에 몽글몽글한 감정이 가득 차는 것 같았다.

그때였다.

'내 제물, 내 제물이 어디 갔지? 너냐? 네가 내 제물을 빼돌린 것이냐? 너지!'

나는 그대로 까무러쳤다.

* * *

타나릴은 돌연 쓰러지는 리예를 받아 안았다. 메릴리타가 황급히 달려와 리예를 살피고 레타는 놀라서 울음을 터뜨린 피아드란을 유모에게 안겨 내보냈다.

메릴리타는 리예를 소파에 반듯하게 눕히게 한 후 온몸을 주무르고 살피고 주무르기를 계속했다. 하지만 리예가 몇 분이 지나도록 정신을 차리지 못하자 타나릴은 결국 노기를 터뜨렸다.

"이게 어떻게 된 일이오, 방금까지 멀쩡하던 아내가 왜 쓰러진 거란 말이오!"

"타나릴."

발더가 타나릴의 어깨를 잡으며 달랬다. 이 순간 믿고 맡길 이는 메릴리타밖에 없었다. 그런 걸 모를 이가 아닌데도 타나릴은 이성을 잃고 있었다.

발더는 걱정스러웠다. 감성적인 타나릴을 보는 날이 오다니 다른 때 같으면 두고두고 놀릴 거리로 삼을 테지만, 또 반가워할 일이지만, 지금은 그럴 때가 아니었다.

"타나릴, 조금만 진정해."

메릴리타는 계속해서 리예의 온몸을 주물렀다. 그냥 주무르는 게 아니라 손길 한 번마다 땀을 뭉텅뭉텅 흘리고 있었다. 덕분에 리예는 점점 안색이 돌아오고 있었지만 온 심력을 쏟는 그녀는 점점 더 파랗게 질려갔다.

이윽고 메릴리타가 소리쳤다.

"부인, 부인? 이제 정신이 드시나요?"

"리예!"

타나릴이 얼른 리예의 머리맡에 앉아 그녀의 손을 잡았다. 파르르 떠는 눈꺼풀이 힘겹게 열리는 모습이 주는 안도감은 난생처음 겪는 것이었다.

"리예, 정신이 들어?"

"타나… 릴."

눈을 뜨자마자 그의 이름을 부르는 목소리가 갈라져서 나왔다.

"물이 필요해요!"

메릴리타의 외침에 레타와 발더가 직접 물을 따라왔다.

"조금씩, 조금씩 주세요."

타나릴이 컵을 받아 메릴리타의 말대로 리예의 입으로 조금씩 물을 흘려 넣었다. 리예는 반쯤 컵을 비우고 난 후 고개를 저었다. 타나릴은 리예를 반쯤 감싼 채 물었다.

"리예, 괜찮아?"

"내가……."

"부인, 방금 혼절하셨어요."

메릴리타의 말에 리예는 혼란스러움을 감추지 못한 채 눈을 꾹 감았다. 곧 옅은 신음을 흘리는 그녀를 타나릴이 고쳐 안으며 물었다.

"리예, 어디가 아파?"

리예는 고개를 젓고는 다시 눈을 떴다.

"아뇨, 저를 좀 일으켜 주세요."

리예는 소파에 기대앉은 채 잠시 멍한 얼굴을 했다. 걱정스럽게 저를 쳐다보는 이들을 차례로 둘러본 리예는 마지막에 메릴리타와 눈을 맞추었다. 그러다 서둘러 남은 물을 마저 마시고는 컵을 떨어뜨리고 말았다.

타나릴이 다급히 물었다.

"괜찮아?"

"괜찮아졌어요. 당신 덕분이에요. 그리고 메릴리타… 도요."

리예가 걱정스레 묻는 메릴리타의 손길을 피하며 몸을 웅크렸다.

 이상한 일이었다. 잠자리 조언에 조금 민망하긴 했어도 리예는 메릴리타의 실력을 믿고 호감을 지니고 있었다. 레타와 여자들끼리의 은밀한 이야기를 나누며 함께 자리한 것만 봐도 알 수 있다.

 하지만 지금 리예가 메릴리타를 보는 눈길이 영 수상했다. 고마움보다는 경계, 의심, 또는 두려움이 느껴졌다. 두려움?

 그건 타나릴뿐 아니라 메릴리타도 알아챈 것 같았다. 메릴리타가 레타와 발더를 향해 청했다.

 "흠, 흠. 무척 송구스럽습니다만 지금부터 할 이야기는 매우 사적이라……."

 자리를 피해달라는 말이었다. 레타와 발더는 타나릴을 돌아보고는 조용히 방을 나갔다.

 "부인."

 메릴리타가 리예에게 다가오자 타나릴은 당장 그녀를 경계했다.

 "한 발짝 물러나는 게 좋겠소."

 배은망덕한 반응에 억울할 법도 하지만 메릴리타는 처연하게 한숨만 쉬고는 한 걸음 물러났다. 타나릴이 사납게 물었다.

 "아내가 쓰러진 일에 당신이 연관되어 있소?"

 "아, 아니에요, 타나릴!"

 리예가 미안한 얼굴로 황급히 고개를 저었다. 그럼에도 타나릴의 경계는 풀어지지는 않았다. 그는 어느 순간에도 마력을 뿜어낼 준비를 마치고 있었다. 리예는 아니라면서도 그의 손을 꼭 잡고 있었다.

"리예, 정말 괜찮아?"

다시 묻는 말에 리예는 침을 삼켰다. 그리고 힘을 주어 고개를 끄덕였다.

"그럼 무슨 일인지 말해줄 수 있어? 당신, 왜 쓰러진 거야?"

리예는 곧바로 대답하는 대신 메릴리타를 가만히 쳐다보았다. 그러다 무언가를 깨달은 듯 놀란 얼굴을 하고는 그녀에게 물었다.

"메릴리타, 내게 무슨 일이 생긴 것인지… 메릴리타는 알고 있었나요?"

리예의 질문은 환자가 의원에게 묻기로 이상할 것은 없었지만 그런 식의 질문이 아니었다. 리예를 한참이나 안타까운 표정으로 바라보던 메릴리타가 한숨을 쉬며 답했다.

"짐작만 할 뿐입니다. …부인께서는 주술을 담은 강력한 염에 당하셨어요."

"리예가 주술에 당했다는 말이오? 왜? 누가 말이오!"

타나릴이 펄쩍 뛰었다.

주술로 남을 해코지하는 것을 다른 말로 저주라 부른다. 예로부터 마녀가 배척받았던 가장 큰 이유였다.

하지만 모든 마녀가 저주를 쓸 수 있는 것은 아니며, 저주술을 증오하는 마녀도 많았다. 마녀의 사회적 지위를 보전하기 위해서도 저주술은 마녀들 사이에서도 척결 대상이었다.

"그것까진 저도 모릅니다. 부인께서 쓰러진 연유는 알았지만 주술의 흔적을 전혀 추적할 수가 없었습니다. 그것이… 현재의 것이 아니었어요."

"그럼 어딘가에 이미 걸려 있던 주술의 잔재에 리예가 당했다는 거요?"

놀랍게도 그에 대한 답은 리예가 했다.

"아마도… 과거의 것도 아닐 거예요. 그렇죠, 메릴리타?"

메릴리타의 눈이 크게 뜨였다. 그 눈빛만으로 답을 확신할 수 있었다.

"미래에서? 그 말이오, 메릴리타? 리예?"

"부인?"

메릴리타도 놀란 눈으로 리예를 바라보았다. 리예가 차분히 숨을 고르며 말했다.

"내가 방금 메릴리타를 꺼렸다면 죄송해요. 그런데… 그럴 수밖에 없었어요."

"…저였나요? 제가 부인께 저주를 보낸 거였나요?"

메릴리타가 숨이 막히는 듯한 목소리로 물었다. 그럴 리가 없다는 확실한 부정, 아니, 정말 그런 거였느냐는 의심이 담긴 경악이 담겨 있었다.

타나릴은 다시 경계했다. 리예가 다급히 그들의 대치를 풀어버렸다.

"아뇨, 아니에요. 내가 잠시 착각한 거였어요. 미안해요, 메릴리타."

"착각하신 거라고요? 그건 무슨 뜻인지 알 수 있을까요?"

"이번이 두 번째였어요, 메릴리타."

"네?"

"메릴리타가 '염'이라고 했던 그것이요. 첫 번째는 나를 직접 지목한 게 아니라 대중을 향한 외침처럼 들렸어요. 그런데 이번엔 나를 지목해서 직접 외친 거였어요."

"…부인."

"나를 위협하기 위해 지른 고함은 각각 흔적을 딸려 보냈어요. 첫 번째에서 나는 그녀가 꼭꼭 숨기려던 보물의 존재를 알게 되었고, 두 번째는 자신의 모습을 드러냈어요."

타나릴은 리예의 말을 끊지 않기 주먹만 쥔 채 입을 꾹 다물었다. 메릴리타는 입을 가리며 숨을 멈췄다.

"그녀는 거울을 보며 손가락을 물어뜯고 있었어요. 자신의 손가락을 물어뜯고 있는데도 전혀 아프지 않아 보였어요. …손가락은 금으로 만든 것이었어요. 그러다 다른 손가락을 물어… 기어이 피를 보더군요. 금으로 된 손가락은 하나가 아니었어요."

멀쩡한 손가락을 물어뜯어 없앴다는 말이다. 하지만 아직 오싹해하기엔 일렀다.

"거울에 비친 그녀의 얼굴이… 메릴리타 당신을 닮았어요."

"네?"

"미안해요, 메릴리타. 그녀는 당신이 아니었는데……."

"…어떻게 제가 아닌 걸 아셨나요?"

꺼질 것처럼 쉰 목소리로 속삭이는 메릴리타의 표정은 너무나도 간절했다. 리예는 확신을 주듯이 대답했다.

"그녀는 매우 젊었어요. 그리고 그녀가 먹어치운 것이 자신의 손가락만이 아니었다는 걸… 지금 막 깨달았어요. 메릴리타, 당신은 그녀의 첫 번째 제물이었어요."

메릴리타는 쓰러질 듯 풀썩 물러앉았다. 그녀는 떨리는 손으로 심장 부위를 움켜쥐고 한참이나 숨을 골랐다.

뭐든 다 포용할 것 같고 탄탄해 보이던 메릴리타에게서 혼란과 슬픔이 느껴졌다. 메릴리타는 그렇게 한참이나 진정하고는 천천히 말을 이었다.

"마녀도 마법사처럼 주술을 부리는 힘을 마력이라고 불러요. 마법사는 마력을 뿜어내어 다른 마법사를 보조할 수도 있고 일반인을 보호하기도 하지만 마녀는 오로지 자신만을 위해 쓸 수 있어요. 하지만 마녀가 다른 마녀의 마력을 쓸 수 있는 방법이 없는 건 아니에요. …잡아먹는 것, 물리적으로나 주술적으로나 어느 쪽이든 상관없어요."

리예가 눈을 감으며 가슴을 눌렀다. 메릴리타가 고개를 끄덕였다.

"알고 계셨군요."

리예는 작게 고개를 끄덕였다. 일반인은 당연히 모를 사실이지만 메릴리타는 어떻게 아느냐는 질문은 하지 않았다. 리예가 다시 물었다.

"주술이 미래에서 온 것이라면, 내가 알아차린 이상, 미래는 바뀌는 것 아닌가요? 그럼 이젠 그녀가 다시 나를 찾지 못하는 거 아닌가요, 메릴리타?"

메릴리타는 잠시 생각하더니 곧 고개를 저었다.

"…아닐 거예요. 그녀가 누구인지 찾아내기 전까진 그녀는 다른 방법을 또 찾아 다시 부인을 공격하려 들 거예요. 다만 오늘의 일로 미래가 틀어진 거라면 그녀는 처음부터 부인을 다시 찾아야 하겠지요. 그러나 앞으론 부인을 찾지 못하게 될 거예요. 그건 제가 하지요!"

"메릴리타가요?"

"네, 제게 며칠만 시간을 주세요. 주술로는 절대 부인을 찾을 수 없게 방어막을 두르는 물건을 만들어 올게요. 하지만 그렇게 부인을 감춘다 해도 완전히 안심할 수는 없어요. 미래에서 부인을 찾지 못한다면 현재의 자신에게 부인을 찾도록 하겠지요. 아마 지금도 과거의 자신을 조종하는 무언가를 하고 있을 수도 있어요."

두 여자의 대화는 황당무계했지만 타나릴은 무시하거나 불신하

372

지 않았다. 두 사람 다 놀라운 비밀을 감추고 있었고 들을수록 의문만 쌓였다.

"역시 그대는 평범한 의원이 아니었군, 메릴리타."

"평범한 의원은 아닌지 모르지만 평범한 마녀이긴 하답니다. 덕분에 의술 말고도 두루두루 조금씩 재주가 있긴 하지요."

평범이라는 수식어 자체가 어울리지 않는 마녀가 할 말은 아니었다. '두루두루'라는 말로 가볍게 표현하긴 했지만 타나릴은 메릴리타의 저력이 웬만큼 알려진 마녀 이상일 거라 짐작할 수 있었다.

내로라하는 마녀들이 자리 잡고 있는 수도 이린야 병원에서 봤던 의원과의 진단의 차이는 그 일부분일 것이다. 그런 메릴리타를 '제물'로 삼았다면 그 상대는 또 어떤 힘을 지닐지 아득해지고 만다.

"그녀가 흘린 게 하나 더 있어요⋯⋯."

리예의 말에 타나릴과 메릴리타가 동시에 집중했다.

"메릴리타가 첫 번째였고요⋯⋯. 두 번째이자 놓쳤다며 분통을 터뜨리던 제물이 여기 또 있어요."

"여기?"

"설마, 부인?"

"맞아요, 피아드란이었어요."

리예가 터뜨린 폭탄의 여파는 컸지만 당장 할 수 있는 일은 없었다.

타나릴은 먼저 침실로 돌아가 리예를 눕혔다. 리예는 자고 싶지 않다고 했지만 놀란 몸과 정신은 침대에 눕자마자 잠들게 했다. 리예가 잠들자 그는 곧장 다시 메릴리타를 찾았다.

"뭐든 말씀하세요, 후작님."

무슨 질문이든 각오하고 있다는 모습이었다.

타나릴은 실소를 삼켰다. 메릴리타는 심문을 받아야 하는 죄인이 아니었다. 아직 그토록 열성적으로 리예를 구해준 감사 인사도 하지 못했다.

"먼저 감사하고 실례에 사과하오."

메릴리타는 놀란 눈을 하다가 빙긋 웃었다. 마치 그의 마음을 다 꿰뚫는 것처럼 보여 썩 유쾌하진 않았지만 더는 무례할 생각이 없었다.

"홀로 히그틀리와 인근 영지까지 돌아다닌다고 들었소. 이제부터 히그틀리 영주부에서 벗어날 때는 항상 호위를 동반하는 게 좋겠소. 호위 인력을 붙여주겠소. 마법사 호위가 싫다면 마녀로만 붙여줄 수도 있소."

"말씀은 감사하지만 과하십니다. 저도 제게 닥칠 일을 알게 되었으니 나름 대비를 할 수 있습니다."

"그대처럼 강한 마녀가 누군가의 제물이 되었다면 그대보다 더 강한 마녀이거나 당신이 방심할 상대라는 뜻이겠지. 그대가 그 제물이 되지 않게 하려는 것뿐이니 거절하지 마시오."

"하지만 저는 누군가와 같이 다녀본 적이 없습니다. 상대는 오히려 그런 저를 더 경계하고 더욱 치밀해질 수도 있고요."

"제자를 데리고 다니는 거라면 어떻소? 반드시 뛰어난 호위가 있어서가 아니라 누군가 그대의 곁에 있기만 해도 당할 위협은 현저히 줄어들 거라 생각하오."

"왜 저를 위해 이렇게까지 하시려는 것입니까, 후작님?"

"딱히 그대를 위해서는 아니오. 리예가 봤던 끔찍함이 다시 일어나지 않게 하기 위해서지."

"부인을 많이 아끼시는군요, 참 보기 좋아요."

메릴리타가 눈을 휘며 웃었다. 타나릴은 눈썹을 꺾었다가 못 들은 척 말을 돌렸다.

"아내에 관해 물어보고 싶은 게 있소."

"…네."

"혹시 내 아내는 마녀요? 리예는 자신이 마녀인지 아닌지 혼란스러워했소."

메릴리타는 순간 찌푸리다가 피식 웃고 말았다.

마녀는 막 사회 진출을 시작하긴 했지만 아직 시선이 곱지 않았다. 특히나 귀족 가에서 마녀라면 이혼 사유나 약점이 되곤 했다. 하지만 타나릴이 묻는 건 그것과 거리가 멀어 보였다.

"부인과 이런 대화를 해본 적이 있으신가 보군요."

"마녀든 아니든 정체성을 찾는 게 좋지 않겠소? 아니라면 상관없지만 만일 리예가 마녀라면 그대에게 배움을 청할까 하는데."

"진심이시군요, 후작님?"

"내가 그대와 허튼소리를 할 연유는 없지 않겠소."

"그건 그렇지요. 저처럼 촌구석 의원 나부랭이를 떠볼 이유도 없고요. 하지만 왜 저입니까?"

"어떻게 생각하든 좋소. 난 그대가 뛰어나다고 생각해서 청한 것뿐이오. 내 아내는, 마녀요?"

그저 사실 여부만 확인하고자 하는 질문이었다. 그러면서도 긍정의 대답일 거라 짐작하는 눈빛에 메릴리타는 고개를 저었다.

"부인은 마녀가 아닙니다. 마녀가 가지는 마력을 전혀 느낄 수 없었습니다."

타나릴의 표정이 돌연 더 심각해졌다. 의아해하는 메릴리타에게 타나릴은 평이하게 말을 이었다.

"호위는 정녕 싫소?"

"…아니요, 후작님의 호의를 받아들이겠습니다."

"잘됐군. 닷새 후 비행선이 도착할 텐데 그때 그대의 호위도 오라 하겠소. 그때까진 꼭 영주부에 있으시오. 만일 급하게 움직일 일이 있거든 날 부르시오."

"후작님을요?"

"꼭 부르시오."

타나릴은 마지막까지 다짐을 받고 메릴리타와 헤어졌다. 서둘러 아내에게 되돌아가는 타나릴의 뒷모습을 보며 메릴리타의 입가가 슬쩍 올라갔다.

· · ·

타나릴이 나가는 순간 나는 잠이 깨었다. 그가 누구를 만나러 가는지 알 수 있었다. 대화는 길지 않았는지 오래 기다리지 않아 타나릴이 돌아왔다.

"메릴리타와 무슨 얘기를 하고 왔어요?"

"벌써 깼어? 일어나지 마."

타나릴은 나를 침대에 도로 눕히고서야 답했다.

"당신이 마녀인지 물어봤어."

"뭐래요?"

"아니래. 당신에겐 마녀로서 지녀야 할 마력이 전혀 느껴지지 않는대."

"그렇군요……."

미래를 엿보는 건 마녀의 능력일지도 모른다고 생각했다. 꼭 내가 마녀이길 바란 건 아니지만 그래도 실망스러웠다. 아니, 실망이라기보다는 더 혼란스러워진 것 같았다. 그럼 나는 뭘까?

"그리고 메릴리타에게 호위를 붙여주기로 했어. 닷새 뒤에 수도에서 사람이 올 때까지 급한 일이 있으면 내가 동행해야 할지도 몰라."

"당신이 직접이요?"

"먼저 불렀던 용병들이 내일 오긴 하지만 그들은 용도가 다르니까. 그들은 당장 동굴을 지키는 일에 투입될 거야. 물론 당신의 안전 확보가 먼저고. 혹시 그럴 일이 있게 되면 당신은 여기서 꼼짝하면 안 돼."

"네, 그럴게요."

타나릴이 나를 일으켜 주었다.

"피아드란에 대해서도 걱정하지 마. 그… 빼앗겼다며 포효했다고 했지? 아마도 내 보호 아래 들어왔기 때문에 그런 말을 했을 거야."

"네, 맞아요. 당신이 후원을 약속한 순간부터 피아드란은 그녀의 손에서 벗어났을 거예요."

머리 위로 타나릴이 고개를 끄덕이는 게 느껴졌다.

"몸은 괜찮아?"

"솔직히 아까까진 많이 두렵고 힘들고 몸도 떨리고 그랬어요. 그런데 다 말하고 나니까 희한하게도 괜찮아졌어요."

정말이었다. 타나릴의 품에 기대어 있으니 아까 겪은 일은 벌써 꿈결같이 아득히 희미해졌다. 물론 그때 본 것마저 잊어서는 안 되겠지만 그래도 다 말해 버렸으니 어쩌면 나는 더는 상관하지 않아도 되지 않을까 하는 생각까지 들었다.

"무슨 생각을 그렇게 깊게 해?"

타나릴이 묻고서야 내가 한참이나 아무 말도 하지 않을 걸 깨달았다. 하지만 대답할 말은 없는데. 나는 솔직히 말했다.

"아무 생각도 안 했어요."

"…조금 실망스러운데."

"네?"

"어젯밤에 했던 시도를 좀 더 보강할 고민을 하고 있다든가……. 물론 어제도 좋았지만 나는 욕심 많은 짐승이라서."

"타나릴!"

잔잔해지던 심장이 다시 쿵쾅거렸다. 내 얼굴이 무슨 색이 되었는지 보지 않아도 알 수 있었다. 어설픈 손안에서 맥동 치던 느낌이 마구 되살아나 눈을 감으며 그의 어깨에 고개를 파묻었다.

하지만 눈을 감으니 더욱 선명해지고 말았다. 바로 이 침대에서 한 것이라 더욱 쉽게 되살아났다.

겨우 살살 어루만져 본 게 다이면서도 이렇게나 음란하게 느껴지는 건 타나릴의 말처럼 그 이상을 할 생각이 가득했기 때문인지도 몰랐다. 실제로 음란한 상상이 뭉게뭉게 피어오르는 것 같았다.

내가 무슨 생각을 하는지 아는 것처럼 타나릴이 짐짓 음흉하게 웃으며 말했다.

"지금 당장 시험해 봐도 좋을 텐데."

"지, 지금은 안 돼요! 조금 있으면 리만 경과 레타가 다시 나를 보러 올 거라고요. 피아드란도 달래줘야 하고요."

"그 말은, 생각해 둔 게 있다는 뜻이지?"

나는 대꾸할 힘도 잃고 눈만 더 꾹 감았다. 타나릴이 쿡쿡 웃으며 내 이마에 이마를 마주 대고 말했다.

"기대해 볼게."

"곧 사람들이 올 거라니까요!"

"신혼여행에 방해꾼이 이렇게 많아서야……."

타나릴이 끙 하며 한숨을 쉬었다.

이곳을 여행지로 삼은 건 오로지 나 때문이었다. 뭐라 사과할지 고민하던 차에 타나릴이 먼저 말했다.

"우리 신혼여행은 보름을 예상했었는데 여기서 이래저래 열흘 이상은 있어야 할 것 같아. 특별히 가고 싶은 다른 여행지는 생각해 둔 적 있어? 다음 여행지는 무조건 우리 둘이서만 가도록 하자."

"다른 곳이요?"

"당장은 동굴 때문에 아무런 관심이 안 갈 테지? 천천히 생각해 둬. 어차피 여기는 또 와야 할 곳이니까 진짜 여행지로 골라봐. 휴가를 더 늘릴 수도 있으니까 멀어도 괜찮아."

나도 직장 생활을 해본 사람으로서 휴가를 이렇게 길게 쓴다는 건 그야말로 마의 영역이라는 걸 알고 있었다. 물론 타나릴은 가능하니까 한 말이겠지만 그래도 휴가가 끝난 후 닥쳐올 후유증이 조금 걱정되었다.

"잘 골라볼게요."

대답하고 나서 어디를 고를까 잠시 생각하던 나는 흠칫 몸을 떨었다.

너무… 진짜 같다. 신혼여행이라는 이름을 붙이는 것부터 자꾸 밤일만 생각나서 눈만 맞으면 몸이 화르르 타오르는 내가 위험하게 느껴졌다.

모두 다 이 사람 탓이다. 첫인상의 차가움과 다르게 다정함으로 중무장된 이 남자에게 자꾸만 속절없이 빠져드는 것 같았다.

맙소사, 순간 소름이 돋았다. 내 감정을 두고 이 남자 탓을 하려 하다니, 내가 가장 증오하고 경멸하던 엄마의 모습을 답습하는 것 같아 몸서리가 쳐졌다.

나의 감정은 나의 것일 뿐이다. 내가 이 남자를 깊이 마음에 두더라도 절대 이 남자에게 책임을 전가하진 않을 것이다. 절대, 절대 내 마음을 들키지 말아야겠다.

나는 감정을 잘 감추는 사람은 못 되지만 그래도 최악을 염려하지는 않아도 될 것이다. 그것은 욕정과도 통하니까 조금 드러내도 덮어질 테지? 나는 타나릴의 등 뒤로 손을 둘렀다.

아직 타나릴이 날 원해서 다행이었다. 기왕이면 그 기한이 2년은 갔으면 좋겠다.

"당신, 정말 괜찮아?"

타나릴의 목소리가 그윽해졌다. 살짝 이마를 떼고 마주 보는 눈 속에 어두운 욕망이 넘실거렸다.

"나도 내가 짐승같이 느껴지는데, 이건 정말 당신 탓이거든."

왜 날 끌어안으래, 타나릴이 눈짓으로 나를 가리켰다. 뻔뻔한 책임 전가에 피식피식, 실소를 삼켰다. 동시에 이성도 함께 삼켜 버렸다. 내가 그를 다시 끌어안으려는 순간이었다.

똑똑, 문을 두드리는 소리에 나는 화들짝 손을 뗐다. 타나릴이 입 속으로 뭐라 중얼거리며 소리쳤다.

"들어와!"

문이 열리면서 발더와 레타, 피아드란까지 한 번에 들이닥쳤다. 나를 걱정스럽게 보고 있는 이들에게 내가 먼저 입을 열었다.

"나는 괜찮아요. 정말이에요."

"정말 괜찮아요?"

레타가 가장 먼저 가까이 다가와 물었다.

"네, 괜찮아지기도 했지만 메릴리타가 다음에 다시 이런 일이 생기지 않도록 조치를 해준다고 했으니 걱정하지 않아도 돼요."

"정말요, 정말 괜찮아요? 이렇게 일어나 있어도 괜찮은 거예요?"

"네. 그래도 좀 쉬는 게 좋다고 해서 침대에 있는 것뿐이에요, 괜찮아졌어요."

"다행이에요……. 아, 그런데 왜 갑자기 쓰러진 거래요?"

레타가 눈이 동그래져서 물었다. 걱정이 가득한 그 얼굴에 나는 사실을 다 말해도 될지 확신할 수 없어서 조금 망설이고 말았다.

"그건 제가……."

"리예가 좀 예민해져서 그런 거래. 리예 말처럼 메릴리타가 방비를 해준다니까 걱정하지 않아도 돼."

타나릴이 내 말을 가로채서 말했다. 분명 이상한 느낌을 받았을 테지만 레타는 눈을 가늘게 떴다가 곧 어깨를 으쓱했다.

"다행이네, 다행이에요, 리예."

"고마워요, 레타."

"그나저나 오늘 리예랑 같이 메릴리타를 따라 온천에 가보려 했더니 다 글렀네."

"뭐? 누구랑 어딜 가!"

타나릴이 벌컥 하자 레타가 마주 응수했다.

"리예랑 소풍 가려고 했어, 왜! 리예 좀 봐, 목덜미며 손목까지 남아나는 데가 없잖아! 밤에만 해도 충분하거든!"

"그걸 왜 네가 판단하는데, 메릴리타도 많이 하라고 했어!"

아, 이게 어른의 대화인가 싶다. 그런데 정말 듣지 말아야 하는 이도 있다는 것까지 두 사람은 잊은 모양이다. 내가 호소하듯 소리쳤다.

"두 분 다 제발, 여기 애가 있는 거 안 보여요!"

"놔두세요, 내 눈엔 둘 다 애로 보이는데."

오히려 나를 말리는 발더의 목소리가 꽤 태연하고 흐뭇했다. 말문이 막혀 입을 꾹 다물자, 이 방 안에서 가장 정상적인 사람이 다가와 나를 위로했다.

"부인, 괜찮아요?"

"응, 괜찮아. 많이 놀랐니, 피아드란?"

"네, 그래서 조금 울었어요. 아기도 많이 놀랐다고 하네요. 하지만 지금은 괜찮다고 해요. 그래서 저도 이젠 더 안 울어요."

피아드란이 말하면서 내 배 쪽으로 귀를 기울이는 시늉을 했다. 그 모습이 정말 내 배 속 아기와 이야기하는 것 같아 신기하면서도 왠지 믿고 싶어서 절로 미소가 나왔다.

"고맙구나, 피아드란."

피아드란과 이야기하고 있자니 두, 아니 세 어른 아이도 조용히 우리를 보고 있었다. 피아드란과 함께 온 유모가 웃으며 말을 덧붙였다.

"영주님도 정말 많이 걱정하셨습니다. 덕분에 메릴리타 의원님이 영주님께 붙잡혔다가 이제야 나가시는 걸 보고 왔습니다. 그리고 영주님이 저녁 식사 때 뵐 수 있을지 여쭈시더군요."

"함께 식사할 수 있을 거라 전해주세요. 나중에 제가 집을 짓고 나면 가장 먼저 꼭 영주님을 초대해서 이 은혜를 갚고 싶네요."

"은혜라니요, 그런 말씀을 듣는다면 영주님은 황감해하실 겁니다. 그래도 초대에 관해선 꼭 전해 드리겠습니다."

"우리 별장은 여름이 가기 전에 완공될 거야. 당신 말대로 킬로이 남작부터 초대하도록 해야겠지? 이 말은 아내가 직접 킬로이 남작께 말할 터이니 그 말까진 전할 필요는 없소."

마지막에 타나릴이 덧붙이는 말에 유모는 기분 좋게 웃으며 피아드란에게 작별 인사를 하도록 했다. 그러자 피아드란이 내 귓가에 대고 가만히 속삭였다.

"저, 잠시만 안아봐도 될까요, 부인?"

나는 눈을 동그랗게 떴다가 팔을 벌렸다. 피아드란이 내 품에 가만히 안기는데 마치 내 안의 아기를 감싸 안는다는 느낌이 들었다.

다들 웃음을 참으며 우리를 보고 있었는데 타나릴만은 왠지 못마땅한 표정으로 피아드란을 노려보고 있었다. 유모가 피아드란을 재촉했다.

"이만 가셔요, 도련님."

"응! 이만 가보겠습니다, 몸 보전하세요, 이따 뵙겠습니다."

허리를 반을 접고 어른스럽게 인사하는 피아드란이 너무 귀여웠다. 나는 아이를 다시 안는 실례를 범하지 않도록 주먹에 힘을 주어야 했다.

피아드란이 나가고 나자 레타가 냉큼 내 옆을 차지하고 앉았다.

"발더, 나, 차를 마시고 싶은데? 아주 여러 잔 천천히 마시고 가야 할 것 같아."

"응, 내가 얼른 하녀를 부를게."

타나릴이 벌떡 일어났다.

"너 당장⋯⋯."

타나릴은 레타를 쫓아내려 했겠지만 레타 한정 용감하기 그지없
는 발더가 그의 입을 막으며 말했다.

"타나릴이 심심한가 봐. 하녀도 같이 부르러 간다 하고 말이야,
하하하!"

나는 타나릴을 보며 고개를 저었다. 전해지진 않겠지만, 어제보
다 더 잘할 거라는 약속도 보냈다. 아는지 모르는지 타나릴은 못 이
기는 체 발더에게 끌려갔다.

레타의 깔깔 웃는 소리가 타나릴을 따라갔다.

• • •

"내게 할 말 있지?"

문이 닫히자 발더가 작게 속삭였다.

"뭐?"

"네가 레타 때문에 쫓겨날 사람이 아니니까. 말해봐. 네 아내에게
무슨 일이 있어? 무슨 일인데?"

"무슨 일이 있는 건 아니야."

"그럼?"

"리예가⋯ 마녀가 아니래."

"그럼 넌 네 아내가 마녀이길 바라기라도, 어헉! 어⋯ 어?"

조금씩 갸웃거리던 발더가 기어이 경악한 표정으로 방을 뒤돌아보았다. 타나릴이 허탈하게 웃었다.

"너도 알아차렸구나……."

"내가 마력 한 줌 없어도 마법 공학부 부차장이거든! 공부도 너만큼 잘했거든!"

실은 긴가민가하며 떠오르지 않던 것이 이제야 생각난 것이었지만 발더는 놀라움을 감추기 위해서라도 더 크게 호들갑을 떨었다. 하지만 그도 진정하기엔 부족했다.

"안 되겠다. 나 심호흡 좀 하고."

발더는 실제로 몇 번이나 심호흡을 하며 마음을 가라앉혔다. 그 와중에도 눈에 띄는 하녀를 불러 차 주문을 하고는 타나릴을 이끌고 아예 제 방으로 갔다.

타나릴은 소파에 앉아 말이 없었고, 발더는 서성거리다가 드디어 입을 틔웠다.

"네 아내는 모르지?"

"마녀가 아니라는 건 알려줬어. …그리고 모르는 것 같더라."

"하긴, 쉽게 알 만한 건 아니지."

발더가 돌연 '이런 건 레타한테도 말할 수 없잖아!'를 외치며 머리를 쥐어뜯는 시늉을 했다.

레타 바보는 어쩔 수 없었다. 믿지 못해서가 아니라 레타에게 짐을 지울 수 없어서 그런 것뿐이다. 발더가 탄식하듯 말했다.

"이제야 네 아내의 이상했던 점이 이해되네."

"…그래."

리예는 마녀가 아니다. 마법사도 아니다. 그러나 이 모든 일이 리예가 더 막강한 존재라 알려주고 있었다.

비행선에서 리예가 돌연 비명을 지르며 동굴을 찾으라고 했던 일이나 오늘 일은 주술 때문이라고 해명할 수 있다. 리예도 자신을 공격한 주술에 딸려온 흔적을 읽었다고 하지 않았나.

그러나 리예가 시간에 쫓겨 히그틀리로 온 것이나, 어떤 곳인지도 모르는 채 무작정 땅을 사려고 했던 것은 설명할 수 없었다.

결정적으로 리예가 사려던 땅에 먼저 작자가 나섰던 것에 그렇게나 놀라면서도 마치 예상한 것처럼 안도하던 것이 하나의 선을 그렸다.

그런 이들이 있었다. 미래의 일을 보고 그 사건에 쫓겨 움직이는 이들. 그들을 일컫는 말이 있다.

리예는… 예지자다.

예지자는 한 세대에 한두 명 있을까 말까 할 만큼 매우 적었지만 마녀와 마법사 수백 명을 합한 영향력을 미친다고 해도 과언이 아니었다. 이는 역사적으로 증명된 사실이다. 그리고 그들은 각자의 사명에 얽매여 매우 고달픈 삶을 산다고 했다.

그러나 그들에 대한 기록은 기밀로 취급되어 아는 이들이 많지 않았다. 마녀와 마법사에 관해 깊이 공부한 사람들, 그리고 고위직에 오래 있었던 사람들 일부만이 그들의 존재와 영향력에 대해 알고서 쉬쉬했다.

"기록에 따르면 그들에겐 심한 제약이 따른다고 했어. 남에게 미리 말해 예지에서 본 것을 바꾸려 한다면 심각한 반동이 돌아온다고 말이야."

예지자의 회고록엔 그 제약에 따른 타격이 빠지지 않고 기록되어 있었다. 어떤 이는 시력이나 목소리, 신체의 일부를 잃었고 가족과 친지를 잃는 이도 있었다고 했다. 대부분 예지자로 각성한 직후에 겪은 일이니 리예도 뼈아픈 경험을 했을 게 틀림없었다.

"그저, 돕는 것 말고는 할 수 없다는 말이네."

발더가 고개를 저었다.

"돕는 것도 함부로 할 수 없을 거야. 남에게 말할 수 없는 제약이 있으니까."

"그럼 지켜보고만 있으란 말이야?"

"아니, 아마도 뭐든 표시를 내겠지. 여기 무작정 찾아와서 땅을 사겠다고 한 것처럼 말이야."

타나릴이 아무 말 없이 듣기만 하자 발더는 머리를 거칠게 쓸어올렸다.

"아, 예지자라니! 리예의 부모님도 마차 사고로 한꺼번에 돌아가셨어. 이미 예언의 반동을 겪었다는 이야기야. 히그틀리에 오게 된 것도 당연히 예지 때문이겠지. 행동력도 빠른 사람이야. 그렇게 시간을 다투던 걸 보면 미래를 본 것도 바로 그때일 거야."

타나릴은 한숨을 숨기며 천천히 고개를 끄덕였다. 처음 비행선에 탔을 때 리예가 간혹 보이던 두려움이 이제야 이해되었다. 그 모든 걸 혼자 짊어지는 리예가 안타깝고 지켜만 봐야 하는 자신이 무력하고 화가 났다.

"예지자에 대해 좀 더 자세히 알아봐야겠어."

발더의 말에 타나릴은 고개를 저었다.

"지금은 아니야. 누구를 통해서 알아보는 건 안 돼."

"알아, 수도에 돌아가면 직접 알아볼게. 하지만 이것 하나는 확실해. 예지자가 하는 일에 대해선 아는 척해서는 안 된다고 들었어."

"그 제약 때문이겠지. …상황을 봐서 공학부를 그만둬야 할지도 몰라. 리예가 여기 계속 머물러야 한다면 그래야겠지."

발더는 이번엔 펄쩍 뛰지 않았다. 리예의 정체를 알게 된 순간부터 어쩌면 이것이 더 중요한 일이라는 생각도 들었기 때문이다. 아니, 리예가 타나릴에게 어떤 존재가 된 건지 깨달으면서 당연한 결과로 생각되었다. 아직 타나릴은 깨닫지 못한 것 같지만, 이런 건 옆 사람이 속살거릴 일이 아니었다.

"하지만 네가 마법 공학부에 있기 때문에 더 도움이 될 수도 있어. 네 말대로 상황을 보고 결정해."

"알아."

"혹시 네 아내가 쓰러진 것도 그것과 관계있는 것 같아?"

"'같은' 게 아니라 맞아. 미래에서 온 '염'에 공격당한 거라더군."

"뭐! 그게 말이 돼?"

"황당하지. 그런데 리예와 메릴리타의 말이 일치해. 메릴리타는 짐작했던 것보다 더 대단한 마녀인 듯해. 그런데도 메릴리타가 그 염을 보낸 이의 첫 번째 제물이 되었다고 해."

"아니, 미래에 본 걸 얘기했단 말이야?"

"리예가 직접 본 게 아니라 염에 딸려 왔다더군. 지난번 동굴 이야기도 그래서 할 수 있었던 같아."

"그게, 그렇게 된 거였구나……."

"그래서 에르모에게 메릴리타의 호위를 보내달라고 요청하려고. 제자로 들이는 핑계로 호위를 붙이기로 했어. 닷새 뒤 오는 비행선에 같이 타고 오려면 지금 당장 연락해야 할 거야."

"어? 어, 알았어……."

발더는 속으로 지금 인력 고르기에 여념 없을 에르모의 과중한 업무에 묵념하며 통신구를 꺼내 연결했다. 수척해 보이는 에르모와 연결되자마자 타나릴이 빠르게 말했다.

"호위 두 사람, 아니 네 사람 더 보내줘. 주술 의원이고, 나와 비등한 정도의 강한 마녀야. 호위들은 마력보다는 눈치가 빠르고 무술이 강한 이들로. 제자로 들이는 핑계로 붙여둘 거니 적절히 뽑아봐."

메릴리타에 대한 설명에 발더의 눈이 휘둥그레졌다. 에르모도 비슷하게 놀란 것 같았지만 좀 더 현실적이고 실용적인 질문부터 했다.

－…그들도 모레 비행선을 타는 인력에 포함됩니까?

"그들이 더 급해. 최우선으로!"

－…네, 알겠습니다.

발더는 대답 전에 숨을 멈추던 에르모의 공백이 매우 안타까웠지만 위로하거나 도와줄 수 있는 상황이 아니었다. 그래서 발더가 기껏 보태준 한마디에 에르모는 청천벽력을 맞았다.

"에르모에게 비서를 붙여주는 건 어떨까?"

"에르모는 내 비서가 될 거야. 그때 에르모가 보조할 사람을 더 구하면 돼."

－차장님, 제가 말입니까? 제가 차장님 비서가 된다고요?

"아직 통신구 안 껐었나? 아, 혹시 싫은가? 말해."

차라리 살기 싫다고 말하라고 해라. 발더가 고개를 설레설레 저었다. 통신구 저편에서 에르모의 우렁찬 고함이 들렸다.

－절대 아닙니다! 영광입니다!

"느긋한 걸 보니 내가 보내라던 건 벌써 준비가 다 되었나 보군. 그러면 하루라도 더 빨리 당길 수 있나?"

－아, 아닙니다! 지금부터…….

얼마나 허둥댔는지 에르모는 말을 끝내기도 전에 통신구를 꺼버렸다. 발더가 혀를 쯧쯧 차다가 돌연 곁에 없는 담요를 찾았다. 타나릴이 저를 노려보고 있었다.

"왜, 왜……?"

"아니다. 네가 여기 안 왔다 해도 너도 어디론가 놀러 가서 없었을 테지."

발더가 수도에 있었다면 에르모가 지금 머리를 쥐어짜고 있는 일을 하루 이상 일을 단축해 줬을 거라는 뜻이다. 그러나 휴가를 얻은 발더가 얌전히 수도에 있었을 리가 없었다. 발더가 희희낙락 맞장구를 쳤다.

"그렇지? 그럼! 여기가 아니었다면 라바란스 해안에 갔을 텐데. 다음에 우리 거기로 갈까?"

"우리?"

'아뿔싸!'

발더는 시선을 돌리며 튈 준비를 했다.

"어… 하녀가 지금쯤 차를 들였을 거야."

발더는 문으로 튀었다. 그러나 아무리 튀어도 마력보다 빠를 수 없다는 건 알기에 문을 열며 눈을 질끈 감았다.

그런데 아무런 느낌이 없었다. 뒤를 돌아본 발더는 순간 힘이 빠지고 말았다. 타나릴이 느긋하게 일어나 천천히 뒤따라오고 있었다.

"급한 것 같더니, 왜?"

"너, 왜……?"

"응?"

"너, 정말 이상해. 왜 날 들었다 났다 안 해?"

타나릴이 혀를 차며 말했다.

"발더, 우리는 서른이야. 아잇적 놀이는 이제 졸업해야지. 리예가 그때 얼마나 한심한 눈을 했었는데."

타나릴이 천천히 발더를 지나 먼저 밖으로 나갔다. 발더의 눈에 새로운 깨달음이 스쳤다.

타나릴은 색색 소리를 내며 잠든 리예를 보면서 피식 웃었다. 이불을 여며주자 웅크리며 생긋 웃는 모습이 방금까지 교성을 지르던 모습과 어울리지 않게 순진무구해 보였다.

오늘은 그냥 자려고 했었다. 정말 잠만. 그러나 그건 제 욕구가 얼마나 강한지, 유혹하는 리예 앞에선 얼마나 하릴없는 다짐인지 몰라서 할 수 있는 생각이었다. 그의 새털 같은 다짐은 리예의 유혹 앞에 단숨에 무너졌다.

리예의 유혹은 그가 여태 받았던 숱한 유혹 중 가장 어설펐다. 그럼에도 가장 강력했다.

조금 전, 잠자리 준비를 마치고 눕는 리예를 덮치려는 짐승을 억지로 달래고 누우려는 순간이었다. 리예가 볼을 발갛게 물들인 채 말했다.

"오늘은 어제보다 더 잘할 수 있어요. 이제 감각을 알았으니까……."

그러면서 손을 조물조물하는 리예의 모습에 타나릴은 눈이 돌아가고 말았다. 그 결과가 이거였다.

타나릴이 몸을 닦고 옆에 눕자 리예가 품을 파고들었다. 무의식적으로 그를 찾는 모습에 타나릴은 가슴이 차올랐다. 동시에 리예를 너무 당겨 안았던 모양이다.

"우응……."

앙탈을 부리는 신음에 놓아주자 충족감만큼 빠르게 허전함이 찾아왔다. 타나릴은 리예를 다시 끌어안았다. 이번엔 조금 가볍게 끌어안자 리예는 그대로 다시 잠이 들었다.

'내 것.'

타나릴은 리예의 이마에 대고 입술을 굴렸다.

우연히, 자연스럽게 찾아온 인연은 아니어도 무시하고 포용한 보람이 있었다. 평소의 자신이라면 있을 수 없는 일이지만 몇 번 생각해도 리예를 가지겠다고 결정하던 그때의 저는 미쳤었다. 그렇지만 그 미친 결정이 제대로 된 것이었다.

색색, 숨소리가 깊어졌다. 이제 리예는 머리카락을 쓸어도 모른 채 규칙적인 숨소리만 뱉어냈다. 보고 있자니 웃음이 나왔다. 하지만 그 웃음은 금세 사그라졌다.

리예가 혼절하던 장면이 자꾸만 되살아났다. 다 잊은 듯 웃고 이

야기하고 식사도 하고 방금 진하게 사랑을 나누기도 했지만 순간
순간 가슴이 섬뜩해지며 철렁 내려앉았다.

한번 불어온 서늘함이 가시지 않았다. 리예를 마력으로 감싸고
또 감쌌다. 그래도 자꾸만 부족한 느낌이 들었다.

"우음……."

리예가 자면서 내는 기분 좋은 신음에 마음이 그득해졌다. 타나
릴은 리예의 머리에 고개를 파묻은 채 눈을 감았다.

• • •

"대단해! 정말 이런 광경은 처음이야!"

레타가 비행선 바깥을 보며 소리쳤다. 바위 말고는 볼 게 없다는
평을 듣긴 하지만 실제론 온갖 동식물이 살아 숨 쉬는 곳이 협곡이
었다.

군데군데 조성된 수풀과 잡목들 사이로 둥지를 튼 새와 야생 짐
승들이 낮게 나는 비행선의 등장에 화들짝 놀라며 수선을 피웠다.
미안하기도 하고 우습기도 해서 나와 레타는 눈을 떼지 못하고 보
다가 함께 웃었다.

전에 내렸던 분지 근처에 비행선을 착륙시키자 미리 연락받고
기다리던 촌장이 나와서 우리를 반겨주었다.

"어서 오십시오! 후작님, 영주님! 저는 다림 마을 촌장, 아틀리라

고 합니다."

"반겨주어서 고맙소, 아틀리 촌장. 어제 미리 전한 대로 근처에 별장을 지을 부지를 찾으려 하오. 적절한 곳으로 추천해 주었으면 좋겠소. 비행선을 같이 타고 움직여도 되겠소?"

"늙은이의 소견이 도움이 된다면 황송할 따름입니다."

늙은이라 보기엔 머리가 조금 희었을 뿐인 촌장은 비행선을 탄다는 말에 흥분한 표정으로 허리를 숙였다.

강보다 협곡이 더 외진 곳이었다. 이런 곳에 집을 짓고 살자면 풍광이 아무리 좋아도 오가는 것을 걱정해야 할 것이다. 마침 아틀리 촌장이 같은 생각을 한 것처럼 물었다.

"집터를 고르기 전에 먼저 여쭐 것이 있습니다. 매번 비행선으로 다니실 수는 없을 텐데 마차가 다닐 수 있는 곳은 한정되어 있습니다. 협곡 아래로는 길이 닦여 있긴 하지만 그 위로는 대부분 깎아지르는 듯한 절벽이라 적당한 터가 있어도 그 위로 길을 낼 수가 없어서 대부분 포기합니다."

그 질문엔 타나릴이 답했다.

"집터만 적당한 곳이면 되오. 비행선으로 오긴 할 테지만 마차로 협곡 바로 아래까지는 올 수 있긴 해야겠지. 그 자리에 승강기를 설치하면 되니까. 물론 바로 옆에 비행선을 착륙시킬 만큼 넓은 곳이 있다면 더할 나위 없소."

"그렇습니까?"

"마차도 실을 수 있는 승강기를 설치할 것이니, 물자 이동은 걱정하지 마시오."

"세상에나!"

아틀리 촌장이 지르는 비명은 실은 내가 지르는 것이나 다름없었다.

미리 타나릴과 의논이라도 하고 올걸. 나는 그저 작은 오두막 같은 것을 상상했을 뿐이다. 적당히 작은 집과 작은 마차, 고립만 되지 않는 곳이면 될 것 같았다. 그런데 주된 탈것이 비행선이며, 마차 전용 승강기라니.

또 한 번의 규모의 남다름에 나는 입만 벙긋할 뿐이었다. 그러나 여기서 내가 반대할 여지도 없었다. 타나릴이 마지막에 덧붙이는 말 때문이었다.

"그밖에 나머지는 모두 내 아내의 뜻에 따를 것이오. 건물 크기나 모양, 등등 다. 방이 한 칸짜리인 집을 원할 수도 있으니. 그렇지, 리예?"

타나릴이 똑바로 눈을 마주치며 묻는 말에 나는 얼떨결에 대답했다.

"그, 그래도 방 한 칸은 아니에요."

"그렇지, 어떤 집을 지을지 미리 의논해 봐야 했었는데 그동안 우리가 그럴 시간이 없어서……."

야릇한 그 눈빛의 의미를 읽지 못할 수가 없었다. 그 의미가 너무도 분명한지라 촌장과 영주도 듣고도 못 들은 척 허허, 웃기만 했다. 레타와 발더는 뭐. 설마, 이 고고한 남자가 일부러 이러는 건 아니겠지?

기왕 이렇게 된 것, 집은 제대로 짓자. 비행선은 내게 사치지만 승강기는 고립에서 벗어날 중요한 통로가 될 것이다. 나는 생각지도 못했던 걸 타나릴이 대신 지적해 준 터라 고맙게 생각되었다.

집보다는 승강기 비용부터 계산해야 할 듯싶다. 지금도 쌓이고 있을 계좌의 돈이 있으니 감당 가능할 것이다. 승강기 덕분에 집터를 고르는 선택의 폭이 무척 넓어져서 마음이 편해졌다.

의욕적인 촌장이 비행선에서 내려다보는 자신의 마을에 감탄하기도 잠시, 곧 집을 짓고 살기 적당한 지역을 추천하기 시작했다. 첫 번째는 이 협곡의 전 주인이 살던 집터였지만 내가 흥미를 보이지 않자 곧 다른 곳을 지목했다.

"무조건 숲이 가까이 있어야 합니다. 그래야 물길이 가깝고 바람과 햇빛에서 보호가 되거든요."

아틀리 촌장은 내게 여러 군데를 추천했지만 썩 마음에 드는 곳은 없었다. 각 장소마다 비행선에서 내려서 살펴보고 올라오기를 몇 번. 그곳이 눈에 띈 건 비행선에서 감흥 없이 밖을 내다보고 있을 때였다.

분지 안으로 작은 숲이 우거진 그곳은 무척이나 아름다웠다. 내가 관심을 보이자 촌장이 곧바로 내다보곤 안타깝다는 듯 말했다.

"예쁘지요? 멀지 않은 곳에 마을도 하나 있으니 사람을 불러 쓰실 수도 있을 겁니다. 그러나 아쉽지만 저곳은 결정적인 단점이 있습니다. 협곡 위인데도 분지형이라 물이 조금만 차면 홍수가 나기 때문에 피해서 집을 지어야 하는데 인근은 다 바위 지형입니다. 집을 짓기엔 적당하지 않지요."

그렇지만 나는 분지가 아니라 그 아래 절벽의 움푹 들어간 널찍한 굴을 보며 엉뚱한 상상을 하고 있었다. 나는 곧 타나릴에게만 들리도록 작게 속삭였다.

"…돼요?"

가만히 듣던 타나릴이 고개를 끄덕였다.

"응, 돼! 내가 해줄 수 있어."

"정말요?"

"그럼, 내가 꽤 강한 마법사라니까."

다행이다. 되는 거구나. 문득 시선이 따갑게 느껴졌다. 레타와 발더가 뜨악한 표정으로 바라보고 있었다. 그런데도 민망할 새 없이 나는 상상의 나래를 펼쳤다.

이전 세상에서 언젠가 화면으로만 봤던 집이 있었다. 그런 쪽에 딱히 관심이 없는 나도 그런 집에서 살아보고 싶다는 생각이 들 정도로 그 집은 환상적인 멋과 아름다움을 뽐내고 있었다.

고소공포증이 없어야 가능할 거란 생각이 들긴 하지만 주술과 마법이 더해진 이곳의 안전장치는 이전 세상에 비할 바가 아니었다.

타나릴이 된다고 하는 순간, 나는 저곳에 집을 짓기로 마음먹었다. 물론 그런 내 생각에 타나릴이 적극적인 동조를 해주어서였다.

"저 위에 비행선을 댈 장소도 충분하고, 홍수에서도 자유로울 테니 정말 최적의 장소인 듯해. 이런 기발한 발상의 집은 당신이 처음일 거야."

타나릴의 말에 모두들 호기심이 쏟아졌다.

"네? 그게 무슨 말씀이십니까, 후작 부인?"

"후작 부인?"

"리예?"

"무슨 집을 짓는 건데요?"

거의 한 목소리로 묻는 말에 나는 생긋하며 대답했다.

"저쪽 움푹 파인 굴이 보이시죠? 저기에다 집을 지으려고요."

나는 절벽 위쪽을 가리켰다. 그쪽엔 비행선이 잠깐 몸을 걸칠 정도의 홈이 파여 있었다. 발더가 갸웃거리며 말했다.

"네? 저긴 좀 들어가긴 했지만 굴이라고 보기엔 너무 얕은데요?"

"타나릴이 조금 더 깊이 파줄 수 있대요. 절벽 위에서도 그리 멀지 않아서 지면이랑 통하게도 할 수 있을 것 같아요. 안쪽 굴로는 채광과 환기구를 더해서 방으로 만들고요, 저기 보이는 저쪽에 발코니를 만드는 거예요. 발코니에서 내려다보면 공중에 떠 있는 기분이 될 것 같지 않아요?"

마침 이곳은 절벽 건너편 동굴을 발견한 입구가 보이는 곳이었다. 굴이라 우겨야 할 정도의 저 홈이 없었다 해도 난 애초부터 이곳 방면을 염두에 두었던 것 같다. 말하자면 무의식의 승리였다. 하지만 흡족해하는 건 나와 타나릴뿐이었다.

"공중… 에 집을 짓는단 말씀입니까?"

킬로이 영주가 기겁한 얼굴로 고개를 저었다. 어떤 집이 될 것인지 감히 상상도 못 하겠다며 뒤로 물러난 킬로이 영주 말고도 발더나 레타, 촌장 모두 황당하게 여기는 얼굴이었다. 하지만 가장 믿음직한 우군이 된다고 말했고 도와준다고 했다.

"우선 내려가서 보도록 하지."

타나릴은 당장 비행선을 절벽 위에 착륙시켰다. 절벽 위에서 아래를 내려다보려던 영주와 발더가 깎아지를 듯한 절벽에 기겁해서 뒤로 물러났다.

"잠시 살펴보고 올게."

타나릴이 그 말을 하는 동시에 절벽 아래로 훌쩍 뛰어내렸다.

"타나릴!"

나도 모르게 비명처럼 외쳤다. 가슴이 철렁 내려앉고 아득해졌다.

저 사람이 왜? 설마 가능하다고 했던 건 이런 잔혹한 비극을 보여주려 했던 걸까?

찰나간에 수십 가지의 생각이 스치며 쓰러질 듯 몸이 휘청거렸다. 그 순간 다시 둥실 떠오른 타나릴이 훌쩍 뛰어오르더니 나를 꽉 안아주었다.

"몰랐어? 미안. 미리 말하고 뛰어내렸어야 했는데. 피아드란보다 내가 더 잘 날아. 그러니 걱정하지 마."

"몰… 랐어요. 내가 착각……."

그 짧은 순간 이 사람이 마법사라는 걸 잊고 말았다. 바보 같은 착각에 부끄러워할 새도 없이 놀란 가슴이 먼저 눈물을 터뜨릴 것 같았다.

"미안, 미안해……."

타나릴은 웃지도 않고 나를 한참이나 토닥이며 계속 사과했다. 덕분에 나는 더 빠르게 진정할 수 있었다. 덕분에 뒤늦은 부끄러움이 확 몰려왔다.

"웃어도 돼요."

"응?"

"진짜 바보 같았잖아요."

"아니, 누구도 당신에게 그런 말은 할 수 없어."

그것은 다른 이들에게 하는 경고처럼 것처럼 들려서 더 부끄러워졌다. 그렇지만 충분히 위로가 된 것만은 사실이다. 덕분에 나는 진짜 웃음을 터뜨릴 수 있었다.

"이제 갔다 와도 돼?"

"어서 다녀와요."

타나릴은 나를 한 번 더 토닥여 주고는 절벽 아래로 뛰어내렸다. 타나릴이 내려간 새 나는 뒤돌아볼 수가 없었다. 아무리 잘 포장해도 참 바보 같은 착각이었다. 차마 레타나 발더를 볼 수가 없었다.

내가 절벽만 고집스럽게 바라보며 기다리기도 잠시, 타나릴이 돌아왔다.

"생각보다 괜찮은데? 비행선에서 내려다볼 때보다 훨씬 넓었어. 옆으로 길게 집을 지어도 괜찮겠지만 역시 안을 좀 더 파면 더 좋은 집이 되겠어. 우선 위에서 파 내려간 후에 안을 더 뚫으면 될 것 같아. 며칠 후 도착하는 이들 중 설계자도 있으니 그와 함께 의논해 봐야겠어."

"고생했어요, 타나릴."

나는 타나릴의 옷깃을 꽉 잡으며 말했다. 아무리 타나릴이 괜찮을 거란 것을 알아도 그가 절벽 아래로 뛰어내린 순간 가슴이 철렁했던 건 어쩔 수 없었다.

처음 그가 절벽 아래로 뚝 떨어지던 광경이 지워지지가 않았다. 순간 나는 깨닫고 말았다.

'아, 나는 이 사람을……'

깨달음이 떠오르는 동시에 나는 그의 어깨에 얼굴을 감췄다. 그러고도 행여 이 감정을 들킬세라 눈을 꼭 감았다.

"응? 아직 진정이 안 돼?"

"아니요, 그게 아니라 나도 살펴보고 싶다는 생각을 잠깐 했어요."

"안 돼. 물론 내가 같이 있으니 괜찮겠지만 그래도 나중에 땅을 파고 안전장치가 마련되면 함께 내려가 보도록 해."

"네, 그럴게요."

이 사람, 조금만 덜 다정했으면 좋겠다. 한 점 미련도 없을 자신이 점점 없어지고 있었다. 그러나 내가 추해질 일은 결코 없을 것이다. 내 감정은 내가 감당할 일이다. 절대, 절대로 이 남자에게 책임지라 하진 않을 테다.

"허……!"

뒤에서 한숨 같기도 하고 탄식 같은 소리가 들려왔다. 입을 딱 벌린 발더와 그와 똑 닮은 표정을 한 레타가 우리를 쳐다보고 있었다. 나는 그제야 계속 타나릴과 끌어안고 있었다는 걸 깨달았다.

한 번이라도 뒤돌아볼걸……. 나는 얼른 뒷걸음질 치려 했지만 꽉 잡힌 허리 때문에 놓여날 수가 없었다.

"타나릴……."

"저 덩어리들 눈은 의식할 필요 없어."

타나릴이 일부러 들으란 듯 크게 중얼거렸다.

"타나릴, 누구보고 덩어리라는 거야!"

레타가 뾰족하게 소리쳤다. 타나릴은 코웃음을 치며 답했다.

"무슨 덩어리인지는 너희가 더 잘 알면서?"

"설마 내가 생각하는 그건 아니겠지?"

"네가 생각하는 게 뭐든, 그게 맞아."

"타나릴!"

"레타, 진정해."

자신을 토닥거리는 발더에게 안겨 과하게 분한 표정을 짓는 레타를 보며 나는 웃음을 삼켰다.

레타야말로 타나릴의 진짜 누이 같았다. 물론 누이라면 신혼여행에 따라오진 않았겠지만, 두 사람의 공방은 현실 남매라는 말에 딱 맞았다. 그런데 레타가 이 여행에 끼어든 진짜 이유는 따로 있었다.

결혼식 때 내 이름을 들었던 하객들의 반응은 한결같았다.

'저 듣도 보도 못한 신부는 어디 출신이지? 누구의 줄을 잡고 있는 사람이지?'

그런 이들 모두 머지않아 내 뒷배가 전혀 없다는 걸 알게 될 것이다. 아니 이미 알게 되었을지도 모른다.

나는 전혀 신경 쓰지 않던 사항이지만 레타는 내가 귀족들의 등쌀에 압사하는 것을 막고자 했다. 레타는 누군가의 안주인이 될 가치는 스스로 버렸지만 그녀 자체가 황실의 단 넷뿐인 직계 자녀로서 걸어 다니는 권력과 마찬가지였다.

그런 레타 공주가 나와의 친밀함을 보인다면 누구도 내 뒷배에 대해 함부로 입에 오르내릴 수 없게 된다. 타나릴이 툴툴거리면서도 처음부터 동행을 거부하지 않았던 건 그래서였다. 레타가 보이는 이 호의는 나를 위해서라기보다는 타나릴의 앞날이 조금이라도 평탄하게 하기 위해서였다.

하지만 내가 조금 피곤해 보인다는 이유로 타나릴을 약 올리는 건 아마도 레타가 평소에 쌓인 걸 풀어내는 게 아닌가 싶다. 발더는 노상 레타에게 타나릴의 만행을 고발하곤 했는데 어떤 때는 무심한 듯 모른 체하다가도 쌍심지를 켜고 복수를 외칠 때도 있었다. 레타의 깜찍한 복수에 열을 내며 투덕거리는 타나릴을 보면 가끔 부럽기도 했다.

그리고 보면 내 아이도 혼자일 것이다. 언제고 저렇게 곁에 남을 형제가 있으면 얼마나 좋을까. 타나릴과 헤어진 후 내가 다시 다른 사람을 만날 수 있을까. 만난다 해도 새 가정을 꾸릴 수 있을까?

생각이 너무 깊었던 것 같다. 나는 불식간에 묻는 타나릴의 질문에 여과 없이 대답하고 말았다.

"무슨 생각해? 당신도 저 덩어리들을 빨리 떼어버리고 싶다는 생각?"

"저렇게 예쁜 누이에게 덩어리라니요! 난 형제가 있어서 부럽기만……."

내가 한 실수는 말로만 한 게 아니라 배를 함께 쓰다듬고 있었던 거였다. 나는 행여나 타나릴이 오해할까 싶어 서둘러 수습에 나섰다.

"거, 걱정하지 않아도 돼요. 난 무슨 일이 있어도……."

"약속을 지킨다고? 알아."

타나릴이 씩 웃었다. 그 웃음이 왠지 오싹해서 처음 호텔에서 헤어지던 그가 되돌아온 듯했다. 하지만 금세 타나릴이 나를 다시 끌어당기며 나직이 속삭였다.

"나도 물론 약속을 지킬 거야. 하지만 당신도 조건을 잘 따라야 할 거야. 당신이 내 것인 동안엔 다른 놈은 쳐다볼 생각도 하지 마."

여기서 왜 다른 놈이 나올까? 그르렁거리는 듯한 어조가 너무 낮기도 했지만 이해할 수 없는 말이라 나는 절로 굳어버렸다.

타나릴이 뒤돌아섰다. 이대로라면 그는 그때 그 모습으로 돌아갈 것만 같았다. 나는 순간 그의 팔을 잡으며 말했다.

"그런 생각한 적 없어요. 다른… 사람 같은 건. 정말이에요!"

타나릴이 우뚝 멈췄다. 그가 다시 돌아서기를 애타게 기다린 것 같다. 그리고 타나릴이 다시 돌아섰을 때 나는 안도감에 눈물이 터질 뻔했다. 뒤돌아선 타나릴은 기분이 꽤 좋은 듯 눈썹이 휘어 있었다.

"믿어. 그나저나 내 계획과 당신 계획이 일치한다니, 무척 기쁜걸?"

"무슨 계획이요?"

"그런 게 있어. 나중에 알게 돼."

타나릴이 내 허리를 잡고는 머리에 고개를 파묻으며 쿡쿡 웃었다. 그때 발더가 큰 소리로 불렀다.

"어이, 신혼부부! 끈적끈적하게 구는 건 좋은데, 여기 집터 고르러 온 거잖아? 좀 집중하지?"

"여기로 결정했어!"

"아는데, 이제 여기로 끝내는 거야? 다른 데 더 둘러보지 않아도 돼?"

"리예."

타나릴은 대답 대신 나를 돌아보았다. 나는 더 생각할 것도 없이 고개를 끄덕였다.

"여기로 해요."

"들었지? 조금 있다가 올 사람들도 있고 하니 이만 돌아가자."

"쟤 좀 이상해."

"타나릴이 이상한 거 어제오늘 일도 아닌데 뭐."

발더와 레타가 주거니 받거니 이야기하면서 먼저 비행선에 올랐다. 도중에 촌장을 내려주고 영주부로 돌아오자 맞춘 듯 화상 통신구로 연락이 왔다. 동굴을 지킬 용병들이 곧 도착한다는 소식이었다.

• • •

"킬로이 남작의 노고에 항상 감사하고 있어요. 용병들은 우선은 인근 마을에 임시로 묵을 곳을 빌리고, 며칠 후에 오는 건축가들이 숙소를 지으면 불편함도 사라질 겁니다."

"불편함이라니요! 후작님이 넉넉하게 임금을 쳐주신 덕분에 현재도 동굴을 지키는 이들은 서로 나서려 하는 것 모르십니까? 주민들도 용병들에게 숙소를 내주게 된 집들을 얼마나 부러워하는지 모릅니다. 히그틀리에선 민박이나 여객을 할 일이 극히 드문지라 그것이 모두 과외로 벌어들이는 돈이 되거든요. 집을 짓는 일에 이곳 주민들을 인부로 부르신다고 하셔서 모두 환영하고 있습니다."

"외지 사람이 와서 일을 벌인다고 많이들 불편해하지는 않을까 염려했는데 다행이네요."

리예의 말에 킬로이 영주가 손사래를 치며 다시 찬사를 이었다. 그 모습을 타나릴은 흐뭇하게 쳐다보고 있었다. 발더가 그런 타나릴의 옆구리를 툭 치며 작게 속삭였다.

"얼씨구."

"왜."

"왜? 와, 네 얼굴, 거울 보여주고 싶거든? 아까부터 왜 그렇게 웃음을 주체하지 못하고 있는데?"

"웃고 있어? 내가?"

"응. 활짝. 아주 기분이 넘쳐흐르다 못해 줄줄 새고 있어."

"아……."

"아?"

"그럴 일이 있어."

"뭔데?"

"내가 세운 계획이 나만의 계획이 아닌 걸 알게 됐거든."

"계획? 무슨 계획?"

"아, 다른 계획이 있으십니까?"

리예에게 열심히 설명하던 킬로이 영주가 발더의 말에 돌아보며 물었다. 여태 킬로이 영주가 한 말을 듣지 못한 발더는 겸연쩍은 얼굴로 못 들었다고 해명해야 했다. 그러자 킬로이 영주가 열정적으로 다시 설명했다.

"인부를 소집할 계획을 짜고 있었습니다. 우선은 동굴을 탐사하신다고 했으니 그 일이 끝난 후 인부를 불러야 하겠지요. 건축업자가 온 후에야 일이 본격 진행될 테지만 인부는 미리 뽑아둘 계획입니다. 여기는 농사보다는 수렵과 약초 재배, 어업에 종사하는 사람들이 많아서 이 시기에 인부를 구하는 게 어려운 일은 아닐 겁니다."

"영주님이 가장 잘 아시겠지요. 그렇게 하는 게 좋겠습니다."

발더의 추임새에 타나릴이 고개를 끄덕이자 킬로이 영주가 곧장 행정관을 불렀다. 계획이 세워지자마자 일사천리로 일을 진행시키는 모습을 보니 킬로이 영주도 이런 촌구석 영주로서 어떻게 웅크리고 있었는지 모를 사람이었다.

잠시 후, 하인이 달려와 비행선의 도착을 알렸다. 용병을 내려준 비행선은 다시 돌아가 타나릴이 2차로 주문한 사람들을 태워 올 것이다. 용병들이 차례로 내리고 있을 때였다.

리예가 돌연 딱딱하게 굳어버렸다. 다른 이는 몰라도 타나릴은 알 수 있었다.

타나릴은 즉시 리예를 잡으려 했지만 그럴 수 없었다. 알 수 없는 벽이 리예와의 사이를 가로막고 있었다. 알아채자마자 마력을 불어넣어 잡으려 했지만 그도 통하지 않았다. 그 알 수 없는 막은 그의 어떤 간섭도 허용하지 않으며 리예를 다른 세상으로 떨어뜨려 놓았다. 그 공방은 주변인 중 유일하게 발더가 알아채는 동시에 끝났다.

리예의 눈꺼풀이 먼저 움직였다. 리예는 눈을 깜빡이다가 서서히 고개를 저었다. 아주 미약한 몸짓이었지만 타나릴은 알아볼 수 있었다. 두려움에 가득 찬 그 눈빛이 익숙했다. 타나릴은 리예의 손을 얼른 잡았다.

"리예. 혹시 어지러워? 내게 기대."

무슨 일이 벌어진 건지는 모르지만 타나릴은 뭐든 답을 강요해선 안 된다는 사실을 알 수 있었다. 타나릴이 모르는 척 끌어당기자 리예는 그의 어깨에 고개를 기댔다. 타나릴은 그녀를 당장 데리고 들어가고 싶었지만 리예가 고개를 저었다.

"멀리서 온 사람들이니 맞아야지요."

리예는 그새 정신을 수습한 듯 아무렇지 않게 말했다. 하지만 타나릴은 그녀의 평온이 거짓이라는 걸 알 수 있었다. 리예의 어깨는 잔뜩 굳은 채 떨리고 있었다. 그런 그녀가 무척이나 걱정스러웠지만 지금은 리예의 말대로 할 수밖에 없었다.

맞춘 듯 감색 제복을 입고 있는 열 명의 용병들은 마녀와 마법사가 섞인 하나의 용병단이었다. 그들 중 가장 키가 큰 중년인이 다가와 타나릴에게 인사했다.

"저는 이들의 대장 케라에노 카르티라고 합니다. 저, 케라에노 외 9인은 하늘단이라는 작은 용병단의 한 식구들입니다. 저희 단은 보통 미답지를 탐색하는 역할을 했으며 이곳 히그틀리에는 경계, 경호 임무를 맡기 위해 왔음을 신고합니다!"

"카르티 대장, 원래 군인 출신인가?"

"저와 부대장은 군인이었습니다."

몇 걸음 줄을 맞춰 걷는 것과 보고하는 어조에서 절도가 느껴졌다. 거기에 연륜이 섞인 케라에노의 조합은 믿음직스러웠다.

"이곳엔 아직 숙소가 마련되지 않아 민박을 해야 하네. 알고 있나?"

"설명을 듣고 왔습니다. 저희가 지켜야 하는 곳을 알고 싶습니다."

"오늘은 늦었으니 내일 가보도록 하지. 그동안 히그틀리의 영주이신 킬로이 남작이 그곳을 찾고 경계해 주셨으니 이곳 치안병들과 이야기를 나눠보는 게 좋을 것이네."

"명심하겠습니다!"

"그럼, 수고하게. 실례지만 갑자기 아내가 어지러워해서 먼저 들어가 봐야 하겠네. 내일 다시 보도록 하지."

"네? 네, 내일 뵙겠습니다!"

"아내가 몸이 불편해서 먼저 돌아가겠소. 뒤를 부탁해요, 킬로이 남작."

"네, 네!"

타나릴은 킬로이 영주와 용병대장을 일별하고 리예와 돌아섰다.

"리예가 갑자기 왜……."

"쉿, 지금은 방해해선 안 될 것 같아."

레타와 발더에게도 대꾸할 새가 없었다. 타나릴은 날 듯이 영주부로 돌아갔다.

• • •

"리예, 괜찮아?"

순간 시간이 건너뛴 것 같다. 머리로는 방금 밖에 나갔다 왔다는 걸 알지만 머릿속은 새하얬다. 나는 침대에 눕고 나서야 타나릴과 함께 돌아왔다는 걸 깨달았다.

'그것'이 또 찾아왔다. 눈을 뜬 채 또 나는 미래의 일을 보았다.

벌써 몇 번째인데도 이 빌어먹을 충격은 익숙해지지 않는다. 정신을 차려야 했다. 나는 몇 번이나 심호흡을 했다.

아, 그보다 이 이상한 행동을 뭐라 설명해야 할까? 나는 타나릴의 질문이 두려웠다.

"리예?"

"네, 네!"

"리예, 피곤해? 아무래도 어제 그런 일이 있어서 후유증이 있었던 거지? 오늘 너무 무리했던 거 아니야? 거기다 내가 짐승처럼 굴어서?"

순간 머리끝까지 오른 긴장이 한풀 꺾였다. 안도와 함께 나도 모르게 대답이 튀어 나왔다.

"아, 아니에요! 그런 거 아니에요, 짐승……."

"그럼 어제처럼 계속해도 괜찮아?"

타나릴의 눈에 기대감과 열정이 가득했다. 내가 얼마나 안도하는지, 얼마나 감사한지 이 남자는 모를 것이다.

"나 좀 안아줄래요?"

말하고 나서야 지금 내 발언이 얼마나 도발적인 건지 깨달았다.

"어, 그게 그 뜻이 아니고, 그 잠깐 안아줄 수 있느냐는……."

횡설수설, 내 변명이 끝나기도 전에 나는 그의 품에 안겨 있었다. 이상하게도 그가 날 안아주는 것에 성적인 느낌은 들지 않았다. 덕분에 마음이 가라앉으며 안정되는 느낌이었다. 그의 품에서 숨을 깊게 들이쉬자 이제야 내가 딛고 선 아래를 마구 뒤흔들던 지진이 사라지는 것 같았다.

'정말로 이렇게 빨리 누군가에게 깊이 빠져들 수도 있는 거구나……'

한눈에 반하고 사랑에 빠졌다던 부모님은 이런 느낌이었던 걸지도 몰랐다. 이전 세상의 부모님 이야기다. 두 분이 느꼈던 감정은 욕정이었을 뿐이라 생각했었다.

실제로 주변에서 봤던 첫눈에 반했다던 이들의 실태는 육체적 관계가 다였다. 그런데 그게 진짜 있을 수 있는 일이라는 걸 나를 보니 알 것 같았다. 절벽 위에서의 깨달음을 이젠 부인할 수가 없었다.

'난 이 사람을… 사랑해.'

고백하자면, '사랑'을 믿는다고 했던 것도 실은 거짓말이었다. 그걸 가장 믿지 않는 이가 바로 나였다. 그럼에도 그런 건 인정할 수 없다던 이 사람에게 나는 사랑이야말로 진짜 조건처럼 말했었다. 그런데 그 조건이 진짜가 되었다.

일방적인, 아니면 생겼다가 사라진 사랑의 종말을 생생히 보고 느끼지 않았다면……. 어쩌면 난 이 사람이 나를 원하는 그때까지만이라도 같이 살자고 졸라봤을지도 모를 것이다.

명치끝이 조인다. 이 사람이랑 헤어질 때는 마음이 많이 아플 것이다. 그냥 상상만 하는데도 가슴이 이렇게 아픈데 막상 그때가 닥치면 초연할 수 있을지 모르겠다.

아니, 당연히 그래야지. 마음이 다치는 건 어쩔 수 없는 일이라는 걸 인정하면 그때를 준비할 수 있을 것이다.

"타나릴……."

"응."

"나, 안아줄래요?"

"……."

"그… 혹시 내키지 않으면……."

"아니!"

타나릴의 눈빛이 순간 짙어졌다. 몇 번 겪었다고 그의 눈빛에 든 욕망의 색이 어느 정도인지 읽을 수 있었다.

지금 타나릴의 단계는 꽤 위험한 상태다. 그걸 증명하듯 그가 으르렁거리는 소리를 내며 벗어 던진 크로뱃에서 꽤 날카로운 소리가 났다. 이 남자가 걸친 뭔가가 찢어지거나 뜯어질 때마다 내 심장도 쾅쾅 뛰었다.

"당신은 그대로 있어, 리예."

타나릴이 싱긋 웃었다.

"타나릴."

매번 이 순간이 될 때마다 참신하지 못하게도 나는 그의 이름을 부르는 것 말고는 아무것도 할 수가 없었다. 그의 눈빛에 손발이 꿰인 것처럼 마비되어 버린 느낌이었다. 하얗게 빛나는 미소가 마치 정찬을 기대하는 것 같아서 등골이 오싹했다.

방 안 어디론가 날아간 재킷의 행방은 알 수 없었다. 거친 손길에 단추가 몇 개는 떨어져 나가면서 타나릴의 맨몸이 드러나기 시작했다. 거뭇한 젖꼭지와 배꼽 위까지 그어진 선명한 선이 불뚝거리는 모습을 나는 침을 삼키며 지켜보았다.

셔츠가 발아래 던져지고, 다음은 바지였다. 지난번처럼 한꺼번에 훅 벗어 내릴지도 몰라 숨을 멈췄다. 순간 나와 타나릴이 눈을 마주쳤다.

"당신이 벗겨주면 좋겠지만, 아직은 내가 자제력이 좀 부족해서."

조금 떨어질 뻔한 자신감이 붙었다.

"다음엔 내가 벗겨줄게요."

"기대… 하지."

아, 욕망의 단계가 한층 더 올라갔다. 눈빛이 더 짙어진 타나릴이 서서히 바지를 내리고는 마지막 한 꺼풀만 남기고 훌쩍 다가왔다. 살짝 출렁거리는 침대의 충격에 내 심장도 함께 콩닥거렸다.

"이젠 당신 차례……."

자제력이 부족하다던 타나릴은 전혀 그래 보이지 않았다. 타나릴이 내 목덜미를 잡아당기면서 천천히 내 입술을 머금었다. 자연스럽게 벌어진 입술 안으로 들어온 뜨거운 혀가 내 혀를 감고 빨아당겼다. 나도 질세라 함께 그를 열렬히 잡아당겼다.

입술을 핥고 빨아 당기는 것만으로도 몸이 달아올랐다. 마치 사랑을 나누는 것처럼 능란하게 혀를 넣었다 뺐다 하는 타나릴을 쫓아 나도 그의 입속을 탐험했다.

"쉬, 천천히……"

정신없이 입맞춤하던 중에 달래는 소리가 들렸다. 아, 감질나서 미칠 것 같다. 망할 자제력, 나는 그런 거 필요 없는데!

타나릴은 아직 내 옷을 하나도 벗기지 않았다. 거의 벌거벗은 남자 앞에서 다 갖춰 입고서 입맞춤만 하고 있는 내 모습이 어떤지는 잘 모르겠지만 그 자체로 무척이나 야릇한 기분이 들었다.

아니, 입맞춤만 한 건 아니다. 타나릴의 손은 바빴다. 그가 옷 위로 내 유두를 자극하며 한 손으로는 치마 안으로 손을 넣고 있었다.

"다리를 조금만 벌려봐, 리예."

이건 세상에서 가장 야한 주문이 아닐까 싶다. 나는 배 속이 오그라드는 느낌으로 허벅지 사이를 열었다. 그러자 곧바로 그 사이를 침범한 손이 내 속옷 사이를 파고들었다. 클리토리스를 살살 어루만지던 손이 몇 번 갈라진 입구를 문지르다가 말간 액이 흐르기 시작하는 안으로 침범해 들어왔다.

"으윽……"

몸이 비틀리며 발가락이 곱아들었다. 곧 상상할 필요가 없는 쾌락으로 넘칠 것을 알기에 더욱 큰 기대로 몸이 떨렸다.

"먼저 이대로……"

타나릴이 작게 속삭이며 손가락을 더 깊이 밀어 넣었다. 그를 유혹하던 순간부터 젖어 있던 안은 자극을 빠르게 받아들이며 더 빠르고 강하게 수축하기 시작했다.

"여기였지……."

타나릴이 의기양양한 목소리로 어느 부위를 쿡 찍었다. 다행스럽게도 내가 정신없이 지른 비명은 밖으로 새어 나가지 않았다. 타나릴이 다시 내 입술을 삼키면서 손가락을 현란하게 움직이기 시작했다.

· · ·

타나릴은 손을 쓰지 않은 채 리예의 옷을 벗겼다. 몸은 둔해서 미칠 지경이었지만 리예의 옷을 벗기는 과정은 퍽 즐길 만한 일이었다. 그가 눈길을 주면 옷이 벌어지고 그 뒤로 입술이 따랐다. 하얀 피부에 화인처럼 입술 도장이 찍혔다. 리예가 얕은 신음을 흘리며 바지락댔다.

"쉬, 오늘은 내가 다 할 거야."

이미 한 겹 남은 속옷이 무안해질 정도로 팽팽히 솟아올랐다. 그러나 타나릴은 옷을 벗는 걸 도우려는 리예에게 고개를 저었다. 벗겨진 옷이 허리춤 아래로 걸쳐진 채로 하얀 알몸이 드러났다. 이미 한쪽 유두는 먹힌 채였고 다른 쪽 유두는 손가락 사이로 이지러지고 있었다.

"타나릴······."

리예가 허리를 비트는 순간 그녀의 몸이 살짝 들리면서 겉옷이 떨어져 나갔다. 리예를 애무하느라 바쁜 타나릴은 마력으로 리예를 들었다 놨다를 반복했다. 물론 발더를 공중에 떠올려 휘휘 돌리던 것과는 차원이 달랐다. 리예가 마지막으로 공중에 떴다 가라앉았을 때엔 그녀의 몸에 남은 옷가지는 없었다.

"난 당신이 이렇게 숨을 헐떡거릴 때가 참 좋아."

타나릴이 클리토리스를 훑으며 짓궂게 속삭였다. 과연 리예는 그의 말처럼 흥분한 숨소리로 그의 환상을 충족시켜 주고 있었다. 그리고 이어진 헉하는 놀란 숨소리는 그녀의 손끝에 닿는 뭉뚝하고 딱딱해진 살덩이의 감촉 때문이었다. 어느새 나신이 되어 흉흉해진 분신을 선보인 타나릴이 리예를 침대로 눕혔다.

타나릴은 리예의 다리를 넓게 벌리고는 곧장 안으로 짓쳐 들어갔다. 살과 살이 부딪치는 소리가 야살스럽기 그지없다. 그 사이로 리예의 신음이 반주로 따라와 타나릴의 움직임을 더욱 정교하게 조율했다.

"타나릴!"

열에 들뜬 채로 불리는 이름이 쾌락과 맞물렸다. 주위는 두 사람을 제외하곤 아득히 멀어졌다. 타나릴과 리예가 숨을 헐떡거리는 이 공간만이 그들의 모든 것이었다.

"리예, 나를 붙잡아."

순종적인 리예가 그의 허리를 잡았다. 그리고 곧 적극적인 리예가 손을 미끄러뜨려 그의 엉덩이를 붙잡았다.

"리예……."

예상하지 못했던 자극에 끝내 버릴 뻔한 타나릴은 숨을 고르며 리예의 손을 잡았다. 긴 전희를 가졌던 건 이렇게 쉽게 끝을 보기 위함이 아니었다.

"조금, 있다가……."

"있다가……?"

"응."

아기처럼 말을 따라 하는 리예는 순진함과 요염함이 섞여 있어 정복하는 성취감에 배덕감마저 느껴졌다. 제법 능숙해진 몸짓으로 그를 조이며 눈썹을 찌푸리는 모습이 가학성을 불러왔다.

"리예, 아아, 너무 좋아……."

극한 쾌락에 머릿속이 어지러웠다. 하지만 그러면서도 리예의 절박한 몸짓이 무엇 때문인지 타나릴은 내내 새기고 있었다.

'무엇을 본 거야, 리예!'

미리 볼 수는 있지만 남에게 말할 수 없다는 제한은 너무 가혹한 제약이었다. 정처 없이 고향 땅을 떠나와 이 외진 곳에 집을 짓고 살겠다던 리예의 말이 자꾸 가시가 돋치듯 돋아났다.

리예는 스스로 이방인임을 고집하고 있었다. 이곳 히그틀리가 아니라 그 어디라도 떠나려면 얼마든지 떠날 수 있었다. 이렇게 몸

을 섞으며 비명을 지르면서도 항상 끝을 상기하는 리예가 불안
했다.

"으으응……."

가녀린 대답과 함께 리예가 그를 더 안으로 이끌며 허리를 휘었
다. 분신이 쥐어 짜이는 느낌에 심장이라도 달라면 내줄 것 같았다.
리예는 원하지 않을 심장 대신 다시 마력을 쏟아부었다.

'내 거야!'

초급 마법사 두셋은 일시적으로 중급 마법사가 될 수 있는 양의
마력을 퍼부어도 리예에겐 몸을 보호하는 역할밖에 하지 못하는
정도였다. 그러나 리예가 쓴 굴레는 이런 마력마저 거부했었다. 그
순간 리예에게 위험이 닥친다면 저는 아무것도 못 할 거라는 뜻이
다. 앞이 아찔해졌다.

"리예, 날 꽉 잡아! 절대 놓지 마!"

"꽉… 잡았어요."

리예가 그의 등에 깍지를 낀 채로 웃었다. 쾌락에 잠긴 눈동자가
오로지 그만을 담고서 탁하게 가라앉는 중이었다. 이렇게 저를 잡
은 손을 놓지 않기를, 그리고 언제든 부르면 달려갈 수 있게 바로
옆에 있다는 걸 알려주고 싶었다.

"리예, 여기……."

'내 옆에 있어. 그래도 당신이 달려가야 하면 내가 쫓아갈게. 숨
어도 돼. 내가 찾을 테니까.'

"응, 여기……."

리예가 자지러지는 신음을 지르며 그를 꽉 죄었다. 리예가 다른 쪽으로 해석한 걸 알았지만 그걸 따질 생각도 정신도 없었다.

곧 쏟아져 내리는 정신과 함께 극한 절정이 찾아왔다. 하지만 먼저 짧게 절정을 맞은 리예는 아직 다다르지 못했다. 리예가 허리를 뒤로 젖히며 몸을 비트는 모습에 잠시 힘을 잃었던 분신이 금세 되살아났다.

타나릴은 분신을 빼지 않은 채 리예의 몸을 돌려 무릎을 세우게 했다. 먼저 빠르게, 그리고 느려졌다가 또 빨라지는 허릿짓에 리예는 베개를 끌어안고 비명을 죽였다. 비명과 허릿짓이 점점 더 거세지고 얼마 지나지 않아 리예가 길게 비명을 지르며 고개를 꺾었다.

안으로는 심하게 경련하며 죄면서 허리에서는 힘이 빠지는 걸 느끼며 타나릴도 옆으로 무너졌다. 이대로 여운을 즐기는 것도 좋지만 리예의 얼굴을 보고 싶었다. 미련 많은 분신을 빼고 몸을 돌리자 리예가 숨을 몰아쉬며 그를 올려다보았다.

"다른 데 보지 마. 나를 봐."

타나릴은 힘을 잃은 분신을 리예의 손에 쥐여 주며 말했다.

"아까 같은 소리 하지 마. 이건 당신 거야. 그러니까 언제든 당신이 원하면 마음대로 해도 돼."

내키지 않느니 하는 식의 말은 다신 하지 말라는 엄중한 경고였다. 이번엔 제대로 알아들은 것처럼 볼을 붉히는 리예에게 선언하

듯 말했다.

"대신 이건 내 거야. 알지?"

그의 손이 애액과 정액으로 미끈거리는 틈을 훑자 리예가 소스라치며 몸을 떨었다.

"이것도, 이것도."

타나릴은 차례로 유두를 한 번씩 핥고는 목덜미를 걸쳐 입술에 도달했다. 그는 리예의 온몸을 얽어매듯 끌어안으면서 말했다.

"이렇게 다 내 거야."

'당신이 날 욕심내지 않으면 내가 당신을 욕심내면 그만이야.'

행여나 리예가 또 2년 같은 말을 하기 전 타나릴은 그녀의 입술을 삼켰다. 곁에 있어도 멀리 사라질 것 같은 리예가 불안했다. 리예를 얽어매고 있는 이 지긋지긋한 동네를 빨리 벗어나고 싶어졌다.

미래에서 온······.

며칠이나 됐다고 혼자 눈뜨는 침대가 묘하게 낯설다.

타나릴은 이른 새벽 용병들과 함께 동굴 입구로 가고 없었다. 레타는 발터와 함께 온천으로 갔다. 레타는 나에게도 동행을 권유했지만 나보다 더 진짜 같은 신혼여행을 즐기는 연인 사이에 끼고 싶지는 않아 피곤을 이유로 사양했다.

밥을 먹고 피아드란과 함께 영주부를 산책 삼아 돌고 차를 마시고 나니 할 일이 없어졌다. 찻잔을 내리는 순간 적막이 찾아왔다.

어린 시절부터 그림자처럼 따르던 적막이 지금 이 순간 너무나도 무겁게 느껴졌다. 갑자기 으슬으슬해지는 느낌에 나는 양팔을 감싸 안았다. 사방 벽이 조여들며 생각을 종용했다.

"어떡하지? 뭘 어떻게, 뭘 해야 하는 거지?"

항상 끔찍한 미래를 보여주던 예견은 이번에도 어김없었다. 또 많은 사람들이 희생되었다. 그것도 가까운 미래, 바로 이곳 히그틀리에서 벌어지는 일이었다.

이번엔 신문 몇 줄로 된 기사가 아니라 처참한 사고 현장을 그대로 봤다. 엄청난 충돌음, 폭발음, 그리고 여기저기 퍼진 파편…….

"아니야!"

나는 작게 소리쳤다. 결코 그 모습을 다시 보고 싶지 않았다. 그러나 마음과는 다르게 자꾸만 그 장면이 떠올랐다.

안 돼, 안 돼, 안 돼! 떠나가라 비명이라도 지르고 싶었다. 미칠 것같은 초조함이 내 정신을 갉아먹는 것 같았다.

어제는 타나릴이 곁에 있어서 그나마 버텼던 거였다. 타나릴이 필요했다. 그가 있다면 다시 안아달라고 했을 것이다. 그러면 잠시라도 그 끔찍한 현장에서 벗어날 수 있을 것 같았다.

악, 비명이 나올 것 같아 손을 깨무는 순간 타나릴이 했던 말이 나를 토닥였다.

'날 붙잡아! …이건 당신 거야. 언제든 당신이 원하면…….'

"아……."

내내 미친 사람처럼 방을 서성이던 나는 그제야 발을 멈추고 의자에 앉을 수 있었다.

숨을 크게 들이쉬고는 다시 생각했다. 아직 일어나지 않은 일이다. 그러니 막으면 된다.

왜, 무슨 일로 그런 사고가 일어나는지는 알 수 없었다. 하지만 어떤 사고인지는 봤다. 언제, 어디서 그런 사고가 일어나는지 안다는 말이었다.

"막을 수 있어!"

그러나 누가 믿든 말든 사전 경고에 해당될 어떤 말도 해선 안 된다. 거기에 이 사고는 내가 직접 막을 수 있는 종류의 일이 아니었다. 사고에 관해 말하지 않으면서 막으려면……

앞이 꽉 막혔다. 아무리 생각해도 사고 자체는 막을 수 없었다. 사고는 일어난다. 그것이 전제라면 피해를 축소하는 방도를 찾아야 한다. 축소… 인명만 구할 수 있다면?

하지만 어떻게? 미래를 볼 때마다 반복이다. 슈퍼맨이 되지 않고선 그 큰 덩어리를 받칠 힘 같은 건 없었다.

"슈퍼맨!"

나도 모르게 소리쳤다. 슈퍼맨은 여기에도 있다. 이쪽 말로 마법사, 초현실적인 일들을 이루어내는 이들. 내 남편이 바로 그 마법사다.

물론 그가 아무리 강한 마법사라고 한들 그걸 그리 간단히 막을 수는 없을 것이다. 그러나 마법사는 본연의 힘만 사용하는 이들이 아니다. 미리 준비만 할 수 있다면, 그것은 일어나지 않는 일이 될 것이다. 아니, 그걸 막으라고 내게 그 미래가 보인 것이다.

하지만 무슨 수로 타나릴에게 미리 그런 걸 준비하라고 할까? 그것 또한 경고에 해당되지 않을까?

곰곰이 생각하던 나는 고개를 저었다. 내가 타나릴에게 이것저 것 요구했을 때를 상상해 봤지만 가슴은 방금 전처럼 경고로 두근 거리지 않았다. 편법처럼 보이지만 가능하다는 이야기였다.

나는 마법사를 고용할 계획이다. 그 마법사가 하필 타나릴이 라는 것뿐. 단지 타나릴이 내 말대로 해줄 것인가 하는 문제가 남 는다.

"다녀왔어, 리예!"

답변처럼 타나릴이 문을 열고 들어오더니 곧장 입을 맞췄다. 타 나릴에게서 풍기는 신선한 바깥 공기가 나를 종용하는 것 같았다. 나는 깊어지는 유혹에 지기 전에 그를 살짝 밀어내며 말했다.

"타나릴, 우리 산책해요!"

"응, 온천 말이야? 온천에 가더라도 우리끼리 갈 거야."

방금까지 질식할 것 같은 고민 속에 빠져 있었던 게 거짓말 같다. 타나릴이 오자마자 웃음을 참고 있다. 어쩜, 이이가 하는 말은 발더 가 레타에게 꼬집히기 전 했던 말과 똑같았다.

"온천 말고요, 우리는 헤른 강 유역으로 가요. 우리가 처음 가봤 던 강변이요. 거기 가서 할 일이 있어요."

"할 일? 뭔데?"

"뭔지는 가서 얘기할게요. 잠깐만 내 남편 하지 말고 내 마법사 가 되어줘요."

말을 하고 나자 이제야 걱정이 되었다. 나는 최선의 해결책이라고 여긴 것이지만 타나릴이 이상하게 여기면 끝장이다. 하지만 걱정이 무색하게 타나릴의 입가가 비스듬하게 꺾였다.

"알았어. 나를 고용하겠다는 말인데… 어디 보자. 나를 고용한 값은 비싼 거 알지?"

타나릴의 손이 위험하게 움직였다. 너무나도 노골적이라서 얼마나 비싼 줄은 충분히 알 수 있었다.

"음. 이걸로 선금이 될까요?"

나는 손을 뻗었다.

"리예……."

선금으로 충분한 듯싶다. 타나릴이 으르렁거리며 내 손을 잡았다.

"산책, 가고 싶으면 후불로 하는 게 좋을 거야."

타나릴이 다시 으르렁거렸다. 나는 어맛 뜨거라, 하고는 그의 위험해진 곳에서 손을 뗐다. 실은 나도 계속하고 싶었지만 '산책'이 먼저였다. 그리고 후불을 넉넉하게 치를 준비도 되어 있었다. 타나릴은 곧장 하인을 부른 후 마차를 준비시켰다.

"당장 가. 하지만 당신 마법사도 하겠지만 남편도 계속할 거야."

뜨거운 속삭임에 나는 녹아내릴 것 같았다. 타나릴이 반쯤 흐늘거리는 나를 마차에 태우기까지 순식간이었다. 타나릴이 오자마자 모든 것이 해결되는 느낌이다. 나는 정말 쉽게 마법사를 고용했다.

. . .

"내가 뭘 하면 돼?"

리예가 목적지로 잡은 곳은 아무런 인적이 없던 강변이었다. 타나릴은 질문하자마자 긴장하는 리예를 보며 속으로 욕설을 삼켰다. 여기서 한마디라도 잘못하면 리예의 일을 모두 망칠 것이다.

타나릴과 발더는 리예의 정체를 아는 순간 대처할 방안을 강구했다. 뾰족한 방법은 없었지만 최소한 예지자를 어떤 식으로 대해야 하는지에 대해서는 방도를 찾았다.

"뭐든 주문해. 여기 물길을 막아야 한다면 막고 더 깊이 파라면 파줄게. 얼마든지 가능해. 알지? 나는 뭐든 다 해줄 거야. 다만 당신이 이 비싼 마법사 인력을 감당할 수 있는지 볼 거야."

"내, 내가 이래 봬도 마법사의 아내거든요! 충분히 감당하고도 남을 테니 두고 봐요!"

말을 살짝 더듬지만 않았다면 꽤 당당할 뻔했다. 주먹을 꼭 쥔 채 그의 몸을 훑는 시선이 전투적으로 보이려는 시도였다면 그 또한 실패였다. 하지만 기대 지수로는 만점을 주고도 가산점을 만점 더 더해줄 것이다.

리예는 얼굴을 발갛게 물들인 채 제 손과 그를 차례로 힐긋거렸다. 그러면서 입술을 핥는 그녀의 모습이 무얼 상상하는지 야릇한 기대가 더해졌다. 상황만 허락한다면 타나릴은 이대로 짐승이 되고 싶었다. 하지만 스스로 전투적으로 변했다고 믿고 있는 리예는 본분에 충실했다.

"여기서 놀 수 있는 시설을 만들 거예요. 곧 여름이 다가올 테니 여기로 나와서 놀면 시원하고 좋겠지요? 커다란 뗏목도 띄우고 그 뗏목이 가끔은 하늘을 날 수 있게도 하고 싶어요. 어… 무리한 주문일까요?"

조금 걱정스러운 눈으로, 아니 간절한 눈으로 리예가 그의 대답을 기다렸다. 얼마나 간절한 마음일지 생각하는 것만으로 타나릴은 가슴이 무거웠다. 히그틀리로 처음 올 때에도 리예는 저런 마음이었을 것이다.

할 수 있다면 리예에게 비행선을 돌리겠다며 으름장을 놨던 저를 후려 패고 싶었다. 물론 지금은 리예에게 안 된다고 말할 생각은 전혀 없었지만, 이대로 냉큼 좋다고 말하는 게 더 이상할 수가 있었다. 타나릴은 고심하는 척하며 대답했다.

"무리는 아니지만 품이 정말 많이 들 텐데……. 뗏목은 얼마만한 크기였으면 하는데?"

그는 양념으로 전혀 은밀하지 않게 리예의 몸을 훑으며 입술을 핥는 것도 잊지 않았다. 덕분에 곱게 눈을 흘기는 리예의 얼굴에 걱정이 옅어졌다.

"최대한 크게요! 강폭만큼 크면 좋겠어요!"

"그렇게 큰 게 하늘에 뜨자면 마력석을 많이 들어야겠군."

혼잣말 같은 설명에도 리예는 움찔하고만 말았다.

그만한 시설을 갖추기 위해선 마력석을 아낌없이 투자해야 한다. 그러자면 보통 사람들은 일평생 만져보지도 못할 천문학적인 액수가 들어가게 될 것이다. 그러나 겨우 품위 유지비 정도에 벌벌 떨던 리예가 그저 가부에만 신경 쓰느라 긴장하고 있었다.

당연히 물놀이 같은 걸 위해 이런 걸 만들어달라고 할 리가 없었다. 아니, 리예가 돌연 흥청거리는 비싼 취미에 흥미가 생긴 거였다면 차라리 마음이 편할 것이다. 리예의 마음을 헤아리자니 마음이 점점 무거워졌다.

아무튼, 이래서는 무얼 준비하려는 것인지는 알 수가 없었다. 목적을 알면 더욱 잘 맞춰서 할 테지만 아는 체할 수도 없는 이상 무조건 하라는 대로 하는 게 최선이었다.

"킬로이 남작이 오늘 당장 인부를 모으기로 했으니 잘됐네. 뗏목을 모으는 건 됐고……. 언제까지 만들까?"

그깟 일, 당장에라도 뚝딱 할 수 있다는 듯한 답에 리예의 얼굴이 활짝 폈다.

"모레, 아니 글피까지 할 수 있어요? 우리 별장을 지어줄 사람들이 오기 전에 완성해서 보여주고 싶어요."

그 말은 그들이 오기 전에 반드시 해야 할 일이라는 뜻이다. 힌트를 하나 더 얻자면 그들이 오는 것과 이 일이 연관된 것일 수도 있었다. 그 와중에 내 집이라는 말 대신 우리 별장이라고 말하는 리

예가 기특했다. 아쉽게도 내색은 할 수 없어서 속으로만 흐뭇해야
했다.

생각보다 시간이 촉박했다. 공학부 연구실이라면 시간 같은 것
도 문제될 것 없지만 여기선 혼자 하는 수밖에 없었다. 다른 이가
연루되는 것은 최소화해야 하니 재료 조달 말고는 도움을 바랄 수
도 없었다.

게다가 무리해서 사명을 완수하는 것처럼 보여서도 안 된다. 운
명을 속이려는 것인지 리예를 속이려는 것인지는 모르지만 가뿐한
척, 무리가 아닌 척 가볍게 일을 해내야 한다. 여러 가지로 딜레마
였다.

걱정스럽다는 듯 쳐다보고 있는 리예에게 타나릴은 한껏 거드름
을 피우며 답했다.

"음, 후불만 믿고 있을 수가 없어서… 선불을 좀 받고 시작할까
해. 그러면 능률이 오르지 않을까?"

타나릴이 성큼 다가서자 리예는 눈을 꼭 감았다.

"여기 어디 엉큼한 아가씨가 있었는데……. 아까 어디까지 했더
라. 살짝 맛보기만 보여주면 안 될까?"

"난 어, 엉큼하지 않, 엉큼……. 으아, 그래도 여기선 안 되
는데……."

반쯤 울상으로 횡설수설하던 리예는 멀찍이 있는 마부를 쳐다보
며 슬금슬금 뒷걸음질 쳤다. 스스로 엉큼하다고 인정하는 모습은

당장 낚아채고 싶을 정도였다. 정말 마부만 아니었다면 이대로 일을 치렀을지도 모른다.

"돌아갈까? 일을 빨리 착수하려면 서둘러야 하는데."

타나릴이 리예에게 바싹 붙어서며 속삭였다. 다분히 중의적인 의미를 품은 그 말뜻은 두 가지 다 중요했다. 리예에게 불룩해진 앞섶을 비비며 한쪽을 강조하는 걸 잊지 않았다. 리예는 아까부터 두 사람 쪽은 보지 않는 척하는 마부가 볼세라 딴청을 피우며 마차로 돌아갔다.

타나릴은 마음이 급했다. 올 때는 정말 소풍 나오는 기분도 있었는데 돌아가는 길이 길게만 느껴졌다. 리예가 모르게 일을 서둘러야 하니 선불도 확실히 챙겨야 했다.

그나마 발더가 있어서 다행이었다. 발더야말로 이 일의 유일한 도우미가 되어줄 것이다. 휴가지에 와서도 발더를 부려먹느냐며 레타가 짱알거리겠지만 그건 발더의 일복 탓이다. 발더에게 일을 맡기면 리예에게서 선불과 중도금도 챙기면서 일을 진행할 수 있을 듯했다.

두 사람이 탄 마차가 영주부에 도착하자 맞춘 듯 발더와 레타도 마차에서 내리고 있었다. 저녁이 되어서야 돌아올 줄 알았던 발더가 벌써 온 걸 보면 확실히 일복이 있었다. 거물 손님들의 일정에 맞춰 움직이는 킬로이 영주도 인부를 부르는 문제로 외유를 마치고 돌아와 마중하고 있었다.

"마침 잘되었습니다, 킬로이 남작. 당장 진행할 일이 있는데 의논이 필요합니다."

"네, 뭐든 말씀하십시오!"

킬로이 영주는 타나릴이 운을 떼자마자 더할 수 없이 적극적이었다. 처음부터 타나릴에게 잘 보이려 애썼던 영주는 아들 사건 이후로 더욱 열렬한 그의 신봉자가 되어 있었다.

"인부를 모으셨다고 하셨는데 우선 당장 목재를 대량으로 준비해 주실 수 있습니까?"

"대량이라면 얼마나 필요하신 겁니까?"

"방금 지난번 착륙했던 헤른 강변에 다녀왔습니다. 그 강 위에서 바람을 맞으며 놀 수 있는 시설을 만들어보려 합니다. 강폭만큼 되는 커다란 뗏목을 만들 수 있는 양이 필요합니다."

"네? 아… 그럼 나중에 홍수라도 나면 강물을 막게 되는 장애물이 될 수도 있습니다……."

킬로이 영주는 최대한 협조적이면서도 무작정 고개를 끄덕이고 보는 이는 아니었다. 그래서 더 신뢰가 갔다.

"그래서 하늘에 띄울 수도 있게 설계하려 합니다. 사람을 태운 채 그 위에서 놀 수도 있게 하고 재해에도 대비하고요. 어떻습니까?"

"아… 대단하군요."

킬로이 영주가 놀란 눈으로 고개를 끄덕였다. 속내는 그 무슨 돈지랄인가 할지도 모르지만 최소한 겉으로 내색하는 일은 없었다.

하지만 발더와 레타는 아니었다.

"너 그게 무슨 쓸데……."

"발더."

"으, 응?"

"온천에 갔다 오니 좋았어?"

"…좋았는데."

레타를 돌아보며 헤벌쭉한 발더를 보면 진짜 좋은 시간을 보내고 온 게 틀림없다. 타나릴은 저도 리예와 가볼 것을 다짐했다. 물론 꼭 단둘이 갈 것이다.

"앞으로 더 좋은 놀이를 하려는데 너도 같이해야지?"

"그게 무슨 소리……!"

발끈하는 레타를 발더가 말리며 말했다.

"타나릴, 그 말은 지금, 내가 네 놀이를 준비하는 데 같이해야 한다?"

"내 아내가 원하거든."

"어……."

레타와 발더가 동시에 입을 다물었다. 타나릴은 다시 킬로이 영주에게 요청했다.

"우리가 수도로 돌아가기 전에 시설을 완성하고 가려고 해서 당장 시작했으면 합니다. 가능하겠습니까?"

"네, 네! 가능합니다. 알포트, 들어오게!"

킬로이 영주가 당장 책상 위의 호출기에 대고 행정관의 이름을 크게 불렀다. 행정관이 들어오자마자 킬로이 영주는 필요한 목재의 수량과 인부들의 인솔 등을 맡겼다. 당장 일을 시작하겠다며 행정관이 나가기까지 그야말로 일사천리였다.

"이렇게 적극적으로 도움을 주시니 얼마나 감사한지 모릅니다, 킬로이 남작. 이건 일의 진행에 따른 금액을 적을 수표이고 이건 감사의 의미로 드리는 것입니다."

타나릴은 킬로이 영주에게 백지 수표 한 장과 메고 있던 크로뱃의 장식을 빼서 내밀었다. 금액을 적지 않은 수표도 수표지만 손가락 두 마디를 합친 것만 한 에메랄드 장식은 가격을 상정하기 어려운 고가의 보석이었다.

"수표는 받겠지만… 이, 이런 건 받을 수 없습니다. 제 아들의 목숨을 구해주신 분께 이만한 도움도 못 드리지는 않습니다."

킬로이 영주는 조심스럽지만 완곡하게 거절했다. 그러나 타나릴을 꺾을 수는 없었다.

"앞으로도 잘 봐달라는 의미입니다. 그런 시설도 영주님이 불가를 외치면 안 되는 일 아닙니까? 별장도 지어야 하고 오갈 일이 많은데 살펴주시지요."

"후작님……."

어쩔 줄 모르는 킬로이 영주에게 발더가 은근슬쩍 추임새를 넣었다.

"모르는 척 받으세요. 그런 돈지, 시설을 만들려면 당장 영주부에 있는 마력석부터 다 달라고 할 텐데 정말 잘 봐달라는 의미입니다. 물론 금방 채워 드리긴 하겠지만 모자라면 옆 영지에서 빌려 와야 할 수도 있어요."

"발더의 말이 맞습니다. 그러니 먼저 마력석의 보유량이 되는지부터 알 수 있겠습니까?"

킬로이 영주는 침을 한 번 삼키고는 벌떡 일어났다. 그리고 추진력의 일인자답게 금고를 열어 마력석 보유량을 확인해 주었다.

금고에는 은은한 푸른색과 녹색이 일렁이는 마력석이 규격석과 비규격석을 합쳐 금고의 반 정도 채워져 있었다. 보통 사람이라면 눈이 휘둥그레질 만한 양이었지만 노상 마력석으로 씨름하는 두 사람에겐 그리 대단한 양이 아니었다.

발더가 펜과 종이를 들고 먼저 계산에 들어갔다.

"강폭은 얼마나 돼?"

"약 30미터."

"수심은? 부력도 계산해야 해."

"킬로이 남작?"

"깊은 곳은 10미터가 넘는 곳도 있지만 대략 2미터 내외입니다. 그런데 전에 착륙하셨던 곳이 그 10미터가 넘는 곳입니다."

"리예, 뗏목의 강도는 최소 얼마나 되면 돼?"

정신없는 의견 공방 속에 갑자기 저한테 돌아온 질문에 리예가 입을 벙긋했다.

"…집채만 한 바위 수십 개가 덮쳐도 견딜 수 있는 강도로요."

거의 터무니없는 주문에 다른 이들은 놀람을 감추지 못했지만 타나릴은 눈썹만 까닥이고 말았다.

킬로이 영주가 물었다.

"댐이라도 만드시려는 겁니까?"

"댐으로 쓰려면 쓸 수도 있어요……."

확실히 댐 용도는 아니었다. 타나릴은 더 궁금해졌지만 발더에 게도 묻지 말라는 눈짓을 했다.

굳이 목적을 알 필요는 없었다. 당장은 리예가 원하는 대로 만들기 위한 마력석 계산이 필요했다. 타나릴의 또 다른 눈짓에 발더가 부지런히 펜을 놀렸다.

"물의 부력과 뗏목의 강도를 더하는 것, 거기에 그 큰 뗏목을 띄우려면 척력까지 계산해야 해. 저 마력석이 다 들어가고도 모자랄 수도 있겠는데?"

놀란 신음을 삼키는 킬로이 영주에게 타나릴은 더 놀랄 요청을 했다.

"가장 가까운 영지에서 마력석을 더 빌려주실 수 있겠습니까? 규격석이면 200개 정도면 되고, 아니라면 300개로 부탁드립니다. 빌리는 것과 갚는 것 모두 트레니알라 예그하라의 이름으로 할 것이고, 열흘 내로 규격석 20개를 덧붙여 갚을 거라고 해주십시오. 물론 킬로이 남작께도 같은 비율로 정확히 계산해 드릴 것입니다."

"그러지 않으셔도 됩니다. 같은 개수로 채워주시기만 하셔도……."

"빠르면 빠를수록 좋습니다. 시간을 단축해 주시는 만큼 저는 더 감사할 테지요."

타나릴은 평소에 있는 일인 것처럼 말하고 있었지만 발더는 그가 사양하는 킬로이 영주와 실랑이하는 시간도 아까워하는 걸 느낄 수 있었다. 그러나 이유가 뭐든 지금 물을 상황이 아닌 것도 알았다. 발더도 적당히 장단을 맞췄다.

"지금부터 시작해 볼까요? 빨리 끝내야 빨리 놀아볼 수 있지요."

"그, 그렇지요……."

킬로이 영주가 이웃 영지와 통신을 연결하는 동안 타나릴은 비행선을 띄우게 했다. 덕분에 킬로이 영주의 행정관도 비행선을 타는 영광을 얻었다며 행복해했다.

타나릴은 당장 목재를 자르고 옮기는 일부터 하기로 하고 발더는 진과 마력석 배치 설계를 맡기로 했다.

"밤까지는 돌아올게."

타나릴은 '선불'도 잊은 얼굴이었다. 두 남자는 잔뜩 신이 난 표정으로 순식간에 사라졌다.

"제가… 너무 큰일을 벌인 걸까요."

리예가 번개처럼 사라지는 두 남자를 배웅하며 속삭이자 레타가 고개를 저으며 토닥였다.

"원래 저래요. 뭔가 하나 꽂히면 열흘이고 한 달이고 밤을 꼬박 새우면서 매달리는 사람들이거든요. 저런, 저러다 신혼여행인 것도 잊는 게 아닌지 몰라. 공학부 남자들이란, 쯧쯧."

레타는 어깨를 으쓱하고는 다시 말했다.

"이제부터 각오해요. 기다려 봤자 소용없을걸요? 그러니 우리는 함께 차나 마셔요."

레타의 예언은 정확했다.

타나릴과 발더는 사흘간 그야말로 대장정을 벌였다. 킬로이 영주가 모집한 인부들의 도움도 컸다. 강 근처 나무를 잘라 이동도 쉬웠고, 나무를 쪼개고 다듬는 일도 금세 끝났다. 덕분에 재료 수급은 바로 다음 날 마칠 수 있었다.

그러나 나머지는 타나릴과 발더의 몫이었다. '뗏목'의 강도를 높이고 부력과 척력을 맞추는 마법진을 새기기 위해 발더와 이틀 밤을 꼬박 새웠다. 그 때문에 리예에게 약속했던 선불이나 중도금은 고사하고 아침에 얼굴만 잠깐 보는 게 다였다.

그렇게 서두르고 열중했지만 그나마 레타가 해준 말이 있어서 리예도 안심하는 게 다행이었다. 일이 순조롭게 진행된 덕에 기한까지 뗏목이 완성될 수 있을 듯했다.

기한 마지막 날, 타나릴이 영주부에 잠깐 들렀던 차였다. 메릴리타가 그를 찾아왔다.

"바쁘신데 찾아온 것 같군요."

메릴리타의 곤혹스러운 표정에 타나릴은 그녀가 찾아온 이유를 짐작할 수 있었다.

"영주부를 벗어나야 하는 일이오?"

"네. 방금 인편이 왔는데 제가 항상 봐주던 부인이 아프다는 연락이 왔습니다. 제가 정기적으로 보던 분이기도 하고… 꼭 가봐야 할 것 같습니다. 또 그 집과 제 집이 멀지 않아 들렀다가 오려 합니다."

"그곳이 어디요?"

"무날 마을이라고 혜른 강을 끼고 북쪽에 있는 마을입니다. 여기서 마차로는 두 시간 정도 거리입니다. 또, 제 본래 집은 혜른 강 위쪽 산기슭에 있는데 그곳에 꼭 가지러 가야 하는 물건이 있습니다."

"…아내를 방비하는 주술에 필요한 것인가 보군."

"네, 그렇습니다."

용병들을 내리고 갔던 비행선이 돌아오고 있었다. 에르모도 동승 중이다. 날짜를 어기지 않으면서 마지막까지 심층 확인을 하기 위해 에르모는 비행선 안에서도 열심히 일하고 있을 것이다.

히그틀리에는 정식 착륙장이 없기 때문에 비행선은 반드시 해가 있을 때에나 착륙할 수 있다. 도착까지 약 일곱 시간 정도 남았다. 뗏목을 완성하기까지는 여유가 있었지만 그동안 다른 볼일이 생긴다면 차질이 생길 수도 있다. 잠시 고민하는 타나릴에게 메릴리타가 말했다.

"혼자 다녀와도 됩니다. 조심해서 다녀오겠습니다."

"그럼 용병이라도 함께······."

타나릴은 말하다가 말고 고개를 저었다. 용병들은 동굴 입구를 지키고 협곡 인근 순찰까지 겸해서 일정이 빽빽했다. 그 보고를 하러 왔던 용병 대장도 방금 막 떠나보낸 참이다. 다시 부를 시간조차 아까웠다.

"···알았소. 그러면 영주께 청해 치안병이라도 함께 가시오."

"노상 다니는 길이니, 알겠습니다. 영주님께 청해보겠습니다."

그렇게 대화를 마치고 돌아서는 순간이었다. 무언가가 그의 발목을 잡았다. 타나릴는 다시 돌아서서 그녀를 불렀다.

"메릴리타!"

"후작님, 여기, 이것이면 되겠습니까?"

승무원이 타나릴에게 두 개의 넓적한 쟁반을 내밀었다. 예의 발 없는 트레이였다. 트레이를 걱정스럽게 바라보고 있는 리예에게 타나릴은 가볍게 입을 맞추며 말했다.

"금방 다녀올게. 목숨 거는 일도 아닌데 그렇게 걱정스러운 얼굴을 하고 있으니 내가 민망해."

"하지만 여긴 날고 있는 비행선 안이라고요."

"금방 다녀올게. 정말 아무 일 없을 거야."

레타는 발더를 돕겠다며 빠진 터라 타나릴의 동행인은 리예와 메릴리타뿐이었다. 그중 두 사람이 지금 날고 있는 비행선에서 트레이만을 의지해 내리려는 중이었다. 메릴리타가 어느새 트레이 위에 냉큼 올라앉았으며 리예를 향해 윙크했다.

"호호, 정작 내리는 저도 아무 걱정하지 않는걸요. 걱정하지 않으셔도 돼요, 부인."

메릴리타는 정말 겁도 없었다. 그게 아니면 타나릴을 믿어서일 수도 있다. 덕분에 리예의 얼굴에서도 서서히 걱정이 걷혔다. 리예가 뒤로 물러나서 자리에 앉자 비행선 문이 열렸다.

"갑시다!"

타나릴이 자신의 트레이를 밟고 선 채 메릴리타의 트레이를 밀며 뛰어내렸다. 그들의 머리가 아래로 쑥 꺼지듯 사라졌다. 낙하산도 없는 고공 낙하에 리예의 심장이 철렁하는 것도 잠시, 창밖으로 아래를 내려다보자 두 사람은 여유롭게 내려가고 있었다.

시간에 쫓겨 메릴리타를 혼자 보내려 했던 타나릴은 리예의 경고를 무시할 수가 없었다. 그래서 시간을 단축하기 위해 비행선으로 함께 오긴 했으나 메릴리타의 집 근처엔 착륙할 수 있는 곳이 없었다. 때문에 이런 위험천만한 착지를 하게 된 것이다.

그러나 메릴리타는 역시 보통이 아니었다. 일반 장정도 무서워할 만한 도전도 메릴리타는 서슴없었다. 뛰어내린 두 사람은 금세 우거진 숲 안으로 사라졌다.

선장은 노련하게 비행선을 천천히 몰아 제자리를 빙빙 돌았다. 그렇게 비행선이 몇 번 회선했을 때였다.

잠시 후, 타나릴과 메릴리타가 다시 트레이를 타고 올라왔다. 하지만 갈 때의 그 모습 그대로는 아니었다. 리예는 비명을 지르고 말았다.

· · ·

"메릴리타! 이게… 어떻게 된 일이에요!"

메릴리타의 머리가 백발로 변해 있었다. 팽팽하던 얼굴도 주름으로 자글자글했다. 메릴리타는 급속도로 늙어버린 상태였다.

"설명할… 시간이 없어요. 어서, 어서 내 손을 잡아주세요."

꺼져가는 목소리로 간신히 말한 메릴리타가 내게 손을 내밀었다. 타나릴이 그 모습을 착잡한 표정으로 바라보고 있었다.

"부인, 시간이… 없어요. 다 사라지기 전에, 어서!"

나는 천천히 메릴리타의 손을 잡았다. 순간 밀려드는 알 수 없는 기운에 기겁했지만 기운과 함께 전해지는 간청에 손을 떼지는 않았다.

-제 원천이 되는 힘이에요. 부인의 말씀이 맞았어요. 저는 방금 제물이 될 뻔했어요. 후작님 덕분에 완전히 빼앗기지는 않았지만 지금도 새어 나가는 중이에요. 내 힘이 새어 나가면 덫을 놓은 자가 천천히라도 다 흡수하려 할 거예요. 그 전에 먼저 다른 그릇에 담아 두어야만 해요. 지금 마력을 담을 만한 그릇이 부인밖에 없어요.

머릿속으로 들리는 목소리는 또렷했다. 메릴리타가 음성으로 내는 목소리가 아니었다.

"나는 마녀가 아니라고 했잖아요."

-부인은 마녀가 아니지만, 그릇을 품고 계셔요. 그건 아기님이 태어나실 때까지 말씀드리지 않으려고 했는데… 어쩔 수 없네요. 부디, 받아주세요.

"타나릴, 당신도 아나요?"

타나릴이 고개를 끄덕였다.

"내게 먼저 이야기해 줬어."

무슨 말을 해야 할지 알 수가 없었다. 당신의 딸, 혹은 아들이 마녀나 주술사라는 사실이 괜찮으냐고 물어봐야 하나? 그래서, 어차피 헤어질 여자가 낳는 아이, 무엇이든 상관없다는 대답이라도 들으려고?

와악! 나는 내 생각에 질려 속으로 고개를 저었다.

이런 생각을 하는 자체가 타나릴을 모욕하는 일일 것이다. 그는 결혼하기로 한 이후 내내 내게 정중했고 다정했으며 나를 존중했다. 그 엄청난 요구를 그저 내가 원한다는 이유 하나로 날밤을 새워가며 만들고 있는 이였다. 또, 메릴리타가 그 미지의 적에게 제물로 바쳐지지 않게 하려면 이 방법밖에 없었을 것이다.

치열한 생각을 하는 동안 들어오는 힘이 옅어지고 있었다. 메릴리타의 말처럼 나는 그저 통로일 뿐이었는지 달라진 점은 느끼지 못했지만 기운이 옅어지는 건 느낄 수 있었다.

"그럼 메릴리타는 어떻게 되는 거예요? 메릴리타!"

─상냥하시네요, 부인. 걱정하지 마세요. 저는… 부인이 제 힘을 품고 있는 동안엔 그 숨을 나눠 쉴 수 있어요.

그 말은 아기가 태어나면 죽을 수도 있다는 걸까? 가슴이 철렁했다.

"메릴리타!"

─지금은 기운이 다해서 저는 좀 쉬어야겠어요. 나중에… 말씀드릴게요.

그 전언을 마지막으로 메릴리타는 잠이 들었다. 잠이 든 게 아니라 실신한 것 같아 마음이 철렁 내려앉았다.

"리예, 이제부터 항상 이걸 몸에 지니고 있어."

타나릴은 곧장 내게 가느다란 은사슬을 내밀었다. 사슬 사이사이에 작은 구슬들이 박힌 그것이 무엇인지는 금방 알 것 같았다. 좀 전 비행선을 타기 직전에도 메릴리타의 집에서 가져올 특별한 물건만 있으면 된다고 말했었으니 모를 수가 없었다.

"메릴리타가 이걸 가지러 갔다가 변을 당한 거였군요."

"그럴 수도 있겠지. 집에 들어가려던 순간 당한 것이거든."

"그러면 나 때문에 메릴리타가……."

"아니, 절대 당신 때문이 아니야. 거긴 메릴리타의 집이었어."

"…도대체 어떻게 된 일이에요?"

"그건 여태 한 번도 본 적 없는 지독한 주술 덫이었어. 메릴리타가 문고리를 잡는 순간 몸을 구속하고 생명력을 빨아먹는 거였어. 문을 부수면서 도중에 멈추긴 했지만 이미 발동된 주술은 돌이킬 수가 없었어. 그 와중에도 메릴리타는 내게 그 사슬을 찾아오도록 하더군."

"메릴리타……."

나는 창백한 얼굴로 눈을 감고 있는 메릴리타의 손을 살며시 잡았다. 창백한 얼굴만큼이나 손도 차가웠지만 옅게나마 맥이 뛰고 있었고 표정만은 편안해 보였다.

"메릴리타를 내려주는 게 먼저일 것 같으니 당신도 영주부로 가 있어. 나는 일을 마친 후 발더를 데리고 돌아갈게."

"…네."

비행선은 강변 쪽으로 돌아서 날아갔다. 이번에도 착륙은 하지 않고 타나릴이 훌쩍 뛰어내려 버렸다.

타나릴을 태운 트레이가 지상에 도착하는 걸 보는 순간 참았던 눈물이 왈칵 쏟아졌다.

'제발 조심해요, 타나릴! 타나릴, 살아줘요!'

 • • •

"그렇게 걱정이 되면 함께 가지 그랬어?"

벌써 몇 번이나 리예가 사라진 방향을 돌아보는 타나릴에게 발더가 말했다.

"이것부터 마쳐야지."

"타나릴, 왜 이렇게 일을 서두르는 거야? 내일 해도 되잖아?"

레타가 의아해하며 물었다. 당연한 질문이었지만 타나릴은 대답 대신 표정을 굳혔다. 발더가 의뭉스럽게 어깨를 으쓱했다.

"리예와 약속했다나 봐. 그러니 그냥 두고 보자."

"참, 이상도 하지. 헌 신도 제 짝이 있다는 말, 딱 타나릴을 두고 하는 말인가 봐."

레타가 발더에게 속닥거렸다.

타나릴이 변했다. 리예를 향해 팔불출처럼 웃음을 머금고 있는 타나릴은 그를 알고 지낸 20여 년 동안 처음 보는 모습이었다.

발더도 마주 속삭였다.

"아는 체하지 마. 저도 슬슬 알아가고 있는 것 같긴 한데 그래도 저놈은 옆에서 들쑤시면 더 엇나가잖아?"

"그런가? 둘 사이에 뭐가 더 있는 거야?"

"그건……."

"말할 수 없는 것? …흥, 나한테도 말 못 한다는 거지? 리예가 아직 날 낯설어 해서 그렇지, 조금만 시간이 지나면 자기랑 타나릴보다 더 친한 사이가 될 테니 두고 봐."

레타가 밉지 않은 눈을 흘기자 발더가 그 입술에 쪽 하고 입을 맞췄다. 그러곤 발더는 타나릴의 눈치를 봤다. 다행스럽게도 타나릴은 진을 하나하나 점검하느라 여념이 없어 보였다.

"타나릴, 이거 뜰 것 같아?"

"너희가 거기서 입술 떼고 내려가면 시험해 보려 해."

"봤구나……."

"봤나 봐."

"같이 날고 싶으면 계속 입술 붙이고 있든가. 시작한다?"

무심코 물었다가 돌아온 대답에 발더와 레타는 부리나케 뗏목 밖으로 뛰어나갔다.

타나릴의 손짓에 뗏목이 하늘로 오르기 시작했다. 하지만 뗏목은 사람 키만큼 오른 높이에서 멈춘 채 더 올라가지 못했다.

이런 작업은 마법 공학부에선 생소한 게 아니었다. 비싼 공연에 부유 마법을 넣어 공연석을 띄우거나 관람석을 띄우는 일이 드물지 않았기 때문이다. 레타도 문제점을 금세 알아챘다.

"균형이 안 맞나 봐."

"규격석이 조금 모자랐어. 자연석은 전부 강화에 넣고 규격석은 부유 마법에 넣었는데 그래도 부족했나 봐. 진 계산을 다시 해야겠어. 타나릴, 내려봐."

발더가 그런 설명을 하는 중에 통신구가 깜빡였다.

"잠깐만."

잠시 후, 발더가 통신하다 말고 경악한 얼굴로 소리쳤다.

"타나릴, 에르모가……!"

"뭐? 무슨 일이야!"

"히그틀리에 다 왔는데 비행선에 문제가 생겼대. 선장이 갑자기……."

"선장이 왜!"

"선장이 죽었대. 부선장이 갑자기 선장을 죽이고 기관실 기기를 다 망가뜨리고는 자살해 버렸대."

"뭐?"

"부선장이 승선한 인원들 음식에 약을 타서 다 재운 바람에 마법사도 지금 힘을 못 쓴대. 지금… 추락하고 있대."

"어디야!"

"강이 보인다고 했어. 어, 저… 기?"

발더가 손가락으로 하늘을 가리켰다. 새까맣게 먼 하늘에서 뭔가 빙글빙글 돌며 떨어져 내리고 있었다. 거대한 새를 닮은 그것은 바로 비행선이었다.

"발더, 레타를 데리고 멀리 떨어져, 어서!"

"타나릴, 어쩌려고 그래?"

"구해야지! 발더, 모두 좌석에 몸을 단단히 고정하라고 전해, 서둘러!"

타나릴이 외치며 뗏목과 함께 하늘로 솟구쳐 올랐다. 방금까지 겨우 사람 키만큼만 올랐던 거대한 뗏목이 둥실 떠올랐다. 제대로 된 부유 마법이 적용된 것이 아니라 타나릴이 강제로 띄운 것이었다.

저렇게는 얼마 버티지 못한다. 저런 상태로 떨어지는 비행선을 받으려 하다니 미친 짓이었다.

"타나릴, 안 돼!"

"안 돼, 타나릴! 안 돼!"

발더와 레타의 비명을 들으며 타나릴은 더 높이 뛰어올랐다.

떨어지는 비행선을 본 순간 타나릴은 리예가 이 거대한 뗏목을 준비한 이유를 알 수 있었다. 사전에 경고할 수 없는 추락 사고를 막을 방법으로, 리예의 안배는 완벽했다. 이 뗏목이라면 저 비행선을 떠받칠 수 있을 것이었다.

하지만 아직 부유 마법이 불완전한 것이 문제였다. 메릴리타와 함께 가지 않았더라면……. 그러나 그 시간은 메릴리타를 온전히 구할 수 없었던 것을 제외하곤 절대 낭비가 아니었다.

처음 주술에 당한 순간 메릴리타는 순식간에 백발이 되고 늙어가면서도 침착하게 대처했다. 메릴리타는 타나릴에게 근처에 다가

오지 못하게 한 후 문부터 부숴달라고 했다. 그가 문을 부수자 자신을 집에서 더 떨어뜨려 달라고 하면서도 가까이 다가오지는 못하게 했다.

메릴리타는 자신의 집을 꽁꽁 얼려달라고 하면서 그 전에 책상 서랍에 있는 사슬을 염력으로 꺼내 오게 했다. 리예에게 전해준 그것이었다.

실은 리예에게 전달한 마녀의 마력은 먼저 타나릴에게 주려고 했었다. 하지만 시도하다 말고 고개를 저었다.

'후작님도 마녀의 그릇이 있어서 될 줄 알았는데 조금밖에 안 담기네요. 오래 비워두어서 많이 채워야 할 줄 알았더니 아니었군요. 하지만 후작님께 그쪽 힘이 필요할 때 제 힘이 마중물 역할을 해줄 테니 이 정도라도 언제고 도움은 될 거예요. 나머지는 부인께 부탁해야겠어요. 부인이 아니라 부인의 배 속 아기님이 힘을 받아줄 그릇이 되어줄 거예요. 반드시 해야 해요. 아니면 저 덫을 만든 자가 제 마력을 모두 흡수할 거예요.'

이 순간, '도움은 될 거라'는 말을 타나릴은 확실히 이해할 수 있었다. 그 '언제'가 이렇게 금방일 줄이야!

불균형이었던 부력을 순식간에 맞추는 힘은 마법사의 마력이 아니었다. 하지만 그 후 제힘으로 떠오르는 뗏목을 받치는 것은 마법사로서 할 일이었다. 이제 지상에서도 비행선의 몸체가 구분될 정도로 가까워진 상태였다. 타나릴은 떨어지는 비행선의 밑에 뗏목을 갖다 붙였다.

쿵, 비행선이 뗏목에 사납게 부딪치며 커다란 굉음을 울렸다. 뗏목이 부서진다면 이대로 허사였다.

다행히도 무지막지한 강화 마법은 그 충격을 견뎌냈다. 문제는 비행선 안에 있는 이들이 무사한가였지만 그건 무사히 땅에 내려선 뒤에나 걱정할 일이었다.

타나릴이 불안정한 부유 마법을 강제로 안정시켰지만 비행선 무게부터가 만만치 않았다. 게다가 그 큰 물체가 추락 중이었다. 그 어마어마한 속도와 무게를 더한 터라 부유 마법이 거의 통하지 않았다. 비행선은 빠르게 떨어지고 있었다.

타나릴이 다시 마력을 쏟아 넣으려 했지만 부유 마법을 안정시키고 뗏목과 부딪치는 충격을 완화하느라 힘을 거의 다 써버린 상태였다. 잠시 주춤하던 뗏목이 떨어지는 속도가 다시 빨라졌다. 이대로라면 강이 아니라 땅에 떨어질 것이다.

타나릴은 다시 힘을 끌어 썼다. 그러나 마르지 않는 마력의 소유자라는 별칭도 무색하게 더는 뗏목을 받칠 힘이 남지 않았다.

타나릴은 깜박 실신하고 말았다. 뗏목과 비행선 사이에 낀 채 그도 함께 추락하기 시작했다.

그 순간, 메릴리타가 잡았던 손목에서부터 거꾸로 심장을 향해 흐른 기운이 다시 한 바퀴 돌아 뻗어 나왔다. 타나릴이 다시 눈을 떴다. 말라 버렸던 마력이 몸 안에 힘차게 돌고 있었다.

'제 힘이 마중물 역할을 해줄 거예요.'

무서운 속도로 땅으로 곤두박질치려던 뗏목이 힘을 찾았다. 드디어 떨어지는 속도가 줄어들기 시작했다. 그러나 아직 일반적인 착륙보다는 더 빨리 떨어지고 있었다.

이제 지상에 거의 다다랐다. 이제 어디에 떨어지느냐에 따라 그 운명이 갈리게 될 것이다. 그리고… 닿았다!

타앙, 콰르르르!

뗏목이 강물을 때리며 엄청난 굉음을 울렸다.

거의 수십 미터 가까이 솟구친 물보라가 튀며 강변을 적셨다. 그 위로 안착한 비행선이 살짝 흔들리다가 멈췄다. 타나릴은 마지막까지 비행선이 충격받지 않도록 잡고 있었다.

크르르르르

괴수의 신음과도 같은 물보라를 마지막으로 뗏목이 잠들었다. 그 과정을 모두 지켜본 발더가 괴성을 지르며 달려갔다.

"이 미친놈아! 미친놈, 타나릴, 타나릴!"

• • •

영주부 거실과 응접실은 일대 혼란 상태였다. 비행선에서 내린 승객들과 가벼운 타박상을 포함해 부상자들과 의원들이 오가고 있어서 꽤 넓은 공간이 꽉 차고 말았다.

타나릴은 눈 밑이 젖은 발더에게 붙잡힌 채 킬로이 영주와 이야기를 나누느라 정신이 없었다. 그들 대신 레타가 내 주의를 돌리려는 양 일부러 더 과장된 어조로 설명해 주고 있었다.

"그래서 발더가 한참이나 울었다니까요?"

"그랬… 어요?"

"리예가 그 장면을 보지 않아서 얼마나 다행인지 몰라요. 타나릴이 아무리 무적 마법사라 불리긴 하지만 설마 떨어지는 비행선을 들어 받칠 생각을 할 줄은 몰랐어요. 마침 그 뗏목이 있어서 다행이었어요. 그게 없었다면… 아휴, 생각만 해도 아찔해요. 그러니 발더가 저러는 걸 좀 이해해 줘요."

'그걸 봤거든요. 타나릴이 맨몸으로 비행선을 떠받치는 장면을요…….'

나는 속으로 가만히 중얼거렸다.

난 그보다 더 심한 광경을 이미 보았다.

타나릴은 떨어지는 비행선을 잡으려 노력했지만 실패했다. 비행선은 결국 떨어졌고 처참하게 부서졌다.

부서진 비행선과 흩어진 시신들의 모습이 적나라했다. 그리고 그 시신들 중에…….

상기하는 순간 오싹 소름이 돋았다. 나는 눈을 꾹 감았다.

그랬다. 타나릴은 비행선을 맨몸으로 받아내려 했다. 나는 타나릴에게 떨어지는 비행선을 잡지 말라고 할 수도, 비행선에 이상이 생길 거라는 말도 할 수 없었다.

나는 슈퍼맨이 비행선을 떠받치는 장면을 떠올렸다. 하지만 타나릴이 그렇게 할 수는 없었다. 대신 단단하면서 스스로 뜨는 부유물을 더하면 가능했다. 그것만 있어도 타나릴이 그렇게나 무리해서 도중에 비행선과 함께 떨어지지 않을 거라 생각했다.

그게 아니라 해도 나는 최악의 순간 타나릴만이라도 구하고 싶었다. 그가 살아 있기를 바랐다.

타나릴은 살아 있다. 나는 아무것도 모르는 것처럼 그와 헤어진 후 내내 이 순간을 기다렸다.

피가 마르고 죽을 것처럼 고통스러운 기다림의 시간이 흘렀다. 그리고 소란과 함께 나타난 그의 귀환에 온몸에 힘이 빠졌다. 그러나 놀랍게도 나는 쓰러지지 않은 채 그를 반길 수 있었다.

타나릴은 킬로이 영주와 이야기를 마치곤 곧장 내게 다가왔다.

"놀랐지? 발더가 괜히 과장해서 주책을 부린 거야. 큰일 아니었으니까 걱정하지 마."

타나릴의 목소리가 왠지 멀리서 들리는 것 같았다. 마치 내 정신이 분리되어 이 상황을 객관적으로 지켜보고 있는 듯했다. 그래야 버틸 수 있어서일까, 아무튼 사방의 모습이 다 눈에 들어왔다.

저만치 뒤에서 한 남자가 입을 딱 벌린 채 쳐다보는 시선이 느껴졌다. 그는 다리가 부러진 사람이었는데 비행선 사고에서 가장 부상이 심한 거라고 했다. 또 한 사람은 손목이 부러져서 치료받고 있고 나머지는 모두 가벼운 타박상으로 끝났다고 했다.

사고의 원인은 선장과 부선장이 동시에 죽어서라고 했다. 단순한 사고가 아니었던 것이다.

왜 하필 여기까지 다 와서 이런 일이 벌어진 걸까? 마치 타나릴의 앞에서 떨어뜨리려는 것처럼?

"무슨 생각해?"

다리를 싸맨 남자가 아직도 귀신을 보듯 보고 있었지만 나는 타나릴의 품에서 벗어날 생각은 들지 않았다.

"당신이 무사해서 기쁘다는 생각이요……."

"고마워."

그의 묵직한 대답에 덩달아 내 가슴도 묵직해졌다.

'내가 고마워요. 살아 있어줘서… 그 끔찍한 모습을 보지 않게 해줘서, 내 곁에 돌아와 줘서…….'

그리고 생각으로도 차마 할 수 없었던 말을 속으로 차분히 속삭였다.

'당신이 좋아요.'

두근두근, 진정되어 가던 가슴이 다시 빨라지기 시작했다.

이 사람이 좋다. 속으로 중얼거리는 말일지라도 그냥 여기까지인 게 적당했다. 나중에 혹시 내가 실수하더라도 그 부담스러운 단어만은 꺼내지 않도록.

"메릴리타는?"

"계속 잠들어 있어요. 지금 다시 가봐야겠어요."

"그럼 같이 가."

문을 열자 메릴리타는 자리에서 일어나 있었다. 그녀의 곁에는 피아드란이 지키고 있었다.

"메릴리타!"

"아무리 후작님이 잘 잡아주고 계신다고 해도… 그래도 임신부이신데 조심하셔야죠."

웃으며 나무라는 척하는 메릴리타의 표정이 편안해 보여서 나는 왠지 울컥했다.

"오늘 큰일이 있었다지요? 밖이 소란해서 물어봤어요."

"큰일은… 메릴리타한테 있었지요."

"그런 눈 하지 않으셔도 돼요. 부인의 경고를 듣고도 조심하지 않은 제 탓이지요. 목숨을 구한 것만 해도 저는 감사하게 생각해요."

"하지만 내가 아이를 낳을 때까지… 라고."

"어머, 그렇게 이해하시다니, 제가 잘못 말씀드렸나 봐요. 마녀들은 힘을 빌리는 걸 숨을 나눠 쉰다고 표현한답니다."

"그럼, 괜찮은 건가요? 아니… 괜찮지는 않겠지만, 다른 이상은 없는 거예요?"

"제가 겉모습이 이렇게 변해서 많이 놀라셨지요? 젊음을 좀 잃긴 했지만 목숨을 잃는 거에 비하면 대가가 싸죠. 저는 괜찮아요. 대신 이제 저는 부인 곁에 있을 때에나 주술을 조금이나마 쓸 수 있답니다. 해서 부담만 되지 않으신다면 부인을 따라가도 될까요? 저를 상주 의원으로 삼아주세요. 어떠세요?"

말할 필요도 없다. 내가 돌아보자 타나릴이 고개를 끄덕였다.

"메릴리타, 환영해요!"

감사하다며 웃는 메릴리타의 눈썹이 하얗게 떨렸다.

"앗! 주셨으니 그… 힘을 도로 받아 가실 수 있는 것 아닌가요?"

"그렇게 되면 좋겠지만 그건 아기님이 자라고 나서, 스스로 하실 수 있을 때 물어볼게요."

나는 차마 그때가 언제가 될지는 물어볼 수 없었다. 메릴리타가 저렇게 말하는 걸 보면 그 시간이 아주, 아주 오래 걸린다는 뜻 같았다.

무슨 말을 해야 할지 알 수 없었다. 그때 피아드란이 슬그머니 내 손을 잡으며 말했다.

"빨리, 정말 빨리 자랄 거래요. 빨리 강해질 테니 기다려 달래요. 그렇게 전해달랬어요."

"그게 정말이니, 피아드란?"

내가 믿고 싶은 말을 맞춘 듯 해주는 아이를 나는 또 허락도 없이 껴안고 말았다.

피아드란은 내게 가만히 안겨 있다가 나를 마주 안았다. 그러자 돌연 메릴리타가 헛기침을 하더니 타나릴 쪽으로 눈짓했다.

이런 걸로 타나릴이 기분 나빠할 리가 없다. 내가 웃으며 고개를 돌리는데 타나릴이 마주 웃는 모습이 왠지 조금 어색해 보였다.

"리예, 당신이 킬로이 영식을 데려다주고 먼저 방에 가 있을래? 메릴리타와 잠깐 이야기를 나누고 갈게. 상주 의원이 되려면 미리 이야기할 것도 있고 해서."

역시나 착각이었다. 나는 웃으며 피아드란의 손을 잡았다. 피아드란은 얌전히 내 손을 잡고 가다가 헤어지기 직전 내 귀에 작게 속삭였다.

"후작님이 좋으세요?"

"응?"

"그렇게 많이 사랑하세요?"

"……."

"알아요. 제 여기가 막 간질간질했어요."

피아드란이 제 가슴을 만지며 방긋 웃었다. 아이는 해맑게 내게 폭탄을 던지고선 저를 찾으러 온 유모의 손을 잡고 사라져 버렸다.

• • •

"에르모, 후임은 구해놓고 왔나?"

"네, 그렇습니다, 부차장님!"

에르모가 평소처럼 각을 잡고 대답하려다 부러진 다리에 전해지는 통증에 부르르 떨었다.

"타나릴이 널 구하려고 그렇게 무모한 짓을 한 건데 어째 네가 가장 많이 다친 거냐."

발더가 혀를 차며 고개를 저었다. 눈이 퉁퉁 부은 채라 별로 위엄은 없어 보였지만 그럼에도 에르모는 자세를 풀 생각은 못했다.

매일 노는 것 좋아하고 어딘가 좀 허술해 보이고 마법 공학부의 이인자 행세를 하지만, 마법사가 아닌 이가 마법 공학부 부차장인 것부터 발더는 보통 사람이 아니었다. 그렇게 놀면서도 일 많기로 내로라하는 마법 공학부에서 꼬박꼬박 휴일을 챙기며 일이 밀리지 않는 건 잔머리를 잘 굴려서만 되는 일이 아니었다.

에르모가 가장 두려워하고 존경하는 이는 타나릴이지만 발더야말로 직속 상사로서 가장 친하면서 어려운 이였다.

"아까는 정말 꼼짝없이 죽는 줄 알았습니다……."

에르모는 발더로부터 좌석에 몸을 고정하라는 말을 들은 직후 널브러진 다른 인원들을 묶어주느라 정작 자신의 몸을 묶는 건 늦고 말았다.

혼자 자료 조사를 하느라 부선장이 약을 탄 식사를 하지 않은 덕에 유일하게 쌩쌩했던 그만이 움직일 수 있었지만 그 덕분에 가장 많이 다치게 되었다. 가장 심한 부상이 다리가 부러진 것으로 끝나다니, 그 아찔한 높이에서 떨어질 때를 생각하면 기적 같은 일이었다.

"부차장님, 차장님께 다시 한번 인사를 드리고 싶습니다. …그런데 아까 제가 본 장면, 제 머리가 아직 울려서 잘못 본 것 아닙니까?"

"응? 아아, 그거?"

발더가 코웃음을 치며 손사래를 쳤다.

"너, 행여나 지금 인사하니 어쩌니 하면서 방해하려 들다가는 오늘 간당간당했던 목숨, 정말 가는 꼴을 보게 될 거다."

"네?"

"마왕이 아까 제 부인을 잡고 가는 꼴 못 봤어? 지금 얌전히 누워서 쉬고 있을 것 같으냐?"

멀뚱멀뚱한 에르모의 표정을 본 발더는 얼굴을 쓸며 탄식했다.

"아차, 아직 애인이 없어봐서 모르는 거구나!"

그 말을 듣고서야 이해한 에르모의 귓불이 빨개졌다. 그러면서 '내가 잘못 본 게 아니라니!' 하며 탄식하는 모습에 발더는 자신도 그랬다는 걸 잊은 듯 다시 혀를 차며 말했다.

"알겠어? 지금 방해했다가는……."

"네, 네! 알겠습니다!"

"인사니 뭐니 쓸데없는 건 생략하고, 부선장에 대해서나 알아봐.

대체 어떻게 된 거야? 그런 짓을 저지른 것도 이상하지만 왜 여기까지 다 와서 일을 벌인 거지?"

"아까 문득 든 생각인데요……."

"뭔데?"

"차장님이 그러실 줄 알고 그런 것 아닐까요?"

"뭐?"

"차장님이 떨어지는 비행선을 잡으려고 할 줄 알고……. 우리도 우리지만 차장님을 노린 것이 아닐까 하는… 하하, 너무 억측이겠지요?"

"아니, 잠깐."

발더는 고개를 기울인 채 눈을 가늘게 떴다.

일리 있는 생각이었다. 아니, 사실에 매우 근접한 추측이었다. 차가워진 눈을 한 발더가 에르모에게 다시 명령하려다가 친친 동여맨 다리를 보고는 눈살을 찌푸렸다.

"너는 왜 다치고 난리야!"

"아니, 저 그게……."

"함께 온 애들 중 너 보조할 애 있지? 데리고 일해! 부선장 뒤를 샅샅이 파! 태어나서 지금까지 어디서 살았는지 누구와 접촉했는지, 언제 밥을 먹고 언제 쌌는지까지 다 찾아!"

"네? 네!"

씩씩거리던 발더가 조금 진정한 듯하자 에르모가 조심스럽게 물었다.

"그런데 부차장님."

"왜?"

"여기, 놀러 오신 것 아닙니까? 왜 그런 걸 만들고 계셨습니까? 어떻게 그런 게 딱 맞춰서 있었는지 너무 신기해서요. 정말 너무너무 대단하십니다!"

"에르모."

대답은 하지 않고 은근해지는 발더의 목소리에 에르모가 바싹 긴장했다.

"너, 정말 일복 있다. 조사할 내용이 앞으로 더 많아질 테니 단단히 준비해."

"……."

"그래도 내가 너 아끼는 거 알지? 그러니 오늘까지는 내가 환자 취급해 줄 테니 쉬어라. 알았지?"

도대체 또 무슨 엄청난 비밀이 있는 건데!

에르모는 울상이 될 뿐이었다.

리예가 피아드란을 데리고 멀어지자마자 타나릴이 말했다.

"그대는 범인을 알고 있는 거지?"

"후……."

메릴리타는 긴 한숨을 쉬고는 하얗게 센 백발을 흔들었다.

"그 덫은 하루 이틀에 만들어지는 게 아니었어요. 차근차근 집 전체에 조금씩 주술을 새긴 후에 마지막에 문고리를 매개로 덫이 작동하게 한 것이었지요. 내가 문을 여는 습관, 내 집과 내 생활 습관을 잘 아는 이의 소행이었어요. 후작님 말씀이 맞습니다. 누군지 압니다."

메릴리타가 쓸쓸히 고개를 끄덕였다.

"누구요!"

"…죄송합니다. 그건 말씀드릴 수 없습니다."

"그대의 목숨을 위협하고 그대의 생명력을 탐한 자를 보호하겠다는 것이오?"

"어쩔 수 없습니다. 죄송합니다."

"그대에겐 혈연도 없다고 알고 있는데."

"저에 대해 알아보셨나 보군요. 하지만 그쪽에 대해선 알 수 없을 것입니다. 저는 그자가 누구인지 말씀드리지 않을 것입니다. 설령 저를 데려가시지 않는다 해도요."

"리예에게 약속한 걸 내가 저버릴 거라 생각하는 거요?"

타나릴이 눈을 치켜세웠다.

"그런 의미로 말씀드린 건 아니었습니다."

"그대가 그자의 위협을 감수한다고 쳐도, 그자 때문에 리예가 위험하게 된다면 나는 용서할 수 없소!"

"당연한 말씀이십니다, 후작님."

메릴리타는 담담히 대답했다. 타나릴은 묵묵히 그녀를 바라보다가 말했다.

"감사하오."

"네?"

"그대가 넘겨주었던 힘이 결정적인 도움이 되었소."

"아니, 그새 그런 일이 있었습니까? 사고가 일어났다는 게 그럼……."

"그보다, 어찌 알았소?"

타나릴은 착잡함을 숨기지 못했다.

"후작님이 마술사인 거라면, 저절로 알게 된 것입니다. 제가 넘겨드린 힘을 쓰셨다니 더 자연스럽게 두 힘을 쓰실 텐데, 아쉽게도 저는 이제는 느낄 수가 없습니다."

"그대 정도가 되면 알아차릴 수가 있나 보군."

"제 입으로 할 말은 아니지만, 제국 내에 한둘은 더 있을 수 있겠지요."

그런 방대하고 엄청난 힘을 넘겨받은 아이는 과연 얼마만 한 힘을 지니게 될지 상상하기 어려워지는 말이었다.

"그런데 어떻게 된 일이오? 아까 리예가 한 말은 잘못 이해한 게 아니라고 생각했는데."

"그건……."

"혹시 방금 킬로이 영식이 다녀간 것과 관계있소?"

"두 힘을 다 쓰게 되시면서 알게 되신 것이로군요. 맞습니다. 도련님께 힘을 조금 얻었습니다. 덕분에 지금 당장 이렇게 일어나 앉을 힘도 얻었지요."

"하지만 영식은 아직 마술사이지 않나?"

"도련님은 마법사이기도 해서 마력을 주어도 다시 복구됩니다. 후작님께서도 내키시면 나중에 하실 수 있을 때 부탁드리겠습니다."

피아드란도 할 수 있는 일이지만 그는 아직 하지 못한다는 말이었다. 타나릴의 표정이 떨떠름해졌다.

"그대가 준 이상으로 갚을 날이 올 것이오."

타나릴은 다시 한번 메릴리타에게 감사를 표하고는 방을 나섰다.

혼자 남게 된 메릴리타가 나지막이 중얼거렸다.

"여기까지야, 안야. 내가 너를 보호하는 건 여기가 끝이란다. 앞으로 네가 또 이런 무모한 짓을 저지른다면 너만 파멸할 거야."

그리고 잠시 후였다. 메릴리타의 입에서 나왔다고 믿을 수 없는 목소리가 그녀의 입을 통해 흘러나왔다.

"그럴까? 과연 내가 파멸할까? 파멸하는 건 당신과 그 후작 놈이 될 거야!"

잠깐 멍한 얼굴을 했던 메릴리타가 고개를 갸웃했다.

"응? 내가 방금 뭐라고 했지?"

· · ·

방으로 돌아온 나는 타나릴을 애타게 기다렸다. 반쯤 관망하는 듯한 정신이 차츰 돌아오면서 내가 그를 기다리며 느꼈던 지독한 고통이 욕망으로 변하기 시작했다. 타나릴은 젖은 머리를 말리고 있는 나를 보더니 곧장 욕실로 향했다.

"나도 씻고 올게. 기다려, 오늘은 그냥 잠만 자진 않을 거야."

아직 잘 시간이 아니기도 했지만 그게 아니라도 나도 '잠만 잘' 생각 따윈 없었다. 다들 우리가 뭘 하는지 알아도 상관없었다. 나는 오늘 반드시 그를 가져야 했다.

타나릴은 내가 미처 숨을 가다듬기도 전에 돌아왔다. 그에게서 풍기는 물 냄새에 나는 홀리듯 손을 뻗었다.

그 막연한 예견이 실제로 이 사람을 영영 빼앗아 가려 했다는 사실이 아직도 믿기지 않았다. 하지만 막아냈다. 정말 막아냈다.

"타나릴……."

내가 한숨 쉬듯 그를 부르자 타나릴이 응답처럼 입을 맞춰왔다. 삼켜진 입술 안으로 뜨거운 혀가 들어왔다. 나는 행여나 놓칠세라 그의 입술을 빨아 당겼다.

이번엔 옷을 벗는 데 공을 들일 수가 없었다. 물론 아직 천천히 옷을 벗으며 즐기는 경지에는 이르지 못했지만 지금은 아예 경지고 뭐고 할 새가 없었다. 그저 가운 하나만 걸치고 있던 나는 손짓한 번에 알몸이 되었고, 그건 타나릴도 마찬가지였다. 순식간에 나신으로 얽힌 우리는 곧장 침대에 몸을 뉘었다.

타나릴이 입술을 지나 목을 더듬어 유두를 덥석 삼키면서 손으론 내 아래를 더듬기 시작했다. 이미 그를 기다리면서 축축해진 아래가 타나릴의 손길에 파르르 떨면서 더 빨리 젖어들었다.

그가 내 다리 사이에 무릎을 넣는 감각에 나는 넓게 다리를 벌렸다. 하지만 그조차 성에 차지 않는다는 듯 타나릴이 내 한쪽 다리를 번쩍 들고는 자신의 허리를 감싸게 했다. 그는 단 한 번에 나를 꿰뚫고선 가만히 멈춘 채 말했다.

"당신, 어쩌다 이제야 나타난 거지?"

"타나릴?"

이해할 수 없는 말보다 뿌듯하게 차기만 하고 움직이지 않는 그가 더 답답했다. 나는 재촉하듯 그의 허리를 당겼다.

"타나릴."

"리예, 내가 좋아? 말해봐."

"아으, 갑자기 왜……."

"듣고 싶어. 내가, 나와 연결된 이 순간이 좋아?"

"…좋아, 좋아요! 으으, 그러니 빨리……!"

순간 마음을 들킨 줄 알고 심장이 요동쳤다. 하지만 타나릴이 뒤이어 하는 말에 마음 놓고 대답할 수 있었다. 대놓고 밝히는 여자가 되겠지만 그게 질척거리는 관계보다 훨씬 깔끔할 것이다.

타나릴이 빙긋 웃었다. 아마도 내 답이 마음에 드는 것 같았다. 그제야 타나릴이 움직이기 시작했다.

아아아아!

나는 또 인간의 언어를 잃고 말았다. 내 발성 기관은 오로지 쾌감을 부르짖는 데만 이용되었다. 나는 그가 내 안에 깊이 들어올 때마다 꼭 잡아뒀다가, 후퇴해서 다시 들어올 때 다시 한번 꼭 붙잡았다.

그가 드나드는 감각에 미칠 듯한 쾌감이 몰아쳤다. 허리를 튕기면서 함께 움직이는 손가락은 나를 또 끝없는 환희로 물들였다.

이대로 당하기만, 받기만 하는 건 이제 졸업해야 하지 싶었다. 타나릴과 사랑을 나눌 때마다 나는 벼르고 벼르던 것이 있었다. 아니 사랑을 나누지 않을 때도 그런 망상을 했더랬다.

그가 동굴 입구를 찾는 날 내게 자신을 애무해 달라 요구했던 그날보다 훨씬 전부터였다. 그가 날 만지는 것처럼 나도 그를 만지고 싶었다. 살살이.

조금 익숙해진 쾌락 사이로 나는 손을 움직일 여유를 얻었다. 드디어 망상을 실현할 때가 왔다.

"으으윽!"

이번엔 내가 지른 비명이 아니었다. 한창 속력을 붙여 허리를 흔들던 그가 돌연 내 안에 뜨거운 정을 토해내곤 쾌락과 좌절이 섞인 신음을 흘렸다.

"리예!"

그르륵, 타나릴의 유두를 입에 문 채 웃자니 웃음이 그 사이로 몽글몽글 새어 나갔다. 그의 분신을 만졌을 때보다 더 즉각적인 반응에 나는 자신감이 솟았다.

아마도 이 자극이 세서가 아니라 나의 돌발 행동에 놀라서겠지만 다른 한 손의 손가락 사이에 끼인 유두를 조물조물 만지며 애무를 이어갔다. 그리고 다른 한 손은…….

"리예…….'

엉덩이 뒤로 살금살금 찾아 들어간 나는 그의 분신 아래를 쥐고 살며시 쓰다듬으며 어루만졌다. 한순간 죽었던 분신이 순식간에 되살아나며 덩치를 키웠다.

내 안에 이렇게나 쾌락을 느끼는 감각기관이 있는지 몰랐다. 아니, 이이가 이렇게나 나에게 쾌락을 일깨워 주는 거라는 말이 옳겠지. 음란하게 비벼지며 살이 부딪치는 소리에 정신을 차릴 수가 없었다. 덕분에 그를 애무하며 얻었던 만족감과 자극도 더는 이어갈 수가 없었다.

"타나릴, 타나릴…….'

쾌락의 신음 말고는 내가 제대로 말할 수 있는 건 또 그의 이름뿐이었다. 그 이름마저 간간이 부를 수 있었다. 그에게 삼켜진 입술, 가슴, 옭아맨 다리, 그리고 점령된 내 안까지 모두 그를 위한 신음으로 가득 차 있었다.

"아흐흑!"

나의 작은 시도는 이후 그의 무서운 침입으로 더는 이어갈 수 없었다. 하지만 나는 알 수 있었다. 시도만 한 이것을 타나릴은 훨씬 더한 강도로 기대하고 있다는 것을.

나는 내내 그의 아래에서 떨며 비명을 질렀다. 그리고 아주 조금은 그의 기대에 부응한 것도 같다.

· · ·

"미치겠군."

리예는 잠이 들어버렸다. 따뜻하게 물려 있는 분신을 빼자 애액과 정액이 섞여 흘러나왔다.

타나릴은 젖은 수건을 들고 리예를 먼저 꼼꼼히 닦아준 후 씻고 돌아왔다. 침대는 몇 시간이나 이어진 정사로 축축해졌다.

시트를 간 후 리예를 끌어안자 익숙해진 만족감이 가슴을 채웠다. 리예가 뒤척이더니 더 깊게 품으로 파고들었다.

"미치겠어."

타나릴은 다시 속삭였다.

정말 미칠 것 같았다. 처음부터 저를 미치도록 몰아가던 여자가 이제는 손가락 하나로도 자신을 휘두를 수 있다는 사실에 기가 찼다. 그런데 그게 왜 이렇게나 기분이 좋은 건지, 그게 더 이해할 수 없는 일이었다.

"리예."

리예가 조금이나마 의식이 남아 있다면 작게나마 답하려 애를 썼을 것이다. 하지만 그와 사랑을 나누느라 전력을 다한 리예는 대답 없이 고롱고롱 숨소리만 냈다.

"고마워."

대답 없는 리예를 안고 타나릴은 천천히 속엣말을 토해내기 시작했다.

"나를 좋아하지? …알아. 당신이 조금만 덜 두려워했어도 끝까지 인정하게 했을 텐데. 그래도 직접 그 말을 듣고 싶은 걸 보면 내가 욕심이 점점 더 커지고 있나 봐."

리예의 숨소리가 점점 깊어졌다.

"당신의 사명이 무엇이든, 얼마나 무겁든 내게 기대. 뭐든, 어떤 것이든 다 말해. 무엇이든 내가 다 해줄게."

타나릴은 리예의 머리에 얼굴을 묻으며 말했다.

"내 앞에 나타나 줘서 고마워. 내 아이를 가져줘서 고마워. 날… 구해줘서 고마워."

리예는 여전히 얕은 숨소리를 내며 깊게 잠들어 있었다. 오늘부터 당장 사고를 일으킨 부선장에 대해 알아봐야 하고 죽은 선장도 연루된 건 아닌지, 그 뒤를 캐봐야 할 것이다.

하지만 이 순간 리예의 품을 떠날 수가 없었다. 발더가 어렴풋이 알아서 시작하고 있다는 걸 믿고 있어서이기도 하지만 리예가 봤을 미래가 현실이 되지 않았음을 증명하기 위해서라도 오늘은 그녀의 곁을 지켜야 했다.

"리예……."

이름을 중얼거리다가 문득 리예가 처음 자신을 돌아보게 한 이름이 생각났다.

안젤리예…….

그 이름은 발더에게조차 말할 수 없는 이의 것이었다. 리예의 이마에 입을 맞추는 타나릴의 눈이 차갑게 가라앉았다.

비행선은 추락 사건이 있었다는 것이 믿기지 않을 정도로 무사했지만 안에서 충격을 받은 사람까지 완벽히 무사한 건 아니었다. 겉보기엔 멀쩡해도 고공에서 추락했다는 사실에서 오는 정신적인 스트레스만 해도 상당했다.

그런 면에서 보면 대부분 승객이 추락 당시 약에 취해 있었던 것이 차라리 다행이었다. 어찌 됐든 일하러 온 인원들이 바로 일을 할수 있는 상태가 아니라는 뜻이었다.

타나릴은 그들에게 사흘의 휴식을 취하도록 하고, 그래도 할 수없는 이들에게는 돌아갈 수 있도록 조처해 주겠다고 했다. 다행스럽게도 대부분 남기로 했는데, 그중 맨 나중에 뽑았던 호위 인원 두 사람은 돌아가겠다고 손을 들었다.

한 사람은 손목이 부러져서 에르모 다음으로 중상을 입은 이였고, 한 사람은 다친 곳은 전혀 없지만 정신적인 스트레스를 호소했다. 타나릴은 그들을 위해 다른 전용선을 부르려 했지만 정신적 스트레스를 호소하는 사람이 기함하며 거절해서 할 수 없이 마차로 돌려보내기로 했다.

그런데 가장 중상이라 할 수 있는 에르모만은 쉴 수가 없었다. 그건 꼭 발더가 시켜서 그런 게 아니라 에르모의 천성이었다. 휘하의 정보원들을 쥐어짜고 휘두르고 닦달하는 모습은 마치 악질 상사인 듯 곁에 붙어 통신구를 쥐고서 함께 정보부를 휘젓는 발더와 똑 닮아 있었다.

떠나갈 사람은 떠나보내고 남을 사람은 안정을 되찾기 위한 시간이 지났다. 평화를 되찾은 히그틀리가 다시 맹렬히 돌아가기 시작했다.

마법사가 말했다.

"안이 공동인 건 확실합니다. 어찌 이런 곳에 공동이 있는 것인지 궁금해서 가슴이 뜁니다!"

탐사대가 말했다.

"동굴 탐사는 수십 번 성공한 예가 있으니 맡겨만 주십시오! 설령 안이 물길로 연결되어 있다 해도 뚫려만 있다면 길을 찾아낼 자신이 있습니다."

채굴자가 말했다.

"안에 어떤 광물이 있든 모두 캐어 보이겠습니다!"

마법사를 포함한 동굴 탐사대를 위시해서 십여 명의 인원이 동굴로 들어갈 만반의 준비를 하고 동굴 입구로 모였다.

그들에 앞서 동굴 입구를 넓히는 일부터 시작이었다. 토목과 건축에 특화된 마법사 셋이 절벽 입구에 몇 가지 작업을 하자 반나절 만에 사람 셋이 한꺼번에 들어갈 입구가 생겼다. 그 아래로 반듯한 계단까지 연결해서 이제 누구든 쉽게 계단을 통해 동굴 안으로 진입할 수 있게 되었다. 그러나 실제로 동굴에 출입할 수 있는 이들은 엄격히 제한되었다.

동굴로 들어가는 이들 모두 각자 머리에 검은색 띠를 두르고 있었다. 머리에 두른 띠는 정신적 교란을 막는 방비였다. 아무도 들어가 본 적이 없는 곳임에도 용도가 확실한 대비에 진입 대원들은 사뭇 긴장한 얼굴들을 했다.

"무조건 안전을 최고로 하고, 무사 귀환을 기원하네!"

타나릴의 축원을 마지막으로 탐사대가 동굴 안으로 진입했다. 탐사 예정은 하루에서 최대 이틀, 그 이상 시간이 걸릴 것 같다면 일부는 빠져나와 상황을 알리기로 했다.

탐사대가 들어가고 하루, 이틀이 지났다. 예정보다 길어지는 탐사에 계획대로라면 약정한 이가 먼저 나와 알려야 했다. 하지만 사흘이 지나도록 아무도 동굴에서 나오는 이가 없었다.

재진입이 필요했다. 논의 시작에 먼저 타나릴이 말했다.

"내가 들어가 보지."

"안 됩니다, 후작님!"

킬로이 영주를 비롯해 모든 이가 한목소리로 반대를 외쳤다. 발더와 에르모도 반대를 외치긴 마찬가지였다.

그런데 정작 리예는 아무 말도 하지 않았다. 왠지 화가 날 것 같은 기분에 울컥하던 발더는 그런 리예를 보며 미소 짓는 타나릴을 보고는 멈칫했다. 순간 깨달음이 스쳤다.

'그래, 그게 있었어!'

전설 같은 기록이라 이제야 기억난 것이었다. 그 기록을 떠올리자 많은 것들이 확실해졌다.

예지자에겐 불행만 따르는 게 아니었다. 예지자는 사명과 함께 그 사명을 함께할 동반자가 있었다.

예지자의 동반자란 가장 가까운 관계였다. 혈육은 아니다. 그 비정한 제약은 혈육부터 잔인하게 멀어지게 한다. 대신 연인, 스승, 전우 등 목숨을 맡길 수 있는 이들이 예지자의 동반자가 된다.

동반자는 이전부터 알던 사이이기도 했고 예지자가 된 후 새로 만나기도 했다. 예지자에게 동반자는 반드시 존재했다. 운명이, 아니 예지자가 무의식적으로 그들을 선택하게 된다. 지금 리예의 곁에 동반자가 누구인지는 굳이 찾지 않아도 될 일이었다.

예지자의 금기는 자신이 본 미래를 남에게 말할 수 없게 조롱하지만 동반자가 위험에 처하는 것 또한 경고를 해준다. 지금 태연한 리예를 보면 동굴로 진입하는 타나릴에게 위험할 일은 없다는 뜻이었다.

예지자에게 있어 가장 고약한 건 사명을 이룬다 해도 특별한 보상도 없다는 것이다. 사명을 이룬다면 이 세상에서 평온한 삶을 누릴 것이요, 실패하면 죽거나 죽을 만큼 비참해진다.

참 아이러니하고 못된 운명이었다. 굳이 보상을 따지자면 동반자를 얻는다는 것?

동반자에게도 예지자를 도와 함께 숙적을 물리쳐야 하는 의무가 있었다. 하지만 동반자 또한 예지자의 강력한 금기를 어길 수 없었다. 동반자가 예지자의 제약을 피하는 방법은 예지자를 속이는 것이었다.

바로 타나릴이 행한 행동이었다. 그 말도 안 될 뗏목을 만들었을 때처럼 예지자의 의심을 사지 않으면서 원하는 대로 돕는 것이다. 타나릴은 제 역할을 확실히 제대로 수행했다.

타나릴은 이미 그 사실을 알고 있던 게 틀림없었다. 발더는 왜 미리 말해주지 않았느냐 따지려다 말았다. 저라도 레타가 걸려 있는 문제라면 말을 삼갈 것이었다. 발더는 바싹 긴장했던 어깨를 느슨하게 늘어뜨릴 수 있었다.

더불어 뗏목에 관한 의문이 저절로 풀렸다. 리예는 동반자의 위험을 예지로 봤을 것이다. 비행선 사고는 사명에 관한 것이라 여기기엔 매우 근시적이고 규모가 작았다. 물론 비행선 추락이 작은 사건이라는 게 아니라 사명에 따른 사건의 규모는 보통 이 정도가 아니기 때문이다.

예지자의 동반자가 남편이라면 보통 한 가지를 의미했다. 타나릴의 저 흡족하기 그지없는 표정을 보면 말로 고백하지 않고도 이미 모든 마음을 다 밝혀 버린 리예가 조금 안쓰러워지고 만다.

저러고도 리예는 혼전 계약서를 붙들고 2년 후 이혼하게 될 거라 믿고 있는 것 같았다. 저 순진함을 동정해야 할지, 안심해야 할지 모를 일이었다.

"네 고집을 누가 말리겠어."

발더가 한숨을 쉬며 한탄하는 것으로 반대 의견이 다 접혔다.

"빨리 다녀와. 너까지 못 돌아오면 나라가 발칵 뒤집힐 테니까."

"그럴 일은 없을 거야."

타나릴이 발더와 의미심장하게 눈을 맞추며 남모르게 고개를 끄덕였다. 킬로이 영주가 기함하며 저도 따라나서겠다며 소란을 떨었지만 타나릴은 가뿐하게 그를 물리쳤다.

하지만 타나릴 혼자 보내는 건 말도 안 됐다. 타나릴은 용병대장을 포함해 용병 세 사람과 함께 입장하기로 했다. 실상 안심하고 보내는 발더는 빨리 다녀오라며 손을 흔들었다.

리예는 용병들과 함께 동굴로 진입하는 타나릴을 배웅하며 말했다.

"조심하세요. 조심하고, 또 조심해요. 꼭 무사히 돌아와요."

동굴 입구는 꽤 널찍했다. 처음 진입은 쉬웠지만 안으로 들어갈수록 통로는 들쭉날쭉 좁아지고 넓어졌다가 여러 갈래로 구멍이 나 있었다. 사람의 발자취는 허용하지 않았어도 박쥐처럼 작은 동물의 보금자리가 되어준 동굴은 그들의 침입을 썩 반기지 않았다.

그래도 앞서 간 탐사대가 남겨둔 표식과 길을 따라 뒤쫓는 터라 아주 어렵지는 않았다. 원래 길이 없는 게 당연한 곳을 탐사대는 기본적으로 사람이 다닐 길을 만들어가며 진입하고 있었다. 탐사대와 함께하는 마법사들이 얼마나 유능한지 이것만 봐도 알 수 있었다.

이 동굴이 헤른 강으로 이어졌다는 건 이미 들어 알고 있었던 터라 가는 곳곳마다 작은 개울이 흐르는 것이 이상할 것이 없었다. 안으로 들어갈수록 공동이 커지고 물소리도 거세졌다. 그리고 길도 점점 험해졌다.

중간부터는 탐사대도 겨우 흔적만 남기며 이동한 듯했다. 사람이 도저히 건널 수 없는 깎아지를 듯한 낭떠러지가 가로막기도 했다. 그 사이 가느다란 밧줄 사다리가 유일한 길이었다.

타나릴은 탐사대 마법사가 개척한 길을 보강해 가며 어렵지 않게 뒤를 따랐다. 덕분에 탐사대는 이틀, 아니 사흘 동안 간 곳을 타나릴은 거의 반나절 만에 따라잡을 수 있었다. 맨 앞에 앞장섰던 타나릴이 먼저 탐사대를 발견했다.

다행스럽게도 탐사대는 어느 공동 안에 모여 있었다. 하지만 그들은 둥그렇게 모여 앉은 채 아무것도 하지 않고 있었다. 정말 아무 것도.

그들은 눈을 깜빡이지도 입을 벌리거나 말하지도 않았다. 심지 어 숨소리조차 점점 옅어지고 있었다.

"엇, 저기……!"

용병 한 사람이 사람들을 보고 소리치려는 순간 용병대장 카르 티가 손을 들어 부하를 막았다.

"후작님."

카르티가 작게 속삭이며 타나릴을 돌아보았다. 그도 탐사대의 모습에서 심상치 않은 분위기를 읽은 것이었다.

"이상하지만 가까이 가봐야 할 것 같습니다."

"잠깐만, 저들의 머리를 보시오."

"…앗, 띠가 없습니다!"

탐사대가 자리를 잡으면서 설치해 둔 마법등이 있긴 했지만 단 두 개만 살아 있어 그들의 모습은 희미하게 보였다. 그런 것을 타나 릴이 단박에 구분해 낸 것도 놀랍지만 용병들은 각자 자신의 머리 띠를 확인하며 놀라움을 삼켰다.

과연 알고서 보니 모두 단단히 두르고 왔던 머리띠를 두른 이가 하나도 없었다.

"저기 가운데에 태운 것이 머리띠인 것 같군."

"네?"

"엇!"

"저, 정말!"

타나릴이 염력으로 날린 마법등이 탐사대의 곁에 가까이 가서 비췄다. 하지만 탐사대는 자신들을 비추는 새로운 빛이 생겼는데도 미동 없이 그대로 가만히 있었다. 타나릴의 말처럼 가운데에 불을 피운 흔적이 있었는데 용병들도 타다 남은 천 조각을 확인할 수 있었다.

"무슨 일이 벌어진 것인지 전혀 알 수가 없습니다."

카르티가 암담한 표정으로 말했다. 타나릴도 마찬가지였다. 그러나 이곳에서 봐선 알아낼 수가 없는 일이었다.

"잠시만 기다리시오. 내가 다녀오겠소."

"안 됩니다, 후작님!"

카르티가 강하게 반대했다. 저 많은 사람들이 집단으로 최면에 빠진 듯 이상 상태에 빠져 있는데 후작도 그런 꼴을 당했다간 큰 사달이 나고 말 것이다. 카르티가 먼저 나서기로 했다.

"만일의 사태에 후작께서 저를 도우실 수 있지 않겠습니까? 그러니 제가 가보겠습니다."

용병들은 대장의 말에 불안해했지만 반대하지는 않았다. 카르티의 말은 확실히 일리가 있었다. 카르티가 탐사대와 같이 이상 행동을 한다면 구할 수 있는 이는 강한 염력을 자유자재로 다루는 타나릴뿐이었다.

타나릴은 이상하게도 자신이라면 아무런 일이 없을 거라는 예감이 들었지만 우선 카르티의 말대로 하기로 했다.

카르티가 조심스럽게 탐사대 쪽으로 가기 시작했다. 그가 탐사대 거의 근처까지 다가가도 이상은 없었다. 카르티는 그중 탐사대 대장을 향해 갔다가 고개를 갸웃하며 말했다.

"탐사대 대장이 무언가를 품에 안고 있습니다!"

그렇게 말한 카르티가 돌연 이상한 행동을 시작했다. 자신의 머리띠를 거칠게 풀더니 바닥에 던져 밟고는 그대로 주저앉아 버린 것이다.

카르티가 앉은 방향이 이상했다. 마치 탐사대 대장을 보호하듯 그를 등지고 앉은 것이다. 자세히 보면 다른 이들도 마찬가지였다. 모두 탐사대 대장을 중심으로 그를 빙 둘러싸고 바깥을 경계하듯 앉아 있었다.

그 순간 카르티가 허공으로 떠올랐다. 카르티는 자신의 몸이 떠오르는 것도 모르는 것처럼 앉은 자세 그대로 가만히 있기만 했다. 자신들의 대장이 하늘로 떠올라 천천히 움직이는 광경에 용병들은 입을 벌린 채 지켜보았다.

그때였다. 애타게 자신의 대장을 쳐다보고 있던 용병 중 하나가 아주 은밀히 타나릴의 뒤로 오더니 갑자기 칼을 내질렀다.

"뭐 하는 짓이야!"

옆에 있던 용병이 타나릴을 찌르려는 동료를 보고 비명을 질렀다.

그러나 경고는 늦었다. 그렇지만 용병의 공격도 성공하지 못했다. 그의 칼끝이 찌른 것은 얇은 얼음 방패였다. 그리고 그 방패에서 이어진 얼음이 그의 손까지 얼리고 있었다.

"안 돼, 그만둬! 내 거야! 내 거야!"

용병은 이해할 수 없는 말을 마구 소리치며 다시 타나릴을 공격하려 했다. 하지만 그의 손을 얼리던 얼음은 어느새 몸까지 얼려 버린 후였다.

"왜, 왜… 멜케……."

놀란 용병이 동료의 이름을 부르짖다가 돌연 머리를 감싸며 주저앉았다.

타나릴은 그의 몸도 얼린 후 카르티를 마저 옮기고는 모두 이끌고 공동에서 벗어났다. 잠시 후, 타나릴을 공격했던 용병이 먼저 정신을 차리는가 싶더니 경악한 얼굴로 무릎을 꿇었다.

"사, 살려주십시오! 용서해 주십시오! 저도 제가 왜 그랬는지 모릅니다! 저, 저는 절대 후작님을 공격할 의도가 없었습니다!"

멜케라는 용병이 사색이 되어 타나릴에게 빌었다. 대귀족인 타나릴을 해치려 들었던 것도 큰일이지만 손가락 하나만 까닥해도 자신들 따윈 쉽게 해치울 수 있는 마법사에게 덤볐다는 사실이 스스로도 믿기지 않는 얼굴이었다.

멜케는 자신의 머리를 볼 수 없어서 머리를 싸맨 띠가 잿빛으로 탈색되었다는 것을 모르고 있었다. 반쯤 정신을 잃은 용병의 머리띠도 마찬가지 색으로 변해 있었다. 그리고 아마 카르티의 머리띠도 버리기 전에 비슷하게 변해 버렸을 것이다.

"조용."

타나릴의 낮은 목소리에 용병은 그대로 굳어버린 것처럼 고개를 숙였다. 다른 용병이 눈을 깜빡이며 일어나더니 동료와 타나릴을 번갈아 보다가 함께 무릎을 꿇었다.

"자네는 대장을 살펴봐."

"네, 네!"

카르티는 바로 정신이 드는 것 같았지만 잠시 멍한 얼굴을 하다가 서서히 눈빛이 돌아왔다.

"헉!"

숨을 토해내듯 몰아쉰 카르티가 고개를 두리번거리고는 벌떡 일어나며 외쳤다.

"위험합니다! 저곳엔 요망한 것이 있었습니다!"

"요망한 것이라 했소?"

"네, 그렇습니다! 머릿속에서 계속 중얼거렸습니다. 그것을 지키라고, 아무도 가져갈 수 없다고 말입니다."

지금 고개를 숙이고 있는 멜케가 외쳤던 알 수 없는 외침도 그와 통하는 점이 있었다.

"탐사대 근처까지 가까이 가서야 들었던 게 아닐 거요. 저 공간을 보는 순간부터 계속 그런 속삭임을 들었겠지, 안 그렇소?"

그 말에 용병들이 제각각 놀란 얼굴을 했다. 실은 그들은 작은 속삭임 같은 걸 듣긴 했지만 감추고 있었다.

처음엔 잘못 들었다고 생각해서 무시했고, 뭔가 이상하다는 생각이 들었을 때는 이미 그 속삭임에 중독된 다음이었다. 카르티가 탐사대에게 다가갈 때엔 평소처럼 말하고 움직이고 있었지만 이미 지각을 빼앗긴 후였던 것이다.

"그… 랬던 것 같습니다, 앗, 후작님은 아무렇지도 않으신 겁니까?"

뒤늦게 타나릴은 자신들과 다르다는 걸 깨달은 카르티가 물었다.

"내가 마법사라서인지 그대들보다 좀 더 버틸 수 있었던 것 같소."

"그런데 우리가 머리에 둘렀던 이것은 정신력에 방비하는 것이 아니었습니까?"

카르티를 보살피던 용병이 물었다.

"맞소. 하지만 저 공동에 걸린 무언가가 더 셌던 것이겠지. 처음엔 당하는지도 모르게 서서히 침입해서 결국엔 머리띠를 벗어 없애게 했소. 머리띠를 벗는 순간부터 저들은 서서히 생명력을 빼앗기고 있었던 것 같소."

"그럼 탐사대들은 어떻게 합니까? 이대로 돌아가야 합니까?"

카르티가 물었다. 그는 반쯤 넋을 놓았었지만 기억은 잃지 않았기에 어떤 상황인지 모두 알고 있었다. 다른 때 같으면 당장 사람들을 구하는 게 먼저라 외칠 그도 함부로 구조하자고 할 수가 없다. 공동의 이상 현상부터 밝히지 않는 한 자신처럼 다른 희생자를 하나 더 늘리는 것뿐이다.

"스물한 명이니 스물한 번 옮겨야겠지."

"네?"

"그대들은 따라 들어와선 안 되오. 방어 주술이 효력이 다 되어서 멜케처럼 날 공격하려 들지도 모르니 여기 있으시오. 내가 한 사람씩 내려놓으면 물을 먹이고 보살펴 주시오."

"후작님!"

"내가 지금 옮기지 않으면 다 죽어!"

그 말에 용병들이 움찔했다. 타나릴은 그들을 일별하고 공동으로 훌쩍 뛰어 들어갔다. 그러자 아까처럼 무언가가 스물스물 그의 뇌리로 파고들려고 했다. 그러나 타나릴은 쉽게 물리쳤다. 얼마 전 얻은 힘의 영향이 컸다.

탐사대가 모여 있는 공동 중앙으로 가려면 움푹 파인 낭떠러지를 건너야 했다. 정신을 잃은 이를 옮기는 일은 아까 카르티를 옮긴 것처럼 염력을 쓰는 것이 최선이었다. 타나릴은 바깥에 있는 이부터 신중하게 한 사람씩 옮기기 시작했다.

"여기도 뗏목이 조금 아쉽군……."

카르티는 타나릴이 저 많은 인원을 다 옮길 수 있는지 걱정스러워했지만 그는 농담을 할 정도로 여유가 있었다.

탐사대원들은 처음 카르티를 옮긴 것보다 조금 더 빠르게 옮겨졌다. 타나릴이 통로 안으로 내려놓으면 용병들이 그들을 안으로 끌어당기기를 스무 차례, 마지막 탐사대 대장을 옮기려 했을 때 저항이 느껴졌다.

타나릴은 아예 낭떠러지를 건너 탐사대장 곁으로 다가갔다. 탐사대장은 타나릴이 품 안의 것을 빼내려 하자 괴성을 지르며 저항했다. 그는 힘이 다 빠진 이라고 보기엔 어려운 괴력을 발휘해 달려들었다.

타나릴은 그를 기절시켜 제압한 후 잠깐 망설였다.

'이건 어떻게 할까……'

잠시 후 타나릴은 탐사대장과 함께 낭떠러지를 건넜다. 탐사대장은 기절한 채로 여전히 뭔가를 꼭 끌어안고 있었다.

타나릴이 돌아오자 앞서 구출한 이들이 차례로 정신을 차리고 있었다.

"후작님이 저희를 구해주셨다는 이야기를 들었습니다. 감사합니다!"

"정말 감사합니다, 후작님!"

먼저 구출한 이들은 정신은 차렸지만 다들 탈진해 있었다. 다행이라면 탈진한 것뿐이라는 것이다. 그러나 그들은 자신들의 식량까지 모두 낭떠러지 아래로 던져 버렸다. 그들은 카르티가 가져온 물과 음식을 나눠 먹으며 기력을 되찾았다.

그동안에도 탐사대장은 깨어나지 않았다. 타나릴은 오래 쉬지 않고 바로 일어났다.

"여기서 다시 무슨 일이 생길지 알 수 없으니 서둘러야 하오. 하니 힘들더라도 당장 출발하도록 하겠소!"

옳은 말이었다. 탐사대원들은 서로 부축해 일어났다. 차마 쳐다보지도 못할 고위 귀족이 자신들의 대장을 어깨에 짊어지고 앞장서고 있었다. 덕분에 고무된 일행은 지친 몸을 이끄는 강행군에도 낙오 없이 걸었다.

타나릴은 그들을 모두 이끌고 무사히 동굴 입구를 빠져나왔다. 새벽에 출발해 해가 진 시각에 돌아왔다. 타나릴이 빠져나오는 순간 거센 박수가 터져 나왔다. 용병단과 탐사대 모두 그에게 허리를 숙였다.

사고는 터졌으나 죽은 이는 없었다. 반절의 성공으로 1차 동굴 탐사가 끝났다.

타나릴은 동굴에서 나오자마자 곧장 발더를 찾았다. 이미 밤이 늦었지만 미룰 수 없는 일이었다. 타나릴은 탐사대장이 안고 있던 것을 발더에게 보여주었다. 탐사대장이 정신을 잃고도 빼앗기지 않으려 했던 것이었다.

"이게 동굴의 비밀인 것 같아. 만지지는 말고, 보기만 해."

"…이거, 마력석 같은데?"

그것은 푸른빛이 은은히 광채를 뿜는 광석이었다. 누구든 보면 발더처럼 말할 것이었다. 하지만 타나릴은 고개를 저었다.

"나도 그런 줄 알았는데 좀 달라."

"어, 마력석이 아니라고?"

"아직 확신할 수는 없는데, 이거, 주술력을 담을 수 있는 것 같아. 하지만 조심해야 할 거야. 어떤 식으로 발동하는지 모르겠는데 이 것 때문에 탐사대 정신이 오염되었던 것 같아."

"뭐야! 그런데 넌 왜 그걸 만지고 있어!"

발더의 말대로 정작 타나릴은 그걸 태연히 만지고 있었다. 만지는 수준이 아니라 자세히 들여다보며 살피고 있었다.

"타나릴, 그거 위험한 거라면서? 너는 괜찮아? 그런 거 어떻게 안 거야?"

속사포 같은 질문에 타나릴은 엉뚱한 한마디로 답했다.

"발더, 나 조만간 대마법사가 될 것 같아."

발더는 순간 귀를 후빌 소리에 타나릴을 쳐다봤지만 기이한 돌을 이리저리 돌리며 살피는 모습은 절대 농담이 아니었다.

이중으로 마법을 쓰는 것을 1급 마법사라고 칭한다면, 대마법사는 두 가지 이상의 원소를 자유자재로 쓰는 이들을 일컫는다. 쉽게 말해 냉기와 바람을 동시에 운용해 눈보라를 만들어내는 식이다. 한마디로 인간 재해가 될 수도 있는 존재가 바로 대마법사다.

"1급 자격 증명도 건너뛰고 바로 대마법사가 되는 거야?"

"아니, 그럴 필요까진 없고. 그건 차근차근 할 생각이야."

"아……"

발더는 이해의 탄식을 뱉긴 했지만 실제 머릿속은 너무 놀랍고 혼란스러워서 천천히 받아들이는 중이었다.

"내, 냉기 말고 뭐? 바람?"

냉기와 가장 잘 어울리는 원소가 바람이다. 불과 물과도 잘 어울려서 예그하라 공작도 제2의 원소로 바람을 다뤘다.

"바람 말고도 하나 더. 근데 아직 나도 확신할 수 없어서 말할 단계가 아니야."

"뭐? 너 어떻게 그렇게 갑자기… 아!"

1급 마법사에 이어 대마법사 경지도 뛰어넘었다는 뜻이다. 발더는 말하다 말고 스스로 답을 얻고서 다시 울 것 같은 얼굴이 되었다.

마법사가 극한 상황으로 각성을 이룬 건 심심치 않게 들을 수 있는 이야기다. 그리고 타나릴은 불과 며칠 전 그 극한 상황에 몰렸었다. 타나릴의 최초 마력 발출 때를 되짚는다면 처음도 아니었다.

그래도 축하할 일임에는 분명했다. 세 가지 원소를 함께 사용하는 대마법사는 역사적으로도 손에 꼽을 만큼 드물었다. 발더는 울컥하는 눈물을 거친 숨으로 누르고 아득한 존재로 발돋움하는 친우에게 짧은 감상을 토했다.

"남자가 여자 잘 만나면 팔자가 펴는구나……."

타나릴은 당연하다는 듯 고개를 까닥였다.

"아직 리예에게 말할 생각 없어."

"알아, 네 2세 계획부터 잘 실행하고 봐야겠지. 하하, 하하하!"

그렇게 부인을 속이다간 큰코다칠 거라는 겸허한 충고를 담은 웃음이었다. 아는지 모르는지 타나릴은 싱긋 웃었다. 그러나 동굴에서 가져온 광석에 눈을 돌린 순간 그 미소도 멎었다.

"아까도 말했지만 이건 위험한 물건이라 내가 직접 보관할 거야. 수도로 가져가서 여러 가지 연구를 해봐야 할 것 같아. 리예의 말이 옳았어. 연구를 끝낼 때까지는 동굴에 아무도 들어가지 못하게 해야겠어."

"그럼, 신혼여행은 끝내는 거야?"

"아쉽게도. 하지만 그 전에 건축업자와 이야기를 끝내고 나서."

"그렇구나."

"동행인이 늘었으니 신경 써줘. 에르모와 피아드란, 메릴리타가 함께 갈 거야."

"알았어."

"나는 이만 리예에게 가볼게. '동반자'가 무사한 걸 확인해 줘야지."

만일 저에게 레타가 없었더라면 정말 울 뻔했다고 발더는 생각했다. 시선 따위 상관없는 애정 행각으로 에르모를 그렇게 기함하게 해놓고도 아직 제 마음은 모르는 타나릴이야말로 헛똑똑의 결정체였다.

한참 이죽거리던 발더는 뭔가 잊은 게 있는 것 같아 고개를 갸웃했다. 그리고 조금 뒤늦게 생각해 낼 수 있었다.

"으악, 내 휴가⋯⋯!"

발더가 포효했지만 언제나 그렇듯, 이번 일복도 스스로 찾아낸 결과물이었다.

· · ·

동굴의 밤은 타나릴의 귀환으로 행복하게 끝났다. 그리고 다음 날이 되자마자 타나릴은 내게 건축가 우버를 소개해 주었다.

"이 엄청난 작업을 제게 맡겨주셔서 정말 감사합니다! 이 집을 완성하는 건 건축학 역사에 새 획을 긋는 경이로운 작업이 될 것입니다! 후작님, 후작 부인!"

진정을 표현하느라 손을 곱게 모은 우버의 외침은 얼굴을 붉힐 정도였다.

아무튼, 그의 의욕만큼은 확실히 마음에 들었다. 무슨 집을 절벽 중간에 짓느냐, 말이 되니 안 되니 하는 것보다는 당연히 이런 사람을 원했다.

"설계를 완성하기까지 얼마나 걸릴까요?"

"보름, 아니, 열흘… 아 아니, 닷새만 주십시오! 설계도면은 전달 문을 이용해 보내 드리겠습니다."

"아, 그게 그런 용도로도 쓸 수 있는 거군요."

나는 처음 우버가 말한 보름도 퍽 짧다고 생각했지만 그가 내 뒤를 쳐다보며 기하급수로 시간을 단축하는 건 모르는 척했다. 그보다는 내 아이디어, 실제론 이전 세상에서 편리하게 쓰던 문명의 이기가 이쪽에서도 광범위한 편리를 가져온다는 점에서 꽤 이상한 기분이 들었다.

"그럼 설계도가 완성되면 거기에 맞춰 전체적인 집 모양을 축소해서 모형을 만들어줄 수 있나요? 집을 짓기 전에 미리 배치나 동선을 살펴볼 수 있게요. 위에 지붕이 없거나 뚜껑을 열 수 있는 것처럼 만들어서 보여주시면 좋겠어요."

"…후작 부인!"

우버가 갑자기 눈을 부릅뜨더니 다시 외쳤다.

"평생 집만 짓고 살아온 30년인데 후작 부인께선 저를 몇 번이나 개안해 주시는군요! 이 집을 짓는 것만으로도 저는 평생 얻을 기회는 다 얻은 거라 생각했었는데 그게 아니라 후작 부인을 만난 것 자체가 일생의 광영이었습니다! 부디 앞으로도 저의 조언자가 되어주실……."

"우버."

타나릴이 조용히 건축가의 말을 잘랐다.

"네, 네! 후작님!"

"내 아내는 다른 집을 또 짓고 싶을 때 말고는 그대를 만날 일이 없을 것이오."

"네……."

우버는 마치 무서운 맹견의 뼈다귀를 쳐다보던 강아지처럼 꼬리를 말았다. 하지만 곧 다시 눈을 초롱초롱 뜨며 말했다.

"이곳은 맡겨만 주십시오! 저의 30년 건축 인생을 걸고 일생의 역작으로 탄생시키겠습니다. 이곳 인부들 품삯과 재료비만 충당해 주시고 제게는 비용을 주시지 않아도 됩니다. 다만 이곳을 제 이름으로 홍보하고 방금 후작 부인께서 말씀하신 축소 모형을 앞으로 쓸 권한을 주실 수 있겠습니까?"

우버의 시선과 말은 내게 향하고 있었지만 실제로 타나릴에게 허락을 구하고 있었다. 타나릴이 아무 말도 하지 않자 다시 내게 돌아온 간절한 눈빛에 나는 흔쾌히 답해주었다.

"홍보나 축소 모형 사용 권한쯤은 드릴 수 있어요. 그렇다고 건축비용을 드리지 않을 수는 없지요. 건축에 관한 진행 과정과 뭐든 세세히 설명만 해주신다면 그걸로 만족해요. 일생의 역작을 만드신다는데 그 보람도 없이 공짜로 집을 가지게 된다면 그것도 불편할 것 같네요."

"아닙니다! 홍보와 모형에 그만한 가치가 있습니다! 제 이름값을 높이는 것만 해도 건축비용 이상의 값어치를 이뤄낼 것입니다. 또 그 모형에 마법적 장치만 더한다면 실제로 집을 보지 않아도 그곳에 가보는 것처럼 할 수도 있을 겁니다! 그런 아이디어를 공으로 쓰는 것 또한 상도덕에 맞지 않습니다."

"타나릴."

내가 슬쩍 공을 넘기자 타나릴이 딱 부러지게 말했다.

"내 아내의 말대로 하시오. 그러나 이곳의 정확한 위치는 공개해서는 안 되고, 아내의 아이디어는 우버, 그대가 쓰는 것만 허용하는 것이오."

"무, 물론입니다! 감사합니다!"

우버는 그 자리에 넙죽 엎드렸다. 고개를 든 그의 얼굴은 감격과 감사, 두려움이 조금씩 섞여 있었다. 그러면서도 열망 가득한 눈빛이 마치 소년과도 같이 빛나고 있었다.

"가능하면 도중에 한 번 들를 테니 그때 다시 봅시다."

"네, 살펴 가십시오!"

우버가 깊게 허리를 숙여 인사했다.

일정이 바빴다. 우리는 오늘 수도로 돌아가야 한다.

타나릴은 어젯밤 돌아온 후 동굴에서 발견한 광석 때문에 귀환을 서둘러야 한다고 했다. 아쉬움이 남지 않는다면 거짓이었지만 당연한 일이었다. 게다가 이 모든 일을 벌인 이가 바로 나였다.

하지만 아직 비행선 테러의 원흉이 밝혀지지 않아서 마음이 무거 웠다.

우버 다음엔 용병들의 숙소를 맡기로 한 다른 건축가와도 이야 기를 끝내고, 마지막으로 동굴에서 돌아온 탐사대를 만났다.

가장 심하게 탈진했던 탐사대장은 다음 날 무사히 일어나 걱정 을 덜었다. 탐사대는 타나릴이 지시할 때까지 동굴 탐색을 보류했 다. 그동안엔 히그틀리에 남아 건축가들을 돕는다던데 용병단 자 체가 마법사가 섞인 고위 인력이라 나는 확실한 보상을 해주고 싶 었다.

그런데 그 비용이 내 주머니에서 나갈지는 조금 의심스러워지 고 있었다. 내가 계산 이야기만 꺼내면 타나릴이 그건 자신의 영역 이라며 가로채곤 했다. 사람들 앞에서 따질 수도 없고, 바삐 처리할 게 많아서 이야기할 새가 없었지만 조만간 그 부분에 대해 분명히 해두어야 할 것이다.

그런데 뗏목 비용에 대해선 어떻게 해야 할지 모르겠다. 그것도 타나릴은 입도 못 떼게 할 게 뻔해서 레타에게 슬쩍 물었더니 정말 유용한 조언을 해주었다.

"비서를 구해요. 후작 부인쯤 되면 비서는 당연히 둬야죠."

"제게 개인 비서를 두란 말씀이신가요? 하지만 이번만 특별해서 그렇지, 앞으로는 필요하지 않을 수도 있는데요."

"아니에요. 일이 있든 없든 후작 부인에겐 그런 사람이 있어야

해요. 비서를 두는 일도 품위 유지의 하나예요."

"아……."

나는 품위 유지비의 쓸모를 처음으로 알 수 있었다. 하지만 겨우 2년, 따지자면 만 2년이 안 되는 동안 일하게 되는 셈인데 내 비서로 뽑힌 이는 경력에 그다지 도움이 되지 않을 수도 있다.

내 코가 석 자다. 나는 아직 구하지도 않은 사람에 대한 걱정은 미루고 레타의 충고를 진지하게 고민하기로 했다. 어차피 비행선을 타면 그런 고민과 의논을 할 시간은 충분할 것이다.

히그틀리에 오고 나서 열흘, 신혼여행을 가장한 다사다난한 모험의 날이 끝났다.

올 때는 넷이 왔지만 갈 때는 일행이 늘었다.

"우리 피아나, 가면 엄마가 마중 나와 있을 거야."

"아빠, 나는 피아드란이에요!"

타나릴이 후원해 주기로 한 이후부터 피아드란은 드레스를 입을 필요가 없었다. 저가 남자라는 강한 주장에 킬로이 영주는 눈시울을 더 적셨다.

"그래, 그래, 우리 아들. 아빠가 보고 싶으면 언제든 통신을 넣으렴."

"네!"

킬로이 영주는 눈물을 꾹 누르느라 눈이 벌게져 있었지만 애석하게도 피아드란은 비행선을 탄다는 흥분에 건성으로 대답하고 있었다.

"도련님, 오늘 가시면 오랫동안 영주님을 못 뵙잖아요……."

유모의 채근에 피아드란이 아버지를 끌어안고 인사를 했다. 부자를 졸지에 이산가족이 되게 하는 게 아닌가 하는 걱정 반, 이건 영주가 더 강력히 원하는 도움을 주는 일이라는 자위 반으로 그들을 지켜봤다.

그들의 뒤로는 간단하게 짐을 싼 메릴리타가 주민들과 인사하고 있었다. 대부분 유능한 의원인 메릴리타의 부재를 아쉬워했지만 하루아침에 백발에 늙어버린 그녀의 모습을 두려워하는 이들도 많았다.

평소 많은 도움을 받았으면서 갑자기 마녀라서 그렇다며 백안시하는 이들에게 배신감이 들지 않을 리 없었다.

그럼에도 메릴리타는 그들에게 일일이 건강과 행운을 빌며 작별 인사를 했다. 다른 주술 의원이 오기로 했으니 곧 그녀의 자리도 채워질 것이었다. 나 때문에 메릴리타가 평생 살아온 고향을 빼앗은 것 같아 미안함이 가시지 않았다.

다리가 부러졌던 에르모라는 직원도 우리 일행이 되었다. 깡마른 데다 이마가 조금 넓은 그가 아직 이십 대라는 소개에 부디 내가 놀란 티를 내지 않았기를 바란다.

그는 첫 만남에 그랬던 것처럼 지금도 나를 볼 때마다 놀란 눈으로 뻣뻣하게 인사했다.

에르모는 부러진 다리에 부목을 대고 있었는데 마법사의 부목은 역시나 특별했다. 부유 마법이 새겨진 부목은 에르모에게 거동의 자유를 주었다.

좀 부자연스럽긴 해도 부지런히 돌아다니며 짐을 점검하고 화상 통신구로 대화하고 대답하며 마지막까지 일하느라 여념이 없는 에르모는 참 부지런해 보였다. 괜히 마법 공학부 소속 4급 마법사가 결혼하지 못한 게 아니다.

앗, 이 감상은 절대 비밀이다.

우리는 배웅하는 킬로이 영주가 기어이 울음을 터뜨리기 전에 비행선에 올랐다. 여느 비행선보다 작고 날렵한 전용선은 히그틀리 구석구석을 잘 누비기도 했지만 일반 비행은 더 쾌적하게 잘 날았다.

히그틀리를 떠날 때가 되자 마음이 조금 무거워졌다. 절벽 집을 보러 다시 온다고는 했지만 집이 다 되기 전에 보러 올 날이 있을지는 모르겠다.

신혼여행이 끝났다. 이제 정말 수도에서 후작 부인으로 살아야 한다. 이제부터가 진짜인 듯싶었다.

비행선이 히그틀리 상공에 떠오르는 순간 난 잠시 긴장했다. 하지만 발목에 찬 메릴리타의 부적이 효력이 있는 것인지 이번엔 아무 일도 없었다.

히그틀리 영주부가 더 이상 보이지 않게 되었을 때에야 나는 창

밖으로 속삭일 수 있었다.

'안녕⋯⋯.'

〈2권에서 계속⋯〉

당신의 마법사입니다 1

초판 1쇄 인쇄 2019년 9월 20일 초판 1쇄 발행 2019년 9월 27일

지은이 전은정
펴낸이 연준혁

웹소설분사 이사 이진영
기획 조윤희
책임편집 김슬기
디자인 강경신

펴낸곳 (주)위즈덤하우스미디어그룹 출판등록 2000년 5월 23일 제13-1071호
주소 경기도 고양시 일산동구 정발산로 43-20 센트럴프라자 6층
전화 031-936-4000 팩스 031-903-3893
홈페이지 www.wisdomhouse.co.kr

값 14,000원
ISBN 979-11-90182-88-1 04810
      979-11-90182-87-4 (세트)

* 이 도서의 국립중앙도서관 출판예정도서목록(CIP)은 서지정보유통지원시스템 홈페이지(http://
  seoji.nl.go.kr)와 국가자료종합목록 구축시스템(http://kolis-net.nl.go.kr)에서 이용하실 수 있습니
  다. (CIP제어번호 : CIP2019029333)